TESOURO SECRETO

Nora Roberts

A Pousada do Fim do Rio
O Testamento
Traições Legítimas
Três Destinos
Lua de Sangue
Doce Vingança
Segredos
O Amuleto
Santuário
Resgatado pelo Amor
A Villa
Tesouro Secreto
Pecados Sagrados

Trilogia do Sonho

Um Sonho de Amor
Um Sonho de Vida
Um Sonho de Esperança

Trilogia do Coração

Diamantes do Sol
Lágrimas da Lua
Coração do Mar

Trilogia da Magia

Dançando no Ar
Entre o Céu e a Terra
Enfrentando o Fogo

Trilogia da Gratidão

Arrebatado pelo Mar
Movido pela Maré
Protegido pelo Porto

Trilogia da Fraternidade

Laços de Fogo
Laços de Gelo
Laços de Pecado

Nora Roberts

Tesouro Secreto

Tradução
Alda Porto

Copyright © 1987 *by* Nora Roberts

Título original: *Hot Ice*

Capa: Leonardo Carvalho

Editoração: DFL

2009
Impresso no Brasil
Printed in Brazil

CIP-Brasil. Catalogação na fonte
Sindicato Nacional dos Editores de Livros, RJ

R549t	Roberts, Nora, 1950-
	Tesouro secreto/Nora Roberts; tradução de Alda Porto. — Rio de Janeiro: Bertrand Brasil, 2009.
	364p.
	Tradução de: Hot ice
	ISBN 978-85-286-1370-4
	1. Romance americano. I. Porto, Alda. II. Título.
08-5321	CDD – 813
	CDU – 821.111 (73)-3

Todos os direitos reservados pela:
EDITORA BERTRAND BRASIL LTDA.
Rua Argentina, 171 – 1º andar – São Cristóvão
20921-380 – Rio de Janeiro – RJ
Tel.: (0xx21) 2585-2070 – Fax: (0xx21) 2585-2087

Não é permitida a reprodução total ou parcial desta obra, por quaisquer meios, sem a prévia autorização por escrito da Editora.

Atendemos pelo Reembolso Postal.

PARA BRUCE,

*por me mostrar que estar apaixonada
é a suprema aventura*

Capítulo Um

Ele corria para salvar a vida. E não pela primeira vez. Ao passar disparado pela elegante vitrine da Tiffany, esperava que não fosse a última. A noite era fria, com a chuva escorregadia nas ruas e calçadas. Soprava uma brisa que mesmo em Manhattan desprendia um agradável sabor de primavera. Ele suava. Entre eles, uma maldita proximidade estreitava-se demais.

A Quinta Avenida era tranqüila, até serena, a essa hora da noite. Os postes de luz quebravam intermitentemente a escuridão; o tráfego fluía leve. Não parecia o lugar para perder-se numa multidão. Ao correr pela Cinqüenta e Três, ele pensou em mergulhar no metrô, embaixo do Edifício Tishman — mas, se o vissem entrar, talvez não conseguisse tornar a sair.

Doug ouviu o guincho de pneus atrás e deslocou-se com a rapidez de uma chicotada na esquina da Cartier. Sentiu a ferroada na parte superior do braço, ouviu o disparo abafado de uma bala com silenciador, mas não afrouxou o passo. Quase ao mesmo tempo, sentiu cheiro de sangue. Agora os perseguidores vinham ficando sórdidos. E ele teve o pressentimento de que podiam fazer muito pior.

Na Cinqüenta e Dois, viu pessoas — um grupo aqui e ali, algumas caminhando, outras paradas. Aqui e ali se ouvia barulho — vozes alteadas, música. Sua respiração difícil passava despercebida. Com toda calma, postou-se atrás de uma ruiva de dez a doze centímetros mais alta que seu metro e oitenta e três — e, além disso, metade mais larga. Ela gingava ao ritmo da música que saía do estéreo portátil seguro numa das mãos. Era como esconder-se atrás de uma árvore num vendaval. Doug aproveitou a oportunidade para recuperar o fôlego e examinar o ferimento. Sangrava como um porco. Sem refletir, puxou o grande lenço listrado do bolso de trás da ruiva e enrolou-o no braço atingido. Ela não parou de gingar — ele tinha dedos muito leves.

Era mais difícil matar um homem no meio da multidão, pensou. Não impossível, apenas mais difícil. Doug mantinha o passo lento, desaparecia e ressurgia dos grupos de pessoas, e ao mesmo tempo permanecia com olhos e ouvidos bem abertos à aproximação do discreto Lincoln preto.

Perto da Lexington, viu-o encostar meia quadra adiante, e os três homens de terno escuro saltarem do carro. Não o haviam localizado ainda, mas não seria por muito tempo. Pensando rápido, examinou o grupo com o qual se misturara. A jaqueta de couro com as duas dezenas de zíperes talvez funcionasse.

— Escute. — Agarrou o braço do jovem ao lado. — Dou cinqüenta paus pela sua jaqueta.

O garoto de cabelo louro cheio de pontas eretas empurrou-lhe a mão com uma encolhida de ombros.

— Cai fora. É de couro.

— Cem então — resmungou Doug.

Os três homens continuavam a se aproximar.

Dessa vez o garoto ficou mais interessado. Virou o rosto para Doug ver o minúsculo abutre que tinha tatuado na face.

— Duzentos e é seu.

Doug já pegava a carteira.

— Por duzentos, quero os óculos escuros também.

O garoto retirou logo os óculos escuros espelhados.

— São seus.

— Vem cá, me deixe ajudar você a tirar isso. — Num rápido movimento, Doug arrancou a jaqueta do jovem. Após encher-lhe a mão de notas, vestiu a jaqueta e soltou um silvo de respiração com a dor no braço esquerdo. A jaqueta exalava um cheiro de modo algum agradável do dono anterior. Ignorando-o, ele puxou o zíper até em cima. — Olhe, três caras com ternos de agente funerário vêm vindo nesta direção. Estão à procura de figurantes para um vídeo do cantor punk Billy Idol. Você e seus amigos aí deviam se fazer notar.

— Ah, é?

Enquanto o garoto virava-se, com a melhor expressão de adolescente entediado no rosto, Doug mergulhava na porta mais próxima.

Dentro, o papel de parede tremeluzia em cores claras sob luzes obscurecidas. Pessoas sentavam-se às mesas cobertas com toalhas brancas sob gravuras estilo art déco. O brilho dos corrimões de metal formava um caminho para salas de jantar mais íntimas ou um bar espelhado. Com uma inspirada, Doug captou o aroma de culinária francesa — sálvia, vinho da Borgonha, tomilho. Por um breve momento, pensou em passar espremido pelo maître e chegar a uma mesa tranqüila, depois decidiu que o bar era uma cobertura melhor. Fingindo um ar chateado, enfiou as mãos nos bolsos e aproximou-se com arrogância. Ao apoiar-se no balcão, calculava como e quando empreender a saída.

— Uísque. — Firmou os óculos espelhados no nariz. — Seagram. Deixe a garrafa.

Curvado sobre o balcão, virava o rosto sempre muito pouco em direção à porta. Tinha cabelos escuros, que caíam encaracolados na gola da jaqueta, o rosto bem barbeado e fino. Dirigiu os olhos, ocultos sob os óculos espelhados, à porta, ao engolir o primeiro e ardente trago de uísque. Sem fazer uma pausa, serviu uma segunda dose. A mente elaborava todas as alternativas.

Aprendera a tomar resoluções improvisadas em idade precoce, assim como a usar os pés para fugir se fosse a melhor solução. Não se furtava a uma luta, mas gostava de ter as probabilidades a seu favor. Podia negociar com retidão ou passar por cima dos pontos mais admiráveis da honestidade — dependendo do que fosse mais vantajoso.

O que trazia preso ao peito talvez fosse a resposta ao gosto por luxo e vida fácil — o gosto que sempre quisera cultivar. O que se achava lá fora, vasculhando as ruas à sua procura, podia ser um rápido fim até mesmo da vida. Pesando as duas opções, Doug optou por lançar-se à busca do pote de ouro.

O casal ao lado conversava sobre o último romance de Mailer em voz séria. Outro grupo debatia a idéia de ir a uma casa noturna em busca de jazz e bebida mais barata. A maioria da clientela no bar consistia de solteiros, ele concluiu, reunida ali para extinguir na bebida a tensão de um dia de trabalho e exibir-se a outros solteiros. Viam-se saias de couro, ternos de três peças e tênis de excelente qualidade. Satisfeito, Doug pegou um cigarro. Podia ter escolhido um lugar pior para esconder-se.

Uma loura de terninho cinza-claro deslizou para o tamborete a seu lado e acendeu o isqueiro na ponta do cigarro dele. Cheirava a Chanel e vodca. Cruzando as pernas, emborcou o resto da bebida.

— Não vi você aqui antes.

Ele deu-lhe uma breve olhada — o suficiente para absorver a visão meio turva e o sorriso predatório. Em outra ocasião, teria apreciado a abordagem.

— Não.

Serviu-se outra dose.

— Meu escritório fica a duas quadras daqui. — Mesmo após três Stolichnayas, ela reconheceu alguma coisa de arrogante e perigosa no homem ao lado. Interessada, virou-se um pouco mais para perto. — Sou arquiteta.

Os cabelos na nuca de Doug arrepiaram-se quando eles entraram. Os três pareciam elegantes e bem-sucedidos. Deslocando-se no tamborete, ele viu por cima do ombro da loura os três se separarem. Um deles postou-se como quem não quer nada na porta. A única saída.

Mais atraída que desestimulada pela falta de reação dele, a loura pôs a mão em seu ombro.

— Que é que você faz?

Ele deixou o uísque na boca apenas um instante antes de engoli-lo e deixá-lo espalhar-se pelo organismo.

— Roubo — respondeu, porque raras vezes as pessoas acreditavam na verdade.

Ela sorriu ao pegar um cigarro, entregar-lhe o isqueiro e esperar que ele o acendesse.

— Fascinante, tenho certeza. — Soprou uma rápida e fina baforada de fumaça e retirou o isqueiro da mão dele. — Que tal me pagar uma bebida e me contar tudo a respeito?

Era lamentável que ele jamais houvesse tentado essa linha de ação antes, pois parecia funcionar muito bem. Lamentável o momento ser todo errado, porque ela recheava o terninho com mais perfeição que uma mão na luva.

— Esta noite, não, benzinho.

Sem tirar a mente dos negócios, Doug serviu mais uísque e ficou fora da luz. O disfarce improvisado talvez funcionasse. Sentiu a pressão do cano de uma arma nas costelas. Mas, por outro lado, talvez não.

— Fora, Lord. O Sr. Dimitri está chateado porque você não cumpriu o acordo.

— É? — Como quem não quer nada, ele girou o uísque no copo. — Pensei em tomar dois drinques primeiro, Remo... devo ter perdido a noção do tempo.

O cano de arma enterrou-se mais uma vez nas costelas.

— O Sr. Dimitri gosta que seus empregados sejam rápidos.

Doug engoliu o uísque, vendo no espelho no fundo do bar os dois outros homens tomarem posição atrás dele. Já a loura se retirava para procurar um alvo mais fácil.

— Estou despedido?

Serviu-se outro copo e calculou as probabilidades. Três para um — armados, ele não. Mas também, dos três, apenas Remo tinha o que podia passar por cérebro.

— O Sr. Dimitri gosta de demitir os empregados em pessoa. — Remo riu e exibiu dentes capeados à perfeição sob o bigode fino como um lápis. — E quer dar a você uma verdadeira atenção especial.

— Falou. — Doug pôs uma das mãos na garrafa de uísque, a outra no copo. — Que tal um drinque primeiro?

— O Sr. Dimitri não gosta que a gente beba no trabalho. E você está atrasado, Lord. Muito atrasado.

— É. Ora, é uma pena estragar bebida boa. — Rodopiando, atirou o uísque nos olhos de Remo e bateu com a garrafa no rosto do homem de terno à direita. Com o ímpeto do golpe, precipitou-se de ponta-cabeça no terceiro homem, de modo que os dois caíram de costas no mostruário de sobremesas. Suflê de chocolate e delicioso creme francês voaram numa chuva de alta caloria. Agarrados um ao outro como amantes, rolaram sobre a torta de limão. — Terrível desperdício — resmungou Doug e apertou a mão cheia de musse de morango na cara do outro homem.

Sabendo que o elemento surpresa logo se desfaria, usou o meio mais eficiente de defesa. Impeliu o joelho para cima com força entre as pernas do adversário. Depois correu.

— Ponha na conta de Dimitri — gritou, ao abrir caminho à força entre mesas e cadeiras.

No impulso, agarrou um garçom e empurrou-o com a bandeja carregada na direção de Remo. O galeto assado voou como uma bala. Com uma das mãos no corrimão de metal, saltou-o, depois abriu caminho até a porta. Deixou o caos atrás e saiu na rua.

Ganhara algum tempo, mas eles ressurgiriam de novo em sua cola. E, dessa vez, não seriam gentis. Rumou em direção à periferia a pé, perguntando-se por que diabo jamais se encontrava um táxi quando se precisava.

O TRÁFEGO FLUÍA LEVE NA VIA EXPRESSA DE LONG ISLAND quando Whitney se dirigiu ao centro. O vôo que tomara em Paris pousara no aeroporto Kennedy uma hora depois do horário. O banco de trás e a mala do Mercedes vinham entulhados de bagagem. O rádio estava ligado tão alto que os intrépidos acordes do último sucesso de Springsteen ricocheteavam para todos os lados e saíam pela janela aberta. A viagem de duas semanas à França fora um presente que se dera por ter afinal reunido coragem para romper o noivado com Tad Carlyse IV.

Por mais satisfeitos que os pais se sentissem com o compromisso, ela simplesmente não poderia casar-se com um homem que combinava a cor das meias e gravatas.

Whitney começou a cantar em harmonia com Springsteen, enquanto manuseava o estojo de maquiagem. Aos vinte e oito anos, era uma mulher atraente, razoavelmente bem-sucedida em sua própria carreira, enquanto o dinheiro da família lhe dava suporte, caso as coisas ficassem difíceis. Estava habituada à riqueza e à deferência. Nunca tivera de pedir por nenhuma delas, apenas as recebia. Adorava divertir-se nas boates de Nova York, tarde da noite, e encontrá-las repletas de pessoas que ela conhecia.

Não a incomodava ser fotografada pelos paparazzi, nem que as maldosas colunas de mexerico especulassem sobre qual seria seu mais recente escândalo. Já explicara muitas vezes ao frustrado pai que não era escandalosa por vontade própria, mas por natureza.

Gostava de carros rápidos, filmes antigos e botas italianas.

No momento, perguntava-se se devia ir para casa ou passar no Elaine's e ver quem vinha aprontando o quê nas últimas duas semanas. Não sentia a fadiga e a desorientação causadas pela mudança de fusos horários da longa viagem, mas um leve tédio. Mais que leve, admitiu. Quase a sufocava. A questão era saber o que fazer.

Whitney era produto do dinheiro novo, graúdo. Fora criada com o mundo na ponta dos dedos, mas nunca o achara interessante o bastante para pegá-lo. Onde estava o desafio?, gostaria de saber. Onde estava o — odiava usar a palavra — sentido? Tinha um extenso círculo de amigos, e vistos de fora pareciam diversificados. Mas, assim que alguém se aproximava, podia ver de fato sob os vestidos de seda ou algodão, reconhecia a mesmice nessas pessoas jovens, urbanas, ricas e paparicadas. Onde estava a emoção? Esta era melhor, pensou. Emoção parecia uma palavra mais fácil de tratar que sentido. Não era uma emoção ir de jato até Aruba se a gente só precisava pegar o telefone para providenciar a viagem.

As duas semanas em Paris haviam sido tranqüilas, reconfortantes — e monótonas. Monótonas. Talvez esse fosse o xis da questão. Ela queria alguma coisa — alguma coisa mais do que podia pagar com cheque ou cartão de crédito. Queria ação. Whitney também se conhecia bem o bastante para saber que podia ser perigosa nesse tipo de humor.

Mas não estava com vontade de ir para casa sozinha e desfazer as malas. Tampouco se sentia com disposição de ânimo para ir a uma boate cheia de rostos conhecidos. Queria uma coisa nova, diferente. Talvez tentar um dos novos clubes que viviam inaugurando. Se gostasse, poderia tomar dois drinques e puxar uma conversa social. Depois, se o clube a interessasse muito, podia dizer poucas palavras nos lugares certos e torná-lo o novo lugar mais quente de Manhattan. O fato de ter o poder de fazê-lo não a surpreendia, nem sequer a agradava em particular. Era simplesmente assim.

Whitney parou cantando os pneus num sinal vermelho para dar-se tempo de decidir. Parecia que nada acontecia em sua vida ultimamente. Nenhum entusiasmo, nenhum, bem, vigor.

Ficou mais surpresa que assustada quando a porta do carona se abriu de supetão. Uma olhada na jaqueta de couro e nos óculos espelhados do estranho a fez balançar a cabeça.

— Você não tem acompanhado as tendências da moda — ela disse.

Doug olhou para trás. A rua estava vazia, mas não continuaria por muito tempo. Pulou dentro do carro e bateu a porta.

— Dirija.

— Nem pensar. Não dirijo por aí com caras que usam roupas do ano passado. Vá a pé.

Ele enfiou a mão no bolso, usando o dedo indicador para simular o cano de uma arma.

— Dirija — repetiu.

Ela olhou o bolso dele e tornou a olhar o rosto. No rádio, o locutor anunciou uma hora inteira de grandes sucessos do passado. O clássico Rolling Stones começou a derramar-se.

— Se tem uma arma aí, quero vê-la. Do contrário, se mande.

Logo aquele carro que ele foi escolher... Por que diabos ela não tremia e implorava como qualquer pessoa normal teria feito?

— Droga, eu não quero ter de usar isto, mas se não engrenar esta coisa e a puser em movimento vou ter de abrir um buraco em você.

Whitney fitava o próprio reflexo nos óculos dele. Mick Jagger pedia que alguém lhe desse abrigo.

— Papo furado — ela disse, a dicção refinada.

Doug pensou por um instante em apagá-la com um soco, empurrá-la para fora e levar o carro. Mais uma olhada para trás lhe mostrou que não tinha muito tempo a perder.

— Escute, moça, se não arrancar logo, três homens naquele Lincoln que se aproxima por trás de nós vão fazer um monte de estragos neste seu brinquedo.

Ela olhou o retrovisor e viu o carro grande e preto reduzir a marcha ao aproximar-se.

— Meu pai teve um carro igual àquele uma vez — comentou. — Sempre o chamei de carro do funeral dele.

— É... engrena a máquina, ou vai ser o meu funeral.

Whitney franziu o cenho, vendo pelo retrovisor o Lincoln, e depois, no impulso, decidiu ver o que ia acontecer em seguida. Engrenou uma primeira no carro e avançou a toda pelo cruzamento. O Lincoln logo alcançou o ritmo.

— Estão seguindo.

— Claro que estão seguindo — cuspiu Doug. — E se você não pisar fundo, vão se enfiar no banco de trás e apertar as mãos.

Mais por curiosidade, Whitney enfiou o pé na tábua e virou na Cinqüenta e Sete. O Lincoln continuava atrás.

— Estão seguindo mesmo — repetiu, mas com um sorriso de excitação.

— Esta joça não anda mais rápido?

Ela dirigiu-lhe um sorriso.

— Está de gozação? — Antes que ele pudesse responder, acelerou o motor e disparou como uma bala. Sem a menor dúvida, era a forma mais interessante de passar a noite que imaginara. — Acha que posso despistá-los? — Ela olhou para trás, esticando o pescoço para ver se o Lincoln ainda os seguia. — Já viu o filme policial *Bullitt*? Claro que não temos nenhuma daquelas atraentes ladeiras, mas...

— Ei, cuidado!

Whitney tornou a virar o rosto para frente e, com um golpe no volante, contornou quase raspando um sedã em marcha lenta.

— Ouça. — Doug rangeu os dentes. — A única finalidade disto é ficar vivo. Vigie a rua e eu vigio o Lincoln.

— Não seja tão arrogante. — Ela deu uma perigosa guinada ao redor da esquina seguinte. — Sei o que estou fazendo.

— Olhe aonde vai! — Doug agarrou o volante, e empurrou-o para fazer o pára-choque desviar-se por um triz de um carro estacionado no meio-fio. — Que mulher desgraçada de idiota!

Whitney ergueu o queixo.

— Se continuar a me insultar, vai ter de dar o fora.

Reduzindo a marcha, ela dirigiu-se para o meio-fio.

— Em nome de Deus, não pare.

— Não tolero insultos. Agora...

— Pra baixo!

Ele puxou-a para o lado e empurrou-a junto ao banco pouco antes de o pára-brisa explodir em fendas que formaram uma teia de aranha.

— Meu carro! — Ela se esforçou para sentar-se, mas só conseguiu torcer a cabeça e inspecionar o estrago. — Maldito seja, não tinha um arranhão. Eu só o tenho há dois meses.

— Vai ter muito mais que um arranhão se você não pisar fundo e continuar em frente.

Da posição agachada, Doug girou o volante em direção à rua e olhou com toda atenção por cima do pára-lama.

— Já!

Enfurecida, Whitney pisou com força no acelerador e avançou às cegas para a rua, enquanto ele segurava o volante com uma das mãos e a mantinha abaixada com a outra.

— Não posso dirigir assim.

— Também não pode dirigir com uma bala na cabeça.

— Bala? — A voz não saiu estridente de medo, mas vibrante de aborrecimento. — Estão disparando em nós?

— Não estão atirando pedras.

Intensificando o aperto no volante, girou-o de modo que o carro batesse com força no meio-fio e contornasse a esquina seguinte. Frustrado por não poder assumir o controle, Doug deu uma cautelosa olhada atrás. O Lincoln continuava ali, mas os dois haviam ganhado alguns segundos.

— Tudo bem, sente-se, mas se mantenha abaixada. E pelo amor de Deus, não pare.

— Como espera que eu explique isso à companhia de seguros? — Whitney espichou a cabeça e tentou achar um lugar desobstruído no pára-brisa quebrado. — Jamais vão acreditar que alguém atirou em mim, e eu já tenho a ficha suja. Você sabe quais são as minhas pontuações?

— Pelo jeito de você dirigir, dá pra imaginar.

— Bem, já estou farta.

Adotando um ar de determinação, Whitney tomou a esquerda.

— Esta é uma rua de mão única, você está na contramão. — Ele olhou em volta, impotente. — Não viu a placa?

— Sei que é uma rua de mão única — ela resmungou e pisou fundo no acelerador. — E também é o caminho mais rápido pra atravessar a cidade.

— Ai, meu Deus.

Doug viu os faróis dianteiros em cima deles. Automaticamente, agarrou a maçaneta da porta e preparou-se para o impacto. Se ia morrer, pensou de forma fatalista, preferia ser baleado, um belo e certeiro tiro que lhe atravessasse o coração, a ser esmagado de cima para baixo numa rua de Manhattan.

Ignorando o som estridente das buzinas, Whitney arremeteu com o carro para a direita e depois para a esquerda. Loucos e pequenos animais, pensou Doug, ao passarem a toda entre dois carros que se aproximavam. Deus olhava pelos loucos e pelos pequenos animais. Só podia sentir-se grato por estar com uma louca.

— Continuam vindo. — Doug virou-se no banco para verificar o avanço do Lincoln. De algum modo, era mais fácil não ver aonde ia. Os dois eram arremetidos de um lado para o outro quando ela manobrava entre os carros, depois, com tanta força que o atirou contra a porta, a temerária virou em outra esquina. Doug xingou e apertou o ferimento no braço. A dor recomeçou com uma pancada baixa e insistente. — Pode parar de tentar nos matar? Eles não precisam de nenhuma ajuda.

— Sempre se queixando — rebateu Whitney. — Quer saber de uma coisa? Você não é um cara divertido pra valer.

— Tendo a ficar mal-humorado quando alguém tenta me matar.

— Bem, experimente se animar um pouco — ela sugeriu. Contornou em alta velocidade a esquina seguinte, passando por cima do meio-fio. — Está me deixando nervosa.

Ele tornou a recostar-se no banco e perguntou-se por que, com todas as possibilidades, tinha de terminar assim — esmagado numa polpa irreconhecível no Mercedes de uma louca. Poderia ter acompanhado tranqüilamente Remo e deixado Dimitri assassiná-lo com algum ritual. Haveria mais justiça nisso.

Achavam-se mais uma vez na Quinta, rumando para o sul, no que ele viu ser a mais de cento e quarenta quilômetros. Ao passarem por uma poça, a neve semilíquida espirrou até a janela. Mesmo então, o Lincoln continuava a meia quadra atrás.

— Droga. Simplesmente não vão sair da nossa cola.

— Ah, é? — Enérgica, Whitney cerrou os dentes e deu uma rápida conferida no espelho. Nunca fora uma perdedora afável. — Veja isto.

Antes que ele pudesse respirar, ela pisou no freio, jogou o Mercedes num cavalo-de-pau e partiu em linha reta para cima do Lincoln.

Ele observou com uma espécie de fascinado pavor.

— Ai, meu Deus.

Remo, no banco do carona do outro carro, espelhou o mesmo sentimento pouco antes de seu motorista perder a coragem e jogar o Lincoln para o meio-fio. A velocidade os fez passar por cima, avançar até o outro lado da calçada e, com um impressionante floreio, atravessar a vitrine de vidro laminado da loja Godiva Chocolatiers. Sem afrouxar o ritmo, Whitney tornou a girar o Mercedes em outra brusca volta completa e seguiu pela Quinta.

Desabado no banco, Doug exalou uma série de suspiros longos e profundos.

— Moça — conseguiu dizer —, você tem mais coragem que cérebro.

— E você me deve trezentos paus pelo pára-brisa.

Muito tranqüila, ela entrou no estacionamento subterrâneo de um arranha-céu de apartamentos.

— É. — Distraído, ele apalpou o peito e o torso para ver se continuava tudo numa só peça. — Vou mandar um cheque pra você.

— Dinheiro vivo. — Após parar na vaga, ela desligou a ignição e saltou. — Agora, pode levar minha bagagem pra cima. — Abriu a mala e dirigiu-se ao elevador. Talvez tivesse os joelhos trêmulos, mas o diabo que a carregasse se ia admiti-lo. — Preciso de uma bebida.

Doug olhou a entrada da garagem atrás e calculou suas chances na rua. Talvez uma hora com ela lhe desse a oportunidade de esboçar um plano melhor. E, supôs, devia isso à moça. Começou a colocar a bagagem.

— Tem mais atrás.

— Pego depois.

Pendurou a tiracolo uma valise de roupas e suspendeu duas malas. Gucci, notou com um sorriso forçado. E ela se queixava de míseros trezentos dólares. Entrou no elevador e largou sem cerimônia as duas malas no chão.

— Esteve numa viagem?

Whitney apertou o botão do quadragésimo segundo andar.

— Duas semanas em Paris.

— Duas semanas. — Doug olhou de relance as três malas. E ela dissera que havia mais. — Viaja com pouca bagagem, não?

— Eu viajo — ela respondeu, um tanto altiva — como me agrada. Já foi à Europa?

Ele riu e, embora os óculos escuros escondessem os olhos, ela achou o sorriso atraente. O estranho tinha uma boca bem-feita e os dentes não muito retos.

— Algumas vezes.

Avaliaram-se em silêncio. Era a primeira oportunidade que ele tivera de olhá-la de fato. Mais alta do que esperara — embora não tivesse absoluta certeza do que esperara. Tinha os cabelos quase todos ocultos sob um chapéu de feltro branco enviesado, mas Doug viu que eram tão louros quanto os do jovem punk que ele parara na rua, embora de um matiz mais escuro. A aba do chapéu obscurecia-lhe o rosto, mas ele percebeu uma tez marfim imaculada sobre ossos elegantes. Olhos redondos, cor do uísque que ele emborcara antes. A boca sem batom e sisuda. Exalava o cheiro de alguma coisa suave e sedosa, que dava vontade de tocar num quarto escuro.

Era o que ele descreveria como uma beleza estonteante, embora não parecesse ter quaisquer curvas óbvias sob o blazer de pele de marta simples e a calça folgada de seda. Doug sempre preferira o óbvio nas mulheres. Talvez a exuberância. Ainda assim, não considerava nenhum verdadeiro sacrifício olhá-la.

Despreocupada, Whitney enfiou a mão na bolsa de pele de cobra e retirou as chaves.

— Esses óculos são ridículos.
— É. Bem, serviram à finalidade.

Ele tirou-os. Os olhos surpreenderam-na. Muito luminosos, claros e verdes. De algum modo, destoavam do rosto e do tom de pele — até se notar como eram diretos, e o cuidado com que encaravam, como se ele fosse um homem que avaliava tudo e todos.

Ele não a preocupara antes. Os óculos haviam-no feito parecer tolo e inofensivo. Agora, ela sentia as primeiras agitações de mal-estar. Quem diabos é este homem, e por que os outros disparavam contra ele?

Quando as portas se abriram, Doug curvou-se para pegar as malas. Whitney olhou para baixo e notou a fina linha de vermelho que escorria pelo pulso.

— Você está sangrando.

Ele olhou-a sem alterar-se.

— É. Pra que lado?

Ela hesitou apenas um instante. Sabia ser tão indiferente quanto ele.

— À direita. E não sangre nessas malas.

Apressando-se ao passar por ele, enfiou a chave na fechadura.

Em meio à chateação e dor, Doug notou que a mulher tinha um andar e tanto. Calmo e solto, um tipo elegante de balanço que o fez concluir que se tratava de uma mulher habituada a ser seguida pelos homens. Deliberadamente, alcançou-a e postou-se ao seu lado. Ela concedeu-lhe um olhar antes de abrir a porta. Então, com uma leve pancada no interruptor, entrou e foi direto ao bar. Escolheu uma garrafa de conhaque Remy Martin e serviu doses generosas em dois cálices.

Impressionante, pensou Doug, fazendo uma avaliação do apartamento. O tapete era tão espesso e macio que ele se sentiria feliz dormindo ali. Tinha conhecimento suficiente para reconhecer a influência francesa nos móveis, mas não para especificar o período. Ela usara azul-safira escuro e amarelo-mostarda para contrabalançar o estonteante branco do tapete. Ele sabia identificar uma antiguidade quando a via, e identificou várias nessa sala. O gosto romântico dela revelou-se tão óbvio para ele quanto a paisagem marinha de Monet na parede. Uma cópia danada de boa, concluiu. Se ao menos tivesse tempo de pô-lo no prego, podia seguir seu rumo. Não lhe foi necessário mais que uma olhada superficial para fazê-lo perceber que podia encher os bolsos com zíperes da jaqueta de punhados dos elegantes enfeites franceses e empenhá-los por uma passagem de primeira classe que o levaria para bem longe dessa cidade. O problema era que não ousava negociar em qualquer loja de penhor na cidade. Não agora que Dimitri estendera os tentáculos.

Como os móveis de nada lhe serviriam, não sabia por que o atraíam. Em geral, ele os teria achado femininos e formais demais. Talvez, após uma noite de fuga, precisasse do conforto de almofadas de seda e renda. Whitney tomou um gole do conhaque ao trazer os cálices do outro lado da sala.

— Pode levar isto para o banheiro — ela disse, entregando-lhe a bebida. Como quem não quer nada, ajeitou a manta de pele sobre o encosto do sofá. — Vou dar uma olhada nesse braço.

Doug fechou um pouco a cara ao vê-la afastar-se. Mulheres deviam fazer perguntas, dezenas delas. Talvez essa apenas não tivesse inteligência para formulá-las. Relutante, seguiu-a e ao rastro de seu perfume. Mas ela era classuda, admitiu. Não tinha como negar.

— Tire essa jaqueta e se sente — ela ordenou, deixando a água correr sobre uma toalhinha com monograma.

Doug despiu-a, rangendo os dentes ao descolá-la do braço esquerdo. Após dobrá-la com todo cuidado e pô-la na borda da banheira, sentou-se numa cadeira de espaldar formado por travessas, que qualquer outra pessoa teria na sala de estar. Baixou os olhos e viu a manga da camisa emplastrada de sangue. Praguejando, arrancou-a e expôs o ferimento.

— Posso fazer isso sozinho — resmungou, e estendeu a mão para a toalhinha.

— Não se mexa. — Whitney começou a limpar o sangue seco com o tecido quente cheio de sabão. — Não posso ver muito bem o tamanho do machucado até limpá-lo.

Doug recostou-se, porque a água quente era reconfortante e o toque dela, delicado. Mas, ali recostado, observava-a. Que tipo de mulher era ela?, perguntava-se. Dirigia como uma maníaca de sangue-frio, vestia-se ao estilo *Harper's Bazaar* e bebia — notara que já entornara o conhaque — como um marinheiro. Ele se sentiria mais à vontade se ela revelasse apenas um toque da histeria esperada.

— Não quer saber como arranjei isso?
— Humm.

Whitney apertou um pano limpo no ferimento para estancar o novo sangramento. Como ele queria que perguntasse, ela decidiu não fazê-lo.

— Uma bala — disse Doug, com prazer.
— Sério? — Interessada, ela retirou o pano para dar uma olhada mais de perto. — Nunca vi um ferimento à bala antes.
— Excelente. — Ele engoliu mais conhaque. — Que acha?

Ela deu de ombros e deslizou a porta espelhada do armário de medicamentos.

— Não é lá muito impressionante.

Fechando a cara, ele baixou os olhos para o ferimento. Era verdade, a bala apenas abrira uma incisão superficial, mas não penetrara. Nem todo dia um homem é baleado.

— Dói.
— Humm, bem, vamos cobrir tudo com atadura. Os arranhões quase não doem tanto quando a gente não vê.

Ele viu-a fuçar entre potes de cremes faciais e óleos de banho.

— Você tem uma boca sabichona, moça.
— Whitney — ela corrigiu. — Whitney MacAllister.

Virando-se, estendeu a mão num gesto formal. Ele curvou os lábios.

— Lord, Doug Lord.
— Olá, Doug. Muito bem, depois que eu acabar aqui, teremos de conversar sobre o estrago no meu carro e o pagamento. — Voltou-se para o armário de medicamentos. — Trezentos dólares.

Ele tomou mais um gole de conhaque.

— Como sabe que custa trezentos dólares?

— Estou dando o preço por baixo. Não se conserta nem uma vela de ignição num Mercedes por menos de trezentos dólares.

— Vou ter de ficar lhe devendo. Gastei meus últimos duzentos na jaqueta.

— Esta jaqueta? — Espantada, Whitney girou a cabeça e encarou-o. — Você parece mais esperto.

— Precisava dela — rebateu Doug. — Além disso, é de couro.

Dessa vez ela riu.

— Como genuína imitação.

— Que quer dizer com imitação?

— Essa monstruosidade não se desprendeu de nenhuma vaca. Ah, está aqui. Sabia que eu tinha.

Com um satisfeito balanço da cabeça, ela pegou um frasco do armário.

— Aquele garoto, filhinho-da-mãe — resmungou Doug. Não tivera tempo nem oportunidade de examinar com mais atenção a compra antes. Agora, na luz clara do banheiro, via que não passava de vinil barato. Pelo preço de duzentos dólares. O repentino ardor no braço causou-lhe um solavanco. — Maldição! Que está fazendo?

— Iodo — respondeu Whitney, besuntando-o em generosa quantidade.

Ele se acalmou, com uma carranca.

— Isso dói.

— Não aja como um bebê. — Com agilidade, ela enrolou gaze em volta da parte superior do braço até cobrir o ferimento. Cortou esparadrapo, prendeu-o e deu-lhe um tapinha final. — Pronto — disse, muito satisfeita consigo mesma. — O mesmo que novo. — Ainda curvada, virou a cabeça e sorriu-lhe. Tinham os rostos próximos, o dela cheio de zombaria, o dele de aborrecimento. — Agora, sobre o meu carro...

— Eu podia ser assassino, estuprador, psicopata, por tudo que você sabe.

Doug disse isso num tom baixo, perigoso. Ela sentiu um tremor subir pelas costas e endireitou-se.

— Acho que não. — Mas pegou o copo vazio e voltou à sala. — Outro drinque?

Droga, a mulher tinha coragem mesmo. Ele agarrou a jaqueta e seguiu-a.

— Não quer saber por que estavam atrás de mim?

— Os bandidos?

— Os... bandidos? — ele repetiu com uma risada surpresa.

— Bons moços não atiram em espectadores inocentes. — Ela serviu-se outra dose e sentou-se no sofá. — Assim, pelo processo de eliminação, deduzo que você seja o mocinho.

Ele tornou a rir e largou-se ao lado dela.

— Muita gente talvez discorde de você.

Whitney examinou-o mais uma vez por cima da borda do copo. Ele parecia mais complicado do que aparentava.

— Bem, que tal me contar por que aqueles três homens queriam matar você?

— Apenas fazem o trabalho deles. — Ele bebeu de novo. — Trabalham pra um cara chamado Dimitri, que quer uma coisa que eu tenho.

— Que é?

— A rota para um pote de ouro — ele respondeu, distraído.

Levantando-se, começou a andar de um lado para outro. Menos de vinte dólares em espécie aninhados com um cartão de crédito expirado no bolso, que não pagariam, sequer, sua saída do país. O que tinha dobrado com todo cuidado num envelope de papel manilha valia uma fortuna, mas precisava comprar uma passagem antes de poder convertê-lo em dinheiro. Podia roubar uma carteira no aeroporto. Melhor, tentar invadir o avião, ostentar identidade falsa e representar o impaciente e implacável agente do FBI. Funcionara em Miami. Mas pressentia não ser o certo dessa vez. Tinha conhecimento suficiente para seguir seus instintos.

— Preciso de um financiamento — ele resmungou. — Poucas centenas... talvez mil.

Pensativo, virou-se e olhou-a.

— Esqueça — ela respondeu apenas. — Você já me deve trezentos dólares.

— Vai receber — ele vociferou. — Droga, em seis meses eu compro um carro inteiro. Encare como um investimento.

— Meu corretor cuida disso.

Ela tomou outro gole e sorriu. Ele era muito atraente nesse estado de espírito, inquieto, ansioso por agir. O braço exposto se ondulava com músculos sutis e enxutos. Os olhos iluminavam-se de entusiasmo.

— Escute, Whitney. — Ele voltou e sentou-se no braço do sofá ao lado dela. — Mil. Não é nada depois do que passamos juntos.

— São setecentos dólares a mais do que você já me deve — ela corrigiu-o.

— Eu lhe pago o dobro em seis meses. Preciso comprar uma passagem de avião, alguns equipamentos... — Olhou-se, depois tornou a olhá-la com aquele sorriso rápido e cativante. — Uma camisa nova.

Um especulador, ela pensou, intrigada. Exatamente o que significava um pote de ouro para ele?

— Eu teria de saber muito mais, antes de desembolsar meu dinheiro.

Ele conseguiria com o seu charme obter das mulheres mais que dinheiro. Então, confiante, tomou-lhe a mão nas suas e esfregou o polegar nos nós dos dedos dela. Sua voz era suave, irresistível:

— Tesouro. O tipo sobre o qual você só lê em contos de fada. Trarei brilhantes pra seus cabelos. Diamantes enormes, cintilantes. Vão fazer você parecer uma princesa. — Roçou o dedo pelo rosto dela acima. Macio, frio. Por um instante, apenas um instante, perdeu o fio da propaganda. — Mais alguma coisa tirada de um conto de fadas.

Devagar, retirou o chapéu dela, e depois observou com estupefata admiração os cabelos virem abaixo, escorrerem pelos ombros e os braços. Claros como a luz do sol de inverno, macios como seda.

— Diamantes — repetiu, emaranhando os dedos nas mechas. — Cabelos como os seus devem ter diamantes.

Whitney sentiu-se seduzida. Parte dela teria acreditado em tudo que ele dissesse, feito qualquer coisa que lhe pedisse, desde que continuasse a tocá-la daquele jeito mesmo. Mas foi a outra parte, a sobrevivente, que conseguiu assumir o controle.

— Eu gosto de diamantes. Mas também sei de um monte de pessoas que pagam por eles e terminam com vidro bonito. Garantias, Douglas. — Para distrair-se, tomou mais conhaque. — Sempre preciso ver a garantia, o certificado de valor.

Frustrado, ele levantou-se. Ela talvez parecesse ingênua, fácil de convencer, mas era igualmente durona.

— Ouça, nada vai me impedir de simplesmente pegar. — Apanhou a bolsa dela no sofá e entregou-lhe. — Posso sair daqui com isto ou a gente pode fazer um trato.

Levantando-se, ela puxou a bolsa das mãos dele.

— Não faço tratos até conhecer todos os termos. Que grande descaramento o seu me ameaçar assim depois que salvei sua vida!

— Salvou minha vida? — explodiu Doug. — Você por pouco não me matou vinte vezes.

Ela ergueu o queixo. A voz tornou-se régia e altiva.

— Se eu não tivesse superado aqueles homens em esperteza, danificando meu carro enquanto fazia isso, você estaria flutuando no East River.

A imagem era em tudo próxima demais da verdade.

— Você tem assistido a filmes de Cagney demais — ele rebateu.

— Quero saber o que você tem e aonde pretende ir.

— Um quebra-cabeça. Tenho peças de um quebra-cabeça e vou pra Madagascar.

— Madagascar? — Intrigada, ela remoeu a cidade na mente. Noites quentes, opressivas, pássaros exóticos, aventura. — Que tipo de quebra-cabeça? Que tipo de tesouro?

— Isso é comigo.

Protegendo o braço, tornou a vestir a jaqueta.

— Quero ver.

— Não pode ver. Está em Madagascar. — Ele pegou um cigarro enquanto calculava. Podia dar-lhe o suficiente, apenas o suficiente para interessá-la, e não o bastante para causar problema. Soltando uma baforada, ele olhou a sala em volta. — Parece que você conhece alguma coisa sobre a França.

Ela estreitou os olhos.

— O suficiente pra pedir escargots e Dom Pérignon.

— É, eu aposto. — Ele ergueu uma caixa de rapé incrustada de pérolas de cima de um armário de objetos antigos. — Digamos que as coisas boas que procuro têm sotaque francês. Um sotaque francês antigo.

Ela prendeu o lábio inferior entre os dentes. Ele acertara alguma coisa. A caixinha de rapé que jogava de uma mão para a outra tinha duzentos anos e fazia parte de uma extensa coleção.

— Antiga até que ponto?

— Dois séculos. Escute, benzinho, você podia me bancar. — Largou a caixa e encaminhou-se mais uma vez para ela. — Pense nisso como um investimento cultural. Eu pego o dinheiro e trago algumas quinquilharias pra você.

Duzentos anos significavam a Revolução Francesa. Maria Antonieta e Luís XVI. Opulência, decadência e intriga. Um sorriso começou a formar-se enquanto ela pensava em tudo isso. A história sempre a fascinara, a francesa em particular, com a realeza e as ações políticas da corte, os filósofos e artistas. Se ele tinha de fato alguma coisa — e a expressão em seus olhos convenceu-a de que tinha —, por que não receber uma parcela? Uma caça ao tesouro por certo era mais divertida que uma tarde na Sotheby's.

— Digamos que, se me interessasse... — ela começou, elaborando suas condições. — Que tipo de investimento seria necessário?

Ele riu. Não imaginara que ela morderia a isca com tanta facilidade.

— Dois mil.

— Não me refiro ao dinheiro. — Whitney descartou-o como só os ricos podem fazer. — Quero saber que ações nós vamos empreender pra pegar essa coisa?

— Nós? — Ele não sorria agora. — Sem essa de nós.

Ela examinou as unhas.

— Sem nós, nada de grana. — Ela recostou-se e esticou os braços em cima do sofá. — Nunca estive em Madagascar.

— Então ligue pro seu agente de viagens, benzinho. Eu trabalho sozinho.

— Que pena! — Ela balançou a cabeça e sorriu. — Bem, foi legal. Agora, se vai me pagar os estragos...

— Escute, não tive tempo pra... — Interrompeu-se com o ruído baixo atrás. Rodopiando, Doug viu a maçaneta da porta girar devagar, à direita e depois à esquerda. Ergueu a mão, pedindo silêncio. — Vá pra trás do sofá — sussurrou, enquanto inspecionava a sala à procura da arma mais acessível. — Fique lá e não faça um único barulho.

Whitney ia protestar, mas então ouviu o ruído baixo da maçaneta. Viu Doug pegar um pesado vaso de porcelana.

— Abaixe-se — ele tornou a sibilar, apagando as luzes.

Decidindo acatar o conselho, ela agachou-se atrás do sofá e esperou.

Doug ficou atrás da porta, observando-a abrir-se devagar e em silêncio. Prendeu o vaso entre as mãos e desejou saber de quantos deles teria de dar cabo. Esperou o primeiro vulto entrar totalmente, ergueu o vaso acima da cabeça dele e baixou-o com toda força. Houve um estrondo, um grunhido e um baque. Whitney ouviu os três antes de começar o caos.

Após o arrastamento de pés, outro estilhaço de vidro — o aparelho de chá Meissen, se a direção do barulho significava alguma coisa — e depois o xingamento de um homem. A um estalo abafado, seguiu-se outro tilintar de vidro. Bala de arma disparada com silenciador, ela concluíra. Ouvira o ruído em muitos filmes tarde da noite para reconhecê-lo. E o vidro — girando a cabeça, viu o buraco na janela panorâmica atrás.

O síndico não ia gostar disso, refletiu. Nem um pouco. E já se achava na lista dele desde que a última festa que dera saíra um pouco de controle. Droga, Douglas Lord vinha-lhe trazendo muitos transtornos. O tesouro — uniu as sobrancelhas —, era melhor que o tesouro valesse a pena.

Então, tudo ficou em silêncio, quieto demais. Acima do silêncio, ouvia apenas o som de respiração.

Doug colou-se de costas no canto escuro e agarrou a .45. Havia mais um, porém agora ele não estava mais desarmado. Detestava armas. O homem que as usava em geral terminava no lado errado do cano com demasiada freqüência para sentir-se confortável.

Estava perto o suficiente da porta para escafeder-se por ela e sumir, talvez sem ser notado. Não fosse pela mulher atrás do sofá, e a consciência de que a metera naquilo, teria se mandado. O fato de não poder fazê-lo apenas o deixava mais furioso com ela. Talvez, apenas talvez, tivesse de matar um homem para dar o fora. Matara antes, sabia que era provável ter de matar de novo. Embora fosse uma parte de sua vida que jamais conseguiria examinar sem culpa.

Tocou a atadura no braço e retirou os dedos molhados. Droga, não podia ficar ali à espera e sangrar até morrer. Movendo-se em absoluto silêncio, avançou ao longo da parede.

Whitney teve de tapar a boca para conter todos os sons quando o vulto agachou-se na ponta do sofá. Não era Doug — viu logo o pescoço comprido e o corte de cabelo curto demais. Então captou a vibração de um movimento à esquerda. O vulto virou-se para lá. Antes que tivesse tempo de pensar, ela retirou o sapato. Segurando o bom couro italiano numa das mãos, apontou o salto de oito centímetros para a cabeça do homem. Com toda a força que pôde reunir, trouxe-o para baixo.

Ouviram-se um grunhido e depois um baque.

Espantada consigo mesma, ela ergueu o sapato em triunfo.
— Eu o peguei!
— Minha nossa — resmungou Doug, arremessando-se a toda do outro lado da sala.
— Bati no cara e o deixei inconsciente — disse a Doug quando ele avançou como um raio para a escada, puxando-a. — Com isto. — Ela equilibrou o sapato imprensado entre a sua mão e a dele. — Como foi que nos encontraram?
— Dimitri. Investigou as placas do seu carro — ele respondeu, enfurecido consigo mesmo por não ter pensado nisso antes.
Precipitando-se pelo lance seguinte da escada abaixo, começou a fazer novos planos.
— Rápido assim? — Ela deu uma risada rápida. Bombeava adrenalina de cima a baixo. — Esse Dimitri é homem ou mágico?
— É um homem dono de outros. Pode pegar o telefone, obter seu índice de crédito e o tamanho de seu sapato em meia hora.
O pai dela também. Tratava-se de negócios, e disso ela entendia.
— Escute, não posso correr desequilibrada, me dê dois segundos. — Soltou a mão e calçou o sapato. — Que vamos fazer agora?
— Temos de chegar à garagem.
— Descer quarenta e dois andares?
— Os elevadores não têm uma porta dos fundos. — Com isso, ele puxou-lhe a mão e recomeçou a descer correndo os lances de escada. — Não quero nem me aproximar do seu carro. Ele na certa pôs alguém pra vigiar, por medida de segurança, caso a gente chegue até lá.
— Então por que vamos para a garagem?
— Ainda precisamos de um carro. Tenho de chegar ao aeroporto.
Whitney passou a alça da bolsa pela cabeça para poder segurar-se no corrimão como apoio enquanto corriam.
— Vai roubar um?
— A idéia é essa. Deixo você num hotel... se registre sob outro nome, e depois...
— Ah, não — ela interrompeu, notando agradecida que passavam pelo vigésimo andar. — Não vai me largar em hotel algum.

Pára-brisa, trezentos, janela de vidro laminado, mil e duzentos, vaso Dresden de mais ou menos 1860, dois mil duzentos e setenta e cinco. — Meteu a mão na bolsa e desenterrou uma agenda, sem reduzir o desempenho na corrida escadaria abaixo. Assim que recuperasse o fôlego, iniciaria a contabilidade. — Vou cobrar.

— Vai cobrar, tá bom — ele repetiu, fechando a carranca. — Agora poupe o fôlego.

Ela o fez e começou a elaborar o próprio plano.

Quando chegaram ao nível da garagem, tinha tão pouco ar que precisou apoiar-se ofegante na parede, enquanto ele examinava por uma fresta na porta.

— Muito bem, o mais próximo é um Porsche. Vou sair primeiro. Assim que eu entrar no carro, você segue. E vai abaixada.

Tornou a tirar o revólver do bolso. Ela captou o olhar, um olhar de... aversão?, perguntou-se. Por que deveria ele olhar para um revólver como se fosse uma coisa vil? Achava que uma arma se encaixaria como uma luva em sua mão, como se encaixava na de um homem que freqüentava bares escuros e quartos de hotel enfumaçados. Mas não se encaixava como uma luva na dele. Não se encaixava de modo algum. Então ele saiu pela porta.

Quem era mesmo Doug Lord?, perguntou-se. Vigarista, trapaceiro, vítima? Como ela pressentia que ele era todos os três, ficou fascinada e decidida a descobrir por quê.

Agachado, Doug pegou o que parecia um canivete. Ela viu-o remexer na fechadura por um instante e depois abrir em silêncio a porta do carona. Fosse quem fosse, notou, era bom em arrombamento. Deixando isso para mais tarde, cruzou a porta rastejando. Ele já se instalara no banco do motorista e mexia com fios sob o painel quando ela entrou.

— Droga de carros estrangeiros — ele resmungou. — Me dê um Chevy qualquer dia.

Olhos arregalados de admiração, Whitney ouviu o motor ganhar vida.

— Pode me ensinar a fazer isso?

Doug disparou-lhe um olhar.

— Apenas se segure. Desta vez, eu dirijo. — Engrenou o Porsche em marcha a ré e decolou da vaga. Quando chegaram à entrada da garagem, já desenvolviam cem quilômetros. — Tem algum hotel preferido?

— Não vou pra um hotel. Você não vai sair das minhas vistas, Lord, até sua conta ter um saldo zero. Aonde você for, eu vou.

— Escute, não sei quanto tempo tenho.

Mantinha um olho atento no retrovisor enquanto dirigia.

— O que você não tem é dinheiro — ela lembrou-lhe. Tirara a agenda agora e começava a escrever em colunas bem arrumadas. — E no momento me deve um pára-brisa, um vaso de porcelana antigo, um aparelho de chá Meissen... mil cento e cinqüenta por isso... e uma janela de vidro laminado... talvez mais.

— Então outros mil não vão ter importância.

— Outros mil sempre têm importância. Seu crédito só é bom enquanto eu puder vê-lo. Se quiser uma passagem aérea, vai ter de aceitar uma parceira.

— Parceira? — Ele virou-se para ela, perguntando-se por que simplesmente não pegava a bolsa e empurrava-a porta afora. — Jamais aceito parceiros.

— Desta vez, vai aceitar. Meio a meio.

— Eu tenho as respostas.

A verdade era que ele tinha as perguntas, mas não iria se preocupar com detalhes.

— Mas você não tem o investimento.

Ele tomou a via expressa Franklin Delano Roosevelt. Não, droga, não tinha mesmo, e precisava. Assim, por enquanto, era ele quem precisava dela. Mais tarde, quando estivesse a milhares de quilômetros de Nova York, poderiam negociar os termos.

— Tudo bem, quanto dinheiro vivo tem aí com você?

— Duas centenas.

— Centenas? Merda. — Ele mantinha a velocidade a constantes noventa quilômetros agora. Não podia deixar-se parar pela polícia. — Isso não nos levará além de Nova Jersey.

— Não gosto de sair com muito dinheiro vivo.

— Maravilha. Tenho documentos que valem milhões e você quer comprar a sociedade por duzentos.

— Duzentos, mais os cinco mil que você me deve. E... — Enfiou a mão na bolsa. — Tenho o plástico. — Rindo, ergueu um cartão ouro American Express. — Nunca saio de casa sem ele.

Doug fitou-o, jogou a cabeça para trás e riu. Talvez ela representasse mais problemas do que valia, mas ele começava a duvidar.

$\mathcal{A}$ MÃO QUE PEGOU O TELEFONE ERA RECHONCHUDA E muito branca. No pulso, punhos brancos abotoados com safiras quadradas. Unhas pintadas de bege-claro fosco e cortadas com esmero. O próprio aparelho receptor era branco, imaculado e arrojado. Os dedos enroscados nele, três manicurados com elegância e um toco cicatrizado onde devia ser o mindinho.

— Dimitri.

A voz era poesia. Ao ouvi-la, Remo começou a suar como um porco. Deu uma tragada no cigarro e falou rápido, antes de exalar a fumaça.

— Eles nos despistaram.

Silêncio mortal. Dimitri sabia que isso era mais aterrorizador que uma centena de ameaças. Usava-o cinco segundos, dez.

— Três homens contra um e uma jovem. Que incompetência!

Remo afrouxou a gravata da garganta para poder respirar.

— Roubaram um Porsche. Estamos seguindo os dois até o aeroporto agora. Não vão chegar muito longe, Sr. Dimitri.

— Não, não vão chegar muito longe. Tenho de dar uns telefonemas, uns... botões a apertar. Vejo você em um ou dois dias.

Remo esfregou a mão na boca quando o alívio começou a espalhar-se.

— Onde?

Ouviu-se uma risada baixa, distante. A sensação de alívio evaporou-se como o suor.

— Encontre Lord, Remo. Eu encontro você.

Capítulo Dois

Ao sentir o braço rígido, Doug rolou de bruços, soltou um pequeno grunhido de aborrecimento com o desconforto e, sem pensar, empurrou o curativo. Tinha o rosto espremido num macio travesseiro de penas, coberto por uma fronha de linho, sem qualquer perfume. Embaixo, o lençol era quente e liso. Dobrando com cuidado o braço esquerdo, ele deitou-se de costas.

O quarto escuro enganou-o, levando-o a pensar que ainda fosse noite quando examinou o relógio de pulso. Nove e quinze. Merda. Correu a mão pelo rosto e levantou-se da cama.

Devia estar num avião a meio caminho do Oceano Índico, e não deitado num sofisticado quarto de hotel em Washington. Um hotel sombrio e elegante, lembrou, pensando no pomposo saguão atapetado de vermelho. Haviam chegado à uma e dez e ele não conseguira sequer um drinque. Os políticos que dominassem Washington, ele preferia Nova York.

O primeiro problema era que Whitney controlava as rédeas da grana, e não lhe dera opção. O problema seguinte era que aquela mulher tinha razão. Ele só vinha pensando em sair de Nova York; ela, em detalhes como passaportes.

Então a moça tinha ligações na capital, pensou. Se as ligações podiam cortar caminho para a papelada, ele era todo a favor. Olhou o caríssimo quarto ao redor, pouco maior que um armário de vassouras. Ela também poria a hospedagem na conta, percebeu, estreitando os olhos para a porta que ligava os quartos. Whitney MacAllister tinha a mente de um contador. E o rosto de...

Esboçando um sorriso, ele abanou a cabeça e deitou-se. Melhor faria afastando a mente do rosto e dos outros atributos dela. Era de seu dinheiro que precisava. As mulheres tinham de esperar. Tão logo pusesse as mãos no que buscava, podia envolver-se até o pescoço com elas, se quisesse.

A imagem era agradável o suficiente para fazê-lo sorrir por mais um minuto. Louras, morenas, ruivas, rechonchudas, magras, baixas e altas. Não fazia o menor sentido ser exigente demais, e pretendia ser muito generoso com seu tempo. Primeiro, tinha de conseguir o maldito passaporte e o visto. Franziu o cenho. A maldita lengalenga burocrática. Tinha um tesouro à espera, um quebrador de ossos profissional fungando no cangote e uma louca no quarto contíguo que não comprava nem um maço de cigarros para ele sem anotar na agendazinha que guardava na bolsa de pele de cobra de duzentos dólares.

A idéia motivou-o a estender a mão e pegar um cigarro no maço na mesinha-de-cabeceira. Não entendia a atitude dela. Quando ele tinha dinheiro para gastar, era generoso. Talvez demasiado generoso, pensou, esboçando um sorriso. Sem a menor dúvida, nunca o conservava por muito tempo.

A generosidade fazia parte de sua natureza. As mulheres eram uma fraqueza, sobretudo as pequenas, de lábios petulantes e olhos grandes. Não importava quantas vezes se enrabichasse por uma, invariavelmente se deixava seduzir pela seguinte. Seis meses antes, uma garçonete baixinha chamada Cindy dera-lhe duas noites inesquecíveis e uma lacrimosa história sobre a mãe doente em Columbus. No fim, separara-se dela — e de cinco mil dólares. Sempre fora doido por olhos grandes.

Isso ia mudar, prometeu a si mesmo. Assim que pusesse as mãos no pote de ouro, iria agarrar-se à fortuna. Dessa vez, compraria aquela espetacular e enorme mansão na Martinica e começaria a levar a vida com a qual sempre sonhara. E seria generoso com os empregados. Cuidara da sujeira de muitos ricos para saber como podiam ser frios e indiferentes com os empregados. Claro, só cuidara da limpeza até conseguir limpá-los, mas isso não mudava o ponto principal.

Trabalhar para os ricos não lhe dera o gosto que tinha por coisas valiosas. Nascera com ele. Apenas não nascera com dinheiro. Mas, também, julgava-se numa situação melhor por ter nascido com inteligência. Com inteligência e certos talentos, a gente pode tomar o que quer — ou precisa — de pessoas que mal notam o golpe. O trabalho mantinha o fluxo da adrenalina. O resultado, o dinheiro, apenas o deixava relaxar até a vez seguinte.

Sabia planejar, tramar e esquematizar. E também reconhecia o valor da pesquisa. Passara metade da noite acordado repassando cada detalhe de informação que podia decifrar no envelope. Era um quebra-cabeça, mas ele tinha todas as peças. Para encaixá-las, precisava apenas de tempo.

As traduções magnificamente digitadas que lera talvez houvessem sido só uma bonita história para alguns, uma aula de história para outros — aristocratas lutando para contrabandear suas preciosas jóias e preciosas existências da França dilacerada pela Revolução. Lera palavras de medo, confusão e desespero. Nos originais lacrados em plástico, vira falta de esperança na caligrafia, em palavras que não conseguira ler. Mas também lera sobre intriga, realeza e riqueza. Maria Antonieta. Robespierre. Colares com nomes exóticos ocultos por trás de tijolos ou escondidos em carroças carregadas de batatas. A guilhotina, fugas desesperadas pelo Canal da Mancha. Belas descrições impregnadas de história e coloridas com sangue. Mas os diamantes, as esmeraldas, os rubis do tamanho de ovos de galinha também haviam sido reais. Jamais voltaram a ver alguns deles. Foram usados para comprar vidas, uma refeição ou o silêncio. Outros atravessaram oceanos. Doug massageou o formigamento no braço e sorriu. O Oceano Índico — rota do comércio de mercadores e piratas. E na costa de Madagascar, escondida durante séculos, guardada para uma rainha, estava a resposta aos seus sonhos. Iria encontrá-la, com a ajuda do diário de uma menina e o desespero de um pai. Quando a encontrasse, jamais olharia para trás.

Coitada da criança, pensou, imaginando a jovem francesa que escrevera seus sentimentos duzentos anos atrás. Perguntava-se se a tradução que lera expressava de fato tudo pelo que ela passara. Se pudesse ler o original francês... Encolheu os ombros e lembrou-se de que ela morrera muito tempo atrás e isso não era da sua conta. Mas não passava de uma criança, assustada e confusa.

Por que nos odeiam?, ela escrevera. Por que nos olham com tanto ódio? Papai diz que precisamos deixar Paris e acho que nunca mais tornarei a ver minha casa.

E nunca mais a vira, pensou Doug, porque a guerra e a política só vêem o quadro maior e maltratam a arraia-miúda. A França durante a Revolução ou um buraco cheio de vapor numa selva do Vietnã. Isso jamais mudava. Ele sabia bem o que era sentir-se desprotegido. Nunca mais iria sentir-se assim de novo.

Espreguiçou-se e pensou em Whitney.

Qualquer que fosse o resultado, fizera um acordo com ela. Jamais ignorava um acordo, a não ser que tivesse a certeza de poder escapar impune. Ainda assim, exasperava-o o fato de precisar depender dela para cada dólar.

Dimitri contratara-o para roubar os documentos porque ele era, admitiu Doug honestamente ao tragar a fumaça, um ladrão muito bom. Ao contrário da equipe-padrão do chefe, jamais achara que uma arma compensava a falta de inteligência. Sempre preferira viver de acordo com a última. Sabia que a fama de fazer um trabalho perfeito e tranqüilo lhe rendera a convocação de Dimitri para roubar um gordo envelope num cofre numa exclusiva instituição perto da Park Avenue.

Trabalho era trabalho, e se um homem como Dimitri queria pagar cinco mil por um maço de papéis, a maioria com texto desbotado e estrangeiro, Doug não iria discutir. Além disso, tinha algumas dívidas a pagar.

Tivera de passar por dois sofisticados sistemas de alarme e quatro guardas da segurança antes de conseguir arrombar a pequena preciosidade de um cofre embutido na parede, onde se achava guardado o envelope. Tinha jeito com fechaduras e alarmes. Era... bem, um dom, refletiu. Não se devem desperdiçar os talentos concedidos por Deus.

O negócio era que jogara limpo. Nada tirara além dos documentos — embora se deparasse com a visão muito interessante de um estojo preto ao lado deles no cofre. Jamais pensou que retirá-los para lê-los proporcionasse mais alguma coisa que cobrisse as apostas. Não esperava ficar fascinado pelas traduções de cartas, nem pelo diário e documentos que remontavam a um passado de duzentos anos. Talvez o amor que sentia por uma boa história, ou o respeito pela palavra escrita, lhe houvesse desencadeado a imaginação, enquanto passava os olhos pelos documentos. Mas, fascinado ou não, ele os teria devolvido. Acordo era acordo.

Parara numa loja de conveniência e comprara fita adesiva. Prender o envelope no peito fora apenas uma precaução. Em Nova York, como em qualquer outra cidade, proliferavam pessoas desonestas. Claro que chegara ao parque infantil no East Side de Manhattan uma hora antes e escondera-se. Um homem ficava vivo por mais tempo se vigiasse o traseiro.

Sentado atrás das moitas na chuva, pensara no que lera — a correspondência, os documentos e a caprichada relação de pedras preciosas e jóias. Quem quer que houvesse reunido as informações traduzira-as de forma muito meticulosa, com a dedicação de um bibliotecário profissional. Passara-lhe brevemente pela mente que, se tivesse tempo e oportunidade, teria ele mesmo dado continuação ao trabalho. Mas acordo era acordo.

Esperara com toda a intenção de entregar a papelada e pegar o pagamento. Isso antes de saber que não iria receber os cinco mil combinados com Dimitri. Receberia uma bala de dois dólares nas costas e um enterro nas águas do East River.

Remo chegara no Lincoln preto com dois outros homens vestidos para fazer o negócio. Haviam debatido calmamente a maneira mais eficiente de assassiná-lo. Uma bala no cérebro parecia ser o método acertado, mas ainda decidiam o "quando" e "onde", com Doug agachado atrás dos arbustos, a menos de dois metros. Parecia que Remo ficara cheio de restrições em relação à idéia de sangue no estofado do Lincoln.

A princípio, Doug se enfurecera. Não lhe importava o número de vezes que fora traído — e parara de contar —, isso sempre o enraivecia. Ninguém era honesto neste mundo, pensara, enquanto a fita adesiva lhe arrancava um naco de pele. Mesmo enquanto se concentrava em dar o fora ileso, começara a analisar as opções.

Dimitri tinha fama de excêntrico. Mas também de escolher vencedores, desde o senador certo a manter na folha de pagamento ao melhor vinho a estocar na adega. Se ele queria tanto os papéis, a ponto de eliminar uma ponta solta chamada Doug Lord, o conteúdo devia valer alguma coisa. Na mesma hora, Doug decidiu que os documentos eram seus e que conquistara sua almejada fortuna. Só precisava viver para reivindicá-la.

Por reflexo, tocou então o braço. Enrijecido, sim, mas já sarando. Tinha de admitir que a louca Whitney MacAllister fizera um bom trabalho. Soprou um pouco de fumaça por entre os dentes antes de esmagar o cigarro. Ela, na certa, lhe cobraria por isso.

Precisava dela por enquanto, pelo menos até saírem do país. Assim que chegassem a Madagascar, ele se livraria de sua companhia. Um lento e ocioso sorriso cobriu-lhe o rosto. Tinha alguma experiência em superar as mulheres em métodos estratégicos. Às vezes, tinha sucesso. Só lamentava o fato de que não chegaria a vê-la bater os pés e praguejar quando percebesse que ele a descartara. Imaginando aquelas nuvens de cabelos claros, iluminados pelo sol, achou que era quase uma grande pena ter de ludibriá-la. Não podia negar que lhe devia. No momento em que suspirava e começava a pensar com carinho nela, a porta de ligação entre os quartos abriu-se de repente.

— Ainda na cama? — Whitney atravessou o quarto até a janela e abriu as cortinas. Abanou a mão agitada diante do rosto na tentativa de dissolver a nuvem de fumaça. Ele já acordara havia algum tempo, concluiu. Fumando e tramando. Bem, ela também andara fazendo alguns cálculos. Quando Doug praguejou e franziu os olhos, Whitney apenas balançou a cabeça. — Você está um lixo.

Ele era vaidoso o suficiente para fechar a cara. Tinha o queixo áspero com os tocos da barba de uma noite, os cabelos desgrenhados, e mataria por uma escova de dentes. Ela, em compensação, parecia recém-saída da Elizabeth Arden. Nu na cama, com o lençol até a cintura, sentiu-se em desvantagem. Não dava a mínima para essa sensação.

— Você nunca bate à porta?

— Não quando sou eu quem paga o quarto — ela respondeu, sem esforço. Pisou na calça jeans amontoada no chão. — O café-da-manhã está subindo.

— Excelente.

Ignorando o sarcasmo, ela ficou à vontade, sentou-se no pé da cama e esticou as pernas.

— Sinta-se em casa — disse Doug, expansivo.

Ela apenas sorriu e jogou os cabelos para trás.

— Entrei em contato com tio Maxie.

— Quem?

— Tio Maxie — repetiu Whitney, dando uma rápida conferida nas unhas. Precisava mesmo de uma manicure antes de eles deixarem a cidade. — Na verdade, ele não é meu tio, eu é que o chamo de tio.

— Ah, esse tipo de tio — disse Doug, com uma expressão de leve escárnio no rosto.

Ela concedeu-lhe um olhar brando.

— Não seja grosseiro, Douglas. É um amigo querido da família. Talvez já tenha ouvido falar dele. Maximillian Teebury.

— O senador Teebury?

Ela abriu os dedos para uma última conferida.

— Você se mantém a par dos últimos acontecimentos.

— Escute, sabichona. — Ele agarrou-lhe o braço e a fez desabar na metade do seu colo. Ela apenas sorriu-lhe, sabendo que tinha todos os ases. — Exatamente o quê tem o senador Teebury a ver com qualquer coisa?

— Ligações. — Ela deslizou um dedo pelo rosto dele, emitindo um cacarejo de desaprovação pela aspereza da pele. Mas a aspereza, descobriu, tinha seu próprio apelo primitivo. — Meu pai sempre diz que a gente pode se virar sem sexo num aperto, mas não sem ligações.

— É? — Rindo, ele ergueu-a para encostar o rosto dela no seu e os cabelos da jovem derramaram-se nos lençóis. Mais uma vez sentiu a flutuação do perfume dela, que significava riqueza e classe. — Todo mundo tem prioridades diferentes.

— É verdade. — Ela teve vontade de beijá-lo. Com o visual selvagem, nervoso e descabelado, parecia um homem após uma noite de sexo violento. Que tipo de amante seria Douglas Lord? Brutal. A idéia fez-lhe o coração bater um pouco mais rápido. Ele cheirava a cigarro e suor. Parecia viver no limite e apreciar. Gostaria de sentir aquela boca inteligente e interessante na sua... mas ainda não. Assim que o beijasse, poderia esquecer que tinha de manter-se um passo adiante dele. — O negócio é o seguinte — murmurou, deixando as mãos vagarem pelo cabelo dele quando os lábios dos dois ficaram separados apenas por um hálito —, tio Maxie pode conseguir um passaporte para você e dois vistos de trinta dias para Madagascar em vinte e quatro horas.

— Como?

Whitney notou com divertida contrariedade a rapidez com que o tom sedutor dele se tornou prático.

— Ligações, Douglas — ela respondeu rindo. — Pra que servem os parceiros?

Ele lançou-lhe um olhar avaliador. O diabo que o carregasse se ela não vinha se tornando útil. Se não tomasse cuidado, ela se tornaria indispensável. A última coisa que um homem talentoso precisava era de uma mulher indispensável, de olhos cor de uísque e pele com a textura igual à parte de baixo das pétalas. Então lhe ocorreu que àquela hora no dia seguinte estariam de partida. Soltando um rápido grito de entusiasmo, rolou por cima dela e fez seus cabelos se abrirem como um leque no travesseiro. Os olhos dela meio desconfiados, meio sorrindo, encontraram os dele.

— Vamos descobrir, parceira — sugeriu.

Doug tinha o corpo rijo, como os olhos às vezes, como a mão que lhe tomou o rosto. Que tentação! Ele era uma tentação. Embora fosse sempre vital pesar a vantagem contra a desvantagem. Antes que Whitney pudesse decidir se concordava ou não, ouviu uma batida à porta.

— Café-da-manhã — avisou, rindo, e desvencilhou-se debaixo dele.

Embora sentisse o coração bater um pouco rápido demais, ela não ia insistir nisso. Tinha muita coisa a fazer.

Doug cruzou os braços atrás da cabeça e recostou-se na cabeceira. Talvez o desejo lhe abrisse um buraco no estômago, ou talvez fosse apenas fome. Talvez as duas coisas.

— Vamos tomar o café na cama.

Whitney deu sua opinião à sugestão dele, ignorando-a.

— Bom-dia — disse alegre ao garçom, quando ele empurrou o carrinho com a bandeja.

— Bom-dia, Sra. MacAllister.

O jovem porto-riquenho de constituição quadrada não lançou sequer uma olhadela em direção a Doug. Tinha olhos apenas para Whitney. Com considerável encanto, entregou-lhe um botão de rosa pink.

— Ora, obrigada, Juan. É linda.

— Achei que ia gostar. — Ele disparou-lhe um sorriso, mostrando uma boca cheia de dentes fortes e uniformes. — Espero que o café-da-manhã seja de seu agrado. Eu trouxe os artigos de toalete e o papel que me pediu.

— Oh, maravilha, Juan. — Ela sorriu para o atarracado garçom moreno, notou Doug, com mais doçura do que se dera ao trabalho de exibir para ele. — Espero não ter dado trabalho demais.

— Oh, não, a senhora, jamais, Sra. MacAllister.

Pelas costas do garçom, Doug arremedou em silêncio as palavras e a comovente expressão dele. Whitney apenas ergueu uma sobrancelha e depois assinou a conta com um floreio.

— Obrigada, Juan. — Enfiou a mão na bolsa e tirou uma nota de vinte dólares. — Você foi uma grande ajuda.

— É um prazer, Sra. MacAllister. Basta me ligar se eu puder fazer alguma coisa. — Os vinte dólares desapareceram no bolso com a rapidez e a discrição da longa prática. — Aproveite seu café-da-manhã.

Ainda sorrindo, saiu de costas pela porta.

— Você adora que eles rastejem a seus pés, não?

Ela desvirou uma xícara e serviu café. Como quem não quer nada, balançou o botão de rosa sob o nariz.

— Ponha uma calça e venha comer.

— E foi danada de generosa com o pouco dinheiro vivo que temos. — Ela nada disse, mas ele viu-a puxar a pequena agenda. — Espere aí, foi você quem se excedeu na gorjeta ao garçom, não eu.

— Ele comprou uma lâmina de barbear e uma escova de dentes pra você — ela respondeu, com brandura. — Vamos dividir a gorjeta, porque sua higiene é um pouco da minha conta no momento.

— Que generosidade da sua parte — ele grunhiu.

Então, como queria ver até onde podia pressioná-la, desceu devagar da cama.

Whitney não arquejou nem se esquivou, tampouco enrubesceu. Apenas deu-lhe um olhar demorado e avaliador. A atadura branca no braço fazia um nítido contraste na pele de tom bronzeado. Deus do céu, ele tinha um belo corpo, ela pensou, quando sentiu o pulso começar uma lenta e prolongada batida. Magro, esguio e sutilmente musculoso. Nu, com a barba por fazer e um meio sorriso, parecia mais perigoso e atraente que qualquer homem que já encontrara. Não lhe daria a satisfação de saber disso.

Sem tirar os olhos de cima dele, Whitney ergueu a xícara de café.

— Pare de se gabar — disse num tom conciliatório — e ponha a calça. Os ovos estão esfriando.

Droga, ela tinha fleuma mesmo, ele pensou, ao erguer a calça jeans do chão. Só uma vez iria vê-la suar. Caindo pesado na cadeira defronte, Doug começou a empanturrar-se de ovos quentes e bacon crocante. No momento, sentia fome demais para calcular quanto lhe custava o luxuoso serviço de copa. Assim que encontrasse o tesouro, poderia comprar a porra do seu próprio hotel.

— Quem é exatamente você, Whitney MacAllister? — ele quis saber com a boca cheia.

Ela pôs uma pitada de pimenta nos próprios ovos.

— Em que sentido?

Ele riu, satisfeito por ela não dar respostas fáceis.

— De onde você vem?

— Richmond, Virginia — ela respondeu, deslizando tão rápido para um perfeito sotaque virginiano que alguém juraria que sempre o tivera. — Minha família continua lá, na fazenda.

— Por que se mudou pra Nova York?

— Porque é rápida.

Doug pegou uma torrada e examinou a cesta de geléias.

— Que é que você faz lá?

— Tudo o que eu gosto.

Ele olhou dentro dos olhos sensuais, cor de uísque, dela e acreditou.

— Tem emprego?

— Não, tenho uma profissão. — Ela pegou uma fatia de bacon entre os dedos e mordiscou-a. — Sou designer de interiores.

Ele se lembrou do apartamento dela, a sensação de elegância, a fusão de cores, a singularidade.

— Decoradora — refletiu. — É boa no que faz.

— Claro. E você? — Ela serviu mais café aos dois. — Que é que faz?

— Um monte de coisas. — Ele pegou o creme, observando-a. — Na maioria das vezes, sou ladrão.

Ela lembrou a facilidade com que ele roubara o Porsche.

— Deve ser bom no que faz.

Ele riu, agradecido.

— Claro.

— O quebra-cabeça que falou. Os documentos. — Ela partiu uma torrada em duas. — Vai me mostrar?

— Não.

Ela estreitou os olhos.

— Como vou saber se você os tem mesmo, e que valem meu tempo, pra não falar no meu dinheiro?

Ele pareceu pensar um pouco, depois lhe ofereceu a cesta de geléias.

— Fé?

Ela escolheu a de morango e espalhou-a em doses generosas.

— Vamos tentar não ser ridículos. Como os obteve?

— Eu... os adquiri.

Mordendo a torrada, ela o encarou por cima.

— Roubou.

— É.

— Dos homens que perseguiam você?

— Pro homem pra quem eles trabalham — corrigiu-a Doug. — Dimitri. Infelizmente, ele ia me trair, portanto todas as apostas foram canceladas. Nove décimos da lei de posse.

— Imagino que sim. — Ela pensou por um instante no fato de que tomava café-da-manhã com um ladrão, de posse de um misterioso quebra-cabeça. Supunha que iria fazer mais coisas incomuns na vida. — Tudo bem, vamos tentar assim. Em que forma está esse quebra-cabeça?

Doug pensou em dar-lhe outra resposta negativa, mas captou a expressão nos olhos dela. Determinação fria e imperturbável. Era melhor dar-lhe alguma coisa, pelo menos até ter o passaporte e a passagem.

— Tenho recortes, documentos, cartas. Eu já disse que remontam a uns duzentos anos. Há informações suficientes na papelada que tenho pra me levar direto ao pote de ouro, um tesouro que ninguém sequer sabe estar lá. — Quando lhe ocorreu outra idéia, ele olhou-a com desagrado. — Você fala francês?

— Claro — ela respondeu e sorriu. — Então parte do quebra-cabeça está em francês. — Como ele não disse nada, ela fez-lhe uma pergunta direta. — Por que ninguém sabe da existência de seu pote de ouro?

— Todos que sabiam estão mortos.

Embora ela não tivesse gostado do jeito como ele disse isso, não voltaria atrás agora.

— Como sabe que é autêntico?

Os olhos dele tornaram-se intensos, como ficavam quando menos se esperava.

— Eu sinto.

— E quem é esse homem que está atrás de você?

— Dimitri? Um negociante... negócio sujo... de primeira classe. É inteligente, mesquinho, o tipo de cara que sabe o nome em latim do inseto do qual arranca as asas. Se ele quer a papelada, é porque vale uma fortuna. Uma fortuna.

— Imagino que vamos descobrir isso em Madagascar. — Ela pegou o *New York Times* que Juan entregara. Não gostou do jeito como Doug descrevera o homem que o perseguia. A melhor maneira de evitar pensar nisso era pensar em alguma outra coisa. Abrindo o jornal, prendeu a respiração e tornou a soltá-la. — Ai, merda.

Decidido a terminar os ovos, Doug perguntou-lhe em tom ausente:

— Humm?

— Agora sobrou pra mim — ela profetizou, erguendo e jogando o jornal no prato dele.

— Ei, eu ainda não terminei.

Antes que ele pudesse empurrar o jornal para o lado, viu a imagem de Whitney sorrindo-lhe. Acima da foto, uma manchete em destaque.

HERDEIRA DO SORVETE DESAPARECIDA

— Herdeira do sorvete? — murmurou Doug, deslizando os olhos pelo texto antes de absorver totalmente a notícia. — Sorvete... — Ficou boquiaberto ao largar o jornal. — Sorvete MacAllister? É você?

— Indiretamente — respondeu-lhe Whitney, andando de um lado para outro no quarto, enquanto tentava elaborar o melhor plano. — É meu pai.

— Sorvete MacAllister — repetiu Doug. — Filho-da-mãe. Ele faz a melhor mistura cremosa do país.

— Claro.

Ocorreu-lhe que Whitney era não apenas uma decoradora refinada, mas a filha de um dos homens mais ricos do país. Valia milhões. *Milhões.* E se ele fosse pego com ela, seria acusado de seqüestro antes de poder pedir o advogado nomeado pelo tribunal. De vinte anos à prisão perpétua, pensou, correndo a mão pelo cabelo. Doug Lord, sem dúvida, sabia escolher mulheres.

— Escute, benzinho, isso muda tudo.

— Com certeza que muda — ela resmungou. — Agora tenho de ligar pro papai. Oh, e pro tio Maxie também.

— É. — Ele abocanhou a última garfada de ovos, decidindo que era melhor comer enquanto tinha chance. — Por que você não calcula minha conta, e a gente...

— Papai vai achar que estou sendo mantida refém por resgate ou coisa assim.

— Exatamente. — Ele pegou a última fatia de torrada. Como ela encontrara uma forma de fazê-lo pagar a refeição, devia mesmo aproveitá-la. — E também não quero terminar com a bala de um policial na cabeça.

— Não seja ridículo. — Whitney descartou-o com um aceno da mão, enquanto aperfeiçoava o plano de abordagem. — Vou dar uma volta no papai — murmurou. — Tenho feito isso há anos. Devo conseguir que ele me envie dinheiro pelo caixa eletrônico enquanto participo disso.

— Dinheiro vivo?

Ela lançou-lhe um olhar demorado e avaliador.

— Isso sem dúvida atraiu sua atenção.

Ele largou a torrada.

— Escute, maravilha, se você sabe como dar uma volta no seu velho pra conseguir o que quer, quem sou eu pra questionar? E embora o cartão de crédito seja legal, e o dinheiro vivo que se pode sacar com o cartão também seja legal, mais um pouco das notas verdes me ajudaria a dormir com muito mais facilidade.

— Vou cuidar disso. — Ela foi até a porta de ligação dos quartos, e depois parou. — Você bem que precisa de uma chuveirada e de fazer a barba, Douglas, antes de a gente ir às compras.

Ele parou no ato de esfregar o queixo.

— Compras?

— Não vou pra Madagascar com uma blusa e uma calça. E sem dúvida não vou a lugar algum com você usando uma camisa só com uma manga. Faremos alguma coisa em relação ao seu guarda-roupa.

— Eu posso escolher minhas próprias camisas.

— Depois de ver aquela jaqueta fascinante em você quando nos conhecemos, tenho cá minhas dúvidas.

Com isso, ela fechou a porta entre eles.

— Era um disfarce — ele berrou atrás e dirigiu-se ao banheiro batendo os pés.

Mulher maldita, sempre queria ter a última palavra.

Mas, precisou admitir, tinha bom gosto. Após duas horas de um redemoinho de compras, ele carregava mais sacolas do que queria, mas o corte da camisa ajudava a esconder a ligeira protuberância do envelope mais uma vez preso com fita adesiva ao peito. E gostava da sensação que causava o linho folgado na pele. Assim como gostava da forma como Whitney movia os quadris sob o fino vestido branco. Ainda assim, de nada serviria ser agradável demais.

— Que diabos vou fazer de terno, vagando por uma floresta em Madagascar?

Ela deu uma rápida inspecionada e ajeitou a gola da camisa. Doug fizera um escarcéu sobre usar azul-bebê, mas ela reafirmara a opinião de que era uma cor que ficava excelente nele. O mais estranho era que parecia ter nascido usando calça feita sob medida.

— Quando a gente viaja, deve estar preparada para tudo.

— Eu não sei quanta caminhada teremos de fazer, benzinho, mas lhe digo o seguinte. Você vai carregar sua própria tralha.

Ela baixou os novos óculos escuros de grife.

— Um cavalheiro até o fim.

— Com certeza. — Ele parou ao lado de uma drogaria e transferiu as embalagens para debaixo de um dos braços.

— Ouça, preciso de umas coisas aqui. Me dê uma nota de vinte. — Quando ela apenas ergueu uma sobrancelha, ele vociferou. — Sem essa, Whitney, você vai anotar na sua maldita conta de qualquer modo. Eu me sinto nu sem dinheiro algum.

Ela deu-lhe um sorriso amável ao enfiar a mão na bolsa.

— Não o incomodou ficar nu essa manhã.

A falta de reação dela ao seu corpo ainda o irritava. Puxou-lhe a nota da mão.

— É, falaremos disso de novo outra hora. Encontro você lá em cima daqui a dez minutos.

Satisfeita consigo mesma, ela cruzou a porta do hotel e atravessou voando o saguão. Vinha se divertindo mais em chatear Doug Lord do que se divertira em meses. Transferiu a elegante sacola de viagem de couro que comprara para a outra mão e apertou o botão de seu andar.

As coisas pareciam boas, pensou. O pai ficara aliviado ao saber que ela se achava segura, e não se aborrecera com o fato de a filha deixar mais uma vez o país. Rindo consigo mesma, encostou-se na parede. Supôs que o fizera passar por maus momentos nos últimos vinte e oito anos, mas era esse o seu jeito de ser. Em todo caso, entrelaçara fato e ficção até ele ficar satisfeito. Com os mil dólares que transferira para o tio Maxie naquela tarde, ela e Doug pisariam em terreno seguro antes de decolarem para Madagascar.

Até o nome a agradava. Madagascar, pensou, vagando pelo corredor em direção ao quarto. Exótica, nova, singular. Orquídeas e verdes exuberantes. Queria tanto ver toda a ilha-país, experimentar tudo, quanto acreditar que o quebra-cabeça do qual falava Doug levasse ao tal pote de ouro.

Não era o ouro em si que a atraía. Habituara-se demais à riqueza para o batimento do coração acelerar-se com a idéia de ter mais. Era a emoção da procura, da descoberta, que a atraía. De forma muito estranha, entendia melhor do que Doug que ele sentia a mesma coisa.

Teria de aprender muito mais sobre ele, decidiu. A julgar pela maneira como conversara sobre corte e tecido com o vendedor, não era estranho a coisas mais refinadas. Poderia passar por um dos ricos despreocupados numa camisa de linho de corte clássico — a não ser quando a gente olhava os olhos. Olhava mesmo. Nada despreocupados, pensou. Eram inquietos, desconfiados e famintos. Se eles seriam parceiros, ela tinha de descobrir por quê.

Ao destrancar a porta, ocorreu-lhe que tinha alguns minutos a sós, e que talvez, apenas talvez, Doug houvesse escondido a papelada no quarto dele. Era ela quem levantava o dinheiro, disse a si mesma. Tinha todo o direito de ver o que financiava. Mesmo assim, moveu-se em silêncio, mantendo o ouvido atento à volta dele, ao cruzar a porta de ligação dos quartos. Arquejou, e depois, levando a mão ao coração, riu.

— Juan, você quase me matou de susto. — Entrou, olhando atrás de onde o jovem garçom se sentava à mesa ainda empilhada de coisas. — Veio pegar os pratos do café-da-manhã? — Não tinha de adiar a busca por causa dele, decidiu, e começou a remexer na cômoda. — O hotel é movimentado nesta época do ano? — perguntou à guisa de conversa. — É época de florescência das cerejeiras, não? Isso sempre traz turistas.

Frustrada pelo fato de a cômoda estar vazia, inspecionou o quarto. Talvez estivesse no armário.

— Que horas em geral vem a arrumadeira, Juan? Eu precisava de umas toalhas extras. — Como ele continuou a encará-la com os olhos fixos, em silêncio, ela franziu as sobrancelhas. — Você não parece bem — disse. — Eles o fazem trabalhar duro demais. Talvez você deva...

Tocou a mão no ombro dele, e devagar, inerte, Juan desabou aos seus pés, deixando uma mancha de sangue no encosto da cadeira.

Whitney não gritou, porque ficara com a mente e as cordas vocais congeladas. Com os olhos arregalados e a boca agitada, ela recuou. Nunca vira a morte antes, nem nunca sentira o cheiro, mas a reconheceu. Antes de poder correr, uma mão fechou-se em seu braço.

— Muito bonita.

O homem, com o rosto a centímetros do dela, encostou uma arma embaixo do seu queixo. Tinha numa das faces uma horrível cicatriz de corte irregular, como de uma garrafa quebrada ou uma lâmina. O cabelo e os olhos cor de areia. O cano da arma parecia gelo na pele dela. Rindo, ele deslizou-o pela garganta abaixo.

— Onde está Lord?

Ela disparou o olhar para o corpo dobrado a centímetros de seus pés. Viu a mancha vermelha espalhar-se pelas costas brancas do paletó. Juan não seria de ajuda alguma, e jamais gastaria a gorjeta de vinte dólares que ela lhe dera apenas poucas horas antes. Se não fosse cuidadosa, muito, muito cuidadosa, terminaria do mesmo jeito.

— Perguntei sobre Lord.

Ele ergueu-lhe um pouco mais o queixo com o cano da arma.

— Eu me perdi dele — ela respondeu, pensando rápido. — Queria voltar aqui e encontrar os papéis.

— Traidora. — Ele brincou com as pontas dos cabelos dela e fez-lhe o estômago revirar-se. — Esperta também. — Cerrou os dedos, puxando sua cabeça para trás. — Quando é que ele volta?

— Eu não sei. — Ela estremeceu de dor e esforçou-se por manter a mente clara. — Quinze minutos, talvez meia hora. — A qualquer momento, pensou, desesperada. Ele poderia entrar a qualquer minuto, e então os dois seriam mortos. Outra olhada no corpo estendido aos pés, e os olhos marejaram-se. Whitney engoliu em seco com força, sabendo que não podia permitir-se lágrimas. — Por que você matou Juan?

— Lugar errado na hora errada — ele respondeu com um sorriso. — Igual a você, moça bonita.

— Escute... — Não era difícil ela manter a voz baixa. Se tentasse falar mais alto que um suspiro, os dentes bateriam. — Não tenho nenhuma lealdade a Lord. Se você e eu encontrássemos os papéis, então...

Deixou a frase sem terminar, umedecendo os lábios com a língua. Ele observou o gesto e correu o olhar pelo corpo dela abaixo.

— Não tem muito peito — disse, com escárnio, depois recuou, gesticulando com a arma. — Talvez eu deva ver mais do que você está oferecendo.

Ela brincou com o botão de cima da blusa. Tirara a mente dele da intenção de matá-la, por enquanto, mas não era uma grande barganha. Recuando devagar, ao passar para o botão seguinte, sentiu os quadris baterem na mesa. Como para firmar-se, apoiou a palma da mão ali, sem desprender o olhar dos olhos cor de areia. Sentiu o aço inoxidável roçar as pontas dos dedos.

— Talvez você deva me ajudar — sussurrou e forçou-se a sorrir.

Ele inclinou a cabeça quando largou a arma na cômoda.

— Talvez.

E já tinha as mãos nos quadris dela, subindo devagar pelo corpo. Whitney agarrou o garfo no punho fechado e mergulhou os dentes no lado da garganta do homem.

Com sangue esguichando, grunhindo como um porco, ele saltou para trás. Quando estendeu a mão para arrancar o garfo da garganta, ela pegou a sacola de viagem de couro e golpeou-o com toda a força que tinha. Não olhou para ver a profundidade com que enfiara os dentes do garfo nele. Fugiu.

De extremo bom humor, após um breve flerte com a moça do caixa, Doug pôs-se a gingar pelo saguão adentro. Correndo a todo o vapor, Whitney chocou-se com ele na passagem.

Ele fez malabarismo com as embalagens oscilantes.

— Corra! — ela gritou, e sem esperar para ver se ele aceitava o conselho, saiu desabalada do hotel.

Praguejando e atrapalhando-se com os pacotes, Doug emparelhou-se com ela.

— Por quê?

— Encontraram a gente.

Uma olhada para trás mostrou Remo e dois outros que acabavam de sair acotovelando-se do hotel.

— Ai que merda — ele resmungou; depois a agarrou pelo braço e arrastou-a para a primeira porta a que chegaram.

Foram recebidos pelos suaves arpejos de uma música de harpa e um maître obstinado.

— Têm reserva para o almoço?

— Só procurando amigos — respondeu Doug, e cutucou Whitney para acompanhá-lo.

— É, espero não termos chegado cedo demais. — Adejou as pálpebras para o maître, antes de examinar o restaurante. — Detesto chegar cedo. Ah, lá está Marjorie. Minha nossa, ela engordou. — Apoiando-se com um ar conspiratório em Doug, passaram pelo maître. — Não deixe de elogiá-la naquela roupa horrível, Rodney.

Avançando pela lateral do restaurante, seguiram em linha direta para a cozinha.

— Rodney? — ele queixou-se em voz baixa.

— Apenas me veio à cabeça.

— Aqui. — Pensando rápido, ele jogou as caixas e os sacos na sacola de viagem de Whitney e pendurou tudo no ombro. — Me deixe levar a conversa.

Na cozinha, abriram caminho contornando balcões, fogões e cozinheiros. Movendo-se o mais rápido que julgava prudente, Doug dirigiu-se à porta dos fundos. Um corpanzil de avental branco e um metro de largura postou-se diante dele.

— Não é permitida a entrada de clientes na cozinha.

Doug ergueu os olhos para o chapéu do chefe, no mínimo trinta centímetros acima da sua cabeça. Isso o fez lembrar o quanto detestava altercações físicas. Não se ganham muitos hematomas quando se usa a cabeça.

— Só um minuto, só um minuto — disse, agitado, e virou-se para a panela fervendo em fogo brando à direita. — Sheila, isso aqui tem o mais *divino* aroma. Esplêndido, sensual. Quatro estrelas para o aroma.

Dando continuidade à encenação, ela retirou a pequena agenda da bolsa.

— Quatro estrelas — repetiu, escrevendo.

Doug ergueu a concha, segurou-a sob o nariz, fechou os olhos e provou.

— Ah. — Proferiu a palavra de forma tão teatral que ela teve de abafar uma risadinha. — *Poisson Véronique*. Magnífico. Absolutamente magnífico. Sem a menor dúvida, um dos primeiros concorrentes na competição. Seu nome? — quis saber do chefe.

O corpanzil de avental branco envaideceu-se.

— Henri.

— Henri — ele repetiu, chamando Whitney com um aceno. — Será notificado em dez dias. Venha, Sheila, não perca tempo. Temos mais três visitas a fazer.

— Aposto em você — disse Whitney a Henri, ao saírem pela porta dos fundos.

— Muito bem. — Doug segurou firme o braço dela quando pararam no beco. — Remo é apenas meio idiota, por isso temos de dar o fora rápido. Pra que lado é a casa do tio Maxie?

— Ele mora em Rosly, Virginia.

— Certo, precisamos de um táxi. — Ia avançar, e então empurrou Whitney de volta à parede tão rápido que ela ficou sem ar. — Droga, já estão ali fora. — Parou um instante, sabendo que o beco não seria seguro por muito tempo. Em sua experiência, os becos nunca o eram. — Vamos ter de ir pro outro lado, o que significa pular alguns muros. Você vai ter de acompanhar.

A imagem de Juan continuava fresca na mente dela.

— Vou acompanhar.

— Vamos.

Partiram lado a lado e logo desviaram à direita. Whitney teve de subir em caixotes para transpor a primeira cerca e os músculos da perna chiaram surpresos quando ela pousou. Continuou correndo. Se ele tinha um padrão para a fuga, ela não conseguiu encontrar. Doug ziguezagueou pelas ruas, becos, e saltou cercas até deixá-la com os pulmões ardendo do esforço de acompanhá-lo. A ondulante saia do vestido prendeu-se num elo de corrente e rasgou a bainha num corte irregular. As pessoas paravam para olhá-los com surpresa e especulação, como jamais teriam feito em Nova York.

Doug mantinha sempre um olho atrás. Ela não tinha como saber se ele vivera assim quase toda a vida e muitas vezes se perguntava se ele já vivera de algum outro modo. Quando ele a arrastou pela escadaria abaixo em direção ao metrô do Centro, ela teve de segurar-se no corrimão para não cair de cabeça.

— Linhas azuis e linhas vermelhas — ele resmungou. — Por que têm de confundir tudo com cores?

— Não sei. — Ofegante, ela apoiou-se no painel de informação. — Nunca andei de metrô antes.

— Bem, estamos sem limusines no momento. Linha vermelha — ele anunciou e agarrou-lhe mais uma vez a mão.

Não sumira da visão deles. Doug continuava sentindo o cheiro do caçador. Cinco minutos, pensou. Queria apenas uma vantagem de cinco minutos. Então os dois entrariam num daqueles velozes trenzinhos e ganhariam mais tempo.

A multidão era compacta e tagarelava em meia dúzia de línguas. Quanto mais gente, melhor, decidiu, ao avançar devagar atrás da massa humana. Olhou para trás ao chegarem à beira da plataforma. Seu olhar encontrou o de Remo. Viu a atadura na pele bronzeada. Cumprimentos de Whitney MacAllister, pensou, e não pôde resistir a disparar-lhe um sorriso. É, devia a ela por isso, decidiu. Quando nada, devia-lhe isso.

Era tudo questão de tempo agora, sabia, ao empurrar Whitney para dentro do trem. Tempo e sorte. Ou a favor ou contra os dois. Imprensado entre ela e uma indiana vestida de sári, viu Remo abrir a custo caminho entre a multidão.

Quando as portas se fecharam, ele riu e fez ao frustrado perseguidor do lado de fora uma leve continência.

— Vamos encontrar um lugar pra sentar — disse a Whitney. — Não há nada como o transporte público.

Ela nada respondeu, enquanto abriam caminho pelo vagão, avançando com esforço, e continuava calada, quando encontraram um espaço quase grande o suficiente para os dois. Doug estava ocupado demais alternando pragas e bênçãos à sorte para notar. No fim, riu para o seu reflexo no vidro à esquerda.

— Bem, o filho-da-mãe pode ter nos encontrado, mas vai ter um monte de explicações infernais a dar a Dimitri sobre como tornou a nos perder. — Satisfeito, passou o braço sobre o banco laranja-forte. — Como você os localizou, de qualquer modo? —

perguntou meio ausente, enquanto tramava o movimento seguinte. Dinheiro, passaporte e aeroporto, nesta ordem, embora ele tivesse de encaixar uma rápida ida à biblioteca. Se Dimitri e sua matilha aparecessem em Madagascar, eles apenas sumiriam de novo. Vinha tendo um prolongado período de sorte. — Você tem um olho aguçado, benzinho — disse. — Estaríamos em maus lençóis se houvesse um comitê de boas-vindas na volta ao quarto do hotel.

A adrenalina transportara-a pelas ruas. A necessidade de sobreviver impelira-a com força e rapidez até o momento em que se sentara. Esgotada, Whitney virou a cabeça e fitou o perfil dele.

— Mataram Juan.

— Como? — Distraído, ele a olhou. Pela primeira vez, notou que Whitney tinha a tez exangue e os olhos sem expressão. — Juan? — Puxou-a mais para perto, baixando a voz para um sussurro. — O garçom? De que está falando?

— Estava morto no seu quarto quando voltei. Tinha um homem à espera.

— Que homem? — exigiu saber Doug. — Como é que ele era?

— Olhos cor de areia. Tinha uma cicatriz que descia pela face, uma cicatriz longa e denteada.

— Butrain — ele resmungou. — Um verme exagerado de Dimitri, e mais vil impossível. — Intensificou o aperto no ombro de Whitney. — Machucou você?

Ela tornou a focar os olhos sombrios como uísque envelhecido nos dele.

— Acho que eu o matei.

— O quê? — Ele fitou o rosto elegante e de ossatura fina. — Você matou Butrain? Como?

— Com um garfo.

— Você... — Doug interrompeu-se e recostou-se, tentando compreender. Se ela não o olhasse com olhos tão grandes e arrasados, se não tivesse a mão fria como gelo, ele teria rido alto. — Está me dizendo que liquidou um dos gorilas de Dimitri com um garfo?

— Não parei pra tomar o pulso dele.

O trem parou na estação seguinte e, incapaz de continuar sentada imóvel, Whitney levantou-se e forçou o caminho para descer. Praguejando e lutando ao avançar entre corpos, Doug alcançou-a na plataforma.

— Tá bem, tá bem, é melhor me contar a história toda.

— A história toda? — Bruscamente enfurecida, ela virou-se para ele. — Quer ouvir a coisa toda? A porra da coisa toda? Eu voltei para o quarto e lá estava aquele pobre e inofensivo rapaz morto, sangue em todo o paletó branco engomado, e um sujeito detestável com o rosto igual a um mapa apertando uma arma em minha garganta.

Alteara tanto a voz que os transeuntes se viravam para escutar ou olhar.

— Controle-se — resmungou Doug, arrastando-a para outro trem.

Iam continuar seguindo viagem, não importava para onde, até ela acalmar-se e ele ter um plano mais viável.

— Controle-se você — ela rebateu —, que me meteu nisto.

— Escute, benzinho, pode dar meia-volta na hora que quiser.

— Claro, e terminar com a garganta cortada por alguém que está atrás de você e daqueles malditos papéis.

A verdade deixou-o com pouca defesa. Empurrando-a até um banco de quina, espremeu-se ao seu lado.

— Certo, então você está presa a mim — disse Doug em voz baixa. — Mas aqui vai uma notícia de última hora... ouvir você se lamentar disso me deixa nervoso.

— Não estou me lamentando. — Ela virou-se para ele com olhos marejados e vulneráveis. — Aquele jovem está morto.

A raiva se esgotara e irrompera a culpa. Sem saber mais o que fazer, ele abraçou-a. Não tinha o hábito de reconfortar mulheres.

— Não pode deixar isso mortificar você. Não é a responsável.

Cansada, ela apoiou a cabeça no ombro dele.

— É assim que você supera as dificuldades da vida, Doug, não sendo responsável?

Enroscando os dedos nos cabelos dela, ele viu as imagens gêmeas dos dois no vidro.

— É.

Calaram-se, os dois perguntando-se se ele dizia a verdade.

Capítulo Três

Whitney tinha de sair logo dessa. Doug ajeitou-se na poltrona de primeira classe e desejou saber como livrá-la do sofrimento. Achava que entendia as mulheres ricas. Trabalhara para elas — e nelas —, muitas delas. Era igualmente verdade, imaginou, que muitas haviam trabalhado nele. O problema, como sempre, era que, na maioria das vezes, ele se apaixonava apenas um pouco por qualquer mulher com quem passava mais de duas horas. Eram tão, bem, femininas, concluiu. Ninguém podia parecer mais sincero que uma mulher cheirosa e de pele macia. Mas aprendera com a experiência que as de grandes contas bancárias em geral tinham um coração de pura flexibilidade. Tão logo o cara se prontificasse a esquecer os brincos de diamantes em favor de um relacionamento mais importante, terminavam tudo com ele.

Insensibilidade. Julgava esse o pior defeito dos ricos. Aquela insensibilidade que os fazia passar por cima de todas as pessoas com a indiferença de uma criança calcando os pés num besouro. Para recreação, escolhia uma garçonete de sorriso fácil. Mas, quando se tratava de negócios, Doug ia direto ao saldo bancário. A mulher de conta polpuda era uma cobertura inestimável. Ele transpunha muitas portas fechadas com uma rica nos braços. Chegavam de formas diversificadas, por certo, mas em geral podiam ser classificadas com poucos rótulos básicos. Vieram-lhe à mente as entediadas, perversas, frias ou tolas. Whitney não parecia encaixar-se em qualquer um desses rótulos. Quantas pessoas se lembrariam do nome de um garçom, quanto mais lamentariam sua perda?

Viajavam para Paris saindo do aeroporto internacional Dulles. Um grande desvio, ele esperava, para despistar Dimitri. Se isso lhe desse um dia, algumas horas, aproveitaria. Sabia, como qualquer um no ramo, da fama de Dimitri para lidar com quem tentava ludibriá-lo. Homem tradicional, preferia métodos tradicionais. Gente como Nero teria apreciado o encanto de Dimitri pela tortura inovadora e lenta. Haviam circulado rumores sobre uma sala no porão da propriedade dele no estado de Connecticut. Supunha-se que cheio de antiguidades — daquelas da Inquisição espanhola. Falavam ainda da existência de um estúdio de excelente qualidade. Luzes, câmera, ação. Creditava-se a Dimitri o prazer de assistir a repetições de sua obra mais macabra. Doug não iria ver-se à luz do refletor numa das apresentações de Dimitri, nem acreditar no mito de que ele era onipotente. Não passava de um homem, disse a si mesmo. Carne e osso. Mas, mesmo a mais de nove mil metros de altura, tinha a inquietante sensação de uma mosca manipulada por uma aranha.

Tomando outra bebida, afastou esse pensamento. Um passo de cada vez. Era assim que jogava, assim que iria sobreviver.

Se houvesse tempo, levaria Whitney ao Hotel de Crillon por dois dias. Era o único lugar em que se hospedava em Paris. Em algumas cidades, conformava-se com um motel e uma cama dobrável, em outras nem sequer dormia. Mas isso não acontecia em Paris. Sua sorte sempre estivera lá.

Fazia questão de providenciar uma viagem duas vezes por ano, sem nenhum outro motivo além da comida. Pelo que sabia, ninguém cozinhava melhor que os franceses, ou os educados na França.

Por isso, conseguira blefar no preparo de vários pratos. Aprendera a maneira francesa, a *correta*, de fazer uma omelete no Cordon Bleu. Claro, mantinha-se discreto nesse interesse específico. Se houvesse vazado a informação de que usava um avental e batia ovos, teria perdido a reputação nas ruas. Além disso, seria embaraçoso. Portanto, sempre disfarçava com negócios as viagens a Paris motivadas por interesse culinário.

Dois anos antes, ficara na cidade-luz por uma semana, fazendo o papel do rico playboy e aliviando os quartos dos ricos. Lembrou que penhorara um excelente colar de safira e pagara a conta integral. A gente nunca sabe quando vai precisar voltar.

Mas não havia tempo nessa viagem para um rápido curso de suflês, nem um acessível trabalho de arrombamento. Tampouco para sentar-se imóvel num lugar até terminar o jogo. Em geral, preferia assim — a busca, a caça. O próprio jogo era mais excitante que a vitória. Aprendera isso após o primeiro grande trabalho. A tensão e a pressão do planejamento, a ondulante emoção, o pequeno terror na execução e, então, a agitada excitação do sucesso. Depois disso, passava a ser apenas mais um serviço concluído. A gente procurava o seguinte. E o seguinte.

Se tivesse ouvido o seu orientador no ensino médio, na certa seria um advogado muito bem-sucedido no momento. Tinha inteligência e a língua loquaz. Tomou um gole de uísque e sentiu-se grato por não ter ouvido.

Imagine, Douglas Lord, fidalgo, com uma mesa cheia de papéis e compromissos na hora do almoço três dias por semana. Isso era lá jeito de viver? Passou outra página do livro que roubara numa biblioteca de Washington antes de partirem. Não, uma profissão que o mantinha num escritório era seu dono, não o contrário. Portanto, se seu QI superava o peso físico, preferia usar esses talentos em coisas mais satisfatórias.

No momento, lia sobre Madagascar: história, topografia e cultura. Quando terminasse o livro, saberia tudo do que precisava.

Guardara na mala dois outros volumes para depois. Um era a história de pedras preciosas desaparecidas; o outro, uma longa e detalhada história da Revolução Francesa. Antes de encontrar o tesouro, conseguiria vê-lo e entendê-lo. Se os documentos que lera eram fatos, teria de agradecer à bela Maria Antonieta e sua predileção pela opulência e intriga, que permitiriam a aposentadoria antecipada dele. O diamante Espelho de Portugal, o Azul, o amarelo-claro de Sancy — todos os cinqüenta quilates. É, a realeza francesa tinha ótimo gosto. A boa e velha Maria não abalara a tradição. Doug sentia-se grato por isso. E pelos aristocratas que haviam fugido do país guardando as jóias da coroa com a vida, mantendo-as em segredo até que a família real pudesse mais uma vez governar a França...

Não encontraria o de Sancy em Madagascar. Trabalhava no ramo e sabia que a pedra encontrava-se agora na família Astor. Mas as possibilidades eram infindáveis. O Espelho e o Azul haviam sumido séculos antes. Assim como outras pedras preciosas. O Caso do Colar de Diamantes — a gota d'água que derrotara os camponeses — era repleto de teorias, mitos e especulações. Que fora feito, exatamente, do colar que acabara por garantir a Maria não ter mais pescoço para usá-lo?

Doug acreditava na sina, no destino e na simples e pura sorte. Antes do término de tudo, iria afundar-se até os joelhos em cintilações — régias cintilações. E ferrar Dimitri.

Enquanto isso, queria saber tudo que podia sobre Madagascar. Iria afastar-se muito de sua praia — mas Dimitri também. Se conseguisse derrotar o adversário em alguma coisa, orgulhava-se de ser capaz de vencê-lo na pesquisa inteligente. Lia uma página após outra e registrava um fato após outro. Encontraria o caminho contornando a ilhota no Oceano Índico da mesma forma que iria do East Side para o West Side de Manhattan. Era preciso.

Satisfeito, largou o livro. Viajavam à altitude de cruzeiro havia duas horas. Tempo suficiente, decidiu, para Whitney remoer calada.

— Tudo bem, pare com isso.

Ela virou-se e lançou-lhe um olhar demorado e neutro.

— Como foi que disse?

Ela encenava bem, refletiu Doug. O número de megera fria típico das mulheres com dinheiro ou coragem. Claro, ele vinha aprendendo que Whitney tinha as duas coisas.

— Eu mandei parar com isso. Não suporto mulher de tromba.

— De tromba?

Como exibiu os olhos estreitados como fendas e sibilou as palavras, ele ficou satisfeito. Se a enfurecesse, ela se livraria de tudo aquilo mais rápido.

— É. Não sou louco por mulheres que falam pelos cotovelos, mas devíamos conseguir encontrar alguma coisa num ponto intermediário.

— Devíamos? Que adorável você ter exigências tão precisas!

Ela pegou um cigarro do maço que ele jogara no braço entre os dois e acendeu-o. Ele não sabia que o gesto podia ser tão altivo. Isso ajudou a diverti-lo.

— Me deixe lhe dar uma lição antes de seguirmos adiante, benzinho.

Com deliberação e um discreto tipo de veneno, Whitney soprou fumaça no rosto dele.

— Por favor, dê.

Como reconhecia a dor quando a via, ele deu-lhe mais um minuto. Então disse com a voz neutra e definitiva:

— Isto é um jogo. — Pegou o cigarro dos dedos dela e tragou. — É sempre um jogo, mas a gente entra sabendo que há baixas.

Ela encarou-o.

— É isso que você considera Juan? Uma baixa?

— Ele estava no lugar errado, na hora errada — respondeu, sem saber que repetia as palavras de Butrain. Ela ouviu, porém, mais alguma coisa. Pesar? Remorso? Embora não tivesse certeza, já era alguma coisa. Agarrou-se a isso. — Não podemos voltar e mudar o que aconteceu, Whitney. Portanto, seguiremos em frente.

Ela pegou a bebida que tinha esquecido.

— É isso o que você faz melhor? Seguir em frente?

— Se quiser vencer. Quando tem de vencer, não pode olhar pra trás com muita freqüência. Dilacerar-se por causa disso não vai mudar nada. Estamos um passo à frente de Dimitri, talvez dois. Temos de ficar assim, porque se trata de um jogo, mas você joga pra ficar com alguma coisa, não pra devolvê-la. Se não continuarmos na frente, seremos liquidados. — Ao falar, pôs a mão sobre a dela, não para reconfortá-la, mas para ver se estava firme. — Se não consegue agüentar isso, é melhor pensar em se retirar agora, pois temos um caminho longo pra burro a percorrer.

Ela não iria retirar-se. O orgulho era o problema, ou a bênção. Jamais conseguiria retirar-se. Mas e ele?, perguntou-se. Qual era a motivação de Douglas Lord?

— Por que faz isso?

Ele gostou da curiosidade, do entusiasmo. Ao recostar-se, sentiu-se satisfeito por ela ter transposto o primeiro obstáculo.

— Sabe, Whitney, é muito mais gostoso ganhar uma bolada no pôquer com um par de valetes do que com uma seqüência de cinco cartas. — Soprou uma baforada e riu. — Muito mais gostoso.

Ela achou que entendeu e examinou o perfil dele.

— Gosta das probabilidades contra você.

— As apostas de poucas chances pagam mais.

Whitney recostou-se, fechou os olhos e ficou calada por tanto tempo que ele achou que tinha cochilado. Em vez disso, ela repassava tudo que acontecera, passo a passo.

— O restaurante — perguntou, bruscamente. — Como você conseguiu se sair tão bem?

— Que restaurante?

Ele examinava as diferentes tribos de Madagascar no livro e não se deu ao trabalho de erguer os olhos.

— Em Washington, quando corremos pela cozinha pra salvar a vida e aquele enorme homem de branco se meteu na sua frente.

— A gente apenas usa a primeira coisa que vem à mente — respondeu, sem pestanejar. — Em geral é a melhor.

— Não foi só o que você disse. — Insatisfeita, Whitney mudou de posição na poltrona. — Num minuto, é um homem frenético saído das ruas, e, no seguinte, um arrogante crítico de culinária dizendo todas as coisas certas.

— Meu bem, quando a gente tem a vida em risco, pode ser qualquer coisa. — Então ergueu os olhos e riu. — Quando quer uma coisa pra valer, você pode ser qualquer coisa. Em geral, gosto de fazer o serviço por dentro. Só tenho de decidir se vou entrar pela porta da frente ou pela entrada de serviço.

Interessada, ela fez sinal pedindo outra bebida para cada um.

— E que quer dizer isso?

— Muito bem, tome a Califórnia. Beverly Hills.

— Não, obrigada.

Ignorando-a, ele começou a lembrar.

— Primeiro, você tem de decidir qual daquelas elegantes mansões quer roubar. Algumas perguntas discretas, um pouco de trabalho de campo, e se aprimora numa. Então, porta da frente ou dos fundos? Isso talvez dependa da própria veneta. Entrar pela da frente em geral é mais fácil.

— Por quê?

— Porque o dinheiro precisa de referências dos empregados, não dos convidados. A gente precisa investir alguma coisa, algumas notas de mil. Hospeda-se no Wilshire Royal, aluga um Mercedes, deixa escapar alguns nomes... de pessoas que sabe que estão fora da cidade. Assim que você entra na primeira festa, está pronto. — Com um suspiro, ele tomou um gole. — Cara, o pessoal gosta mesmo de usar as contas bancárias no pescoço em Beverly Hills.

— E você simplesmente entra direto e arranca as jóias?

— Mais ou menos. O difícil é não ser ganancioso... e saber quem usa pedras verdadeiras e quem usa vidro. Um monte de papo furado na Califórnia. Basicamente, a gente tem de ser apenas bom mímico. Os ricos são pessoas mais de hábito que imaginação.

— Obrigada.

— Você se veste bem, se certifica de ser visto nos lugares certos com algumas das pessoas certas... e ninguém vai questionar seu pedigree. A última vez que usei esse número, me hospedei no Wilshire com três mil dólares. Fechei a conta e saí do hotel com trinta mil. Gosto da Califórnia.

— Tenho a impressão de que não vai poder voltar tão cedo.

— Já voltei. Tingi o cabelo, deixei crescer um bigodinho e usei calça jeans. Podei as rosas de Cassie Lawrence.

— Cassie Lawrence? A piranha profissional que se disfarça de patronesse das artes?

Descrição perfeita, pensou Doug.

— Vocês se conhecem?

— Infelizmente. Quanto tirou dela?

Pelo tom, Doug concluiu que Whitney ficaria satisfeita ao saber que fizera uma boa colheita. E também decidiu não lhe dizer que tivera sorte para entrar porque Cassie gostara de vê-lo arrancar as ervas daninhas das azaléias sem camisa. Quase o comera vivo na cama. Em troca, ele afanara um ornado colar de rubi e um par de brincos de diamantes do tamanho de bolas de pingue-pongue.

— O suficiente — ele declarou, afinal. — Entendo que você não goste dela.

— Ela não tem a menor classe. — Disse isso simplesmente, como uma mulher que tinha. — Você dormiu com ela?

Ele engasgou-se com a bebida e largou-a com cuidado.

— Não creio que...

— Então dormiu. — Um pouco decepcionada, Whitney examinou-o. — Me surpreendo por eu não ter visto as cicatrizes. — Examinou-o mais um instante, pensativa e calada. — Não acha esse tipo de coisa degradante?

Ele teve vontade de estrangulá-la, sem o menor escrúpulo. Era verdade que em algumas ocasiões dormia com um alvo e gostava — e fazia questão de que o alvo também gostasse. Pagamento por pagamento. Mas, como regra, achava o uso de sexo mais próximo do vergonhoso do que desejava.

— Trabalho é trabalho — respondeu, de forma sucinta. — Não me diga que você nunca dormiu com um cliente.

Ela ergueu uma sobrancelha, como quem achava engraçado.

— Durmo com quem escolho — respondeu, num tom evidente de que escolhia bem.

— Alguns não nasceram com escolhas.

Tornando a abrir o livro, ele enfiou o nariz na leitura e calou-se. Ela não iria fazê-lo sentir-se culpado. A culpa era uma coisa que evitava com mais escrúpulo do que a polícia ou um alvo furioso. Tão logo deixamos a culpa sugar-nos, estamos liquidados.

Estranho, não parecia incomodá-la nem um pouco o fato de ele roubar como meio de vida. Não a incomodou nem um pouco o fato de roubar especialmente os da classe dela. Em momento algum demonstrou surpresa pelo que ouvia. Na verdade, era mais que provável que tivesse aliviado algumas das amigas de Whitney do excesso de seus bens pessoais. Isso não lhe causava a mínima preocupação.

Que tipo de mulher era ela, afinal? Achava que entendia a sede dela por aventura, excitação e riscos. Ele próprio vivera toda a vida assim. Mas isso não parecia encaixar-se naquela aparência indiferente de mulher endinheirada.

Não, ela não se alterara em nada quando lhe dissera que era ladrão, mas o olhara com escárnio, e sim, droga, pena, quando descobrira que ele dormira com uma vigarista da Costa Oeste por um punhado de jóias.

E que conseguira com elas? Repensando o fato, Doug lembrou que oferecera as pedras a um receptador em Chicago vinte e quatro horas depois. Após a pechincha de praxe sobre o preço, um capricho o levara a Porto Rico. Em três dias, perdera tudo, menos dois mil, nos cassinos. E que conseguira com as jóias?, tornou a pensar, e riu. Um fantástico fim de semana.

O dinheiro simplesmente não parava com ele. Sempre surgia outro jogo, uma coisa certa na trilha ou uma mulher de olhos grandes, com uma história lacrimosa e voz ofegante. Apesar disso, não se considerava um babaca. Era otimista. Nascera e permanecera assim, mesmo após mais de quinze anos no ramo. Do contrário, a satisfação da coisa teria desaparecido e seria preferível tornar-se advogado.

Centenas de milhares de dólares haviam passado por suas mãos. As palavras-chave eram passar por. Dessa vez seria diferente. Não importava que já houvesse dito isso antes, dessa vez *seria* diferente. Se o tesouro fosse a metade do que indicavam os documentos, ele se estabeleceria para o resto da vida. Jamais teria de trabalhar de novo — a não ser um biscate aqui e ali para manter a forma.

Compraria um iate e navegaria de porto em porto. Rumaria para o sul da França, se bronzearia ao sol e prestaria atenção às mulheres. Teria de manter-se um passo à frente de Dimitri pelo resto da vida. Porque, enquanto vivesse, Dimitri jamais lhe daria uma trégua. Isso também fazia parte do jogo.

Mas a melhor parte era o empreendimento, o planejamento, a manobra. Sempre achara mais excitante prever o gosto de champanhe do que terminar a garrafa. Madagascar ficava a apenas algumas horas de distância. Uma vez lá, poderia começar a aplicar tudo o que vinha lendo junto com seus talentos e experiência.

Teria de regular o ritmo para manter-se à frente de Dimitri — mas não demasiado à frente para topar com ele na outra ponta. O problema era que não tinha certeza do quanto o ex-empregador sabia do conteúdo do envelope. Demais, pensou, levando distraidamente a mão ao peito onde continuava preso. Dimitri decerto sabia muito porque sempre sabia. Ninguém jamais o traíra e vivera para deleitar-se com o feito. Doug sabia que, se ficasse parado por demasiado tempo, sentiria o bafo quente na nuca.

Teria apenas de agir de acordo com a situação. Assim que chegassem lá... Olhou para Whitney, recostada na poltrona, olhos fechados. No sono, parecia indiferente, serena e intocável. A carência agitou-se em seu íntimo, a carência que sempre sentira pelo intocável. Dessa vez, teria de reprimi-la.

Era estritamente negócio entre eles, pensou. Só negócio. Até conseguir convencê-la a liberar algum dinheiro vivo e, com toda delicadeza, descartá-la ao longo do caminho. Talvez ela viesse a ser mais útil do que previra até agora, mas era o tipo de mulher que ele entendia. Rica e inquieta. Mais cedo ou mais tarde, ficaria entediada com todo o esquema. Tinha de conseguir o dinheiro antes de isso acontecer.

Convencido de que iria conseguir, apertou o botão para reclinar o encosto da poltrona. Fechou o livro. Não esqueceria o que lera. Seu dom de lembrar o teria feito progredir com rapidez e facilidade na faculdade de direito ou em qualquer outra profissão. Sentia-se satisfeito por ajudá-lo na profissão que havia escolhido. Jamais precisou de anotações quando pesquisava um serviço, porque não esquecia. Jamais atacou o mesmo alvo duas vezes, porque gravava nomes e rostos.

Embora o dinheiro talvez lhe escorregasse pelos dedos, os detalhes não. Doug encarava isso em termos filosóficos. Sempre se podia arranjar mais dinheiro. A vida seria muito chata se a pessoa pusesse toda a grana em ações e bônus, em vez de na roleta ou nos cavalos. Sentia-se satisfeito. Como sabia que os próximos dias seriam longos e difíceis, sentia-se mais que satisfeito. Era mais excitante encontrar um diamante num monte de lixo que numa vitrine. Aguardava ansioso para cavar.

Whitney dormia. O movimento do avião, ao iniciar a longa descida, acordou-a. Graças a Deus, foi seu primeiro pensamento. Estava inteiramente farta de aviões. Se viajasse sozinha, teria tomado o supersônico Concorde. Naquelas circunstâncias, não quisera arcar com os custos da passagem extra para Doug. A conta dele na pequena agenda dela crescia e, embora tivesse toda a pretensão de recuperar cada centavo, sabia que ele tinha toda a pretensão de que ela não conseguisse fazê-lo.

Olhá-lo agora fazia a pessoa achar que era tão sincero quanto um escoteiro-mirim no primeiro ano. Examinava-o enquanto ele dormia, os cabelos desgrenhados da viagem, as mãos fechadas sobre o livro no colo. Qualquer um o tomaria por um homem comum, de alguns recursos, a caminho de umas férias européias. Isso fazia parte do talento dele, pensou. A capacidade de misturar-se com qualquer grupo que escolhesse seria inestimável.

De que grupo fazia de fato parte? Dos homens dissolutos, de limites definidos, do submundo, que negociavam em becos escuros? Lembrou a expressão nos olhos dele quando perguntara sobre Butrain. Sim, tinha certeza de que ele já tivera seu quinhão de becos escuros. Mas fazer parte daquele grupo? Não, não se encaixava muito bem.

Mesmo no curto tempo em que o conhecera, tinha certeza de que ele simplesmente não fazia parte. Era um não-conformista, talvez nem sempre sensato, mas inquieto. Fazia parte da atração que ele exercia. Era um ladrão, mas ela achava que com certo código de honra. Um tribunal talvez não o reconhecesse, mas ela, sim. E respeitava.

Não era desumano. Vira em seus olhos quando ele falou de Juan que ele não era desumano. Era um sonhador. Vira isso em seus olhos quando ele falou do tesouro. E realista. Ouvira isso em sua voz quando ele falou de Dimitri. O realista sabia bem das coisas para temer. Ele era muito complexo para fazer parte disso. E, no entanto...

Fora amante de Cassie Lawrence. Whitney sabia que o diamante da Costa Oeste comia homens no café-da-manhã. Também era muito exigente em relação aos homens que escolhia para partilhar os lençóis. Que vira Cassie? Um rapaz viril, um corpo rígido? Talvez isso houvesse bastado, mas ela achava que não. Vira por si mesma naquela manhã em Washington como Doug Lord era atraente, da cabeça aos pés. E sentira-se tentada. Por mais que o corpo dele, admitia. Estilo. Doug Lord tinha estilo próprio, e era isso, ela acreditava, que o ajudava a transpor o limiar de casas em Beverly Hills ou Bel Air.

Achara que o entendia até ele ficar encabulado com a observação que fizera sobre Cassie. Encabulado e furioso, quando ela esperara um encolher de ombros e um comentário espontâneo. Logo, tinha sentimentos e valores, refletiu. Isso o tornava mais interessante e apreciável, se fosse o caso.

Apreciável ou não, descobriria mais sobre esse tesouro e logo. Investira dinheiro demais para avançar muito além, às cegas. Fora com ele por impulso e ficara por necessidade. Instintivamente, soube que era mais seguro com ele do que sem ele. Segurança e impulso à parte, ela era mulher de negócios o bastante para investir em ações anônimas. Antes que passasse muito tempo, daria uma olhada no que ele açambarcara. Talvez gostasse dele, o entendesse até certo ponto, mas não confiava nele. Nem um tiquinho.

Enquanto apagava no sono, Doug chegou à mesma conclusão sobre Whitney. Manteria o envelope junto à pele até ter o tesouro na mão.

Quando o avião começou a descida final, eles levantaram os encostos da poltrona, sorriram um para o outro e calcularam.

Após a luta com a bagagem e a passagem pela alfândega, ela sentia-se mais disposta a ficar na horizontal numa cama imóvel.

— Hotel de Crillon — disse Doug ao motorista do táxi e Whitney suspirou.

— Peço desculpas por ter duvidado do seu gosto.

— Benzinho, meu problema sempre foi o gosto vinte e quatro quilates. — Ele roçou as pontas dos cabelos dela mais por reflexo que intenção. — Você parece cansada.

— Não foram quarenta e oito horas muito repousantes. Não que eu esteja me queixando — acrescentou. — Mas vai ser maravilhoso me esticar durante as próximas oito.

Ele apenas grunhiu e viu Paris passar a toda. Dimitri não estaria muito atrás. Sua rede de informações era em tudo tão extensa quanto a da Interpol. Só esperava que os poucos desvios que intercalara bastassem para despistá-lo e reduzir a marcha da perseguição.

Enquanto Doug pensava, Whitney puxava conversa com o motorista. Como era em francês, ele não entendia, mas captou o tom. Leve, amistoso e até dado ao flerte. Estranho, refletiu. A maioria das mulheres que conhecia criadas na riqueza jamais via de fato as pessoas que as serviam. Era um dos motivos pelos quais achava tão fácil roubá-las. Os ricos viviam ilhados, porém, por mais que os menos favorecidos dissessem isso, eles não eram infelizes. Com um bom papo, conseguira um lugar no círculo deles demasiadas vezes para saber que o dinheiro comprava a felicidade. Apenas custava um pouco mais todo ano.

— Que gracinha de rapaz! — Whitney pisou no meio-fio e inalou o perfume de Paris. — Disse que eu era a mulher mais bonita a viajar no táxi dele em cinco anos.

Doug viu-a passar notas para o motorista antes de entrar apressada no hotel.

— E conseguiu uma gorda gorjeta, com certeza — resmungou.

Do jeito como ela distribuía dinheiro, ficariam mais uma vez quebrados antes de pousarem em Madagascar.

— Não seja tão pão-duro, Douglas.

Ele ignorou-a e tomou-lhe o braço.

— Você lê francês tão bem quanto fala?

— Precisa de alguma ajuda para ler o cardápio? — ela começou, e depois se interrompeu. — *Tu ne parles pas français, mon cher?* — Enquanto ele a examinava em silêncio, ela sorriu. — Fascinante. Eu devia ter percebido antes que nada estava traduzido.

— Ah, Mademoiselle MacAllister!

— Georges. — Ela deu um sorriso ao recepcionista. — Não consegui ficar longe.

— É sempre um prazer tê-la de volta. — Os olhos dele tornaram a iluminar-se quando viu Doug por cima do ombro dela. — Monsieur Lord. Que surpresa!

— Georges. — Doug retribuiu brevemente o olhar especulativo de Whitney. — Mademoiselle MacAllister e eu estamos viajando juntos. Espero que tenha uma suíte disponível.

O romance brotou na mente de Georges. Se não houvesse uma suíte, seria tentado naquele momento a esvaziar uma.

— Mas é claro, claro. E seu pai, mademoiselle, está bem?
— Muito bem, obrigada, Georges.
— Charles vai levar suas malas. Aproveitem a estada.

Whitney guardou a chave no bolso sem olhá-la. Sabia que as camas no Crillon eram macias e sedutoras. A água nas torneiras, quente. Um banho, um pouco de caviar do serviço de copa e uma cama. Pela manhã, passaria algumas horas no salão de beleza antes de embarcarem para o último trecho da viagem.

— Percebi que já ficou aqui antes — disse.

Ela deslizou para o elevador e encostou-se na parede.

— De vez em quando.
— Suponho que seja um lugar muito lucrativo.

Doug apenas deu-lhe um sorriso.

— O serviço é excelente.
— Humm. — Sim, ela via-o ali, tomando champanhe e mordiscando patê. Da mesma forma que o via correndo pelos becos na capital de Washington. — Que sorte a minha a gente nunca ter cruzado caminhos aqui antes! — Quando as portas se abriram, saiu na frente. Doug tomou-lhe o braço e conduziu-a para a esquerda. — A atmosfera é importante, imagino, no seu ramo — ela acrescentou.

Ele deixou o polegar deslizar pela parte interna do cotovelo dela.

— Aprecio as coisas suntuosas.

Ela também lhe deu apenas um sorriso tranqüilo, dizendo que ele não ia provar o seu gosto enquanto não estivesse pronta.

A suíte não era nada menos do que esperava. Deixou o mensageiro movimentar-se com as malas pelo quarto por alguns instantes, depois o liberou com uma gorjeta.

— Então... — Deixou-se cair no sofá e chutou fora os sapatos.
— A que horas a gente parte amanhã?

Em vez de responder, ele tirou uma camisa da mala, enrolou-a numa bola até amassá-la e jogou-a sobre uma cadeira. Sob os olhos atentos dela, retirou várias peças de roupas e largou-as aqui e ali por toda a suíte.

— Os quartos de hotel são muito impessoais enquanto a gente não espalha as coisas em volta, não são?

Resmungou alguma coisa e jogou meias no tapete. Só quando se transferiu para as malas dela, Whitney se opôs.

— Espere um instante.

— Metade do jogo é ilusão — ele declarou, e lançou um par de sapatos italianos num canto. — Quero que pensem que estamos hospedados aqui.

Ela puxou uma blusa de seda das mãos dele.

— Estamos hospedados aqui.

— Engano seu. Vá pendurar algumas peças de roupa no armário enquanto eu bagunço o banheiro.

Deixada com a blusa nas mãos, Whitney largou-a e seguiu-o.

— De que está falando?

— Quando a força de Dimitri chegar aqui, quero que pensem que continuamos no hotel. Talvez isso só nos dê poucas horas, mas basta. — Vasculhou de forma sistemática a grande e aveludada embalagem de artigos de banho, desembrulhando sabonetes e deixando cair toalhas. — Pegue alguns dos seus trecos de rosto. Vamos deixar um punhado.

— Ah, não vamos, não. Que diabo vou fazer sem isso?

— Não vamos a nenhum baile, benzinho. — Ele foi até a cama de casal e desarrumou as cobertas. — Uma basta — murmurou.

— Não iam acreditar que não andávamos dormindo juntos de qualquer modo.

— Você está afagando seu ego ou insultando o meu?

Doug pegou um cigarro, acendeu-o e soprou a fumaça, tudo sem tirar os olhos de cima dela. Por um instante, apenas um instante, Whitney perguntou-se do que ele era capaz. E se ela gostaria, afinal. Sem nada dizer, ele dirigiu-se ao quarto seguinte e começou a saquear as valises dela.

— Droga, Doug, são as minhas coisas.

— Você vai pegar tudo de volta, pelo amor de Deus!

Escolhendo alguns cosméticos ao acaso, ele voltou para o banheiro.

— Esse creme hidratante me custou sessenta e cinco dólares o frasco.

— Por isto? — Interessado, ele virou o frasco ao contrário. — E eu imaginei que você fosse prática.

— Não saio deste quarto sem ele.

— Tudo bem. — Lançou-o de volta a ela e distribuiu o resto na penteadeira. — Isso basta. — Ao passar de novo pela suíte, apagou o cigarro fumado pela metade e acendeu outro. — Já pegamos o suficiente — decidiu, agachando-se junto à mala de Whitney. Um pequeno pedaço de renda atraiu-o. Ergueu uma calcinha transparente, mínima. — Cabe em você?

Via-a nela. Sabia que não devia deixar a imaginação enveredar para esse lado, mas a via nela e nada mais.

Ela resistiu à compulsão de arrancá-la da mão dele. Isso foi fácil. A pressão que sentiu formar-se sob a barriga quando ele roçou os dedos no material não foi controlada com tanta facilidade.

— Quando terminar de brincar com minha roupa íntima, que tal me dizer o que está acontecendo?

— Já fizemos o registro de entrada. — Após um instante, Doug jogou o que passava por calcinha de volta na valise. — Então descemos com as sacolas pelo elevador de serviço e retornamos ao aeroporto. Nosso vôo parte em uma hora.

— Por que não me disse antes?

Ele fechou a mala dela.

— Não me ocorreu.

— Entendo. — Whitney deu uma volta na suíte até achar que não iria perder a cabeça. — Me deixe explicar uma coisa a você. Não sei como trabalhava antes, e isso não importa. Desta vez — virou-se para encará-lo —, desta vez você arranjou uma parceira. Metade de qualquer planozinho que tenha em mente é minha.

— Se não gosta do meu jeito de trabalhar, pode se retirar agora mesmo.

— Você me deve. — Quando ele ia protestar, ela aproximou-se um passo e retirou a agenda da bolsa ao avançar. — Devo ler a lista?

— Foda-se sua lista. Tenho gorilas no traseiro. Não posso me preocupar com contabilidade.

— Seria melhor se preocupar. — Ainda calma, ela largou a agenda na bolsa. — Sem mim, você vai à caça do tesouro de bolsos vazios.

— Benzinho, duas horas neste hotel e eu teria dinheiro suficiente pra me levar a qualquer lugar que quisesses.

Ela não duvidava, mas manteve o olhar nivelado com o dele.

— Mas você não tem tempo pra bancar o gatuno que entra nos quartos pra roubar e nós dois sabemos disso. Sócios, Douglas, ou você voa pra Madagascar com onze dólares no bolso.

Maldita mulher por saber o que ele tinha, quase até os centavos. Ele esmagou o cigarro e pegou a própria mala.

— Temos um avião pra pegar. Sócia.

O sorriso dela surgiu devagar, e com tal brilho de satisfação, que ele se sentiu tentado a rir. Whitney calçou os sapatos e pegou a sacola grande de viagem de couro.

— Leve esta, sim? — pediu.

Antes que ele pudesse praguejar, ela se encaminhou para a porta.

— Eu apenas desejava ter tempo para um banho.

Pela facilidade com que desceram no elevador de serviço e saíram do hotel, Whitney imaginou que ele usara essa rota de fuga antes. Decidiu que podia enviar uma carta a Georges em poucos dias e pedir-lhe para guardar suas coisas até ela poder buscá-las. Não tivera nem a oportunidade de usar aquela blusa ainda. E a cor era muito lisonjeira.

No todo, parecia-lhe uma perda de tempo, mas queria satisfazer Doug, por enquanto. Além disso, no estado de ânimo em que ele se achava, estariam em melhor situação num avião que dividindo uma suíte. E queria algum tempo para pensar. Se os papéis, ou alguns deles de qualquer modo, eram em francês, era óbvio que ele não podia lê-los. Ela, sim. Um sorriso tocou-lhe os lábios. O cara queria descartá-la, ela não era tola para pensar de outra forma; simplesmente teria de tornar-se ainda mais útil. Só precisava agora convencê-lo a deixá-la fazer parte da tradução.

Mesmo assim, ela própria não se sentia na melhor disposição de ânimo quando pararam no aeroporto. A idéia de passar mais uma vez pela alfândega e embarcar em outro avião bastava para deixá-la irritada.

— Parece que podíamos ter nos registrado num hotel de segunda classe e ter algumas horas. — Penteando os cabelos para trás com os dedos, ela pensou de novo num banho. Quente, vaporoso, perfumado. — Começo a achar que você é paranóico em relação a esse tal Dimitri. Trata o cara como se ele fosse onipotente.

— Dizem que é.

Whitney parou e virou-se. Foi a maneira de ele dizer isso, como se em parte acreditasse, que fez a sua pele arrepiar-se.

— Não seja ridículo.

— Prevenido. — Ele examinava o terminal enquanto andavam. — É melhor prevenir que remediar.

— O jeito de você falar dele faz a gente achar que não é humano.

— Ele é de carne e osso — murmurou Doug —, mas isso não o torna humano.

O calafrio tornou a deslizar pela pele dela. Virando-se em direção a ele, chocou-se com alguém e deixou a sacola cair. Com um suspiro impaciente, curvou-se para pegá-la.

— Escute, Doug, é impossível que alguém já tenha nos alcançado.

— Merda.

Agarrando-a pelo braço, ele empurrou-a para dentro de uma loja de suvenires. Com outro empurrão, ela se viu enterrada até os olhos entre camisetas.

— Se você queria um suvenir...

— Apenas olhe, querida. Pode pedir desculpas depois.

Com a mão na sua nuca, ele a fez virar a cabeça para a esquerda. Após um instante, Whitney reconheceu o homem alto, moreno, que os perseguira em Washington. O bigode, o pequeno curativo branco na face. Não precisava que lhe dissessem que os dois outros que o acompanhavam pertenciam à quadrilha de Dimitri. E onde andava o próprio Dimitri? Viu-se deslizando mais para baixo e engolindo em seco.

— Aquele é...

— Remo. — Doug resmungou o nome. — Chegaram mais rápido do que imaginei. — Esfregou a boca e praguejou. Não gostava da sensação de a teia estreitar-se ao bel-prazer de Dimitri. Se ele e Whitney houvessem continuado mais dez metros, teriam caído nos braços de Remo. A sorte era a maior parte do jogo, lembrou-se. Era o que mais gostava. — Vão levar algum tempo pra localizar o hotel. Depois vão se sentar e esperar. — Riu de leve e assentiu com a cabeça. — É, vão esperar a gente.

— Como? — quis saber Whitney. — Em nome de Deus, como já podem estar aqui?

— Quando se negocia com Dimitri, não se pergunta como. Apenas se olha pra trás.

— Ele precisaria de uma bola de cristal.

— Política — respondeu Doug. — Lembra o que seu pai lhe disse sobre ligações? Se você tivesse uma na CIA, desse um telefonema e apertasse um botão, chegaria primeiro que alguém sem sair de sua poltrona confortável. Um telefonema à Agência Central de Inteligência, à Imigração, à embaixada, e Dimitri identificaria nossos passaportes e vistos antes que a tinta secasse.

Ela umedeceu os lábios e tentou fingir que a garganta não secara.

— Então ele sabe aonde vamos.

— Com toda certeza. Só temos de nos manter um passo à frente. Apenas um.

Whitney exalou um suspiro, ao perceber que o coração martelava. A excitação voltara. Se ela se desse tempo, isso sufocaria o medo.

— Parece que você sabe o que faz, afinal. — Quando ele se virou para olhá-la com reprovação, ela deu-lhe um beijo rápido e amistoso. — Mais esperto do que parece, Lord. Vamos pra Madagascar.

Antes que ela pudesse levantar-se, ele tomou-lhe o queixo com a mão.

— Vamos ter de terminar isso lá. — Apertou os dedos apenas um instante, mas por tempo suficiente. — Tudo isso.

Ela enfrentou o olhar dele. Já tinham ido longe demais para desistir agora.

— Talvez — respondeu. — Mas temos de chegar lá primeiro. Que tal pegar o avião?

Remo pegou uma pequena peça sedosa que Whitney chamaria de camisola. Fechou-a como uma bola no punho. Poria as mãos em Lord e na mulher antes do amanhecer. Dessa vez, não lhe escapuliriam dos dedos nem o deixariam parecendo um idiota. Quando Doug Lord tornasse a cruzar a porta, iria meter-lhe uma bala no meio da testa. E a mulher — cuidaria da mulher. Desta vez... Devagar, rasgou a camisola ao meio. A seda dividiu-se quase sem ruído. Quando o telefone tocou, ele sacudiu a cabeça e fez sinal aos outros homens para flanquearem a porta. Com o polegar e o indicador, Remo ergueu o receptor. Ao ouvir a voz, sentiu as glândulas sudoríferas se abrirem.

— Você perdeu os dois mais uma vez, Remo.

— Sr. Dimitri. — Viu os outros homens olharem e deu-lhes as costas. Jamais era sensato deixar transparecer o medo. — Encontramos os dois. Assim que retornarem, vamos...

— Eles não vão retornar. — Com um demorado e nivelado suspiro, Dimitri deu uma baforada. — Foram localizados no aeroporto, Remo, bem debaixo do seu nariz. O destino é Antananarivo. As passagens esperam vocês. Sejam rápidos.

Capítulo Quatro

Whitney empurrou as venezianas de madeira na janela para abri-las e deu uma demorada olhada em Antananarivo. Não a fazia lembrar, como imaginara, a África. Uma vez, passara duas semanas no Quênia, e recordava o inebriante aroma matinal de carne defumada das grelhas nas calçadas, o calor intenso e uma movimentação cosmopolita. Embora a África ficasse apenas a uma estreita faixa de água de distância, nada viu que se assemelhasse às suas lembranças.

Nem encontrou a luminosidade intensa de uma ilha tropical. Não sentia a ociosa alegria que sempre associara às ilhas e aos ilhéus. O que de fato sentia, embora ainda não soubesse bem por que, era uma região inteiramente singular em si mesma.

Ali era a capital de Madagascar, coração do país-ilha, a cidade de feiras ao ar livre e veículos puxados à mão convivendo, em total harmonia e completo caos, com prédios comerciais de muitos andares e reluzentes carros modernos. Uma cidade. Por isso ela esperava o habitual tumulto que se formava nas cidades. Mas o que via lhe parecia tranqüilo: moroso, mas não ocioso. Talvez isso se devesse apenas ao amanhecer, ou talvez fosse inerente.

O ar frio naquela hora do dia a fez tremer, mas não afastar-se. Não tinha o cheiro de Paris, nem da Europa, porém de alguma coisa mais madura. Especiarias misturadas aos primeiros vestígios de calor que ameaçavam o frescor da manhã. Aos animais. Poucas cidades passavam sequer uma sugestão de animais no ar. Hong Kong cheirava a porto e Londres a tráfego. Antananarivo cheirava a uma coisa mais antiga, que não se achava exatamente em vias de desaparecer sob concreto e aço.

Formava-se uma neblina à medida que o calor pairava acima do terreno mais frio. Mesmo ali parada, Whitney sentia a temperatura mudar, quase grau a grau. Mais uma hora, pensou, o suor começaria a escorrer e o ar também exalaria o mesmo cheiro.

Teve a impressão de casas empilhadas em cima de casas, em cima de mais outras, todas rosadas e arroxeadas à primeira luz matinal. Parecia uma cidade de conto de fadas: bonita e meio encardida nas bordas.

A capital era só colinas, colinas tão íngremes e sufocantes que se haviam escavado escadas, construídas de pedra e terra, para transpô-las. Mesmo ao longe, pareciam gastas, velhas e inclinadas num ângulo assustador. Ela via três crianças e seus cachorros que corriam sem lhes darem ouvidos.

Via Anosy, o lago sagrado, azul-aço e imóvel, circundado pelos jacarandás que lhe davam o encanto exótico com que ela sonhara. Por causa da distância, podia apenas imaginar que o perfume seria doce e forte. Como em tantas outras cidades, erguiam-se prédios modernos, apartamentos, hotéis, um hospital, porém, dispersos entre eles, despontavam telhados cobertos de palha. Mais próximos, viam-se arrozais e pequenas fazendas. Os campos seriam úmidos e cintilantes ao sol da tarde. Se erguesse os olhos em direção à colina mais alta, ela veria os palácios, gloriosos ao amanhecer, opulentos, arrogantes e anacrônicos. Ouviu o barulho de um carro na larga avenida abaixo.

Então estavam ali, ela pensou, espreguiçando-se e inspirando ar fresco. A viagem de avião fora longa e tediosa, mas dera-lhe tempo para ajustar-se ao que acontecera e tomar algumas decisões próprias. Se fosse honesta, tinha de admitir que se decidira assim que pisara no acelerador e começara a corrida com Doug. Verdade, fora um impulso, mas ela se apegara. Quando nada, a rápida parada em Paris convencera-a de que ele era competente e ela estava na jogada, a milhares de quilômetros de Nova York, e a aventura era ali.

Não podia mudar o destino de Juan, mas podia ter sua vingança pessoal derrotando Dimitri na caça ao tesouro. E divertindo-se. Para realizar isso, precisava de Doug Lord e dos documentos que ainda não vira. E iria vê-los. Era apenas uma questão de aprender a dar a volta em Doug.

Doug Lord, pensou, afastando-se da janela para vestir-se. Quem e o que ele era? De onde vinha e exatamente aonde pretendia ir?

Um ladrão. Sim, julgava-o um homem que poderia elevar o roubo ao nível de profissão. Mas não um Robin Hood. Roubava os ricos, mas não o imaginava dando aos pobres. O que... adquiria guardava. Mas não podia condená-lo por isso. Por exemplo, Doug tinha alguma coisa, um brilho, que ela vira desde o início. Uma ausência de crueldade e um traço que julgava irresistível. Ousadia.

Depois, também, Whitney sempre acreditara que, se alguém se sobressaía em alguma coisa, devia realizá-la. Tinha a impressão de que ele era muito bom no que fazia.

Mulherengo? Talvez, pensou, mas já lidara com mulherengos antes. Os profissionais que sabiam falar três línguas e pedir o melhor champanhe eram menos admiráveis que um homem como Doug Lord, que seduzia com bom humor. Isso não a preocupava. Era atraente, até cativante, quando não discutia com ela. Da parte física, podia dar conta...

Embora lembrasse o que era deitar-se sob ele com a boca a poucos e provocativos centímetros da sua. Experimentara aquela sensação agradável, ofegante, que gostaria de explorar mais um pouco.

Lembrava o que fora imaginar como seria beijar aquela boca interessante e arrogante.

Mas não enquanto fossem parceiros profissionais, lembrou-se, sacudindo a saia escolhida. Manteria tudo naquele nível prático que lhe permitia anotar na agenda. Manteria Doug Lord a uma cuidadosa distância até ter na mão sua parte nos ganhos. Se alguma coisa acontecesse depois, que acontecesse. Esboçando um sorriso, decidiu que talvez fosse divertido prever.

— Serviço de copa. — Ele entrou de repente, com uma bandeja. Inspecionou um instante e deu uma breve, mas completa olhada em Whitney, de pé ao lado da cama, numa elegante camisola furta-cor. Ela fazia um cara ficar com água na boca. Classe, pensou mais uma vez. Um cara como ele melhor faria olhando onde pisava quando começava a ter fantasias com classe. — Bela roupa.

Recusando-se a demonstrar-lhe qualquer reação, Whitney enfiou-se na saia.

— É o café-da-manhã?

Ele acabaria por romper aquela frieza, disse a si mesmo. No seu próprio tempo.

— Café e pãezinhos. Temos coisas a fazer.

Ela pegou uma blusa cor de suco de framboesa.

— Como, por exemplo?

— Chequei o horário do trem. — Doug sentou-se numa cadeira, cruzou os tornozelos sobre a mesa e deu uma mordida no pão. — Podemos seguir viagem para o leste meio-dia e quinze. Nesse meio tempo, temos de comprar alguns equipamentos.

Ela levou seu café até a penteadeira.

— Como o quê?

— Mochilas — ele respondeu, vendo o sol erguer-se sobre a cidade no lado de fora. — Não vou carregar essa coisa de couro pela floresta.

Whitney tomou um gole de café antes de pegar a escova. A bebida era forte, ao estilo europeu, e espessa como lama.

— Tipo caminhada?

— Sacou, benzinho. Vamos precisar de uma barraca, uma daquelas novas, muito leves, que parecem nada quando dobradas.

Ela arrastou a escova numa demorada e lenta descida pelo cabelo.

— Algum problema com os hotéis?

Com um rápido sorriso afetado, ele olhou-a e nada disse. Os cabelos dela pareciam pó de ouro à luz da manhã. Pó de fada. Achou difícil engolir. Levantando-se, foi até a janela para dar-lhe as costas.

— Vamos usar transporte público quando eu julgar seguro, além de entrar pela porta dos fundos. Não quero anunciar nossa pequena expedição — resmungou. — Dimitri não vai desistir.

Ela pensou em Paris.

— Já me convenceu.

— Quanto menos vias públicas e cidades usarmos, menos chance ele terá de farejar nossa pista.

— Faz sentido. — Ela entrelaçou os cabelos numa trança e prendeu a ponta com uma fita. — Vai me dizer aonde vamos?

— Viajaremos de trem até Tamatave. — Ele se virou, rindo. Com o sol nas costas, parecia mais um cavaleiro que um ladrão. Os cabelos caíam-lhe na altura da gola, escuros, um pouco desgrenhados. Emanava uma luz de aventura dos olhos. — Depois seguiremos para o norte.

— E quando é que vou ver o que nos leva ao norte?

— Não precisa. Eu já vi.

Mas ele já calculara como poderia fazê-la traduzir partes dos documentos, sem dar-lhe o todo.

Devagar, ela bateu com a escova na palma da mão. Perguntou-se quanto tempo levaria para traduzir alguns dos documentos, e guardar certos trechos de informação para si mesma.

— Doug, você compraria ou aceitaria coisas sem ver?

— Se gostasse das probabilidades.

Com um sorriso enviesado, ela abanou a cabeça.

— Não admira que esteja quebrado. Precisa aprender a conservar o dinheiro.

— Tenho certeza de que você pode me dar aulas.

— Os documentos, Douglas.

Estavam mais uma vez presos ao peito dele. A primeira coisa que iria comprar era uma mochila onde pudesse guardá-los em segurança. Tinha a pele em carne viva por conta do adesivo. Sabia que Whitney teria uma ótima pomada para aliviar a dor. Como tinha certeza de que anotaria o custo disso na agendazinha.

— Mais tarde. — Quando ela ia recomeçar a falar, ele ergueu a mão. — Trouxe dois livros que talvez você goste de ler. Temos uma longa viagem pela frente, e muito tempo. Falaremos disso. Confie em mim, tá?

Ela esperou um instante, observando-o. Confiança, não, não era tola o suficiente para ter. Mas, enquanto controlasse as finanças, formavam uma equipe. Satisfeita, ela pendurou a alça da bolsa no ombro e estendeu a mão. Se iria partir numa missão, preferia que fosse com um cavaleiro de algum verniz social.

— Tudo bem, vamos às compras.

Doug conduziu-a ao primeiro andar. Visto que ela estava de bom humor, era melhor tentar agora. Num gesto amistoso, passou o braço pelo ombro de Whitney.

— Então, como dormiu?

— Muito bem.

Atravessando o saguão, ele arrancou uma pequena flor roxa de um vaso e enfiou-a atrás da orelha de Whitney. Flor de maracujá, também conhecida como flor-da-paixão — talvez combinasse com ela. Perfume forte e doce, como deve ser uma flor tropical. O gesto sensibilizou-a, embora a tivesse deixado desconfiada.

— É uma grande pena a gente não ter muito tempo pra dar uma de turista — ele disse, puxando conversa. — O Palácio da Rainha deve ser uma visão impressionante.

— Você tem uma queda pelo opulento?

— Claro. Sempre imaginei que era legal viver com um certo brilho.

Ela riu, balançando a cabeça.

— Eu prefiro uma cama de penas a uma de ouro.
— "Dizem que conhecimento é poder. Eu pensava assim, mas agora sei que falavam em dinheiro."

Ela parou de repente e encarou-o. Que tipo de ladrão citava Byron?

— Você continua a me surpreender.
— Quando a gente lê, decerto aprende alguma coisa.

Dando de ombros, Doug decidiu afastar-se da filosofia e voltar à coisa prática.

— Whitney, concordamos em dividir o tesouro meio a meio.
— Depois de você pagar o que me deve.

Ele rangeu os dentes.

— Certo. Como somos sócios, me parece que devemos dividir meio a meio o dinheiro vivo que temos.

Ela virou a cabeça e deu-lhe um sorriso simpático.

— Parece?
— Questão de praticidade — ele respondeu, sem titubear. — Imagine se nos separarmos...
— Nem pense! — Ela continuou com o sorriso simpático ao apertar o punho na bolsa. — Vou me grudar em você como um apêndice até tudo isso terminar, Douglas. As pessoas talvez até achem que estamos apaixonados.

Sem quebrar o ritmo, ele mudou de tática.

— Também é uma questão de confiança.
— De quem?
— Sua, benzinho. Afinal, se somos sócios, temos de confiar um no outro.
— Eu confio em você. — Ela passou um braço amistoso em volta da cintura dele. A névoa se dissipava e o sol subia. — Desde que eu guarde o dinheiro... benzinho.

Doug estreitou os olhos. Ela não era apenas classuda, pensou, fechando a carranca.

— Tudo bem, então que tal um adiantamento?
— Esqueça.

Como estrangulá-la começava a tornar-se uma tentação, ele se desvencilhou e encarou-a em desafio.

— Me dê um motivo pra só você guardar todo o dinheiro.

— Quer trocar pelos papéis?

Enfurecido, ele deu meia-volta e olhou a casa caiada de branco atrás. No empoeirado jardim lateral, flores e trepadeiras se emaranhavam em abandono bravio. Doug sentiu o cheiro do preparo de café-da-manhã e de fruta madura demais.

De jeito nenhum daria a Whitney o envelope enquanto continuasse quebrado. Não teria como justificar o roubo da bolsa e o estrangulamento. A alternativa deixava-o no mesmo ponto em que estava — preso a ela. O pior de tudo é que na certa iria precisar dela. Mais cedo ou mais tarde, iria precisar que alguém traduzisse a correspondência escrita em francês, sem nenhuma outra razão além da torturante curiosidade. Ainda não, pensou. Só quando pisasse em terreno mais seguro.

— Escute, droga, tenho oito dólares no bolso.

Se tivesse muito mais, ela refletiu, iria descartá-la sem pensar duas vezes.

— Troco dos vinte que dei a você em Washington.

Frustrado, ele começou a descer um lance de escada íngreme.

— Você tem a mente de uma contadora, porra.

— Obrigada. — Ela agarrou-se a um corrimão de madeira e imaginou se havia outra maneira de descer. Protegeu os olhos e olhou.

— Oh, veja, que é isso, um mercado? — Apressando o passo, arrastou Doug de volta com ela.

— Feira de sexta-feira — ele grunhiu. — O *zoma*.* Eu disse a você que devia ler o guia.

— Eu preferi ter a surpresa. Vamos dar uma olhada.

Ele acompanhou-a porque era mais fácil, e talvez mais barato, comprar parte do equipamento no mercado aberto do que numa

---

* O segundo maior mercado popular (feira-livre) do mundo. (N. T.)

das lojas. Tinham tempo até a partida do trem, pensou com uma rápida conferida no relógio. Era melhor aproveitarem.

Havia construções com telhados de palha e tendas de madeira sob largos guarda-sóis brancos. Roupas, tecidos e pedras preciosas exibiam-se ao comprador sério ou ao que só olhava. Sempre compradora séria, Whitney identificou uma interessante mistura de qualidade e lixo. Mas não era uma feira, era um negócio. O mercado era organizado, apinhado, cheio de ruídos e cheiros. Carroças passavam puxadas por bois, conduzidas por homens envoltos em lambas brancos, o nome para sarongue na língua de Madagascar, e entulhadas de legumes e galinhas. Animais cacarejavam, mugiam e roncavam em vários graus de gemido, com as moscas zumbindo em volta. Alguns cachorros circulavam sem destino, farejando, e eram enxotados ou ignorados.

Ela sentia cheiro de penas, especiarias e suor animal. Verdade, as ruas eram pavimentadas, ouviam-se barulhos de tráfego e não muito longe cintilavam as janelas de um hotel de primeira classe ao sol que se abria. Uma cabra afastou-se assustada com um balido repentino e esticou a corda que a prendia. Uma criança com suco de manga escorrendo pelo queixo puxou a saia da mãe e balbuciou numa língua que ela jamais ouvira. Notara um homem de calça folgada e um chapéu pontudo separando e contando moedas. Agarrada pelas patas esqueléticas, uma galinha guinchou e lutou para fugir. Penas voaram. Num tapete áspero, um punhado de ametistas e granadas emitia um brilho baço ao sol do amanhecer. Ela ia estender a mão, apenas para tocar, quando Doug a puxou para um mostruário de resistentes mocassins de couro.

— Haverá muito tempo pra bugigangas — disse, e indicou com a cabeça os sapatos para caminhada. — Vai precisar de uma coisa mais prática que essas tirinhas de couro que usa.

Com uma encolhida de ombros, Whitney examinou as opções. Eram, em todos os aspectos, muito diferentes dos das cidades cosmopolitas a que se habituara, muito distantes das áreas de recreação que os ricos escolhiam.

Comprou os sapatos, depois escolheu uma cesta feita à mão, barganhando instintivamente num impecável francês.

Ele tinha de admirá-la, era uma negociadora inata. E mais, gostava do jeito que ela se divertia discutindo o preço de uma quinquilharia. Teve a sensação de que ficaria decepcionada se o regateio houvesse transcorrido rápido demais, ou o preço caído de forma demasiado drástica. Como estava preso a ela, decidiu ser filosófico e tirar o melhor partido da parceria. Por enquanto.

— Agora que já comprou, quem vai carregar a cesta? — perguntou.

— A gente deixa guardada com a bagagem. Vamos precisar de alguma comida, não? Você pretende comer nessa expedição?

Rindo com os olhos, ela escolheu uma manga e estendeu-a sob o nariz dele.

Doug riu e escolheu outra, largando-a depois na cesta.

— Só não se entusiasme demais.

Ela vagou pelas tendas, juntando-se à barganha e contando cuidadosamente os francos. Manuseou um colar de conchas com a meticulosidade que faria com uma bugiganga na Cartier. No devido tempo, viu-se filtrando a estranha língua de Madagascar, ouvindo, respondendo e até pensando em francês. Os comerciantes negociavam num contínuo fluxo de toma lá... dá cá. Pareciam orgulhosos demais para mostrar avidez, mas ela percebera as marcas da pobreza em muitos.

Que distância haviam percorrido, perguntou-se, viajando em carroças? Não pareciam cansados, pensou, ao começar a examinar as pessoas com tanta atenção quanto as mercadorias. Vigorosos, diria. Contentes, embora vários não tivessem sapatos. As roupas podiam ser empoeiradas, algumas surradas, mas todas coloridas. As mulheres entrelaçavam, prendiam e serpeavam os cabelos em desenhos intricados e adequados. O *zoma*, decidiu Whitney, era um acontecimento tão social quanto comercial.

— Vamos apressar o passo, meu bem — disse Doug. Começava a sentir uma comichão entre as omoplatas cada vez mais irritante.

Quando se pegou olhando para trás pela terceira vez, soube que era hora de ir embora. — Temos muito mais a fazer hoje.

Ela largou mais frutas na cesta com legumes e um saco de arroz. Talvez tivesse de andar e dormir numa barraca, pensou, mas não iria passar fome.

Ele imaginou se ela sabia como era impressionante o contraste que fazia entre os comerciantes negros e as mulheres de rosto solene, com aquela tez de marfim e os cabelos louros. Whitney tinha em si um inconfundível ar de classe, mesmo quando regateava o preço de pimentas desidratadas ou figos. Não fazia o estilo que ele gostava, disse a si mesmo, pensando nas lantejoulas e plumas que, em geral, o atraíam. Mas seria uma mulher difícil de esquecer.

No impulso, pegou um macio lamba de algodão e enrolou-o na cabeça da companheira. Quando ela se virou, rindo, exibia uma beleza tão escandalosa que o deixou sem ar. Devia ser de seda branca, pensou. Ela devia usar seda branca, fria e lisa. Gostaria de comprar metros para dar-lhe. Gostaria de envolvê-la neles, quilômetros deles, e depois despi-los lenta, muito lentamente, até restar apenas a pele, tão macia e tão branca. Viu os olhos dela escurecerem, sentiu a pele aquecer-se. Com aquele rosto nas mãos, esqueceu que ela não fazia seu estilo.

Whitney viu a mudança nos olhos dele, sentiu a repentina tensão nos dedos dele. Deu-se conta de uma martelada vagarosa e insistente nas suas costelas. Não se perguntara o que ele seria como amante? Não se perguntava agora, quando sentia o desejo que fluía dele? Ladrão, filósofo, oportunista, herói? Fosse quem fosse Doug, a vida dela se emaranhara na dele e não havia recuo possível. Quando chegasse a hora, os dois se uniriam como o trovão, sem palavras bonitas, luz de vela ou brilho de romance. Não iria precisar de romance, porque sentiria aquele corpo rijo, a boca faminta, e as mãos saberiam onde tocar. Ali parada no mercado aberto, cheio de cheiros exóticos e ruídos, esqueceu que seria fácil manejá-lo.

Mulher perigosa, percebeu Doug ao relaxar deliberadamente os dedos. Com o tesouro quase ao alcance, e Dimitri como um macaco nas costas, não podia permitir-se de modo algum pensar nela como mulher. As mulheres — de olhos grandes — sempre haviam sido sua derrocada.

Eram parceiros. Ele tinha a papelada; ela, o dinheiro. Era o mais complicado a que tudo iria chegar.

— É melhor terminar aqui — disse, com muita calma. — Temos de providenciar o material pro acampamento.

Whitney exalou um suspiro baixo, purificador, e lembrou-se que ele já lhe devia mais de sete mil dólares. Nada ganharia esquecendo isso.

— Tudo bem.

Mas levou o lamba, dizendo-se que era apenas um suvenir.

Ao meio-dia, esperavam o trem, os dois com mochilas cuidadosamente recheadas de comida e equipamentos. Ele sentia-se inquieto, impaciente para começar. Arriscara a vida e apostara o futuro no pequeno maço de papéis preso com fita adesiva ao peito. Sempre jogara contra a banca, mas, dessa vez, era o banqueiro. No verão, estaria nadando em dinheiro, refestelado numa praia estrangeira, tomando rum, com uma mulher de cabelos e olhos pretos como carvão a esfregar-lhe óleo nos ombros. Teria dinheiro suficiente para garantir que Dimitri jamais o encontrasse, e se quisesse retomar a atividade ilícita, seria por prazer, não pelo sustento.

— Aí vem ele. — Sentindo uma renovada onda de excitação, virou-se para Whitney. Com o xale envolto nos ombros, ela escrevia com todo capricho na agenda. Parecia indiferente e calma, enquanto a camisa dele já começava a grudar-se nas omoplatas. — Quer parar de rabiscar nessa coisa? — exigiu, tomando-lhe o braço. — Você é pior que a porra da Receita Federal.

— Apenas somando o preço de sua passagem de trem, parceiro.

— Minha nossa! Quando conseguirmos o que procuramos, você vai ficar mergulhada em ouro até os joelhos, e está preocupada com alguns francos.

— Engraçado como esses poucos francos se somam, não? — Com um sorriso, ela soltou a agenda na bolsa. — Próxima parada, Tamatave.

Um carro parou com um rugido assim que ele entrou no trem atrás dela.

— Lá estão eles.

Com ar determinado, Remo enfiou a mão sob o paletó até encaixá-la no cano da arma. Com a outra mão, roçou o curativo no rosto. Tinha uma conta pessoal a acertar com Lord agora. Seria um prazer. Uma mão pequena com um toco no lugar do mindinho fechou-se com força de aço em seu braço. O punho continuava branco, agora enfeitado com ovais de ouro martelado. A delicada mão, de algum modo elegante apesar da deformidade, fez tremerem os músculos do braço de Remo.

— Deixou Doug passar a perna em você antes.

A voz era baixa e serena. Voz de poeta.

— Desta vez ele é um homem morto.

Ouviu-se uma risadinha satisfeita, seguida por uma baforada de caro tabaco francês. Remo não relaxou nem deu qualquer desculpa. O humor de Dimitri às vezes enganava, e ele já o ouvira rir antes. Ouvira-o dar aquela mesma risada moderada e satisfeita quando queimava a sola dos pés de uma vítima com a chama azul de um isqueiro adornado com monograma. Remo não mexeu o braço, nem abriu a boca.

— Lord é um homem morto desde que me roubou. — Desprendia-se uma coisa vil da voz de Dimitri. Não era raiva, mas poder, frio e cruel. Uma boa cobra nem sempre esguicha veneno quando enfurecida. — Pegue minha propriedade de volta, depois o mate do jeito que quiser. Me traga as orelhas.

Remo fez sinal para o homem no banco de trás saltar e comprar passagens.

— E a mulher?

Outra baforada de fumaça de tabaco, enquanto Dimitri refletia a fundo. Aprendera anos antes que as decisões precipitadas deixavam uma trilha acidentada. Preferia trilhas niveladas e desobstruídas.

— Uma linda mulher, e muito esperta, para romper a jugular de Butrain. Machuque-a o mínimo possível e traga-a. Eu gostaria de conversar com ela.

Satisfeito, recostou-se, vendo ociosamente o trem pela janela enfumaçada do carro. Divertia-o e alegrava-o sentir o cheiro poeirento de medo exalado pelos empregados. O medo, afinal, era a mais elegante das armas. Gesticulou uma vez com a mão mutilada.

— Um negócio tedioso — disse, quando Remo fechou a porta. Deu um suspiro delicado ao levar o lenço perfumado ao nariz. O cheiro de poeira e animal o aborrecia. — Volte para o hotel — instruiu o homem calado ao volante. — Quero uma sauna e uma massagem.

WHITNEY INSTALOU-SE JUNTO A UMA JANELA E PREPAROU-SE para ver Madagascar passar deslizando. Como fazia de vez em quando desde o dia anterior, Doug tinha a cabeça enterrada num guia turístico.

— Há pelo menos trinta e nove espécies de lêmure em Madagascar, e mais de oitocentas espécies de borboleta.

— Fascinante. Eu não tinha a menor idéia de que você se interessava tanto pela fauna.

Ele olhou por cima do livro.

— Todas as cobras são inofensivas — acrescentou. — Coisinhas como essas são importantes pra mim quando durmo numa barraca. Sempre gosto de saber sobre o território. Como os rios aqui são cheios de crocodilo.

— Acho que isso liquida a idéia de nado nu.

— Claro que vamos topar com alguns dos nativos. Existem várias tribos diferentes e, de acordo com este guia, todo mundo é amistoso.

— Que notícia boa! Tem alguma projeção sobre quanto tempo levará até chegarmos aonde o "X" assinala o lugar?

— Uma semana, talvez duas. — Recostando-se, ele acendeu um cigarro. — Como se diz diamante em francês?

— *Diamant.* — Estreitando os olhos, ela examinou-o. — O tal Dimitri tem alguma coisa a ver com o roubo de diamantes da França e o contrabando pra cá?

Doug sorriu-lhe. Ela chegava perto, mas não o bastante.

— Não, Dimitri é bom, mas não teve nada a ver com esse roubo específico.

— Então são diamantes e foram roubados.

Doug pensou nos papéis.

— Depende do ponto de vista.

— É só uma idéia — começou Whitney, puxando o cigarro dele para uma tragada. — Mas já pensou no que faria se não tiver nada lá?

— Está lá. — Ele soltou uma baforada de fumaça e observou-a com aqueles olhos verdes, transparentes. — Está lá.

Como sempre, ela se viu acreditando nele. Era impossível não acreditar.

— Que vai fazer com a sua parte?

Ele esticou as pernas no banco ao lado dela e riu.

— Chafurdar nela.

Enfiando a mão na mochila, ela retirou uma manga e lançou-a para ele.

— E Dimitri?

— Assim que eu tiver o tesouro, ele é que se dane no inferno.

— Você é um filho-da-mãe convencido, Douglas.

Ele deu uma mordida na manga.

— Vou ser um filho-da-mãe convencido rico.

Interessada, ela pegou a fruta para também dar uma mordida. Achou-a doce e saborosa.

— Ser rico é importante?

— Acertou em cheio.

— Por quê?

Ele disparou-lhe um olhar.

— Você fala do conforto de vários galões de sorvete cremoso.

Ela deu de ombros.

— Digamos apenas que esteja interessada em sua perspectiva de riqueza.

— Quando você é rico, aposta nos cavalos e perde, fica irritado porque perdeu, não porque torrou o dinheiro do aluguel.

— E isso equivale a quê?

— Já se preocupou em saber onde vai dormir à noite, benzinho?

Ela deu mais uma mordida na fruta e devolveu-a. Alguma coisa em sua voz fizera-a sentir-se tola.

— Não — respondeu.

Calou-se por algum tempo, enquanto o trem avançava ruidoso, parando nas estações, quando entravam ou saíam pessoas. Já fazia calor, quase não havia ar ali dentro. Suor, frutas, poeira e sujeira pairavam fortes. Um homem de chapéu panamá branco alguns bancos adiante enxugou o rosto com um lenço grande. Como achou que o reconhecia da feira, Whitney sorriu. Ele apenas enfiou o lenço no bolso e voltou ao jornal. À toa, ela notou que era em inglês e retornou à atenta observação da paisagem.

Colinas ondulantes e cobertas de grama passavam a toda, quase sem árvores. Pequenas aldeias ou povoados amontoavam-se aqui e ali com telhados de palha e amplos celeiros próximos ao rio. Que rio? Doug tinha o guia e saberia dizer-lhe com certeza. Ela começava a entender que ele podia dar-lhe uma aula de quinze minutos sobre isso. Whitney preferia o anonimato da terra e água.

Não via entrelaçamentos de fios telefônicos nem postes de luz. As pessoas que viviam ao longo daquelas extensões de terra áridas, infindáveis, precisavam ser resistentes, independentes e autossuficientes. Ela apreciava isso, admirava, sem se pôr no lugar delas.

Embora fosse uma mulher que ansiava pela cidade com a multidão, o ruído e a vibração, Whitney achava atraente o silêncio e a vastidão do campo. Jamais julgara difícil valorizar tanto uma flor silvestre quanto um casaco de chinchila que cobrisse o corpo todo. Os dois proporcionavam prazer.

O trem não era silencioso. Rugia, gemia e oscilava, enquanto a conversa era uma constante balbúrdia. Exalava um cheiro de suor, não demasiado desagradável, quando o ar circulava pelas janelas. A última vez que viajara de trem fora no impulso, lembrou. Tinha uma cabine particular que cheirava a talco e flores. Nem chegara a ser um passeio tão interessante quanto este.

Uma mulher com um bebê chupando o dedo sentou-se defronte deles. A criança encarou Whitney de olhos arregalados e solenes e estendeu a mão rechonchuda para pegar sua trança. Encabulada, a mãe puxou-o com força, e desatou numa rápida torrente de palavras na língua de Madagascar.

— Não, não, está tudo bem.

Rindo, Whitney acariciou o rosto do bebê. Ele fechou os dedos em volta do dela como um pequeno torno. Divertida, ela fez um sinal para que a mãe o entregasse. Após alguns instantes de hesitação e persuasão, trouxe o bebê para o colo.

— Olá, homenzinho.

— Não sei se os nativos já ouviram falar das fraldas descartáveis Pampers — disse Doug, com delicadeza.

Ela apenas franziu o nariz para ele.

— Não gosta de crianças?

— Claro, só que eu gosto mais quando fazem as necessidades fora de casa.

Rindo, ela deu toda a atenção ao bebê.

— Vamos ver o que temos aqui — disse, enfiou a mão na bolsa e retirou um pó compacto. — Que tal? Quer ver o neném? — Ergueu o espelho para ele, apreciando a risada gorgolejante. — Bebê bonito — ela sussurrou, muito satisfeita consigo mesma por diverti-lo.

Igualmente satisfeito, o menino empurrou o espelho para o rosto dela.

— Moça bonita — comentou Doug, merecendo uma risada de Whitney.

— Tome, experimente. — Antes que ele pudesse protestar, ela já lhe entregara a criança. — Os bebês fazem bem à gente.

Se esperava vê-lo ficar irritado ou sem graça, enganou-se. Como se houvesse passado a vida fazendo isso, Doug abriu as pernas, pôs o bebê no colo e começou a entretê-lo.

Interessante, notou Whitney. O ladrão tinha um lado amoroso. Recostando-se, viu-o fazer pocotó e ruídos idiotas com o menino no joelho.

— Já pensou em se endireitar e abrir uma creche?

Ele ergueu a sobrancelha e tirou o espelho dela, segurando-o num ângulo que fazia refletir a luz do sol. Gritando, o bebê pegou o pó compacto e empurrou-lhe no rosto.

— Quer que você veja o macaco — disse Whitney com um sorriso afável.

— Sabichona.

— É você quem diz.

Para satisfazer o bebê, Doug fez caretas no espelho. Sacudindo-se deliciado, o bebê bateu no espelho, virando-o, de modo que Doug teve uma rápida visão da parte de trás do vagão. Enrijeceu-se e, tornando a virar o espelho, deu uma examinada mais demorada.

— Minha nossa.

— Como?

Ainda fazendo malabarismo com o bebê, ele a encarou. O suor empoçava-se nas axilas e escorria pelas costas dele.

— Apenas continue sorrindo, benzinho, e não olhe pra trás de mim. Temos dois amigos alguns bancos atrás.

Embora retesasse as mãos nos braços do banco, ela conseguiu impedir-se de disparar o olhar por cima do ombro dele.

— Mundo pequeno.

— Não é mesmo?

— Tem alguma idéia?

— Estou trabalhando nisso.

Ele mediu a distância até a porta. Se saltassem na parada seguinte, Remo os pegaria antes de atravessarem a plataforma. Se Remo estava ali, Dimitri estava por perto. Trazia os homens em cabresto curto. Doug deu-se um minuto para combater o pânico. Precisavam de um desvio de atenção e uma partida não-programada.

— Você apenas me segue — disse em tom baixo. — E, quando eu disser vá, agarre a mochila e corra para as portas.

Whitney olhou o comprimento do trem. Mulheres, crianças e velhos apertados nos bancos. Não era lugar para um confronto.

— Tenho opção?

— Não.

— Então vou correr.

O trem reduziu a velocidade para a parada seguinte, com um guincho dos freios e um arquejo da máquina. Doug esperou a multidão de passageiros que entravam e saíam alcançar o máximo de densidade.

— Desculpe, amigo velho — murmurou para o bebê e deu-lhe um forte beliscão no bumbum macio.

No momento certo, a criança irrompeu num grito uivante que fez a mãe preocupada levantar-se de um salto, alarmada. Doug também se levantou e causou o máximo de confusão possível no apinhado corredor central.

Percebendo o jogo, Whitney levantou-se e empurrou com força o homem à direita, para derrubar os pacotes que estavam em seus braços e jogá-los espalhados ao chão. Uma toranja ricocheteou e foi esmagada.

Quando o trem recomeçou a mover-se, seis pessoas separavam Doug do lugar onde se sentava Remo, amontoadas no corredor e discutindo entre si na língua local. Num gesto de desculpas, Doug ergueu os braços e entornou uma sacola cheia de legumes. O bebê soltava longos e contínuos uivos. Decidindo que era o melhor a fazer, ele deslizou a mão para baixo e agarrou Whitney pelo pulso.

— Já.

Juntos, vararam o ajuntamento em direção às portas. Doug ergueu o rosto tempo suficiente para ver Remo saltar do banco e começar a abrir caminho aos empurrões, em meio ao grupo que ainda discutia e bloqueava a passagem. Entreviu outro homem, de chapéu panamá, que jogara um jornal para o lado e saltara adiante de Remo, também ficar cercado pela multidão. Só teve um segundo para perguntar-se onde vira aquele rosto antes.

— E agora? — quis saber Whitney, vendo o chão começar a passar a toda debaixo deles.

— Agora saltamos.

Sem hesitar, ele pulou e arrastou-a consigo. Envolveu-a toda e enroscou-a quando bateram no chão e rolaram numa bola emaranhada. Ao pararem, o trem já ia a metros de distância e ganhava velocidade.

— Maldito! — explodiu Whitney em cima dele. — Podíamos ter quebrado o pescoço.

— É. — Esbaforido, sob ela, ele permaneceu deitado. Embora houvesse no movimento passado as mãos da saia às coxas dela, mal notou. — Mas não quebramos.

Nem um pouco aplacada, Whitney disparou-lhe um olhar furioso.

— Ora, não é que temos sorte? Agora o que faremos? — exigiu saber, soprando fios de cabelo soltos dos olhos. — Estamos no meio de lugar algum, a quilômetros de onde devíamos estar e sem transporte pra chegar lá.

— Você tem os pés — ele rebateu.

— Eles também — ela respondeu entre os dentes. — Saltarão na próxima parada e logo estarão de volta em busca de nós. Têm armas e nós, mangas e uma barraca dobrável.

— Por isso, quanto antes pararmos de discutir e continuarmos em frente, melhor. — Sem cerimônia, ele a empurrou de cima e levantou-se. — Eu nunca disse a você que seria um piquenique.

— Tampouco disse que iria me empurrar de um trem em movimento.

— É só engrenar o rabo, benzinho.

Esfregando um pequeno ferimento no quadril, ela levantou-se até ficar diante dele.

— Você é grosso, arrogante e muito desagradável.

— Oh, me desculpe. — Ele fez-lhe uma reverência de gozação. — Poderia fazer a gentileza de seguir por aqui, para evitarmos receber uma bala na cabeça, duquesa?

Ela saiu pisando forte e ergueu a mochila arrancada das mãos no impacto.

— Pra que lado?

Doug pendurou a própria mochila nos ombros.

— Norte.

Capítulo Cinco

Whitney sempre gostara de montanhas. Recordava com prazer umas férias de duas semanas esquiando nos Alpes suíços. Pela manhã, subia ao topo das encostas e admirava a paisagem de um teleférico. O zunido forte e constante da descida sempre a deliciara. Muito se podia dizer sobre um aconchegante almoço tardio pós-esqui tomando rum regado a manteiga derretida e uma lareira crepitante.

Uma vez divertira-se num ocioso fim de semana numa vila na Grécia, encarapitada nas alturas de uma encosta rochosa que dava para o Egeu. De uma sacada terracota, apreciara a altura, a vista, a qualidade da natureza e da antiguidade.

Mas nunca fora boa em escalada de montanhas — escalada de suor e cãibras nas pernas. A natureza não era nada do que diziam quando abria caminho sob as macias solas dos pés humanos e se entrincheirava.

Norte, ele dissera. Com expressão sombria, acompanhava seu passo, na árdua subida pelas encostas rochosas e mais uma vez para baixo. Continuaria a seguir Lord, prometeu a si mesma, o suor escorrendo pelas costas. Ele tinha o envelope. Mas, embora caminhassem juntos, suassem juntos e ofegassem juntos, não via motivo algum que a obrigasse a falar com ele.

Ninguém, absolutamente ninguém, mandara-lhe engrenar o rabo e se dera bem com isso.

Talvez levasse dias, até semanas, mas ela o faria pagar. Aprendera com o pai uma regra profissional básica. A vingança é um prato mais saboroso quando comido frio.

Norte. Doug olhou as colinas escarpadas e íngremes que os circundavam. O terreno era uma monotonia de mato alto que ondulava na brisa e de ásperas escarpas vermelhas onde a erosão levara a melhor. E rocha, infindável e implacável rocha. Mais acima, viam-se algumas árvores esparsas, altas e finas, mas ele não procurava sombra. Daquele ponto privilegiado, nada mais se avistava: cabanas, casas, campos, nada. Nem ninguém. Por enquanto, era exatamente o que queria.

Na noite anterior, enquanto Whitney dormia, examinara o mapa de Madagascar que arrancara do livro roubado da biblioteca. Não suportava danificar qualquer tipo de livro, porque eles lhe haviam proporcionado a imaginação como uma saída na infância, e fizeram-lhe companhia durante as noites solitárias na vida adulta. Mas nesse caso fora necessário. O pedaço de papel arrancado se encaixava à perfeição no bolso, enquanto o livro ficava na mochila. Apenas como apoio. No olho da mente, Doug separou o terreno em três cinturões paralelos que estudara. As baixadas ocidentais não importavam. Ao escalar um caminho rochoso, acidentado, esperava terem se desviado o mais longe para oeste que precisavam. Iriam fincar-se nas áreas montanhosas, evitar as margens de rio e áreas abertas enquanto pudessem. Dimitri chegara mais perto do que ele previra. Doug não queria cometer outro erro de cálculo.

O calor já era quase opressivo, mas o suprimento de água devia durar até a manhã. Iria preocupar-se em reenchê-lo quando precisasse. Gostaria de ter certeza de até que ponto deviam viajar para o norte antes de ousarem desviar-se para leste até a costa e encontrarem um terreno mais fácil.

Dimitri talvez esperasse em Tamatave, encharcando-se de vinho, luz solar e jantando peixe fresco local. Logicamente, essa deveria ser a primeira parada deles, portanto também era lógico terem de evitá-la. Por enquanto.

Doug não se importava de fazer um jogo de inteligências, quanto maiores as chances, melhor. Mais doce o pote, dissera uma vez a Whitney. Mas Dimitri... Dimitri era outra história.

Puxou as alças da mochila até o peso assentar-se mais confortável nos ombros. E não tinha de pensar apenas em si dessa vez. Um dos motivos para ter evitado parcerias por tanto tempo era que preferia ter apenas um corpo com que se preocupar. O seu. Disparou uma olhada de lado a Whitney, que permanecera em frio silêncio desde que tinham deixado os trilhos do trem e rumado para as áreas montanhosas.

Que mulher danada, pensou, por falta de coisa melhor! Se achava que o número de tratá-lo com frieza iria abalá-lo, cometia um erro mortal. Talvez fizesse alguns dos elegantes solavancos dela nos sapatos de couro envernizado pedirem uma palavra de perdão, mas, no que lhe dizia respeito, ela era muito mais atraente de boca fechada, de qualquer modo.

Imagine queixar-se porque ele a tirara do trem inteira. Talvez houvesse sofrido algumas contusões, mas continuava respirando. O problema dela, decidiu, era que desejava tudo certinho e bonito, como aquele apartamento de alta classe... ou a minúscula peça de seda que usava sob a saia.

Doug apressou-se a afastar esse pensamento e concentrou-se na escolha do caminho entre as pedras.

Gostaria de limitar-se às colinas por algum tempo — dois dias, talvez três. Havia muita cobertura, e o caminho acidentado. Acidentado o bastante, sabia, para diminuir o avanço de Remo e de alguns outros cães de caça de Dimitri. Estavam mais habituados a calcar os pés pesados em becos e quartos de motéis baratos que em pedras e colinas. Os acostumados a serem caçados aclimatavam-se com mais facilidade.

Parando numa crista, pegou o binóculo e fez uma demorada e vagarosa varredura. Abaixo e um pouco a oeste, localizou um pequeno povoado. A aglomeração de minúsculas casinhas vermelhas e amplos celeiros delimitava uma colcha de retalhos de campos. Arrozais, concluiu, pela cor verde-esmeralda molhada. Não viu linhas de transmissão de força e sentiu-se grato. Quanto mais afastados da civilização, melhor. O povoado seria uma tribo dos merinas, maior grupo étnico de Madagascar, se o que lembrava do guia fosse correto. Logo além, serpeava um rio estreito. Parte do Betsiboka.

Olhos estreitados, Doug acompanhou o curso d'água enquanto dava forma a uma idéia. Verdade, o rio corria em direção ao noroeste, mas a idéia de viajar de barco exercia certa atração. Com ou sem crocodilos, por certo seria mais rápido que a pé, mesmo numa distância curta. A viagem pelo rio era uma coisa que teria de decidir quando chegasse a hora. Precisaria de uma noite ou duas para ler a respeito — quais os rios conviriam melhor ao seu propósito e como os nativos de Madagascar viajavam por eles. Lembrou-se de haver passado os olhos por uma coisa que se assemelhava às canoas de casco chato usadas pelos cajuns, descendentes dos acadianos expulsos do Canadá que se fixaram na Luisiana. Ele próprio já viajara pelo afluente de um rio após quase estragar um serviço numa majestosa casa na periferia de Lafayette.

Quanto conseguira por aquelas antigas pistolas de duelo com cabo cravejado de pérolas? Não lembrava. Mas a perseguição pelo pântano no qual teve de abrir caminho impelindo a embarcação com a ajuda de uma vara, por entre ciprestes e sob o musgo gotejante — isso foi impressionante. Não, não o incomodava viajar de novo por rio.

De qualquer forma, ficaria de olho à procura de outros povoados. Mais cedo ou mais tarde, precisariam de comida e teriam de barganhá-la. Lembrando-se da mulher ao lado, decidiu que ela talvez fosse útil nisso.

Indignada e dolorida das contusões, Whitney sentou-se no chão. Não daria mais um passo enquanto não descansasse e comesse. Sentia as pernas em tudo demasiado semelhantes à primeira e única vez em que tentara correr ao máximo na esteira elétrica da academia de ginástica. Sem dar a Doug uma olhada, enfiou a mão na mochila. A primeira coisa que faria seria trocar os sapatos.

Tornando a guardar o binóculo, Doug virou-se para ela. O sol pairava direto acima. Poderiam percorrer quilômetros antes do entardecer.

— Vamos.

Friamente calada, Whitney encontrou uma banana e começou a descascá-la em longas e vagarosas tiras. Que ele a mandasse mexer o rabo desta vez. Com os olhos nos de Doug, mordeu a fruta e mastigou.

Ficou com a saia repuxada acima dos joelhos ao sentar-se de pernas cruzadas. Molhada de transpiração, a blusa colara-se ao corpo. A trança caprichada que fizera enquanto ele a observava naquela manhã soltara-se, fazendo os cabelos claros e sedosos escaparem e provocarem-lhe as maçãs do rosto. Tinha o rosto frio e elegante como mármore.

— Vamos nos mexer. — O desejo deixava-o nervoso. Não iria permitir que ela o perturbasse, prometeu a si mesmo. De jeito nenhum. Toda vez que uma mulher o perturbava, ele acabava perdendo. Talvez, apenas talvez, ele a namorasse antes de terminarem a missão, mas de jeito nenhum aquela moça magricela abalaria suas prioridades. Dinheiro, vida mansa.

Perguntou-se o que seria tê-la sob ele, nua, quente e toda vulnerável.

Whitney recostou-se numa pedra e deu outra mordida na fruta. Uma rara brisa cobriu-a de ar quente. Como quem não quer nada, coçou a parte de trás do joelho.

— Vai ver se estou na esquina, Lord — sugeriu em tons de perfeita sonoridade.

Meu Deus, como ele gostaria de fazer amor com ela até deixá-la frouxa, mole e maleável. Gostaria de assassiná-la.

— Escute, benzinho, temos muito chão a percorrer hoje. Como estamos a pé...

— Culpa sua — ela lembrou-lhe.

Ele agachou-se até nivelar os olhos com os dela.

— Foi a minha culpa que deixou você com essa cabeça idiota sobre os ombros sensuais. — Cheio de fúria, frustração e necessidades indesejáveis, prendeu o queixo dela na mão. — Dimitri simplesmente adoraria pôr aquelas mãozinhas rechonchudas num exemplar classudo como você. Pode crer, ele tem uma imaginação sem igual.

Um rápido calafrio de medo percorreu-a toda, mas ela manteve os olhos nivelados.

— Dimitri é seu bicho-papão, Doug, não o meu.

— Ele não será seletivo.

— Não serei intimidada.

— Será morta — ele rebateu. — Se não fizer o que mando.

Firme, ela empurrou a mão dele. Levantou-se com graça. Embora a saia exibisse pó vermelho e um rasgo no quadril, ondulava-se à sua volta como um manto. Os grosseiros mocassins de Madagascar pareciam chinelos de vidro. Ele tinha de admirar como a moça se conduzia bem. Era inato, teve certeza. Ninguém poderia ter-lhe ensinado. Se fosse a camponesa com que se parecia naquele momento, mesmo assim andaria como uma duquesa.

Ela ergueu uma sobrancelha ao largar a casca de banana na mão dele.

— Nunca faço isso. De fato, com freqüência faço questão de não fazer o que me mandam. Tente não esquecer isso no futuro.

— Tente você, benzinho, e não terá futuro algum.

Sem se apressar, ela deslizou os dedos pela saia para tirar o pó.

— Vamos?

Ele jogou a casca num barranco e tentou convencer-se de que teria preferido uma mulher que se lastimasse e tremesse.

— Se tem certeza de que está pronta.

— Certeza absoluta.

Ele pegou a bússola para outra conferida. Norte. Continuariam rumando para o norte ainda por mais algum tempo. O sol talvez os castigasse sem clemência e sem sombra para combatê-lo, e o terreno seria um tormento para trilhar, mas as pedras e encostas ofereciam alguma proteção. Instinto ou superstição, alguma coisa formigava em sua nuca. Não tornaria a parar antes do pôr-do-sol.

— Sabe, duquesa, em outras circunstâncias eu admiraria essa sua classe. — Ele começou a caminhar num passo largo e constante. — No momento, você corre o risco de se tornar um pé no saco.

Pernas longas e determinação mantinham-na emparelhada com ele.

— Educação — ela corrigiu — é admirável em quaisquer circunstâncias. — Disparou-lhe um olhar divertido. — E invejável.

— Fique com sua educação, irmã, que eu fico com a minha.

Com uma risada, ela passou o braço pelo dele.

— Ah, pretendo ficar.

Ele olhou a mão perfeita e manicurada dela. Achou que nenhuma outra mulher no mundo o faria sentir como se a acompanhasse a um baile, quando avançavam a custo uma rochosa encosta de montanha acima, em pleno sol da tarde.

— Decidiu ser amigável novamente?

— Decidi que, em vez de ficar mal-humorada, vou manter o olho aberto para a primeira oportunidade de me desforrar pelas contusões. Enquanto isso, até onde vamos andar?

— A viagem de trem levaria umas doze horas, e temos de seguir uma rota menos direta. Calcule você.

— Não precisa ficar irascível — ela respondeu com brandura. — Não podemos procurar uma aldeia e alugar um carro?

— Me avise quando vir a primeira placa da Hertz. O prazer será meu.

— Na verdade, você devia comer alguma coisa, Douglas. A falta de comida sempre me deixa de mau humor. — Afastando-se dele, ela ofereceu-lhe a mochila. — Vamos, pegue uma manga gostosa.

Combatendo um sorriso, ele afrouxou a alça e enfiou a mão dentro da bolsa. A verdade era que gostaria de uma coisa quente e doce agora. Roçou os dedos na sacola de rede que guardava as frutas e tocou uma coisa macia e sedosa. Curioso, retirou-a e examinou o biquíni minúsculo e entremeado de renda. Então ela ainda não o usara.

— Que belas mangas você tem aqui.

Whitney olhou para trás e viu-o deslizar o material entre os dedos.

— Tire as mãos da minha calcinha, Douglas.

Ele apenas riu e ergueu-a para que o sol a atravessasse.

— Interessante fraseado. Pra que se dar ao trabalho de usar uma coisa dessas, de qualquer modo?

— Recato — ela respondeu num tom afetado.

Rindo, ele enfiou-a de volta na mochila.

— Claro. — Retirando uma manga, deu uma mordida grande e voraz. O suco escorreu-lhe pela garganta. — Seda e renda sempre me fazem pensar em recatadas freirinhas nos países subdesenvolvidos.

— Que imaginação antiga você tem — ela observou, e quase escorregou por uma encosta abaixo. — Sempre me fazem pensar em sexo.

Com isso, encompridou o passo num ritmo de marcha e assobiou forte.

Andaram. E andaram. Aplicaram protetor solar em cada centímetro de pele exposta e aceitaram o fato de que iriam queimar-se assim mesmo. Moscas zuniam e mergulhavam, atraídas pelo cheiro de óleo e suor, mas eles aprenderam a ignorá-las. Fora os insetos, não tinham companhia.

À medida que ia diminuindo a intensidade da tarde, Whitney perdia o interesse nas ondulantes áreas montanhosas e nas faixas de vale embaixo. Os cheiros iniciais de terra e mato torrado pelo sol perdiam a atração quando ela era riscada pelos dois. Viu um pássaro sobrevoar, colhido numa corrente. Como olhava para cima, não percebeu a comprida e fina cobra que passou a centímetros do seu pé e se escondeu atrás de uma pedra.

Nada havia de exótico naquele pingar de suor, nem em escorregar nas pedras. Madagascar exerceria mais fascínio da fresca sacada de um quarto de hotel. Apenas o fio tênue do orgulho a impedia de pedir que parassem. Enquanto ele agüentasse andar, por Deus, ela também agüentaria.

De vez em quando, Whitney localizava um vilarejo ou povoado, sempre abrigado junto ao rio e estendido pelos campos. Das colinas, via fumaça de cozinha, e, quando o ar era direto, ouvia os ruídos de cachorros ou gado. As vozes não eram transportadas. A distância e a fadiga davam-lhe uma sensação de irrealidade. Talvez as cabanas e os campos fizessem apenas parte de um palco.

Uma vez, pelo binóculo de Doug, avistou trabalhadores curvados sobre arrozais semelhantes a pântanos, muitas das mulheres estavam com bebês amarrados em lambas no estilo de mochila para carregá-los às costas. Viu o terreno molhado tremer e ceder sob o movimento de pés.

Em toda a sua experiência nas caminhadas pela Europa, Whitney jamais vira nada muito parecido. Mas também Paris, Londres e Madri ofereciam o brilho e os toques cosmopolitas a que se habituara. Jamais pendurara uma mochila nas costas e percorrera o campo antes a pé. Ao deslocar de novo o peso, disse a si mesma que sempre havia uma primeira vez — e uma última. Embora gostasse da cor, do terreno e da amplidão aberta, gostava muito mais dos seus pés.

Se quisesse transpirar, preferia fazê-lo numa sauna. Se quisesse exaurir-se, preferia fazê-lo trucidando alguém em algumas rápidas partidas de tênis.

Dolorida e pegajosa de suor, apenas punha um pé na frente do outro. Não ficaria em segundo lugar para Doug Lord nem para ninguém mais.

Doug observou o ângulo do sol e soube que teriam de encontrar um lugar para acampar. As sombras alongavam-se. No oeste, o céu já adquiria faixas vermelhas. Em geral, ele fazia a melhor manobra à noite, mas não considerava as áreas montanhosas de Madagascar um bom lugar para tentar a sorte no escuro.

Percorrera as Montanhas Rochosas à noite uma vez e quase quebrara a perna na empreitada. Não precisou de muito esforço para lembrar o escorregão pelas pedras abaixo. A queda não planejada no penhasco mascarara sua pista, mas ele tivera de chegar claudicando a Boulder. Quando o sol se pusesse, iriam parar e aguardar o amanhecer.

Esperava o tempo todo que Whitney se queixasse, lamuriasse, exigisse — agisse em geral como julgava que agiria uma mulher naquelas circunstâncias. Mais uma vez, ela não agira como ele esperara desde que os dois haviam posto os olhos um no outro. A verdade era que desejava vê-la resmungar. Facilitaria a justificativa para descartá-la na primeira oportunidade. Depois que raspasse a maior parte do dinheiro vivo. Se ela se queixasse, ele poderia fazer as duas coisas sem qualquer escrúpulo. Na verdade, além de não diminuir a velocidade da marcha, Whitney carregava a parte da carga destinada a ela. Era apenas o primeiro dia, lembrou-se. Dê-lhe tempo. Flores de estufa murcham rápido quando expostas ao ar de verdade.

— Vamos dar uma olhada naquela gruta.

— Gruta? — Protegendo os olhos, Whitney acompanhou o olhar dele. Viu um pequeno arco e um buraco muito escuro. — Aquela gruta?

— É. Se não estiver ocupada por um dos nossos amigos de quatro patas, dará um hotel agradável pra passar a noite.

Dentro?

— O Beverly de Wilshire é um hotel agradável.

Ele não lhe concedeu nem um olhar.

— Primeiro é melhor vermos se tem vaga.

Engolindo em seco, Whitney viu-o aproximar-se, livrar-se da mochila e entrar de quatro. Por pouco, ela resistiu à compulsão de gritar que ele saísse.

Todo mundo tem direito a uma fobia, lembrou-se ao chegar mais perto. A dela era o terror a espaços pequenos e fechados. Por mais cansada que estivesse, preferia andar mais vinte quilômetros a engatinhar por aquele minúsculo arco de escuridão adentro.

— Não é o Wilshire — disse Doug, ao tornar a sair de quatro. — Mas serve. Já fiz as reservas.

Whitney sentou-se numa pedra e deu uma olhada demorada em volta. Nada, além de mais pedras, alguns pinheiros nanicos e terra esburacada.

— Parece que me lembro que paguei uma quantia exorbitante por aquela barraca que se dobra como um lenço. A que você insistiu que tínhamos de trazer — ela recordou-lhe. — Nunca ouviu falar no prazer de dormir sob as estrelas?

— Quando alguém está atrás da minha pele... e já chegou perto o bastante pra arrancá-la inúmeras vezes... gosto de ter uma parede onde me encostar. — Ainda agachado, ele pegou a mochila. — Imagino que Dimitri esteja nos procurando a leste daqui, mas não vou correr riscos. Esfria nas áreas montanhosas à noite — acrescentou. — Ali dentro a gente pode arriscar uma pequena fogueira.

— Uma fogueira de acampamento. — Whitney examinou as unhas. Se não arranjasse uma manicure logo, ficariam muito maltratadas. — Encantador. Num lugar pequeno como este, a fumaça nos sufocaria em minutos.

— Mais ou menos um metro e meio adentro, o lugar se abre. Dá pra eu ficar em pé. — Dirigindo-se a um pinheiro mirrado, ele começou a cortar um galho com uma machadinha. — Já foi a um passeio espeleológico?

— Como?

— Exploração de grutas, cavernas — explicou Doug, rindo. — Conheci uma profissional em geologia. O pai dela tinha um banco.

Pelo que se lembrava, jamais conseguira explorá-la muito mais que duas inesquecíveis noites numa gruta.

— Sempre encontrei coisas melhores a explorar do que buracos no chão.

— Então perdeu muito, benzinho. Talvez não seja uma atração turística, mas tem algumas estalactites e estalagmites de primeira classe.

— Que excitante — ela disse, secamente.

Quando olhou em direção à gruta, viu apenas um buraco muito pequeno e escuro na rocha. Só olhar fez o suor brotar-lhe frio da testa.

Irritado, Doug começou a cortar uma respeitável pilha de lenha.

— É, imagino que uma mulher como você não ia achar as formações rochosas muito excitantes. A não ser que possa usá-las.

Eram todas iguais, as mulheres que usavam vestidos franceses e sapatos italianos. Por isso, para divertir-se, ele preferia uma dançarina de leque ou prostituta. Encontrava-se honestidade nelas, além de alguns ideais fortes.

Whitney parou de olhar a abertura por tempo suficiente para estreitar os olhos em direção aos dele.

— Que quer dizer exatamente com mulher como eu?

— Mimada — ele respondeu, baixando a machadinha com um golpe. — Superficial.

— Superficial? — Ela levantou-se da pedra. Aceitar o mimada não era um problema. Sabia que era a mais pura verdade. — Superficial? — repetiu. — É muito descaramento de sua parte me chamar de superficial, Douglas. Eu não precisei roubar para ter independência financeira.

— Não precisou. — Ele inclinou a cabeça e nivelou os olhos dos dois. Os dele frios, os dela ardentes. — É quase só isso que nos separa, duquesa. Você nasceu com uma colher de prata na boca. Eu, pra roubá-la e empenhá-la. — Enfiando a lenha debaixo do braço, voltou à gruta. — Quer comer, moça, então ponha esse rabo de alta classe ali dentro. Não vai ter serviço de copa.

Ágil e rápido, ergueu a mochila pelas alças, entrou engatinhando e desapareceu.

Como ele ousava! Com as mãos nos quadris, Whitney fitou a gruta. Como ousava falar-lhe assim, depois de ela ter andado quilômetros e quilômetros? Desde que o conhecera, fora alvo de tiro, ameaçada, perseguida e derrubada de um trem. E isso lhe custara milhares de dólares até agora. Como ele ousava falar-lhe como se ela fosse uma debutante coquete e desmiolada? Não iria escapar impune disso.

Por um breve momento, pensou apenas em continuar sozinha, deixando-o com sua gruta, como qualquer urso mal-humorado. Ah, não. Deu um longo e profundo suspiro ao encarar a abertura na rocha. Não, era isso mesmo que ele gostaria. Ficaria livre dela e com todo o tesouro para si. Não iria dar-lhe essa satisfação. Mesmo que acabasse se matando, ao enfrentar o desafio, iria grudar-se nele até receber cada centavo que lhe devia. E muito mais.

Muitíssimo mais, acrescentou, quando cerrou os dentes. Pondo-se de quatro, Whitney iniciou a entrada na gruta.

A raiva pura impeliu-a nas primeiras engatinhadas. Então, o suor frio irrompeu e cravou-a no lugar. Quando a respiração começou a ficar difícil, ela não pôde mover-se para frente nem para trás. Era uma caixa escura e sem ar. A tampa já se fechava para sufocá-la.

Apalpou as paredes, as escuras e úmidas paredes que se fechavam e expulsavam o ar de dentro dela. Apoiando a cabeça na terra dura, combateu a histeria.

Não, não iria entregar-se. Não podia. Ele estava logo ali adiante, logo ali. Se choramingasse, ouviria. O orgulho era em tudo tão forte quanto o medo. Não suportaria o desdém dele. Ofegante, avançou bem devagar. Ele dissera que a gruta se abria. Poderia respirar se conseguisse arrastar-se por mais alguns centímetros.

Ai, Deus, precisava de luz. E espaço. E ar. Fechando as mãos em punhos, combateu a necessidade de gritar. Não, não iria bancar a tola na frente dele, nem ser sua diversão.

Ali, deitada de bruços, travando sua própria guerra, captou o vislumbre de uma cintilação de luz. Inteiramente imóvel, concentrou-se no ruído de madeira crepitante, o leve cheiro de fumaça de pinheiro. Ele acendera o fogo. Não estaria escuro. Tinha apenas de impelir-se por mais alguns centímetros e não estaria escuro.

Precisou de toda a força, e mais coragem do que julgara ter. Centímetro por centímetro, Whitney avançou aos poucos até a luz dançar em seu rosto e as paredes se abrirem ao redor. Esgotada, ficou ali deitada um momento, apenas respirando.

— Então decidiu se juntar a mim. — De costas para ela, Doug retirou uma das inteligentes panelas dobráveis para aquecer água. A idéia de um café quente e forte fizera-o seguir em frente nos últimos oito quilômetros. — Jantar em que cada um paga por si, benzinho. Fruta, arroz e café. Eu cuido do café. Vamos ver o que você sabe fazer com o arroz.

Embora continuasse tremendo, Whitney forçou-se a sentar-se. Passaria, disse a si mesma. Em instantes, a náusea e a vertigem passariam. Então, de algum modo, ela o faria pagar.

— É uma pena não termos escolhido um vinhozinho branco, mas... — Quando ele se virou para ela, a voz extinguiu-se. Era um truque de luz ou seu rosto estava lívido? Franzindo o cenho, pôs a água para aquecer. Não havia truque de luz, decidiu. Parecia que Whitney se dissolveria se a tocasse. Hesitante, Doug agachou-se. — Que foi que houve?

Ela o encarou com olhos ardentes e duros.

— Nada.

— Whitney. — Estendendo o braço, ele tocou-lhe a mão. — Nossa, você está gelada. Venha para perto da fogueira.

— Estou bem. — Furiosa, ela empurrou a mão dele. — Só me deixe em paz.

— Espere um momento. — Antes que ela pudesse levantar-se, ele segurou-a pelos ombros. Sentiu-a tremer sob as palmas das mãos. Não esperava que parecesse tão jovem e indefesa. As mulheres com ações lucrativas e estáveis de uma empresa de prestígio e diamantes aquosos tinham toda a defesa que precisavam. — Vou pegar um pouco d'água pra você — murmurou. Em silêncio, pegou o cantil e abriu para ela. — Está meio quente, tome devagar.

Ela tomou um gole. Estava de fato quente e com gosto de ferro. Tomou mais um gole.

— Estou bem.

A voz dela saiu tensa e irritada. Não esperara que ele fosse tão amável.

— Descanse um minuto. Se estiver nauseada...

— Não estou nauseada. — Ela atirou o cantil de volta nas mãos dele. — Tenho um pequeno problema com lugares fechados, valeu? Agora, já entrei e vou ficar muito bem.

Não era um pequeno problema, ele percebeu ao tornar a pegar a mão dela. Estava molhada, gelada e trêmula. A culpa o atingiu, e ele detestava senti-la. Não lhe dera uma folga desde que haviam iniciado a caminhada, pensou. Não quisera dar. Assim que Whitney o amolecesse e o fizesse preocupar-se com ela, ele perderia sua vantagem. Já acontecera antes. Mas ela tremia.

— Whitney, você devia ter me dito.

Ela inclinou o queixo num gesto que ele não pôde deixar de admirar.

— Tenho um problema maior por ser tola.

— Por quê? Isso nunca me incomoda.

Rindo, ele retirou os cabelos das têmporas da companheira. Ela não iria chorar. Graças a Deus.

— As pessoas que nascem tolas raras vezes notam. — Mas desaparecera a mordacidade da voz dela. — De qualquer modo, estou aqui dentro. Talvez seja necessário um guindaste para me fazer sair de novo. — Respirando devagar, ela olhou a ampla gruta em volta, com os pilares de pedra de que ele falara. À luz da fogueira, as pedras brilhavam, subindo ou descendo. Aqui e ali, o piso era coberto de excrementos de animais. Viu, com um estremecimento, a pele de uma cobra enroscada na parede. — Mesmo que decorada no estilo Neandertal inicial.

— Temos uma corda. — Ele deslizou os dedos rápidos de um lado para o outro na face dela. A cor voltava. — Eu apenas puxo você quando chegar a hora. — Olhando para trás, viu a água começar a ferver. — Vamos tomar um pouco de café.

Assim que ele se afastou, Whitney tocou a face no ponto aquecido pela mão dele. Não imaginara que pudesse ser tão inesperadamente meigo quando não tentava obter alguma coisa de forma ardilosa.

Ou tentava?

Com um suspiro, ela se livrou da mochila. Ainda guardava o dinheiro.

— Não sei nada sobre cozinhar arroz.

Abrindo a mochila, retirou o saco entrelaçado cheio de frutas. Várias haviam sofrido contusões, mas ainda conservavam o cheiro saboroso e maduro. Nenhum jantar de sete pratos jamais parecera tão bom.

— Devido às nossas atuais instalações, nada se pode fazer, além de ferver e mexer. Arroz, água, fogo... — Ele olhou para trás. — Você deve ser capaz de cuidar disso.

— Quem lava os pratos? — ela quis saber, despejando água em outra panela.

— Cozinhar é um trabalho conjunto, e o mesmo se aplica à lavagem dos pratos. — Ele disparou-lhe um rápido e cativante sorriso. — Afinal, nós somos sócios.

— Somos? — Dando-lhe um sorriso meigo, Whitney pôs a panela para aquecer e inalou o aroma de café. A gruta, cheia de excremento e umidade, se tornou logo civilizada. — Bem, sócio, que tal me deixar ver os papéis?

Doug entregou-lhe uma caneca de metal cheia de café.

— Que tal me deixar guardar metade do dinheiro?

Por cima da borda da caneca, ela sorriu com os olhos para ele.

— O café está ótimo, Douglas. Outro de seus muitos talentos.

— É, fui abençoado. — Tomando metade da caneca, ele deixou a bebida quente e forte fluir no organismo. — Vou deixar você na cozinha enquanto cuido das nossas acomodações pra dormir.

Ela retirou o saco de arroz.

— É melhor aqueles sacos de dormir serem macios como camas de pena, depois do que paguei por eles.

— Você tem fixação por dólar, benzinho.

— Eu tenho os dólares.

Ele resmungou baixinho enquanto abria espaços para os sacos de dormir. Embora Whitney não captasse as palavras, compreendeu o sentido. Rindo, começou a tirar o arroz com a mão. Um punhado, dois. Se aquilo seria o prato principal, pensou, era melhor comerem com fartura. Enfiou mais uma vez a mão no saco.

Levou um instante para entender a mecânica da colher que se dobrava sobre si própria. Quando a abriu, a água já fervia rápido. Um tanto satisfeita consigo mesma, ela começou a mexer.

— Use um garfo — disse Doug, desenrolando os sacos de dormir. — A colher esmaga os grãos.

— Exigente, exigente — ela resmungou, mas continuou com o garfo o mesmo processo que usara com a colher. — Como sabe tanto de culinária, aliás?

— Sei muito sobre comer — ele respondeu, sem dificuldade. — Não me vejo com freqüência na posição em que posso sair e saborear o tipo de comida a que tenho direito. — Desenrolou o segundo saco junto ao primeiro. Após um instante de ponderação, afastou-os uns trinta centímetros um do outro. Sentia-se em melhor situação com uma pequena distância. — Por isso aprendi a cozinhar. É prazeroso.

— Desde que outra pessoa cozinhe.

Ele apenas encolheu os ombros.

— Eu gosto. Com o cérebro e algumas especiarias, a gente chega a comer como um rei... até num motel de quinta categoria com mau encanamento. E quando as coisas ficam difíceis, eu trabalho num restaurante por algum tempo.

— Emprego? Que decepção!

Ele deixou o leve sarcasmo passar por cima.

— O único que já consegui tolerar. Além disso, a gente come bem e tem chance de inspecionar a clientela.

— Pra um alvo possível.

— Nenhuma oportunidade jamais deve deixar de ser explorada.

Sentando-se no saco de dormir, ele encostou-se na parede da gruta e pegou um cigarro.

— Isso é lema de escoteiro-mirim?

— Se não é, devia ser.

— Aposto que você teria ganho muito dinheiro no negócio de venda de medalhas ao mérito, Douglas.

Ele riu, curtindo o silêncio, o tabaco e o café. Aprendera muito tempo atrás a curtir o que podia, quando podia, e planejar para obter mais. Muito mais.

— De um jeito ou de outro — concordou. — A quantas anda o jantar?

Ela mexeu mais uma vez o arroz com o garfo.

— Saindo.

Pelo que sabia.

Ele fitou o teto, examinando ociosamente a formação de rocha que gotejara ao longo dos séculos e formara longas lanças. Sempre fora atraído pela antiguidade, por qualquer herança cultural e histórica, talvez porque, no passado, lhe tivesse faltado o acesso a elas. Sabia que era parte do motivo de estar indo para o norte, em direção às jóias e às histórias por trás delas.

— O arroz fica mais gostoso refogado na manteiga, com cogumelos e lascas de amêndoas.

Ela sentiu o estômago roncar.

— Coma uma banana — sugeriu, e atirou-lhe uma. — Alguma idéia de como vamos repor a água?

— Acho que podemos dar uma fugida até a aldeia lá embaixo de manhã.

Ele soprou uma nuvem de fumaça. A única coisa que faltava era, pensou, uma bela banheira quente e uma loura bonita, perfumada, para esfregar-lhe as costas. Seria uma das primeiras coisas que providenciaria quando pusesse as mãos no tesouro.

Whitney sentou-se com as pernas cruzadas sob o corpo e escolheu outra fruta.

— Acha que é seguro?

Ele encolheu os ombros e terminou o café. Era sempre mais uma questão de necessidade que de segurança.

— Precisamos de água, e podemos barganhar por um pouco de carne.

— Por favor, vai me deixar excitada.

— Pelos meus cálculos, Dimitri sabia que o trem ia para Tamatave, logo, é onde vai estar nos procurando. Quando chegarmos lá, espero que esteja procurando em outro lugar.

Ela mordeu a fruta.

— Então ele não tem nenhuma idéia de para onde você está indo?

— Não mais que você, benzinho. — Ele esperava. Mas a comichão entre as omoplatas ainda não dera trégua. Tirando a última tragada profunda, atirou a guimba no fogo com um piparote. — Pelo que sei, ele nunca viu os papéis, ao menos não todos.

— Se nunca viu, como descobriu sobre o tesouro?

— Fé, benzinho, o mesmo que você.

Ela ergueu a sobrancelha, diante do sorriso afetado dele.

— Esse Dimitri não me parece um homem de fé.

— Instinto, então. Teve um homem chamado Whitaker que imaginou vender os documentos pelo lance mais alto e ganhar um belo lucro sem ter de cavar por ele. A idéia de um tesouro documentado atraiu a imaginação de Dimitri. Eu já disse que ele tinha um desses.

— Verdade. Whitaker... — Girando o nome na mente, Whitney esqueceu de mexer o arroz. — George Allan Whitaker?

— Ele mesmo. — Doug soprou fumaça. — Conhece?

— Por acaso. Namorei um dos sobrinhos dele. Dizem que ganhou sua fortuna com a venda ilegal de bebidas, entre outras coisas.

— Contrabando, entre outras coisas, sobretudo nos últimos dez anos. Lembra as safiras Geraldi roubadas, quando mesmo, em 76?

Ela franziu a testa um instante.

— Não.

— Devia se manter a par dos fatos atuais, benzinho. Leia esse livro que afanei na capital.

— *Pedras Preciosas Desaparecidas Através dos Séculos?* — Whitney meneou os ombros. — Prefiro ler ficção.

— Alargue a sua mente. Pode aprender tudo que há para aprender nos livros.

— É mesmo? — Interessada, ela examinou-o mais uma vez. — Então você gosta de ler?

— Depois de sexo, é meu passatempo preferido. Em todo caso, as safiras Geraldi. O mais lindo conjunto de pedras desde as jóias da coroa.

Impressionada, ela ergueu uma sobrancelha.

— Você as roubou?

— Não. — Ele ajeitou os ombros na parede. — Passei um período de baixa atividade em 76. Não tive o dinheiro da passagem pra ir a Roma. Mas consegui contatos. Assim como Whitaker.

— Foi *ele* quem roubou?

Ela arregalou os olhos ao pensar no velho magérrimo.

— Planejou o roubo — corrigiu Doug. — Assim que fez sessenta anos, Whitaker não quis mais sujar as mãos. Gostava de fazer de conta que era um especialista em arqueologia. Você não viu nenhum dos programas dele na televisão pública?

Então Doug também via a PBS. Ladrão experiente e culto.

— Não, mas soube que queria ser um Jacques Cousteau cercado de terra por todos os lados.

— Não tinha classe suficiente. Mesmo assim, ganhou muito boas contribuições durante dois anos, convencendo com lorotas um monte de magnatas bem-sucedidos com grandes contas bancárias a financiar escavações. Tinha um jogo realmente perfeito rolando.

— Meu pai dizia que ele era um saco de merda — disse Whitney, como quem não quer nada.

— Seu pai está por dentro de mais coisas que só sorvete cremoso. De qualquer modo, Whitaker agiu como intermediário para um monte de pedras e objetos de arte que atravessavam de um lado a outro o Atlântico. Há cerca de um ano, enrolou uma velha senhora inglesa e convenceu-a a lhe doar um maço de documentos e correspondência antiga.

O interesse dela aumentou.

— Os nossos documentos?

Ele não se incomodou com o pronome no plural, mas encolheu os ombros em sinal de impaciência.

— A senhora considerava tudo parte de arte ou história... valor cultural. Tinha escrito um monte de livros sobre coisas assim. Um certo general conhecido quase fechou contrato com ela, mas parece que Whitaker sabia mais sobre bajulação de patronesse. Além de ter um raciocínio mais básico. Ganância. O problema é que ele quebrou e teve de fazer algumas campanhas pra levantar fundos destinados à expedição.

— É aí que entra Dimitri.

— Exatamente. Como eu disse, Whitaker lançou a licitação. Era para ser um acordo comercial. Sócios — ele acrescentou com um sorriso vagaroso. — Dimitri decidiu que não gostava do mercado competitivo e fez uma proposta alternativa. — Cruzou os tornozelos e descascou a banana. — Whitaker o deixava ficar com a papelada e ele o deixava conservar todos os dedos das mãos e dos pés.

Whitney deu outra mordida na fruta, mas não foi fácil engoli-la.

— Parece um negociante contundente.

— É, Dimitri adora fazer negócios inescrupulosos. O problema é que o canalha usou persuasão demais em Whitaker. Parece que o velho teve um problema cardíaco. Tombou antes que Dimitri tivesse os papéis ou a comemoração... não sei qual das duas coisas o deixou mais fulo da vida. Um acidente infeliz, ou assim me disse quando me contratou para roubá-los. — Doug mordeu a banana e a saboreou. — Entrou em detalhes explícitos sobre como tinha planejado mudar a decisão de Whitaker... com a finalidade de me apavorar o bastante, para que eu mesmo não tivesse idéias. — Lembrou o minúsculo alicate que o ex-empregador acariciara durante a entrevista. — Funcionou.

— Mas você os roubou assim mesmo.

— Só depois que ele me traiu — ele respondeu após outra mordida na banana. — Se tivesse jogado limpo, teria os documentos. Eu receberia o meu pagamento e tiraria umas pequenas férias em Cancun.

— Mas dessa forma ficou com eles. E nenhuma oportunidade jamais deve deixar de ser explorada.

— Sacou, irmã. Minha nossa! — Doug disparou do saco de dormir e arrastou-se até o fogo. Em defesa automática, Whitney enroscou as pernas acima, esperando tudo, de uma cobra pegajosa a uma aranha abominável. — Droga, mulher, quanto arroz você pôs aqui?

— Eu... — Ela se interrompeu e olhou-o pegar a panela. O arroz escorria pelos lados como lava. — Só dois punhados — respondeu, e mordeu o lábio para não rir.

— Duvido.

— Bem, quatro. — Ela apertou as costas da mão na boca, enquanto ele procurava um prato. — Ou cinco.

— Quatro ou cinco — ele resmungou, servindo colheradas nos pratos. — Como diabos eu terminei numa gruta em Madagascar com "I Love Lucy"?

— Eu disse que não sabia cozinhar — ela lembrou-lhe, examinando a massa pegajosa e amarronzada no prato. — Só provei que estava dizendo a verdade.

— Sem dúvida. — Ao ouvir a risada abafada dela, ele olhou-a. Sentada em estilo indiano, tinha a saia e a blusa imundas, a fita na ponta da trança pendendo solta. Lembrou a primeira vez em que a vira, bem-arrumada e elegante, com um chapéu de feltro e casaco de pele luxuoso. Como parecia em tudo tão atraente agora? — Você está rindo — rebateu, empurrando-lhe um prato. — Mas vai ter de comer sua parte.

— Tenho certeza de que está ótimo. — Com o garfo que usara para cozinhar, Whitney cutucou o arroz. Corajosa, ele pensou, quando a viu dar a primeira garfada. Tinha sabor de nozes e não de todo desagradável. Ela encolheu os ombros e comeu mais. Embora jamais houvesse estado na posição de mendigo, sabia que não podiam ser seletivos. — Não seja infantil, Douglas — disse. — Se pudermos pôr as mãos em alguns cogumelos e amêndoas, faremos à sua maneira da próxima vez.

Com o entusiasmo de uma criança diante de uma taça de sorvete, escavou o arroz. Sem perceber inteiramente, tivera a primeira experiência com a verdadeira fome.

Comendo em ritmo mais lento e com menos entusiasmo, Doug observava-a. Já passara fome antes, e imaginava que passaria de novo. Mas ela... Talvez comesse arroz num prato de lata, com a saia riscada de sujeira, mas a classe ressaltava. Ele achava isso fascinante e intrigante o suficiente para valer a pena descobrir se sempre seria assim. A parceria, pensou, talvez fosse mais interessante que o acordo. Enquanto durasse.

— Douglas, e a mulher que deu o mapa a Whitaker?

— Que é que tem?

— Bem, que aconteceu com ela?

Ele engoliu um grumo de arroz.

— Butrain.

Quando ela ergueu os olhos, ele viu o medo chegar e sair deles, e ficou satisfeito. Era melhor para os dois se Whitney entendesse que se tratava de uma turma da pesada. Mas foi com mãos já firmes que ela pegou o café.

— Entendo. Então você é a única pessoa viva que viu esses documentos?

— Isso mesmo, benzinho.

— Ele vai querer você morto, e a mim também.

— Também acertou em cheio.

— Mas eu não vi.

Despreocupado, ele escavou mais arroz.

— Se ele puser as mãos em você, não pode revelar nada do que não sabe.

Ela esperou um minuto, examinando-o.

— Você é um patife de primeira classe, Doug.

Dessa vez ele riu, porque ouvira um leve traço de respeito.

— Gosto da primeira classe, Whitney. Vou viver lá o resto da vida.

Duas horas depois, amaldiçoava-a de novo, embora apenas para si mesmo. Haviam deixado o fogo reduzir-se a brasas, de modo que a luz na gruta era fraca e vermelha. Em algum lugar, mais profundo, a água pingava num gotejo lento e musical. Lembrou-lhe um pequeno bordel caro e inovador em Nova Orleans.

Os dois estavam exaustos, doloridos das exigências de um dia muito longo e árduo. Doug descalçou os sapatos, com a única idéia nos prazeres da inconsciência. Jamais duvidara de que dormiria como uma pedra.

— Sabe como manusear essa coisa? — perguntou, abrindo devagar o zíper do saco de dormir.

— Acho que sei manusear um zíper, obrigada.

Então ele cometeu o erro de olhar — e não tornar a olhar.

Sem qualquer demonstração de constrangimento, Whitney tirou a blusa. Doug lembrou a finura do material da camisola à luz matinal. Quando ela tirou a blusa, ele ficou com água na boca.

Não, não se sentia envergonhada, mas próxima ao estado de coma pela fadiga. Jamais lhe ocorreu fazer uma encenação de recato. Mesmo que houvesse pensado nisso, teria julgado a camisola uma proteção adequada. Usava uma fração dela numa praia pública. Sua única idéia era estender-se na horizontal, fechar os olhos e apagar.

Se não estivesse tão cansada, Whitney talvez apreciasse o desconforto que causava na região da virilha de Doug. Talvez lhe desse algum prazer saber que os músculos dele se retesaram ao ver o sutil tremeluzir de luz da fogueira dançar na pele dela quando se abaixou para abrir o zíper do saco de dormir. Teria sentido pura satisfação feminina saber que ele prendeu a respiração à visão do fino material levantando-se nas coxas e moldando-lhe o traseiro com os movimentos dela.

Sem hesitar, ela entrou no saco de dormir e fechou o zíper. Nada se via, além da nuvem de cabelos emaranhados da trança. Com um suspiro, apoiou a cabeça nas mãos.

— Boa-noite, Douglas.

— É.

Ele despiu a camisa, segurou a ponta do adesivo e prendeu a respiração. Arrancou-o bruscamente, e o ardor serpeou-lhe pelo peito. Whitney não se mexeu quando a imprecação dele ricocheteou das paredes da gruta. Já caíra no sono. Amaldiçoando-a, amaldiçoando a dor, ele enfiou o envelope na mochila e entrou no saco de dormir. Dormindo, ela suspirava baixo e tranqüilamente.

Doug fitava o teto da gruta, bem desperto e sentindo mais dores que as escoriações na pele.

Capítulo Seis

Alguma coisa fez cócegas nas costas da mão de Whitney. Esforçando-se para agarrar-se ao sono, ela sacudiu o punho numa indolente ação para frente e para trás e bocejou.

Sempre regulava as próprias horas de sono. Se precisasse dormir até o meio-dia, dormia até o meio-dia. Se precisasse acordar ao amanhecer, fazia-o. Quando se sentia com disposição, podia trabalhar dezoito horas ininterruptas. Com um entusiasmo semelhante, dormia durante a mesma extensão de tempo.

No momento, interessava-a apenas o sonho vago e meio bonito que estava tendo. Ao sentir mais uma vez o roçar macio na mão, deu um suspiro, apenas um pouco irritada, e abriu os olhos.

Com toda a probabilidade, era a maior e mais gorda aranha que já vira. Grande, preta, peluda, sondava e deslizava com as patas arqueadas. Com a mão a poucos centímetros do rosto, Whitney viu-a agigantar-se e avançar preguiçosa pelos nós dos dedos numa linha direta para o seu nariz. Por um momento, zonza de sono, apenas fitou-a sob a luz fraca.

Os nós dos dedos. O nariz.

A compreensão chegou alta e clara. Abafando um uivo, arremessou a aranha a vários centímetros no ar. Ela caiu com um audível ploft no piso da gruta e afastou-se serpeando embriagadamente.

O inseto não a assustara. Jamais pensou na possibilidade de que talvez fosse venenosa. Era simplesmente medonho, e Whitney tinha um desrespeito básico pelo medonho.

Suspirando enojada, sentou-se e passou os dedos pelos cabelos emaranhados. Bem, imaginava que, quando se dormia numa gruta, devia-se esperar a visita de vizinhos medonhos. Mas por que a aranha não visitara Doug em vez dela? Decidindo que não tinha motivo algum para deixá-lo dormir quando fora tão rudemente acordada, virou-se com a plena intenção de dar-lhe um empurrão.

Ele se fora, assim como o saco de dormir.

Inquieta, mas não assustada, ela olhou em volta. Viu a gruta vazia, com as formações rochosas de que ele falara, dando-lhe a aparência de um castelo abandonado e meio em ruínas. O fogo da comida era apenas uma pilha de brasas incandescentes. O ar exalava um cheiro maduro. Algumas frutas já passavam do ponto. A mochila dele, como o saco de dormir, desaparecera.

Canalha. Canalha podre. Mandara-se, com os documentos, e deixara-a presa numa maldita gruta com duas frutas, um saco de arroz e uma aranha do tamanho de um prato de jantar.

Furiosa demais para pensar duas vezes, atravessou disparada a gruta e começou a rastejar para fora do túnel. Quando a respiração tornou-se difícil, continuou em frente. Que se danem as fobias, disse a si mesma. Ninguém iria traí-la e escapar impune. Para pegá-lo, tinha de sair. E quando o pegasse...

Viu a abertura e concentrou-se nela, e na vingança. Ofegando, tremendo, impeliu-se para a luz do sol. Levantou-se com esforço, inspirou todo o ar que conseguiu e exalou-o num grito.

— *Lord!* Lord, seu filho-da-mãe!

O som ressoou e ricocheteou de volta para ela, quase tão alto, porém com duas vezes a mesma fúria. Impotente, olhou as colinas e rochas vermelhas ao redor. Como podia saber para que lado ele fora?

Norte. Maldito norte, levara a bússola. E o mapa. Após ranger os dentes, ela tornou a gritar.

— Lord, seu safado, você não vai se dar bem!

— Me dar bem com o quê?

Ela rodopiou nos calcanhares e quase se chocou com ele.

— Onde diabo você estava? — exigiu saber. Num arroubo de alívio e raiva, agarrou-o pela camisa e puxou-o para si. — Aonde diabo você foi?

— Calma, benzinho. — Amistoso, deu-lhe uma palmada de leve no traseiro. — Se eu soubesse que você queria pôr as mãos em mim, teria ficado perto por mais tempo.

— Na sua garganta.

Com um empurrão, ela soltou-o.

— Tive de começar em algum lugar. — Pôs a mochila perto da entrada da gruta. — Acha que eu iria me livrar de você?

— Na primeira oportunidade.

Doug tinha de admitir, ela era astuta. A idéia ocorrera-lhe, mas, após uma rápida olhada em volta naquela manhã, não conseguira justificar o abandono dela numa gruta no meio do nada. Mesmo assim, a oportunidade por certo surgiria.

Na tentativa de impedi-la de dar um passo na frente dele, desmanchou-se em charme.

— Whitney, somos parceiros. E... — Ergueu a mão e deslizou um dedo pela face dela. — Você é mulher. Que tipo de homem eu seria se a deixasse sozinha num lugar destes?

Ela recebeu o sorriso cativante com outro próprio.

— O tipo de homem que teria vendido a pele do cachorro da família se o preço fosse bom. Agora, onde você estava?

Ele não teria vendido a pele, mas talvez penhorado o animal inteiro se necessário.

— Você é uma moça severa. Escute, você dormia como um bebê. — Como ela conseguira dormir a noite toda, enquanto ele passara boa parte dela agitado, virando-se e fantasiando? Não a perdoaria facilmente por isso, mas chegaria a hora e o lugar da desforra. — Quis fazer um pouco de reconhecimento por aí, sem acordar você.

Ela deu um longo suspiro. Era razoável, e ele voltara.

— Da próxima vez que quiser dar uma de Daniel Boone, me acorde.

— Como queira.

Whitney viu um pássaro sobrevoar acima. Observou-o por algum tempo até se acalmar. O céu, como o ar, estava claro — e frio. Poucas horas os separavam do calor. O tom do silêncio ali, ela só ouvira poucas vezes na vida. Acalmava.

— Bem, como andou fazendo reconhecimento, que tal um relatório?

— Tudo muito tranqüilo lá embaixo, na aldeia. — Doug pegou um cigarro que ela lhe arrancou dos dedos. Pegando outro, ele acendeu os dois. — Não cheguei perto o bastante para obter detalhes específicos, mas me pareceu a rotina do dia-a-dia. Em minha opinião, como todos estão calmos e relaxados, é uma boa hora de aparecer para uma visita.

Whitney baixou os olhos para a camisola manchada de fuligem e terra.

— Assim?

— Eu já disse que é um belo vestido. — E tinha um certo encanto, com uma alça pendendo do ombro. — De qualquer jeito, não passei por nenhum salão de beleza nem butique locais.

— Você pode fazer visitas com uma aparência desmazelada. — Ela lançou um olhar demorado pelo corpo dele de cima a baixo. — De fato, sei que faz. Eu, por outro lado, pretendo me lavar e trocar primeiro.

— Faça como quiser. Na certa, sobrou água suficiente para tirar parte da sujeira do seu rosto. — Quando ela automaticamente levou a mão para roçar as faces, ele riu. — Cadê sua mochila?

Ela tornou a olhar para a abertura da gruta.

— Lá dentro. — Tinha o olhar desafiador e a voz firme ao desviá-lo de volta para ele. — Não entro lá de novo.

— Tudo bem, eu pego suas coisas. Mas não vai poder se embonecar a manhã toda. Eu não quero perder muito tempo.

Whitney apenas ergueu uma sobrancelha quando ele começou a engatinhar mais uma vez gruta adentro.

— Jamais me emboneco — disse, sem se alterar. — Não é necessário.

Com um grunhido irreconhecível, Doug desapareceu. Mordiscando o lábio, ela olhou de relance a gruta e depois a mochila que ele deixara ao lado. Talvez não tivesse uma segunda chance. Sem hesitação, agachou-se e começou a vasculhá-la por dentro.

Teve de enfiar as mãos entre os utensílios de cozinha e as roupas dele. Encontrou uma escova de homem muito elegante que a fez parar um instante. Quando conseguira aquilo?, perguntou-se. Conhecia cada artigo, até as cuecas que ela pagara. Dedos leves, pensou, e largou a escova de volta na mochila.

Ao encontrar o envelope, retirou-o com todo cuidado. Só podia ser aquilo. Tornou a vigiar a gruta. Apressou-se a puxar uma folha amarelada e fina, lacrada em plástico, e passou os olhos por cima. Escrita em francês, numa rebuscada caligrafia feminina. Uma carta, pensou. Não, parte de um diário. E a data — meu Deus. Arregalou os olhos e examinou o elegante e desbotado manuscrito: 15 de setembro de 1793. Ali parada, à escaldante luz do sol, numa rocha tortuosa e gasta pelo tempo, segurava a história na mão.

Passou mais uma vez os olhos, rápido, e captou frases de medo, ansiedade e esperança. Uma menina as escrevera, disso teve quase certeza, por causa de referências a *Maman* e *Papa*. Uma jovem aristocrata, confusa e amedrontada pelo que vinha acontecendo com sua vida e família, refletiu. Será que Doug tinha alguma idéia do que levava numa mochila de lona?

Não dava para correr o risco de ler tudo agora. Mais tarde...

Cuidadosamente, tornou a fechar a mochila e largou-a junto à abertura da gruta. Pensando, bateu de leve o envelope na palma da mão. Era muito satisfatório vencer um homem em seu próprio jogo, concluiu, e então ouviu os ruídos do retorno dele.

Com o envelope numa das mãos, examinou-se de cima a baixo. Em silêncio, passou a outra mão do seio à cintura. Em que droga de lugar iria escondê-lo? Mata Hari deve ter tido pelo menos um sarongue. Frenética, iria deslizá-lo pelo corpete da camisola, mas percebeu o absurdo. Era melhor grudá-lo na testa. Restando-lhe apenas segundos, enfiou-o pelas costas e deixou o resto à sorte.

— Sua bagagem, Sra. MacAllister.

— Depois eu lhe dou a gorjeta.

— É o que todos dizem.

— O bom serviço é sua própria recompensa.

Whitney deu-lhe um sorriso presunçoso, que logo foi retribuído por outro. Pegava a mochila da mão dele, quando lhe ocorreu uma idéia repentina. Se ela pudera roubar o envelope com tanta facilidade, então ele... Abrindo a mochila, remexeu à procura da carteira.

— É melhor começar a se mexer, docinho. Já estamos atrasados pra nossa visita matinal.

Ia tomar-lhe o braço quando ela empurrou a mochila na barriga dele. O ruído da respiração que expeliu dos pulmões deu-lhe grande satisfação.

— Minha carteira, Douglas. — Retirando-a, abriu e viu que ele fora generoso o bastante para deixá-la com uma nota de vinte. — Parece que enfiou os dedos pegajosos nela.

— Quem acha não rouba... parceira. — Embora esperasse que ela não descobrisse tão cedo, apenas encolheu os ombros. — Não se preocupe, terá mesada.

— Ah, é mesmo?

— Digamos que eu seja tradicional. — Satisfeito com a nova situação, ele começou a ajeitar a mochila nas costas. — Acho que o homem deve cuidar do dinheiro.

— Digamos que você seja um idiota.

— Seja o que for, mas vou cuidar do dinheiro a partir de agora.

— Ótimo. — Ela deu-lhe um sorriso meigo, que logo o deixou desconfiado. — E eu guardo o envelope.

— Nem pense nisso. — Ele entregou-lhe de volta a mochila. — Agora vá se trocar como uma boa menina.

A fúria saltou dos olhos dela. Palavras detestáveis embaralharam-se na língua. Havia a hora de perder a cabeça, lembrou a si mesma, e a hora de mantê-la fria. Outra das regras básicas de negócios do pai.

— Eu disse que guardo os documentos.

— E eu disse...

Mas ele se calou ao ver a expressão no rosto dela.

Uma mulher que acabara de ser roubada não devia parecer presunçosa. Doug baixou os olhos para a sua mochila. Ela não podia tê-los. Então tornou a olhá-la. O diabo que não podia.

Jogando a mochila no chão, ele enfiou a mão e vasculhou. Levou apenas um instante.

— Tudo bem, onde está?

De pé, em plena luz do sol, ela ergueu as mãos, palmas para cima. A sumária camisola ondulava pelo corpo como ar.

— Não parece necessário me revistar.

Ele estreitou os olhos. Era impossível impedi-los de percorrê-la de cima a baixo.

— Devolva, Whitney, ou vai ficar nua em pêlo dentro de cinco segundos.

— E você com o nariz quebrado.

Encararam-se, cada um decidido a sair vencedor. E cada um sem outra opção, além de aceitar o empate.

— Os documentos — ele repetiu, dando à força e ao domínio masculino uma última chance.

— O dinheiro — ela devolveu, confiando na coragem e na malícia feminina.

Praguejando, Doug enfiou a mão no bolso de trás e tirou um rolo de notas. Quando ela estendeu a dela para pegar, ele o sacudiu de volta para longe de seu alcance.

— Os documentos — repetiu.

Ela examinou-o. Ele tinha um olhar muito direto, pensou. Muito claro e franco. E podia mentir com o melhor deles. Mesmo assim, em algumas áreas, confiava nele.

— Sua palavra — ela exigiu. — Pelo pouco que vale.

A palavra dele valia apenas o quanto ele escolhia que valesse a pena. Com ela, descobriu, seria inteiramente demais.

— Tem minha palavra.

Assentindo com a cabeça, Whitney estendeu a mão por trás de si, mas o envelope escorregara para baixo, fora de alcance.

— Tenho um monte de motivos pra não gostar de dar as costas a você. Mas... — Com um encolher de ombros, ela o fez. — Vai ter de tirá-lo sozinho.

Ele correu o olhar pela harmoniosa linha das costas dela e a sutil curva do quadril. Embora não tivesse muita coisa ali, pensou, o que tinha era excelente. Sem se apressar, deslizou a mão sob o material e continuou baixando-a.

— Só pegue o envelope, Douglas. Nada de desvios.

Ela cruzou os braços sob os seios e fixou os olhos diretamente à frente. O roçar daqueles dedos sensibilizava cada nervo. Não estava acostumada a excitar-se com tão pouco.

— Parece que escorregou bem pra baixo — ele murmurou. — Talvez eu leve algum tempo pra encontrar.

Ocorreu-lhe que na verdade podia deixá-la sem a camisola em cinco segundos. Que ela faria então? Ele a poria por baixo no chão antes que Whitney respirasse para xingá-lo. Depois teria o que o fizera suar na noite anterior.

Mas também, pensou, roçando os dedos na borda do envelope, ela talvez exercesse um controle sobre ele ao qual não podia dar-se o luxo. Prioridades, lembrou-se, ao tocar ao mesmo tempo o papel manilha duro e a pele macia. Era sempre uma questão de prioridade.

Ela precisou de toda concentração para manter-se imóvel.

— Douglas, você tem dois segundos pra tirar isso daí, ou perder o uso da mão direita.

— Meio agitada, não está?

Pelo menos teve a satisfação de saber que a deixara tão excitada quanto ele. Não lhe escapara a rouquidão nem o leve tremor na voz dela. Com a ponta entre o indicador e o polegar, retirou o envelope.

Whitney logo se virou, a mão estendida. Doug tinha o mapa, o dinheiro, o corpo todo vestido, e ela quase nua. Ele não duvidava que aquela mulher pudesse descer até a aldeia e dar um jeito de conseguir transporte de volta à capital. Se pretendia descartá-la, não haveria hora melhor.

Ela manteve os olhos calmos e diretos nos dele. Doug também não duvidava que lera todos os pensamentos na mente dele.

Embora hesitasse, descobriu nesse caso que iria cumprir a palavra dada. Enfiou o rolo de notas na mão dela.

— Honra entre ladrões...

— ... é um importante mito cultural — ela concluiu. Por um momento, apenas um momento, não teve certeza se ele cumpriria o compromisso. Erguendo a mochila e o cantil, dirigiu-se ao pinheiro. Era mais ou menos um anteparo. Embora no momento houvesse preferido uma parede de aço com uma fechadura resistente. — Podia pensar em fazer a barba, Douglas — gritou. — Detesto que meu acompanhante pareça relaxado.

Ele correu a mão pelo queixo e jurou não fazer a barba durante semanas.

W HITNEY ACHAVA MAIS FÁCIL SEGUIR QUANDO AVISTAVA O destino.

Num inesquecível verão, no início da adolescência, ficara na propriedade dos pais em Long Island. O pai adquirira uma repentina obsessão pelas vantagens do exercício. Todo dia que não era rápida o bastante para escapar, ele a rebocava para acompanhá-lo no jogging. Ela lembrava a determinação de emparelhar-se com um homem vinte e cinco anos mais velho, e o truque que criara de procurar as majestosas janelas de teto da casa. Assim que as via, disparava na frente, sabendo que o fim estava à vista.

Nesse caso, o destino não passava de uma aglomeração de prédios contíguos verdes, campos verdes e um rio pardo que fluía para oeste. Após um dia de caminhada e uma noite numa gruta, parecia-lhe tão em ordem quanto New Rochelle.

Ao longe, homens e mulheres trabalhavam nos arrozais. Haviam-se sacrificado florestas por campos. Os nativos de Madagascar, um povo prático, trabalhavam diligentemente para justificar a troca. Eram ilhéus, lembrou, mas sem a animada ociosidade que a vida insular com freqüência promovia. Observando-os, Whitney perguntou-se quantos já haviam visto o mar.

O gado, de olhos entediados e açoitando os rabos, amontoava-se em cercados. Ela viu um jipe caindo aos pedaços, sem rodas, escorado numa pedra. De algum lugar, vinha o monótono tinido de metal contra metal.

As mulheres penduravam num varal blusas floridas, de cores vivas, que contrastavam com suas roupas simples de trabalho. Os homens de calças folgadas capinavam um longo e estreito jardim. Alguns cantavam enquanto trabalhavam, uma melodia não tão triste quanto pretendiam.

À aproximação deles, cabeças viraram-se e o trabalho parou. Ninguém se adiantou, a não ser um esquelético cachorro que correu em círculos em volta deles e fez um grande alarido.

Leste ou oeste, Whitney conhecia curiosidade e desconfiança quando as via. Lamentou não usar nada mais alegre que uma blusa e calça larga. Lançou um olhar a Doug. Com a barba por fazer, ele parecia mais recém-saído de uma festa — das longas.

Ao chegarem mais perto, ela distinguiu um punhado de crianças. Algumas das menores carregadas nas costas e nos quadris de homens e mulheres. No ar, um cheiro de esterco animal e de comida. Ela passou a mão pela barriga, esforçando-se na descida de uma colina atrás de Doug, que tinha o nariz grudado no guia.

— Precisa fazer isso agora? — quis saber. Como ele apenas grunhiu, ela revirou os olhos. — Me admira que não tenha trazido um daqueles pequenos abajures com prendedor pra poder ler na cama.

— Compraremos um. O grupo étnico merina é de descendência asiática... a camada superior da ilha. Você se identificaria com isso.

— Claro.

Ignorando o humor na voz dela, ele leu:

— Têm um sistema de castas que separa os nobres da classe média.

— Muito sensato.

Quando ele lhe disparou um olhar por cima do livro, ela apenas sorriu.

— Sensatamente — ele devolveu —, o sistema de classe foi abolido por lei, mas eles não prestam muita atenção.

— É uma questão de moralidade legislativa. Parece que nunca funciona.

Recusando-se a ser influenciado, Doug olhou adiante e franziu os olhos. As pessoas se juntavam, mas não parecia um comitê de boas-vindas. Segundo tudo o que lera, as cerca de vinte tribos ou grupos dos habitantes de Madagascar haviam empacotado as lanças e os arcos anos atrás. Mas... tornou a ver dezenas de olhos sombrios. Ele e Whitney apenas teriam de dar um passo de cada vez.

— Como acha que vão reagir a visitantes não-convidados?

Mais nervosa do que gostaria de admitir, Whitney enfiou o braço no dele.

Doug entrara devagar sem convite em mais lugares do que saberia contar.

— Seremos encantadores.

Em geral, isso funcionava.

— Acha que pode ser bem-sucedido? — ela perguntou, e caminhou ao lado dele até o terreno plano na base da colina.

Embora se sentisse nervosa, continuou andando, os ombros empertigados. O agrupamento resmungou e separou-se, abrindo passagem para um homem alto, rosto magro e comprido, de túnica preta sobre uma camisa branca engomada. Talvez fosse o líder, o sacerdote, o general, mas ela viu com apenas uma olhada que era importante... e que a intrusão o desagradara.

Parou na nossa frente com o seu um metro e noventa e cinco de altura. Abandonando o orgulho, Whitney recuou um passo para que Doug ficasse na frente.

— Encante-o — ela desafiou-o num murmúrio.

Ele examinou o negro alto com o agrupamento atrás. Pigarreou.

— Não tem problema. — Tentou o melhor sorriso. — Bom-dia. Como tem passado?

O varapau inclinou a cabeça, régio, distante e desaprovador. Numa voz profunda, estrondosa, lançou uma torrente na língua de Madagascar.

— Somos meio deficientes na língua, senhor, ah... — Ainda rindo, Doug estendeu a mão, que foi encarada e depois ignorada. Com o sorriso ainda estampado no rosto, pegou Whitney pelo cotovelo e empurrou-a para frente. — Tente em francês.

— Mas seu encanto estava funcionando tão bem.

— Não é uma boa hora pra ser sabichona, benzinho.

— Você disse que eles eram amistosos.

— Talvez ele não tenha lido o guia.

Whitney examinou o rosto duro como pedra a vários centímetros acima do seu. Talvez Doug tivesse razão. Sorriu, adejou as pestanas e tentou uma saudação formal em francês.

O homem de túnica preta encarou-a por dez segundos pulsantes e retribuiu o cumprimento.

Ela quase desatou a rir de alívio.

— Certo, muito bem. Agora peça desculpas — ordenou Doug.

— Pelo quê?

— Pela intromissão — ele respondeu entre os dentes, apertando-lhe o cotovelo. — Diga que vamos pra Tamatave, mas nos perdemos e estamos com as provisões baixas. Continue sorrindo.

— É fácil quando vejo você rindo como meu irmão idiota.

Ele vociferou, mas baixo, com os lábios ainda curvos.

— Pareça desamparada, do jeito que faria se tentasse trocar um pneu arriado no acostamento de uma estrada.

Ela virou a cabeça, sobrancelha erguida, olhos frios.

— Como foi que disse?

— Apenas pareça, Whitney. Pelo amor de Deus.

— Vou falar com ele — ela disse, com uma fungada régia. — Mas não vou parecer desamparada.

Quando tornou a virar-se, tinha mudado a expressão para um sorriso simpático.

— Lamentamos muito termos nos intrometido em sua aldeia — começou em francês. — Mas estamos viajando para Tamatave e meu companheiro... — Indicou Doug e encolheu os ombros. — Ele se perdeu. E temos muito pouca comida e água.

— Tamatave é uma rota muito longa para o leste. Vão a pé?

— Infelizmente.

O homem examinou mais uma vez os dois, fria e deliberadamente. A hospitalidade fazia parte da herança e cultura de Madagascar. Mas era oferecida de forma discriminada. Ele via coragem nos olhos dos estranhos, porém não maldade. Após um instante, fez uma mesura.

— Temos prazer em receber visitas. Podem partilhar nossa comida e água. Sou Louis Rabemananjara.

— Como vai? — Ela estendeu a mão e dessa vez ele aceitou. — Sou Whitney MacAllister e este é Douglas Lord.

Louis virou-se para sua gente e anunciou que teriam convidados na aldeia.

— Minha filha Marie. — A estas palavras, uma jovem baixinha, de pele cor de café e olhos pretos, adiantou-se. Whitney reparou no complexo estilo de cabelos trançados da moça e imaginou se sua própria cabeleireira seria páreo para Marie. — Ela vai cuidar de vocês. Depois que descansarem, partilharão nossa comida.

Com isso, Louis voltou para o agrupamento.

Após uma rápida inspeção na blusa azul e calça de tecido fino dela, Marie baixou os olhos. O pai jamais lhe permitiria usar coisas tão reveladoras.

— Vocês são bem-vindos. Se fizerem o favor de vir comigo, mostro onde podem se lavar.

— Obrigada, Marie.

Seguiram atrás da jovem por entre os nativos. Uma das crianças apontou os cabelos de Whitney, despejou uma algaravia e foi silenciada pela mãe. Uma palavra de Louis despachou todos de volta ao trabalho, antes de Marie chegar a uma pequena casa de um andar. O telhado de palha projetava-se numa inclinação acentuada, para ampliar a área de sombra. A casa era feita de madeira, com algumas das ripas arqueadas e onduladas. As janelas cintilavam. Diante da porta, via-se um tapete alvejado quase branco. Quando Marie abriu a porta, recuou para deixar os convidados entrarem.

No interior, tudo muito limpo, cada superfície polida. A mobília era rústica e lisa, mas almofadas coloridas afofavam todas as cadeiras. Flores amarelas, semelhantes a margaridas, brotavam de um vaso de barro perto de uma janela, onde ripas de madeira impediam a entrada da luz intensa e calor.

— Há água e sabonete. — Ela conduziu-os para dentro da casa, onde a temperatura pareceu cair dez graus centígrados. Numa pequena alcova, Marie ofereceu duas cumbucas fundas de madeira, jarros d'água e pedaços de sabonete marrom. — Faremos a refeição do meio-dia daqui a pouco, e vocês são nossos convidados. A comida é farta. — Sorriu pela primeira vez. — Temos nos preparado para *fadamihana*.

Antes que Whitney pudesse agradecer, Doug pegou-lhe o braço. Não entendera o francês, mas a frase o fizera lembrar alguma coisa.

— Diga a ela que nós também honramos seus ancestrais.
— Como?
— Apenas diga.

Satisfazendo-o, Whitney o fez e foi recompensada com um sorriso radiante.

— Vocês são bem-vindos ao que temos — ela disse e deixou-os sozinhos.

— Que foi isso?
— Ela falou alguma coisa sobre *fadamihana*.
— É, estão se preparando para isso, seja o que for.
— Banquete dos mortos.

Ela parou de examinar uma cumbuca e virou-se para ele.

— Como?
— É um costume bastante antigo. Parte da religião de Madagascar consiste na devoção aos ancestrais. Quando alguém morre, é sempre levado ao túmulo dos ancestrais. De tantos em tantos anos, desenterram os mortos e fazem uma festa pra eles.

— Desenterram? — Uma repulsa imediata dominou-a. — Que coisa repugnante!

— Faz parte da religião deles, um gesto de respeito.

— Espero que ninguém me respeite assim — ela começou a dizer, mas a curiosidade venceu-a. Franziu as sobrancelhas quando ele despejou água na cumbuca. — Qual a finalidade?

— Depois de retirarem os corpos, dão aos mortos um lugar de honra na comemoração. Eles recebem roupa branca nova, vinho de palma, feito da seiva naturalmente fermentada de várias palmeiras, e todas as últimas fofocas. — Ele mergulhou as mãos no balde d'água e salpicou-a no rosto. — Acho que é a maneira de honrarem o passado. De mostrar respeito às pessoas de quem descendem. A devoção ao ancestral é a raiz da religião de Madagascar. Há música e dança. Todos, vivos ou mortos, se divertem muito.

Então os mortos não eram pranteados, pensou Whitney. Eram recebidos. Uma comemoração da morte, ou talvez mais exatamente do elo entre a vida e a morte. De repente, percebeu que entendia a cerimônia e os sentimentos por ela mudaram.

Aceitou o sabonete que ele ofereceu e sorriu-lhe.

— É lindo, não é?

Doug pegou uma toalha pequena, áspera, e esfregou-a no rosto.

— Lindo?

— Não esquecem os seus quando eles morrem. Trazem-nos de volta, dão-lhes um lugar na primeira fila de uma festa, os põem a par de todas as notícias da aldeia e oferecem-lhes bebida. Uma das piores coisas da morte é perder a diversão.

— A pior coisa da morte é morrer — ele reagiu.

— Você é literal demais. Imagino que seja mais fácil enfrentar a morte sabendo que se tem uma coisa assim para aguardar ansiosamente.

Ele jamais imaginara que alguma coisa tornasse mais fácil enfrentar a morte. Era apenas uma coisa que acontecia quando a gente não podia mais driblar a vida. Abanou a cabeça e largou a toalha.

— Você é uma mulher interessante, Whitney.

— Claro. — Rindo, ela pegou o sabonete e cheirou-o. Tinha aroma de flores de cera esmagadas. — E estou morta de fome. Vamos ver o que tem no cardápio.

Quando Marie voltou, trocara a roupa por uma saia colorida que batia na altura das panturrilhas. Do lado de fora, os aldeões se ocupavam em encher uma mesa de comida e bebida. Whitney, que esperava algumas porções de arroz e um cantil reenchido, dirigiu-se a ela mais uma vez com agradecimentos.

— São nossos convidados. — Solene e formal, Marie baixou os olhos. — Foram guiados para nossa aldeia. Oferecemos a hospitalidade de nossos ancestrais e comemoramos a visita dos dois. Meu pai disse que faremos hoje um feriado em homenagem a vocês.

— Só sei que estamos com fome. — Whitney estendeu o braço e tocou a mão dela. — E muito gratos.

Empanturrou-se. Embora não reconhecesse nada além da fruta e do arroz, não se fez de rogada. Aromas fluíam no ar, apimentados, exóticos e diferentes. A carne, sem a ajuda de eletricidade, fora preparada em fogueiras ao ar livre e fornos de pedra. Tinha gosto e cheiro de caça. O vinho, caneca após caneca, era forte.

A música começou, tambores, instrumentos toscos de sopro e corda, que formavam tênues melodias antigas. Os campos, parecia, podiam esperar um dia. Os visitantes eram raros e, tão logo aceitos, valorizados.

Um pouco tonta, Whitney entrou na dança com um grupo de homens e mulheres.

Eles a aceitaram, rindo e assentindo com a cabeça, enquanto ela imitava seus passos. Vendo alguns dos homens saltarem e girarem, Whitney jogou a cabeça para trás de tanto rir. Pensou nas boates enfumaçadas e apinhadas que freqüentava. Música e luzes elétricas. Lá, cada um tentava brilhar mais que o outro. Pensou em alguns dos homens elegantes, egocêntricos, que a acompanhavam — ou tentavam. Nenhum deles resistiria à comparação com um nativo merina. Rodopiou até ficar tonta e então se virou para Doug.

— Dance comigo — pediu.

Tinha a pele afogueada, os olhos brilhantes. Diante dele, parecia entusiasmada e incrivelmente meiga. Rindo, o parceiro fez que não com a cabeça.

— Eu passo. Você já está fazendo o suficiente por nós dois.

— Não seja chato. — Ela espetou um dedo no peito dele. — Os merinas reconhecem um desmancha-prazeres quando vêem um. — Entrelaçou as mãos atrás dele e balançou-se. — Só precisa mexer os pés.

Sob controle, as mãos dele deslizavam até os quadris dela, para sentir o movimento.

— Só os pés?

Inclinando a cabeça, ela disparou-lhe um olhar sob as pestanas.

— Se é o melhor que pode fazer...

Soltou um grito rápido quando ele a girou num círculo.

— Apenas tente me acompanhar, benzinho.

De repente, ele enganchou uma das mãos na cintura de Whitney e, estendendo a outra, pegou a dela. Manteve a dramática pose do tango por um instante e a fez deslizar com toda elegância para frente. Separaram-se, viraram-se e tornaram a juntar-se.

— Nossa, Doug, acho que talvez você seja afinal uma companhia divertida pra sair.

Enquanto continuaram dando os passos, balançando e avançando adiante, a dança atraiu a aprovação dos circunstantes. Viraram-se de modo a ficar com os rostos próximos, os corpos de frente um para o outro, mão na mão, enquanto ele a guiava para trás.

Whitney sentiu o coração martelar agradavelmente, com o prazer de ser frívola e o constante roçar do corpo dele no seu. A respiração dele era quente. Seus olhos, tão incomuns e claros, permaneciam fixos nos dela. Não muitas vezes julgara-o um homem forte, mas agora, assim de perto, sentia a ondulação dos músculos nas costas dele, ao longo dos ombros. Ela inclinou a cabeça para trás em desafio. Iria acompanhá-lo passo por passo.

Ele a fazia rodopiar tão rápido que lhe borrava a visão. Então ela se sentia lançada para trás. Solta, quase roçava o chão com a cabeça no exagerado mergulho. Com a mesma rapidez, via-se na posição vertical e colhida junto ao peito dele. A boca de Doug a apenas um suspiro da sua.

Tinham apenas de mover-se — apenas um ligeiro movimento da cabeça uniria os lábios. Os dois respiravam rápido, do esforço e da excitação. Ela sentia o cheiro almiscarado de leve suor, a sugestão de vinho e carne saborosa. O gosto dele devia ser tudo isso.

Tinham apenas de mover-se — uma fração mais perto. E então?

— Que inferno! — resmungou Doug.

Mesmo com a mão apertada na cintura dela, mesmo vendo-a baixar as pestanas, ouviu o ronco de um motor. Virou a cabeça. Retesou-se como um gato, tão rápido que Whitney piscou.

— Merda.

Agarrando-lhe a mão, correu em busca de cobertura. Olhando como podia, empurrou-a para uma parede na lateral de uma casa e comprimiu-se contra ela.

— Que diabo está fazendo? Um tango, e você se transforma num louco?

— Apenas não se mexa.

— Eu não... — Então ela também ouviu, alto e claro acima deles. — Que é isso?

— Helicóptero.

Ele rezava para que o ressalto do telhado e a sombra que projetava os mantivessem fora da visão.

Ela conseguiu espiar por cima do ombro dele. Ouviu-o, mas não o viu.

— Pode ser qualquer um.

— Pode. Não arrisco minha vida em pode ser. Dimitri não gosta de perder tempo. — Droga, como era possível encontrá-los no meio do nada? Cautelosamente, olhou em volta. Não havia como fugir. — Esse volume de cabelos louros vai se destacar como uma placa de rua.

— Mesmo sob pressão, você tem muito charme, Douglas.

— Esperemos apenas que ele não decida pousar para dar uma olhada mais de perto.

As palavras mal lhe haviam saído da boca quando o barulho ficou mais alto. Mesmo no outro lado da casa, sentiam o vento das pás das hélices. A poeira subia em ondas.

— Você deu a idéia a ele.

— Boca fechada por um instante.

Ele olhou para trás, pronto para correr. Para que lado?, perguntou a si mesmo, indignado. Para que droga de lado? Estavam encurralados tão impecavelmente quanto se corressem para um beco sem saída.

Ao som de um sussurro, rodopiou, os punhos erguidos. Marie parou e levantou a mão pedindo silêncio. Gesticulou e correu ao longo da lateral da casa. Com as costas bem junto da parede, avançou pelo lado direito até a porta. Embora isso significasse pôr mais uma vez a sorte nas mãos de uma mulher, Doug seguiu-a, mantendo na sua a mão de Whitney.

Tão logo entraram, ele fez um sinal às duas para que permanecessem imóveis e em silêncio, e dirigiu-se à janela. Ficando bem de lado, olhou para fora.

O helicóptero pousara a alguma distância, na região plana, na base das colinas. Já Remo se encaminhava a passos largos para a multidão de celebrantes.

— Filho-da-mãe — resmungou Doug.

Mais cedo ou mais tarde teria de optar por negociar com Remo. Precisava ter certeza de que ficaria em posição vantajosa. No momento, não tinha nada mais letal que um canivete no bolso da calça jeans. Então lembrou que haviam deixado as mochilas no lado de fora, perto da mesa de comida e bebida.

— É...

— Para trás — ele ordenou, quando Whitney se aproximou engatinhando. — É Remo, e mais dois soldadinhos de chumbo de Dimitri. — E mais cedo ou mais tarde, admitiu, passando a mão na boca, teria de enfrentar a negociação com Dimitri. Precisaria de mais sorte quando chegasse a hora. Quebrando a cabeça, olhou a sala em volta à procura de alguma coisa, qualquer coisa, com que se defender. — Diga a ela que esses homens estão atrás de nós e pergunte o que sua gente vai fazer.

Whitney olhou para Marie, parada em silêncio junto à porta. De forma sucinta, cumpriu as instruções de Doug.

Marie cruzou as mãos.

— Vocês são nossos convidados — ela respondeu, apenas. — Eles, não.

Whitney sorriu e disse a Doug:

— Temos proteção, se é que se pode chamar assim.

— É, isso é bom, mas lembre o que aconteceu com Quasímodo em *O Corcunda de Notre Dame*.

Viu Remo encarado de cima por Louis. O líder da aldeia, olhos duros e aparência implacável, falou brevemente na língua de Madagascar. O som, mas não as palavras, entrou pela janela aberta. Remo retirou alguma coisa do bolso.

— Fotografias — sussurrou Whitney. — Ele deve estar mostrando fotos da gente.

A ele, concordou Doug em silêncio, e a todos os outros aldeões entre aquele ponto e Tamatave. Se saíssem dessa, não haveria mais festas ao longo do caminho. Fora idiota em achar que podia tirar um tempo para respirar, com Dimitri na sua cola, percebeu.

Junto com as fotos, Remo apresentou um rolo de notas. As duas coisas foram recebidas em silêncio temeroso.

Enquanto Remo tentava as forças de barganha com Louis, outro da tripulação do helicóptero foi até a mesa de comida e começou a provar um pouco de tudo. Impotente, Doug viu-o aproximar-se cada vez mais das mochilas.

— Pergunte se ela tem uma arma aqui.

— Arma? — Whitney engoliu em seco. Não o ouvira usar esse tom de voz antes. — Mas Louis não vai...

— Pergunte a ela. Já. — O colega de Remo serviu-se de uma caneca de vinho de palma. Tinha apenas de olhar embaixo à esquerda. Não faria a menor diferença de que lado ficariam os aldeões, se o cara visse as mochilas. Estavam desarmados. Doug sabia o que havia enfiado num coldre sob o paletó de Remo. Sentira-o cutucando-lhe as costelas alguns dias antes. — Droga, Whitney, pergunte.

À pergunta dela, Marie assentiu com a cabeça, o rosto sem expressão. Após deslizar até o quarto contíguo, voltou com um fuzil comprido e de aparência fatal. Quando Doug o pegou, Whitney agarrou-lhe o braço.

— Doug, eles também têm armas. Há bebês lá fora.

Fechando a cara, ele carregou a arma. Teria de ser bem rápido e certeiro. Rapidíssimo.

— Não vou fazer nada até ser obrigado.

Agachou-se, apoiou o cano no parapeito da janela e ajustou a mira no local. Tinha o dedo úmido antes de pô-lo no gatilho.

Detestava armas. Sempre detestara. Não importava em qual lado do cano estivesse. Já matara. No Vietnã, matara porque a mente rápida e as mãos inteligentes não o haviam mantido fora do alistamento, nem das florestas fedorentas. Aprendera coisas lá que gostaria de não ter aprendido, e que tivera de usar. A sobrevivência, esta sempre fora o número um.

Matara. Numa desgraçada noite em Chicago, quando ficara com as costas contra a parede e uma faca sibilava na sua garganta. Sabia o que era olhar alguém quando a vida se desprendia dele. Tinha-se de saber que a próxima vez, a qualquer momento, poderia ser a gente.

Detestava armas. Segurou firme o fuzil.

Um dos parceiros de dança de Whitney soltou uma risada estridente. Com um jarro de vinho em cima da cabeça, agarrou o homem ao lado das mochilas. Quando o nativo deu meia-volta, saltando com o vinho, as mochilas deslizaram para longe entre a multidão e desapareceram.

— Pare de agir como um idiota — gritou Remo, ao ver o comparsa erguer a caneca para mais vinho. Tornando a virar-se para Louis, gesticulou com as fotos. Não conseguiu nada além de um olhar duro e um bramido na língua de Madagascar.

Doug viu Remo enfiar as fotos e o dinheiro de volta no bolso e afastar-se em direção ao helicóptero à espera. Com um rugido e um rodopio, o veículo iniciou a subida. Quando atingiu três metros acima do chão, ele sentiu os músculos dos ombros relaxarem.

Não gostava da sensação da arma na mão. Ao ouvir o barulho do helicóptero extinguir-se, desarmou-a.

— Podia ter ferido alguém com isso — murmurou Whitney, quando ele a devolveu a Marie.

— É.

Doug virou-se, e ela viu uma brutalidade que não avaliara antes. Ele transpirava um nervosismo que nada tinha a ver com medo, e tudo com astúcia. Ladrão, sim, ela entendia e aceitava. Mas via agora que, à sua própria maneira, ele era tão brutal, tão duro, quanto os homens que os procuravam. Não sabia se aceitaria isso com a mesma facilidade.

TESOURO SECRETO

A expressão desapareceu dos olhos dele quando Marie voltou à sala. Tomando-lhe a mão, levou-a aos lábios com cavalheirismo e realeza.

— Diga a ela que lhe devemos a vida.

Embora Whitney dissesse as palavras, Marie continuou a fitar Doug. De mulher para mulher, ela reconheceu o olhar. Uma conferida no parceiro mostrou-lhe que ele também o reconhecera e adorara cada minuto.

— Talvez vocês dois queiram ficar a sós — disse Whitney secamente. Atravessando a sala, abriu a porta. — Afinal, três é demais.

Deixou-a bater com mais força que seria necessário.

— Nada?

Uma baforada de fumaça perfumada elevou-se diante da cadeira forrada de brocado e encosto alto.

Remo mexeu os pés. Dimitri não gostava de relatos negativos.

— Krentz, Weis e eu cobrimos a área toda, cada centímetro. Paramos em cada aldeia. Pusemos cinco homens aqui na cidade esperando-os de tocaia. Nenhum sinal.

— Nenhum sinal. — A voz de Dimitri desprendia brandura, com riqueza por baixo. A dicção, entre outras coisas, fora-lhe ensinada rigidamente pela mãe. A mão de três dedos bateu o cigarro num cinzeiro de alabastro. — Quando se tem olhos para ver, sempre há um sinal, meu caro Remo.

— Vamos encontrá-los, Sr. Dimitri. Só vai levar um pouco mais de tempo.

— Isso me preocupa. — Da mesa à direita, Dimitri pegou uma taça lapidada cheia até a metade de vinho rubi-escuro. Na mão que não estava lesada, usava um anel, ouro grosso, reluzente, ao redor de um sólido diamante. — Eles o enganaram três vezes... — Interrompeu-se ao beber, deixando o vinho ficar na língua. Apreciava o doce.

— Não, meu Deus, quatro vezes agora. Seus erros estão se tornando um hábito muito inquietante. — Embora a voz fluísse baixo, ele acendeu o isqueiro e a chama subiu reta e fina. Por trás dela, travou o olhar no de Remo. — Sabe como me sinto em relação a erros?

Remo engoliu em seco. Sabia bem das coisas para desculpar-se. Dimitri era cruel com as desculpas. Sentiu o suor brotar na nuca e escorrer devagar.

— Remo, Remo. — O nome saiu num suspiro. — Você tem sido como um filho pra mim. — O isqueiro estalou. A fumaça tornou a elevar-se em plumas, fina e perfumada. Ele jamais falava depressa. Uma conversa, estendida até a última palavra, era mais assustadora que uma ameaça. — Sou um homem paciente e generoso. — Esperou o comentário de Remo, satisfeito por haver apenas silêncio. — Mas espero resultados. Tenha êxito da próxima vez, Remo. Um patrão, como um pai, precisa exercer disciplina. — Um sorriso mexeu seus lábios, mas não os olhos, nivelados e insensíveis.

— Disciplina — repetiu.

— Vou pegar Lord, Sr. Dimitri. E entregar ao senhor numa bandeja.

— Uma idéia adorável, com certeza. Pegue os documentos. — A voz mudou, tornando-se gélida. — E a mulher. Vejo-me cada vez mais intrigado com a mulher.

Num reflexo, Remo tocou a fina cicatriz na face.

— Pegarei a mulher.

Capítulo
Sete

Esperaram até uma hora antes do crepúsculo. Com grande cerimônia, água, comida e vinho foram embrulhados e presenteados a eles para a viagem à frente. Os merinas pareciam ter se divertido muito com a visita.

Num gesto de generosidade que fez Doug estremecer, Whitney enfiou cédulas nas mãos de Louis. Seu alívio, quando foram recusadas, teve vida curta. Para a aldeia, ela insistiu, e então, num lance de inspiração, acrescentou que o dinheiro era para expressar o respeito e os melhores votos dos dois aos ancestrais.

As notas desapareceram nas dobras da camisa de Louis.

— Quanto você deu? — exigiu saber Doug ao pegar a mochila recém-reabastecida.

— Só cem. — Diante da expressão dele, ela deu-lhe um tapa de leve na face. — Não seja pão-duro, Douglas. Não fica bem.

Entoando uma melodia com os lábios fechados, retirou a agenda.

— Ah, não, você gastou, não eu.

Whitney anotou a quantia na agenda com um floreio. A conta de Doug sem dúvida crescia.

— Você joga, você paga. De qualquer modo, tenho uma surpresa.

— O quê? Um desconto de dez por cento?

— Não seja grosso. — Ela olhou ao ouvir o ruído estrepitoso de um jipe. — Transporte.

Acenou com o braço num amplo gesto.

O jipe com certeza já vira dias melhores. Embora brilhasse da lavagem recente, o motor cuspia e ziguezagueava com a redonda cabeça enrolada em pano que o dirigia pela estrada sulcada.

Como carro de fuga, ele imaginou que perdia apenas para uma mula cega.

— Não vai percorrer nem quarenta quilômetros.

— Serão quarenta quilômetros que não precisaremos usar os pés. Agradeça, Douglas, e pare de ser rude. Pierre vai nos levar até a província de Tamatave.

Bastou uma olhada em Pierre para ver que se embebedara fartamente com o vinho de palma. Teriam sorte se não terminassem afundados num arrozal.

— Maravilha.

Pessimista e lidando com uma dor de cabeça pelo consumo liberal de vinho, Doug deu um adeus formal a Louis.

A despedida de Whitney foi muito mais demorada e elaborada. Doug subiu na parte de trás do jipe e esticou as pernas.

— Engrene o traseiro, querida. Vai escurecer em uma hora.

Sorrindo para os nativos que se amontoaram em volta do jipe, ela entrou.

— Vai ver se estou na esquina, Lord. — Acomodou a mochila no piso aos pés, recostou-se e estendeu alegremente o braço no encosto do banco. — *Avant*, Pierre.

O jipe deu um solavanco para frente, empacou e seguiu matraqueando pela estrada. Doug sentiu a dor de cabeça explodir em rajadas minúsculas, impiedosas. Fechou os olhos e forçou-se a dormir.

Whitney aceitou de bom humor a viagem, que lhe fazia os dentes trepidarem. Tomara vinho, jantara e fora entretida. O mesmo se podia dizer de um jantar no Clube 21 e um espetáculo da Broadway. E isso fora extraordinário. Talvez esse não fosse um passeio pelo parque numa charrete puxada por um único cavalo, mas qualquer pessoa com vinte dólares podia pagar por um desses. Ela sacolejava ao longo de uma estrada de Madagascar, num jipe dirigido por um merina, e um ladrão roncando de leve atrás. Era em tudo mais interessante que um tranqüilo passeio pelo Central Park.

Na maior parte, um cenário monótono. Colinas vermelhas, quase sem árvores, vales extensos com retalhos de arrozais. Esfriara, agora que o sol pairava baixo, mas o intenso calor do dia deixara a estrada poeirenta. O pó formava plumas sob as rodas e coloria o jipe recém-lavado. Viam-se montanhas que se erguiam bruscamente, mas também pinheiros esparsos. Só rocha e terra. Apesar da mesmice, era o espaço básico que atraía a imaginação. Quilômetros e quilômetros com nada que pudesse bloquear o céu, nada que impedisse a visão. Ela sentia a possibilidade de encontrar ali uma sensação que o morador de cidade jamais entenderia.

De vez em quando, em Nova York, sentia falta do céu. Quando o sentimento se abatia sobre ela, Whitney apenas saltava num avião e ia aonde o seu estado de espírito a levasse, ficando até o ânimo mudar de novo. Os amigos aceitavam isso porque nada podiam fazer a respeito. A família aceitava isso porque ainda esperava que ela sossegasse.

Talvez fosse o isolamento, talvez o estômago cheio e a cabeça vazia, mas sentia um estranho contentamento. Passaria. Conhecia-se bem demais para pensar de outro modo. Não fora moldada para longos períodos de contentamento, mas antes para lançar-se na esquina seguinte e ver no que dava.

Por enquanto, porém, recostava-se no banco do jipe e desfrutava a serenidade. As sombras deslocavam-se, encompridavam-se e tornavam-se mais espessas. Uma coisa precipitou-se na estrada bem defronte do jipe. Já subira as pedras e desaparecera antes que Whitney visse direito. O ar começava a adquirir aquele manto perolado que durava apenas uns instantes.

O sol se pôs espetacularmente. Ela teve de virar-se e ajoelhar-se no banco para ver o céu explodir em cores no oeste. Parte de sua profissão envolvia incorporar tonalidades e matizes a tecidos e pinturas. Contemplando o cenário, pensou em fazer um quarto nas cores do pôr-do-sol. Carmesins, dourados, azul-escuros de pedras preciosas e lilases calmantes. Uma interessante e intensa combinação. Baixou o olhar e deixou-o em Doug, que dormia. Combinaria com ele, concluiu. A luminosidade do brilho, a centelha de força e a intensidade por baixo.

Não era um homem a se levar com despreocupação, nem em quem confiar. Mesmo assim, ela começava a achá-lo um homem que podia fascinar. Como um pôr-do-sol, ele deslocava-se e mudava diante dos olhos, depois desaparecia enquanto se continuava olhando-o. Assim que pusera aquele fuzil nas mãos, ela percebera que tinha uma brutalidade capaz de manifestar-se e irromper a qualquer momento. Se e quando julgasse necessário, seria igualmente brutal com ela.

Ela precisava de mais poder.

Prendendo a língua entre os dentes, desviou o olhar dele para o piso. Doug trazia a mochila — e o envelope — acomodada junto aos pés. Whitney manteve os olhos no rosto, à procura de quaisquer sinais de despertar, e curvou-se. A mochila achava-se bem fora de alcance. O jipe sacudiu-se quando ela se ergueu o suficiente para dobrar-se sobre o encosto na altura da cintura. Doug continuava roncando baixo. Ela segurou com os dedos a alça da mochila. Com todo cuidado, começou a erguê-la.

Ouviu uma pancada alta o bastante para fazê-la arquejar. Antes de ter tempo para tatear e conseguir um bom apoio, o jipe deu uma guinada brusca, parou e derrubou-a com uma cambalhota no banco de trás.

Doug acordou sem ar e com Whitney estatelada em cima do seu peito. Ela cheirava a vinho e frutas. Bocejando, ele deslizou a mão pela coxa dela.

— Você não consegue mesmo ficar com as mãos longe de mim.

Soprando os cabelos para retirá-los dos olhos, ela olhou-o de cara feia.

— Eu só estava olhando o pôr-do-sol de costas.

— Ã-hã. — Ele fechou a mão sobre a dela, ainda na alça da mochila. — Dedos pegajosos, Whitney. — Estalou a língua. — Que decepção!

— Não sei do que você está falando.

Com um bufo de raiva, esforçou-se para levantar e dirigiu-se a Pierre. Embora sem entender a torrente de francês, Doug não precisou de tradução quando o nativo chutou o pneu direito.

— Furado. Faz sentido. — Ia descendo quando se virou para trás, localizou a mochila e levou-a consigo. Whitney pegou a dela antes de segui-lo. — Que vai fazer? — ele perguntou.

Ela olhou o pneu sobressalente que Pierre rolava.

— Apenas ficar aqui e parecer desamparada, claro. A não ser que você queira que eu ligue para a Associação Automobilística Americana.

Praguejando, Doug agachou-se e começou a afrouxar as porcas.

— O sobressalente está careca como a bunda de um bebê. Diga ao nosso chofer que vamos a pé daqui em diante. Ele terá sorte se isso o levar de volta à aldeia.

Quinze minutos depois, parados no meio da estrada, viram o jipe partir aos sacolejos sobre os buracos. Animada, Whitney enlaçou o braço no de Doug. Insetos e passarinhos haviam começado a cantar quando surgiram as primeiras estrelas.

— Um pequeno passeio noturno, querido?

— Por mais que eu deteste recusar um convite seu, vamos procurar abrigo e acampar. Mais uma hora, e ficará escuro demais pra enxergar. Ali — ele decidiu, apontando um amontoado de pedras. — A gente arma a barraca atrás delas. Nada podemos fazer em relação a eles nos localizarem do ar, mas ficaremos fora de visão da estrada.

— Então, acha que vão voltar?

— Vão, sim. Só precisamos não estar lá.

Como começara a perguntar-se se havia uma quantidade razoável de árvores em Madagascar, Whitney satisfez-se quando se aproximaram da floresta. Ajudou a aliviar o aborrecimento de ser acordada ao amanhecer. A única cortesia que ele lhe dera fora uma xícara de café empurrada na cara dela.

As colinas em direção ao leste eram íngremes, erguiam-se a pique e mergulhavam, de modo que a caminhada se tornara um fardo do qual estava disposta a livrar-se para sempre.

Doug encarou a floresta como uma cobertura bem-vinda e Whitney como uma bem-vinda mudança.

Embora o ar fosse ameno, após uma hora de subida, ela se sentia pegajosa e mal-humorada. Havia formas melhores de caça ao tesouro, tinha certeza. Um carro com ar-condicionado seria a primeira opção.

A floresta podia não ter ar-condicionado, mas era fresca. Whitney avançou por entre samambaias que se abriam como leques.

— Muito bonita — decidiu, olhando acima a perder de vista.

— Árvores de viajantes. — Ele arrancou um caule folhado e despejou a água cristalina da base da folha na palma da mão. — Útil. Leia o guia.

Whitney enfiou o dedo na poça na mão dele e tocou a língua.

— Mas é tão bom pro seu ego recitar conhecimento. — A um farfalho, inspecionou e viu uma peluda forma branca com cauda comprida desaparecer na moita. — Ora, é um cachorro.

— Hum-hum. — Doug segurou-lhe o braço antes que ela pudesse correr atrás dele. — Um sifaka... você acabou de ver seu primeiro lêmure. Olhe.

Ao acompanhar o dedo apontado dele, ela entreviu o animalzinho de corpo branco como a neve e cabeça preta, quando ele disparou pela copa das árvores. Ela riu e esticou-se para olhar novamente.

— Que gracinha! Já começava a achar que não veríamos nada além de colinas, mato e pedra.

Ele gostava do jeito dela rir. Talvez apenas um pouco demais. Mulheres, pensou. Já fazia um tempão desde que tivera uma.

— Isto não é uma excursão guiada — disse, sucintamente. — Uma vez que nós tenhamos o tesouro, você pode agendar uma. No momento, temos de seguir em frente.

— Pra que a pressa? — Transferindo a posição da mochila, Whitney juntou-se à marcha ao lado dele. — Me parece que, quanto mais tempo levarmos, menor a chance de Dimitri nos encontrar.

— Fico com comichão... sem saber onde ele está. À frente ou atrás de nós.

Isso o fez tornar a pensar no Vietnã, onde a selva escondia demais. Preferia as ruas escuras e os becos miseráveis da cidade.

Whitney olhou para trás e fez uma careta. A floresta já se fechara na retaguarda. Queria sentir-se reconfortada nos verdes profundos, na umidade e no ar fresco, mas Doug a fazia ver gnomos.

— Ora, não tem ninguém na floresta além de nós. Até aqui, mantivemos um passo na frente deles todas as vezes.

— Até aqui. Vamos manter a coisa assim.

— Que tal a gente passar o tempo com um papo? Você podia me falar dos documentos.

Doug já concluíra que ela não iria desistir, e que ele lhe daria informações suficientes para impedi-la de irritá-lo.

— Sabe muita coisa sobre a Revolução Francesa?

Ela ajeitava a detestável mochila ao andar. Seria melhor, calculou, não mencionar a rápida olhada que já dera na primeira página. Quanto menos ele achasse que sabia, mais poderia lhe contar.

— O suficiente para concluir um curso de história francesa na faculdade.

— E sobre pedras?

— Passei em geologia.

— Não pedra calcária e quartzo. Pedras de verdade, benzinho. Diamantes, esmeraldas, rubis do tamanho do seu punho. Junte-as com o Reinado do Terror e aristocratas em fuga, e terá um monte de potencial. Colares, brincos e pedras avulsas. Uma infinidade delas foi roubada.

— E outra escondida e contrabandeada.

— Certo. Quando a gente pensa nisso, há ainda mais pedras desaparecidas do que alguém chegará a encontrar. Vamos encontrar uma pequena parte. É só o que preciso.

— O tesouro tem duzentos anos — ela disse, em voz baixa, e tornou a pensar no documento que lera às pressas. — Parte da história francesa.

— Antiguidades da monarquia — murmurou Doug, já as vendo brilhar nas mãos.

— Monarquia? — A palavra levou-a a erguer os olhos. — O tesouro pertencia ao rei da França?

Muito perto, decidiu Doug. Mais perto do que pretendia vê-la chegar assim tão depressa.

— Pertencia ao homem que foi esperto o suficiente para pôr as mãos nele. Em breve, pertencerá a mim. A nós. — Ele corrigiu-se antecipando-a. Mas ela permaneceu em silêncio.

— Quem era a mulher que deu o mapa a Whitaker? — perguntou Whitney afinal.

— A dama inglesa? Ah... Smythe-Wright. É, Lady Smythe-Wright.

Quando reconheceu o nome, ela cravou os olhos na floresta. Olivia Smythe-Wright era um dos poucos membros da aristocracia que merecia de fato o título. Dedicara-se às artes e caridade com fervor quase religioso. Parte do motivo, ou assim dizia muitas vezes a senhora, devia-se a ser descendente de Maria Antonieta. Rainha, beldade, vítima — mulher que alguns historiadores consideravam uma tola egoísta e outros descreviam como vítima das circunstâncias. Whitney comparecera a algumas solenidades de Lady Smythe-Wright e admirava-a.

Maria Antonieta e jóias francesas desaparecidas. Uma página de um diário datada de 1793. Fazia sentido. Se Olivia acreditara que os documentos eram história... Whitney lembrou que lera sobre a morte dela no *Times*. Fora um assassinato horripilante. Sangrento e sem motivo aparente. As autoridades continuavam investigando.

Butrain, pensou. Ele nunca seria levado à justiça, nem teria um julgamento por seus pares. Morrera, como também Whitaker, Lady Smythe-Wright e um jovem garçom chamado Juan. O motivo de tudo aquilo se encontrava no bolso de Doug. Quantos mais haviam perdido a vida pelo tesouro de uma rainha?

Não, não pensaria nisso dessa forma. Agora, não. Se o fizesse, daria meia-volta e desistiria. O pai ensinara-lhe muitas coisas, mas a primeira, a mais importante, era terminar não importa o quê. Talvez isso tivesse aparência de orgulho, mas era sua educação, de que sempre se orgulhara.

Iria continuar. Ajudaria Doug a encontrar o tesouro. Depois decidiria o que fazer.

Ele viu-se olhando para qualquer farfalhar em volta. Segundo o guia, as florestas pululavam de vida. Nada muito perigoso, lembrou. Não era a terra dos safáris. De qualquer modo, o que receava eram os carnívoros de duas pernas.

A essa altura, Dimitri estaria muito aborrecido. Doug ouvira algumas vívidas histórias sobre o que acontecia quando ele se irritava. Não queria nenhum conhecimento em primeira mão.

A floresta cheirava a pinheiro e manhã. As grandes e densas árvores cortavam a claridade intensa do sol com que haviam vivido durante dias. Em vez disso, vinha em feixes, brancos, tremeluzentes e lindos. Flores rasteiras exalavam o perfume de mulheres caras, flores nas árvores acima se espalhavam e prometiam frutos. Flor de maracujá, pensou, vendo o desabrochar num maracujazeiro, com sua reluzente cor-de-violeta. Lembrou a que entregara a Whitney em Antananarivo. Não haviam parado de fugir desde então.

Deixou os músculos relaxarem. Que se dane Dimitri, a quilômetros de distância e correndo em círculos. Mesmo ele não podia seguir a pista deles numa floresta inabitada. A comichão na nuca era apenas suor. Tinha o envelope seguro, enfiado na mochila. Dormira com ele enterrado nas costas, na noite anterior, por via das dúvidas. O tesouro, o fim do arco-íris, aproximava-se cada vez mais.

— Belo lugar — decidiu, erguendo os olhos e vendo alguns lêmures com cara de raposa arrastando-se nas copas de árvores.

— Que bom que você aprova — devolveu Whitney. — Talvez a gente possa parar para o desjejum que sua grande pressa nos impediu de tomar esta manhã.

— É, daqui a pouco. Vamos abrir o apetite.

Ela apertou a mão na barriga.

— Você só pode estar brincando. — Então viu um enxame de grandes borboletas, vinte, talvez trinta, passar voando. Pareciam uma onda que se avolumava, recuava e rodopiava. Eram do mais lindo e brilhante azul que já vira. Ao passarem, ela sentiu a leve brisa ondulada no ar pelas asas. A intensa força da cor quase lhe feriu os olhos. — Nossa, eu mataria por um vestido dessa cor.

— Compraremos depois.

Ela observou-as se movimentarem, dispersarem e reagruparem. A visão de uma coisa linda ajudava-a a esquecer as horas de caminhada.

— Eu me contento com aquela carne caseira e uma banana.

Embora soubesse que devia ficar imune ao rápido sorriso e à adejada de pestanas dela a essa altura, Doug sentiu-se amolecido.

— Vamos fazer um piquenique.

— Esplêndido!

— Mais uns dois quilômetros.

Tomando-lhe a mão, ele continuou pela floresta, que emanava um cheiro agradável, pensou. Como o de mulher. E como mulher, tinha sombras e cantos frios. Valia a pena manter os pés firmes e os olhos abertos. Ninguém viajava ali. Pela aparência da vegetação rasteira, ninguém viajara ali havia algum tempo. Ele tinha a bússola para guiá-lo e isso era tudo.

— Não entendo por que você tem essa obsessão por cobrir quilômetros.

— Porque cada um me leva um tanto mais perto do pote de ouro, benzinho. Vamos os dois ter apartamentos de cobertura quando chegarmos em casa.

— Douglas. — Balançando a cabeça, ela se abaixou e colheu uma flor; clara, cor-de-rosa pastel e delicada como uma menina, o caule grosso e áspero. Sorriu e enfiou-a nos cabelos. — *Coisas* não deviam ser tão importantes assim.

— Quase não tanto quando se tem todas.

Dando de ombros, ela pegou outra flor e girou-a sob o nariz.

— Você se preocupa demais com dinheiro.

— Como? — Ele parou e encarou-a boquiaberto. — Eu me preocupo? *Eu me preocupo?* Quem é que anota cada centavo na agendazinha? Simplesmente quem dorme com a carteira embaixo do travesseiro?

— Isso é negócio — respondeu Whitney à vontade. Tocou a flor nos cabelos. Belas pétalas e um caule áspero. — Negócio é inteiramente diferente.

— Papo furado. Jamais vi alguém com tanta tendência a contar o troco, registrar cada centavo. Se eu sangrasse, você iria me cobrar uns malditos vinte e cinco centavos por um Band-Aid.

— Nem um a mais — ela corrigiu. — E não há a menor necessidade de gritar.

— Tenho de gritar pra ser ouvido acima de toda essa barulheira.

Os dois pararam, franzindo a testa juntos. O ruído que haviam apenas começado a notar assemelhava-se ao de um motor. Não, decidiu Doug, mesmo ao retesar-se para correr, era demasiado constante e profundo para um motor. Trovão? Não. Ele tomou mais uma vez a mão dela.

— Venha. Vamos ver que droga é isso.

Foi ficando mais alto quando se encaminharam para o leste. Mais alto, perdeu toda a semelhança com o ruído de motor.

— Água contra pedra — murmurou Whitney.

Ao pisarem na clareira, ela viu que quase acertara. Água contra água.

A cachoeira mergulhava uns seis metros abaixo numa lagoa clara e gorgolejante. A água branca agitada era atingida pelo sol na queda e depois se transformava em um azul-escuro cristalino. Embora fizesse barulho de precipitação, motor e velocidade, a cachoeira era a própria imagem de serenidade. Sim, a floresta parecia uma mulher, tornou a pensar Doug. Intensamente linda, poderosa e cheia de surpresas. Sem se dar conta, Whitney apoiou a cabeça no ombro dele.

— Que linda — ela murmurou. — Totalmente linda. Como se estivesse à nossa espera.

Ele cedeu e deslizou o braço em volta dela.

— Lugar agradável para um piquenique. Não valeu a pena termos esperado?

Ela teve de retribuir o sorriso.

— Um piquenique — concordou, com os olhos dançando. — E um banho.

— Banho?

— Um banho frio e maravilhoso. — Tomando-o de surpresa, deu-lhe um beijo estalado, rápido, e saiu correndo para a beira da lagoa. — Não vou perder essa, Douglas. — Largou a mochila e começou a remexer dentro. — Só a idéia de pôr o corpo na água e lavar a sujeira dos últimos dois dias já me deixa louca.

Pegou um pedaço arredondado de sabonete francês e um pequeno frasco de xampu.

Doug tomou o sabonete e segurou-o sob o nariz. O cheiro dela — feminino, fresco. Caro.

— Vai dividir?

— Tudo bem. E neste caso, porque estou me sentindo generosa, sem cobrança.

Ele entortou o sorriso ao jogar-lhe de volta o sabonete.

— Não pode tomar banho de roupa.

— Não tenho a menor intenção de continuar com elas. — Devagar, Whitney abriu a fileira de botões, à espera de que ele desviasse o olhar para a trilha. Uma leve brisa ondulou pelas bordas do corpo e fez cócegas na linha da pele nua. — Você só tem — disse, em voz baixa — de se virar pro outro lado. — Quando ele ergueu o olhar para o dela e sorriu, Whitney brandiu o sabonete na mão. — Ou nada de sabonete.

— E falem de desmancha-prazeres — ele resmungou, mas virou-se.

Em segundos, ela se despiu e mergulhou com destreza na lagoa. Rompendo a superfície, cortou a água.

— Sua vez. — Com o simples prazer de ter água na pele, mergulhou a cabeça para trás e deixou-a fluir pelos cabelos. — Não esqueça o xampu.

A água era cristalina o suficiente para dar-lhe uma tentadora silhueta do corpo, dos ombros para baixo. Marulhava nos seios, enquanto ela batia de leve os pés. Sentindo a agitação, a incômoda e perigosa agitação de desejo, ele concentrou-se no rosto. Não ajudou.

Ela irradiava alegria, lavada da leve e sofisticada maquiagem que aplicava toda manhã. Os cabelos escorridos, lustrosos, escureceram com a água e o sol ao emoldurar os ossos elegantes que a manteriam linda mesmo quando tivesse oitenta anos. Doug pegou um pequeno frasco plástico de xampu.

Naquelas circunstâncias, achou sensato ver com bom humor a situação. Tinha um ingresso para um prêmio de milhões de dólares literalmente nas pontas dos dedos, um inimigo decidido e muito inteligente bafejando na nuca, e iria mergulhar nu em pêlo com uma princesa do sorvete.

Após retirar a camisa pela cabeça, estendeu a mão até o fecho da calça jeans.

— Você não vai se virar, vai?

Maldição, ela gostava quando ele ria daquele jeito. A alegre presunção era simplesmente cativante. Com generosidade, ela começou a ensaboar um braço. Não percebera o quanto sentia falta daquela sensação refrescante e escorregadia.

— Quer se gabar, é, Douglas? Eu não sou fácil de impressionar.

Ele se sentou para tirar os sapatos.

— Deixe minha parte do sabonete.

— Ande mais rápido, então. — Ela começou a ensaboar o outro braço, no mesmo longo e suave ciclo. — Meu Deus, isto é melhor que na Elizabeth Arden.

Com um suspiro, deitou-se de costas e ergueu uma perna acima d'água. Quando ele se levantou e deixou cair a calça jeans, ela deu-lhe uma examinada completa e crítica. Embora tivesse a expressão impassível, não lhe escaparam as coxas musculosas, esguias, a barriga firme, os quadris estreitos cobertos apenas por uma cueca curta e justa. Tinha a constituição física nítida e elegante de um corredor. E isso, ela imaginou, era o que ele era.

— Serve — disse, após um instante. — Como parece que você gosta de posar, é uma pena eu não ter trazido minha Polaroid.

Imperturbável, ele tirou a cueca. Por um momento, ficou ali pronto para a ação, nu — e ela foi obrigada a admitir, magnífico —, à beira da lagoa. Deu um vigoroso mergulho antes de surgir à tona a uns trinta centímetros dela. O que ele vira debaixo d'água fazia sua boca secar de desejo.

— Sabonete — disse, tão frio quanto ela, e entregou o xampu em troca.

— Não esqueça as orelhas.

Bastante generosa, ela despejou o xampu na palma da mão.

— Ei, metade é minha, lembre-se.

— Você vai receber. De qualquer modo, tenho mais cabelos que você.

Cobriu-os com espuma, movimentando os pés como tesoura para manter-se acima da água.

Ele gesticulou com o sabão e esfregou-o no peito.

— E eu tenho mais corpo.

Com um sorriso, ela afundou, deixando uma espumante trilha de bolhas de sabão quando os cabelos se abriram em leque. A agitação da água sugava-os para baixo e para longe. Incapaz de resistir, Whitney mergulhou mais fundo e nadou. Ouvia as vibrações da cachoeira rufarem ininterruptas, via pedras cintilarem a meio metro abaixo, sentia o gosto da água doce e cristalina beijada pelo sol. Ao erguer os olhos, notou o corpo forte e esguio do homem que era agora seu parceiro.

A idéia de perigo, ou de homens armados, ou de ser perseguida, parecia ridícula. Ali era o paraíso. Whitney não gostava de cobras astuciosas por trás de flores vistosas. Quando ressurgiu na superfície, ria.

— Isto é fabuloso. Devíamos fazer reserva pro fim de semana.
Ele viu o sol disparar centelhas nos cabelos dela.
— Da próxima vez. Até saltarei pra pegar o sabonete.
— É?

Doug parecia perigosamente atraente. Ela descobriu que preferia um toque de perigo num homem. A palavra tédio, a única que considerava uma verdadeira obscenidade, não se aplicava a ele. Inesperado. Era a palavra. Achava que tinha uma qualidade sensual.

Testando-o, e talvez a si mesma, encaminhou-se devagar até os corpos ficarem próximos demais para haver segurança.

— Troca — murmurou, mantendo os olhos fixos nos dele ao estender o frasco.

Ele apertou os dedos no sabonete escorregadio até quase deixá-lo escapulir. Mas que diabo ela estava tramando?, perguntou a si mesmo. Já vivera o suficiente para reconhecer aquele olhar nos olhos de uma mulher. Dizia — talvez. Por que não me persuade? O problema era que ela em nada se parecia com as mulheres que conhecera. Não tinha inteira certeza das ações a empreender com uma mulher assim.

Em vez disso, igualava-a a um trabalho, um luxuoso complexo de apartamentos que exigia cuidadoso levantamento, meticuloso planejamento e intricado trabalho de campo, antes de liquidá-lo. Era melhor que fosse o ladrão com ela. Conhecia as regras, porque as fizera.

— Claro.

Abriu a palma da mão para deixar o pedaço de sabonete escorregar.

Em reação, ela atirou o frasco para o alto, rindo ao afastar-se. Doug pegou-o centímetros acima da água.

— Espero que não se incomode com um toque de jasmim.

Indolente, Whitney ergueu a outra perna e começou a deslizar o sabonete pela panturrilha.

— Dá pra encarar. — Ele despejou o xampu direto nos cabelos, tornou a enroscar a tampa e jogou-o no terreno à beira da lagoa. — Já esteve num banho público?

— Não. — Curiosa, ela o olhou. — Você já?

— Em Tóquio, há dois anos. É uma experiência interessante.

— Em geral, eu limito a quantidade em minha banheira a dois. — Deslizou o sabonete pela coxa acima. — Aconchegante, mas não apinhada.

— Sem dúvida.

Ele mergulhou para lavar a cabeça e acalmar-se. Ela tinha pernas longas que subiam até a cintura.

— Conveniente, também — disse Whitney quando ele voltou à tona. — Sobretudo quando você precisa que ensaboem suas costas. — Com um sorriso, entregou-lhe de novo o sabonete. — Se incomoda?

Então ela queria jogar, ele concluiu. Bem, raras vezes rejeitava um jogo — desde que calculasse as probabilidades. Pegando o sabonete, começou a deslizá-lo pelas omoplatas dela.

— Maravilhoso — ela disse, após um instante. Embora não fosse fácil manter a voz nivelada quando o estômago começava a contrair-se, conseguiu. — Mas, também, suponho que um homem no seu ramo de trabalho tenha mãos engenhosas.

— Ajuda. Suponho que todo aquele sorvete possa comprar uma pele de milhões de dólares.

— Ajuda.

Ele baixou a mão pela coluna dela e depois tornou a subi-la devagar. Despreparada para a perturbação que isso lhe causou, Whitney estremeceu. Doug riu.

— Frio?

Quem era afinal que fora provocado?, ela se perguntou.

— A água fica fria, a não ser que a gente se mexa.

Insinuando que não era uma retirada, ela se afastou com delicadas braçadas para o lado. Não tão fácil assim, benzinho, pensou Doug. Atirou o sabonete na relva ao lado do xampu. Num movimento rápido, agarrou-lhe o tornozelo.

— Problema?

Sem esforço, puxou-a de volta para ele.

— Visto que estamos jogando...

— Não sei do que você está falando — ela começou, mas a frase terminou num rápido arquejo quando os seus corpos se chocaram.

— Eu duvido.

Ele achou que apreciava — a incerteza, a irritação e a chama de consciência que chegaram e saíram dos olhos dela. Tinha o corpo esguio e magro. Deliberadamente, imobilizou-lhe as pernas com a intenção de obrigá-la a segurar nos ombros dele para manter-se à tona.

— Atenção onde pisa, Lord — ela avisou.

— Jogos aquáticos, Whitney. Sempre fui doido por eles.

— Eu aviso quando quiser jogar.

Ele subiu as mãos até pouco abaixo dos seios dela.

— Já não avisou?

Ela pedira. Saber disso não lhe melhorava nada o gênio. Sim, quisera jogar com ele, mas em seus próprios termos, e em seu próprio tempo. Descobriu que era complicado demais para entender, e não gostou. Falou com voz muito fria e os olhos também.

— Você não acha de fato que somos do mesmo nível, acha?

Havia muito tempo descobrira que os insultos, ditos com frieza, eram a mais bem-sucedida das defesas.

— Não, mas nunca prestei muita atenção a sistemas de casta. Se você quer dar uma de duquesa, vá em frente. — Ele ergueu os polegares, deslizou-os pelos mamilos dela e ouviu-a inspirar e expirar, trêmula. — Pelo que lembro, a realeza sempre teve uma queda por levar plebeus para a cama.

— Eu não tenho a menor intenção de levar você pra minha.

— Você me quer.

— Está se gabando.

— E você mentindo.

Ela se irritou. O líquido frio contraiu-lhe a barriga e brigou lá dentro.

— A água está ficando fria, Douglas. Eu quero sair.

— Você quer me beijar.

— Prefiro beijar um sapo.

— Ele riu, depois de ouvi-la praticamente sibilar as palavras.

— Fique tranqüila, você não contrairá verrugas.

Decidindo-se sem demora, ele cobriu-lhe a boca com a sua.

Ela enrijeceu-se. Ninguém jamais a beijava sem o seu consentimento, sem cumprir as formalidades. Além do mais, ele a fez passar por uma situação difícil e desagradável. Quem diabos pensava que era?

Sentiu o coração martelar contra o dele, o pulso disparar e a cabeça flutuar.

Não dava a mínima para quem fosse.

Com um ímpeto de paixão que abalou os dois, ela mexeu a boca na dele. Línguas se encontraram. Ele arranhou-lhe o lábio inferior com os dentes quando deslizou os braços pelas costas dela para acomodarem-se mais colados um no outro. Surpresas, pensou, ao começar a perder-se nela. A moça era cheia de surpresas.

O gosto dele era frio, refrescante e diferente, uma diferença muito excitante. A paixão levou-os para baixo da superfície. Enroscados um no outro, tornaram a subir, bocas coladas, água caindo da pele em cascatas.

Jamais houvera nada como Doug na vida de Whitney. Ele não pedia, tomava. Movia as mãos pelo seu corpo com uma intimidade que ela sempre concedera com parcimônia. Escolhia o amante, às vezes por impulso, às vezes de forma pensada, mas *escolhia*. Dessa vez não tivera opção. O momento de impotência era mais arrebatador que qualquer coisa por que já passara.

Doug a levaria à loucura na cama, se podia levá-la tão longe com um beijo... Ele a levaria, acima, do outro lado, além, quer ela quisesse ou não. E ah, agora, com a água marulhando pelo corpo, com as mãos dele a acariciá-la e a boca cada vez mais quente, faminta, ela queria ir.

E então, pensou, ele faria uma continência, daria um sorriso convencido e desapareceria noite adentro. Uma vez ladrão, sempre ladrão, fosse de ouro ou da alma de uma mulher. Talvez ela não houvesse escolhido esse começo, mas resistiria por tempo suficiente para escolher o próprio fim.

Afastou os arrependimentos. A dor era uma coisa a ser evitada a todo custo. Mesmo que o custo fosse prazer.

Deixou o corpo parecer sem vida, como em total entrega. Então, de repente, levou as mãos aos ombros dele e empurrou-o. Com força.

Doug afundou sem nenhuma chance de respirar.

Antes que ele retornasse à superfície, Whitney já pisava na beira da lagoa e saía.

— O jogo acabou. Ponto pra mim.

Pegou a blusa e vestiu-a, sem se dar o trabalho de secar-se.

Fúria. Ele achara que sabia exatamente o que era senti-la. Mulheres. Achara que sabia quais botões apertar. Descobriu que apenas começava a aprender. Nadando para a beira, içou-se para sair. Whitney já punha a calça.

— Uma diversão agradável — ela disse, exalando um suspiro baixo e aliviado, quando acabou de vestir-se. — Agora acho melhor fazer aquele piquenique. Estou morta de fome.

— Moça... — Travando os olhos nos dela, ele pegou a calça jeans. — O que tenho em mente pra você não é nenhum piquenique.

— Sério? — Mais uma vez em terreno sólido, ela enfiou a mão na mochila e pegou a escova. Começou a passá-la devagar pelos cabelos. A água caía em gotas semelhantes a pedras preciosas. — Você parece precisar de um pouco de carne malpassada no momento. É essa a expressão que usa para assustar as velhinhas antes de assaltá-las?

— Sou ladrão, não assaltante. — Ele agarrou a calça, e tirando fios de cabelo molhado dos olhos aproximou-se dela. — Mas poderia fazer uma exceção no seu caso.

— Não faça nada de que se arrependa — ela disse, em voz baixa.

Doug rangeu os dentes.

— Vou adorar cada minuto.

Quando a agarrou pelos ombros, ela encarou-o, solene.

— Você simplesmente não é do tipo violento — disse. — Mas...

Deu-lhe um soco na barriga, forte e rápido. Ofegando, ele dobrou-se ao meio.

— Eu sou.

Whitney largou a escova de volta na mochila e esperou que ele estivesse estonteado demais para ver que sua mão tremia.

— Isso resolve tudo.

Apertando a barriga dolorida, ele disparou-lhe um olhar que faria Dimitri recuar e pensar duas vezes.

— Douglas... — Ela ergueu a mão, como para um cachorro magro e mau. — Respire fundo. Conte até dez. — Que mais?, perguntou-se, frenética. — Corra sem sair do lugar — arriscou. — Não perca o controle.

— Estou em total controle — ele respondeu por entre os dentes, ao partir para cima dela. — Me deixe mostrar a você.

— Uma outra vez. Vamos tomar um pouco de vinho. Podemos... — Whitney interrompeu-se quando ele fechou a mão em volta da sua garganta. — Doug! — A voz saiu aguda e breve.

— Agora... — ele começou, depois ergueu os olhos para a rotação de motores. — Filho-da-mãe!

Não confundiria o ruído de um helicóptero pela segunda vez. Estava quase acima e eles descobertos. Totalmente expostos, pensou, num arroubo de fúria. Soltando-a, começou a pegar o equipamento.

— Mexa o rabo — gritou. — O piquenique acabou.

— Se você me mandar mexer o rabo mais uma vez...

— Apenas mexa! — Ele atirou-lhe a primeira mochila enquanto erguia a outra. — Agora ponha essas bonitas pernas compridas em movimento, benzinho. Não temos muito tempo.

Entrelaçou a mão na dela e rumou para as árvores numa corrida mortal. Os cabelos de Whitney ondulavam atrás.

Acima, na pequena cabine do helicóptero, Remo baixou o binóculo. Pela primeira vez em dias, um sorriso moveu-se sob o bigode. Sem se apressar, ele acariciou a cicatriz que lhe desfigurava o rosto.

— Nós os localizamos. Faça uma transmissão pelo rádio ao Sr. Dimitri.

Capítulo Oito

— Acha que ele nos viu? — perguntou Whitney.

Em velocidade máxima, Doug corria direto para leste e mantinha-se na parte mais densa da floresta. Embora raízes e trepadeiras tentassem emaranhar-se nos pés dos dois, ele não perdia a firmeza. Corria por instinto, numa floresta estrangeira, apinhada de bambu e eucalipto, como faria em Manhattan. Folhas deslocavam-se e açoitavam-nos ao ricochetearem quando eles avançavam. Whitney talvez houvesse se queixado quando lhe batiam na cara, mas estava muito ocupada em poupar o fôlego.

— É, acho que nos viram. — Ele não perdia tempo com fúria, frustração ou pânico, embora sentisse tudo isso. Toda vez que pensava que haviam ganho algum tempo, via Dimitri no rastro como um cão de caça bem tratado, que já provara sangue. Precisava replanejar a estratégia, e teria de fazê-lo de pé. Por experiência, passara a acreditar que essa era a melhor maneira. Se a gente tem demasiado tempo para pensar, pensa demais nas conseqüências. — Não há lugar para descerem com aquele helicóptero nesta floresta.

Fazia sentido.

— Então ficaremos na floresta.

— Não. — Ele corria a passos largos como um maratonista, num passo uniforme, a respiração nivelada. Whitney talvez o detestasse por isso, embora o admirasse. Acima, lêmures tagarelavam de ensandecido medo e excitação. — Dimitri mandará homens varrerem esta área na próxima hora.

Também fazia sentido.

— Então sairemos da floresta.

— Não.

Exausta da corrida, ela parou, recostou-se numa árvore e apenas deslizou até o terreno coberto de musgo embaixo. Uma vez, por arrogância, considerara-se em forma. Os músculos nas pernas gritavam de revolta.

— Que vamos fazer? — quis saber. — Desaparecer?

Doug fechou a cara, não para o constante ruído giratório das pás das hélices e o motor acima. Fitava ao longe a floresta enquanto formava o plano na mente.

Arriscado. De fato, sem a menor dúvida, temerário. Ele ergueu os olhos para onde uma abóbada de folhas era tudo que o separava de Remo e uma .45.

Mas, também, talvez funcionasse.

— Desaparecer — murmurou. — É o que vamos fazer.

Agachando-se, abriu a mochila.

— Procurando seu Pó de Pirlimpimpim?

— Tentando salvar essa sua pele de alabastro, benzinho. — Ele pegou o lamba que Whitney comprara em Antananarivo. Com ela ali sentada, estendeu-o na cabeça dela, pensando mais em cobertura que em estilo. — Adeus, Whitney MacAllister, olá, matrona de Madagascar.

Ela soprou fios de cabelo louro dos olhos. Uma elegante mão de ossos finos dobrada sobre a outra.

— Você só pode estar brincando.

— Tem uma idéia melhor?

Ela continuou sentada ali um instante. A floresta deixara de ser silenciosa com a intrusão das pás do helicóptero. A sombra e as árvores cheirando a musgo deixaram de representar proteção. Calada, ela cruzou o lamba sob o queixo e jogou as pontas para trás. Uma idéia abominável era melhor que nenhuma. Em geral.

— Muito bem, vamos nos mexer. — Tomando-lhe a mão, ele levantou-a. — Temos trabalho a fazer.

Dez minutos depois, encontrou o que vinha procurando.

Próxima ao sopé de uma encosta rochosa desigual, via-se uma clareira com um punhado de cabanas de bambu. O mato e a vegetação no declive haviam sido cortados e queimados, depois se plantara arroz. Abaixo, tinham escavado e capinado jardins, para que as folhudas trepadeiras de feijão crescessem em torno de estacas. Ela viu um cercado vazio e um pequeno telheiro, onde galinhas ciscavam à procura de qualquer coisa que achassem.

A colina era íngreme, de modo que as pequenas construções se erguiam sobre estacas para compensar o terreno irregular. Os telhados, embora de palha, mesmo ao longe pareciam necessitados de reforma. Uma linha de degraus toscos mergulhava direto na colina e descia para um atalho estreito e acidentado. Dirigia-se para leste. Doug abaixou-se sob a proteção de moitas pequenas, atarracadas, e examinou a existência de algum sinal de vida.

Equilibrando-se com a mão no ombro de Doug, Whitney olhou por cima da cabeça dele. O agrupamento de casas parecia aconchegante. Lembrando os nativos merinas, ela sentiu certa segurança.

— Vamos nos esconder ali?

— Esconder não vai ser de grande ajuda para nós por muito tempo. — Pegando o binóculo, ele deitou-se de bruços e deu uma olhada mais atenta no amontoado de casas. Não emanava cheiro algum de comida, nem se via movimento em qualquer das janelas. Nada. Decidindo-se rápido, entregou o binóculo a Whitney. — Sabe assobiar?

— Sabe o quê?

— Assobiar.

Ele emitiu um som constante por entre os dentes.

— Sei assobiar melhor que isso — ela disse, torcendo o nariz.

— Maravilha. Vigie pelo binóculo. Se vir alguém voltando em direção às cabanas, assobie.

— Se acha que vai até lá sem mim...

— Escute, vou deixar as mochilas aqui. As duas. — Ele puxou-a pelos cabelos para encará-la de perto. — Imagino que queira mais ficar viva do que pôr as mãos no envelope.

Ela assentiu com a cabeça, friamente.

— Ficar viva se tornou uma importante prioridade nos últimos dias.

Sempre fora, para ele.

— Então fique onde está.

— Por que você vai até lá?

— Se pretendemos passar por um casal de Madagascar, precisamos adquirir mais algumas coisas.

— Adquirir. — Ela ergueu uma sobrancelha. — Vai roubá-las.

— Acertou, benzinho, e você é a olheira.

Após pensar um pouco, Whitney decidiu que até gostava da idéia de ser olheira. Talvez em outra época e lugar, isso tivesse uma conotação rude, mas sempre acreditara em aproveitar cada experiência em seu próprio contexto.

— Se eu vir alguém voltando, assobio.

— Sacou. Agora se abaixe e fique fora de visão. Remo pode passar zunindo no helicóptero.

Entrando no espírito da coisa, ela deitou-se de bruços e olhou pelo binóculo.

— Apenas faça seu trabalho, Lord. Eu faço o meu.

Com um rápido olhar para cima, ele começou a arrastar-se pela encosta escarpada abaixo, atrás das cabanas. Os degraus, como eram, o deixariam exposto no descampado por tempo demasiado, por isso os evitou. Seixos soltos ricocheteavam nas panturrilhas, e a encosta gasta pela erosão cedeu e o fez deslizar por quase dois metros, antes de recuperar outro ponto de apoio. Já elaborava um plano alternativo, para o caso de topar com alguém. Não sabia falar a língua, e a intérprete de francês era agora sua olheira. Que Deus o ajudasse! Mas tinha poucos — muito poucos, pensou, fechando a carranca — dólares no bolso. Se o pior acontecesse, talvez pudesse comprar a maioria das coisas de que precisavam.

Parou um instante, esforçando-se por ouvir algum som, e precipitou-se desabalado para a clareira em direção à primeira cabana.

Teria gostado mais se a fechadura exibisse mais personalidade. Sempre sentira certa satisfação em passar a perna numa fechadura inteligente — ou numa mulher inteligente. Ergueu os olhos e desviou-os para onde Whitney o esperava. Não terminara ainda com ela, mas, no caso da fechadura, tinha de contentar-se com o que era. Em segundos, entrou.

Confortável no terreno macio da floresta, Whitney vigiava-o pelas lentes. Movimentava-se muito bem, decidiu. Como vinha correndo com ele quase desde o momento em que se conheceram, não tivera condições de apreciar a facilidade com que se deslocava. Impressionante, concluiu, e tocou com a língua o lábio superior. Recordava como a abraçara na água da lagoa.

E muito mais perigoso, lembrou a si mesma, do que ela julgara a princípio.

Quando ele desapareceu na cabana, Whitney começou uma lenta varredura com o binóculo. Duas vezes entreviu um movimento, mas era apenas de animais nas árvores. Alguma coisa semelhante a um porco-espinho bamboleou como um pato à luz do sol, ergueu a cabeça para farejar, depois deslizou de volta moita adentro. Ela ouvia o zumbido das moscas e o ruído produzido pelos insetos. Era o que a lembrava que o som do helicóptero tinha cessado. Mantinha a mente fixa em Doug, torcendo para que ele se apressasse.

Embora o povoamento abaixo parecesse disperso e encardido, era uma Madagascar muito mais luxuosa do que aquela pela qual passara nos últimos dois dias. Verde e úmida, vicejante de vida. Whitney sabia que pássaros ou animais sobrevoavam ao redor, pois ouvia as folhas farfalharem. Pelas lentes do binóculo, identificou uma gorda perdiz sobrevoando baixo pela clareira.

Sentia o cheiro de grama e a leve fragrância das flores que brotavam à sombra. Comprimia os cotovelos no flexível musgo onde o terreno era escuro e rico. Alguns metros ao longe, a colina se precipitava abaixo, escarpada, e a erosão desgastara o solo até a rocha. Ali deitada imóvel, ela sentia uma nova quietude cair sobre a floresta, um silêncio sussurrante, tocado pelo mistério que previra quando Doug dissera pela primeira vez o nome daquele país.

Fora mesmo só uma questão de dias, pensou, desde que haviam estado em seu apartamento, ele andando de um lado para o outro, tentando arrancar-lhe um empréstimo? Já tudo que acontecera antes daquela noite parecia um sonho. Ela nem chegara a desfazer as malas de Paris, mas não se lembrava de nada emocionante dessa penúltima viagem que fizera. Não conseguia pensar num único momento tedioso desde que Doug pulara em seu carro em Manhattan.

Sem a menor dúvida mais interessante, decidiu. Tornou a olhar as cabanas, mas continuavam tão tranquilas agora como antes de Doug arrastar-se pela colina abaixo. Ele era muito bom, pensou, na profissão escolhida. Tinha mãos ágeis, olho aguçado e pés muito leves, muito leves.

Embora ela não procurasse uma mudança de carreira, achou que seria divertido fazê-lo ensinar-lhe alguns truques do ofício. Era uma aluna rápida e boa com as mãos. Isso e um certo encanto revestido de aço a haviam ajudado a alcançar o sucesso em sua ocupação sem a ajuda da influente família. Não eram os mesmos talentos exigidos no campo de Doug?

Talvez, apenas pela experiência, claro, pudesse fazer uma tentativa de ser ladra. Afinal, o preto era sua cor preferida.

Tinha um suéter de angorá bem ajustado que serviria à perfeição. E, se lembrava bem, uma calça jeans preta. Sim, sem dúvida, justa, com uma fileira de tachas prateadas em toda uma perna. Na verdade, ficaria equipada a qualquer hora se comprasse um par de tênis pretos.

Podia tentar a propriedade da família em Long Island para começar. O sistema de segurança lá era complexo e sofisticado. Muito complexo, o pai disparava-o sempre, depois berrava para os empregados o desligarem. Se ela e Doug conseguissem atravessá-lo...

Os quadros de Rubens, os dois cavalos da dinastia Tang, a salva medonha de ouro maciço que o avô dera à mãe dela. Podia levar algumas peças seletas, embalá-las e despachá-las por navio para entrega nos escritórios do pai. O que o deixaria enfurecido.

Divertida com a idéia, Whitney tornou a examinar a área. Sonhando acordada, quase não viu o movimento no leste. Com um sobressalto, reacomodou o binóculo no lugar certo e focalizou.

Os três ursos voltaram, pensou. E Cachinhos de Ouro seria pega com os dedos no mingau.

Inspirou para assobiar, quando uma voz perto, bem atrás dela, a fez engolir em seco.

— Liquidamos tudo aqui ou os obrigamos a sair. — Folhas farfalharam com nitidez atrás e pouco acima dela. — Das duas maneiras, a sorte de Doug está se esgotando. — O homem que falava não esquecera que fora golpeado na cara com uma garrafa de uísque. Ao falar, tocou o nariz que Doug quebrara no bar em Manhattan. — Quero liquidar Lord eu mesmo.

— Quero primeiro liquidar a mulher — cantou outra voz, alta e lamuriante.

Whitney sentiu como se uma coisa viscosa houvesse passado por sua pele.

— Pervertido — grunhiu o primeiro, lançando-se pela floresta. — Pode brincar com ela, Barns, mas lembre que Dimitri a quer sã e salva. Quanto a Lord, o chefe não se importa em quantos pedaços fique.

Whitney continuou deitada imóvel no chão, olhos arregalados, boca seca. Lera em algum lugar que o verdadeiro medo obscurece a audição e a visão. Verificava isso agora em primeira mão. Ocorreu-lhe que a mulher de quem falavam tão despreocupados era ela. Só tinham de olhar para cima da subida que se aproximava, e a veriam estendida no piso da floresta como mercadoria numa feira.

Frenética, tornou a examinar as cabanas. Muito bem Doug lhe faria, pensou, fechando a cara. Poderia surgir na clareira a qualquer momento. Da posição na subida, os homens de Dimitri iriam apenas alvejá-lo como um urso num estande de tiro. Se ficasse onde estava muito mais tempo, os nativos que voltavam para casa talvez fizessem uma grande cena quando o descobrissem saqueando sistematicamente suas cabanas.

Primeiro as prioridades, preveniu-se Whitney. Precisava de melhor cobertura, e rápido. Mexendo apenas a cabeça, olhou de um lado para outro. A melhor tentativa parecia ser uma larga árvore derrubada entre ela e uma moita cerrada de arbustos. Sem se dar tempo para pensar, juntou as duas mochilas e seguiu de quatro para lá. Arranhando a pele na casca, rolou por cima da árvore e caiu no chão com um baque.

— Ouviu alguma coisa?

Prendendo a respiração, ela se achatou contra o tronco. Agora não veria nem as cabanas abaixo nem Doug. Mas via um exército de minúsculos insetos cor de ferrugem entocados na árvore morta, a dois centímetros do rosto. Combatendo a repulsa, continuou imóvel. Doug estava sozinho agora, disse a si mesma. E ela também.

Acima chegou um zunido que poderia ter sido um trovão pela maneira como lhe ecoou na cabeça. O medo a dominou, seguido por uma onda de vertigem. Como diabos iria explicar ao pai que fora seqüestrada por dois gângsteres numa floresta em Madagascar, indo em busca de um tesouro perdido, com um ladrão?

Ele não tinha muito senso de humor.

Como ela conhecia a ira do pai e não conhecia Dimitri, a idéia do primeiro a amedrontou muito mais que a do segundo. Quase rastejou para dentro da árvore.

O farfalhar retornou. Não se ouvia mais conversa fiada entre os homens. A perseguição era feita em silêncio. Whitney tentou imaginá-los vindo em sua direção, contornando-a e seguindo adiante, mas tinha a mente congelada de medo. O silêncio arrastou-se até o suor adornar-lhe a testa com pérolas.

Ela cerrou os olhos com toda força, como na infância, quando acreditava na idéia de *Não posso ver você, você não pode me ver*. Parecia fácil prender a respiração quando se tinha o sangue circulando mais devagar e engrossado pelo terror. Ouviu uma pancada baixa no tronco bem acima da sua cabeça. Resignada, abriu os olhos. Encarando-a com intensos olhos projetados da cara preta, um lêmure de pêlo macio.

— Mãe do céu! — As palavras saíram numa respiração trêmula, mas ela não teve tempo para alívio. Ouvia os homens aproximando-se, com mais cuidado agora. Perguntou-se se ser perseguida no Central Park provocava o mesmo medo arrepiante. — Saia! — sibilou para o lêmure. — Vá embora. — Ficou ali, fazendo caretas para o animalzinho, sem ousar mexer-se. Obviamente mais divertido que intimidado, ele começou a retribuir-lhe as caretas. Whitney fechou os olhos num suspiro. — Amado Deus!

O lêmure irrompeu numa alta algaravia que fez os dois homens precipitarem-se para a elevação.

Ela ouviu um grito estridente e o estampido de uma arma, e então viu a madeira fender-se e ir pelos ares a menos de quinze centímetros do seu rosto. No mesmo instante, o lêmure saltou do tronco e embrenhou-se na mata.

— Idiota!

Ouviu o ruído rápido e forte de um tapa, e depois, incrédula, uma risada.

Foi a risada, mais que o disparo e mais que a perseguição, que lhe deixou o corpo quase sem vida de terror.

— Quase o peguei. Mais dois centímetros, e teria acertado o safadinho.

— É, e esse disparo na certa fez Lord correr como um coelho.

— Gosto de atirar em coelhos. Os desgraçados ficam imóveis e olham direto para nós quando apertamos o gatilho.

— Merda. — Ela reconheceu a repugnância no tom de voz do homem e quase se solidarizou. — Vá andando. Remo quer a gente se movendo pro norte.

— Quase arranjei um macaco. — A risada tornou a ressoar. — Nunca atirei num macaco antes.

— Pervertido.

A palavra e a risada ecoando se extinguiram. Passaram-se alguns instantes. Whitney continuava deitada imóvel e em silêncio, como uma pedra. Os insetos haviam resolvido explorar seu braço, mas ela não se mexeu. Decidiu que talvez houvesse encontrado um bom lugar para passar os dias seguintes.

Quando uma mão se fechou em sua boca, ela saltou como uma mola.

— Tirando um cochilo? — sussurrou-lhe Doug no ouvido. Observando seus olhos, ele viu a surpresa transformar-se em alívio, e o alívio em fúria. Como precaução, segurou-a junto ao chão mais um instante. — Calma, benzinho. Eles ainda não se afastaram tanto assim.

No momento em que se viu com a boca livre, ela explodiu.

— Quase levei um tiro — sibilou. — De algum vermezinho com um canhão.

Ele viu os estilhaços recentes na árvore acima dela, mas deu de ombros.

— Você me parece bem.

— Não graças a você. — Whitney esfregou os dedos na manga da blusa, deixando os insetos nojentos se dispersarem pelo musgo. — Enquanto ficou lá bancando Robin Hood, dois homens asquerosos com armas igualmente asquerosas passaram dando uma volta. Falaram de você.

— A fama é um fardo — ele murmurou. Fora por pouco, pensou, dando mais uma olhada na árvore estilhaçada. Muito pouco. Por mais que manobrasse, por mais que mudasse de direção e táticas, Dimitri persistia. Doug conhecia a sensação de ter alguém no seu encalço. E também a taquicardia que o fazia suar quando o caçador se aproximava. Não ia perder. Olhou a floresta e forçou-se a ficar calmo. Não ia perder quando já quase ganhara. — Por falar nisso, você é uma péssima olheira.

— Vai ter de me desculpar por ficar preocupada e não assobiar.

— Eu quase tive de me livrar de uma situação muito delicada. — De volta aos negócios, disse a si mesmo. Se Dimitri estava perto, teriam apenas de deslocar-se mais depressa e revigorar o trabalho de campo. — Mas consegui pegar algumas coisas e me mandar antes de o lugar encher de gente.

— Parece. — Não importava que se sentisse aliviada por ele estar são e salvo, e mais ainda por tê-lo de novo. Não ia deixar que soubesse. — Apareceu um lêmure e... — Ela se interrompeu ao ver uma das coisas que Doug trouxera. — Que — começou, num tom que desprendia tão óbvia indignação quanto curiosidade — é isso?

— Um presente — ele pegou o chapéu de palha e ofereceu-o. — Não tive tempo de embrulhar.

— Sem graça e nenhuma classe.

— Tem aba larga — ele rebateu, e largou-o na cabeça dela. — Como não é possível prender uma mochila na sua cabeça, isso tem de dar conta.

— Que lisonjeiro.

— Peguei uma roupinha pra combinar com o chapéu.

Atirou-lhe um vestido de algodão engomado, sem feitio e cor de estrume clareado ao sol.

— Douglas, faça o favor. — Ela suspendeu uma manga entre o polegar e o indicador. Sentiu uma repulsa quase idêntica à da manhã em que acordara com a aranha. Feio era feio, afinal. — Prefiro morrer a usar isso.

— É exatamente por isso que temos sido alvo de tiros, benzinho.

Ela lembrou da madeira estilhaçando a centímetros do próprio nariz. Talvez o vestido adquirisse um pouco de estilo quando estivesse no seu corpo.

— E enquanto eu usar essa pecinha encantadora, que tal você?

Ele pegou outro chapéu de palha, este com a aba levemente pontuda.

— Muito chique.

Whitney abafou uma risada quando Doug ergueu uma comprida camisa preguada e uma calça folgada de algodão.

— É óbvio que nosso anfitrião gosta de arroz — ele comentou ao abrir o generoso cós da calça. — Mas a gente consegue.

— Detesto trazer à tona os sucessos anteriores de seus disfarces, mas...

— Então não traga. — Ele enrolou as roupas numa bola. — De manhã, você e eu vamos ser um casal simpático de Madagascar a caminho da feira.

— Por que não uma mulher de Madagascar e o irmão idiota a caminho da feira?

— Não abuse da sorte.

Sentindo-se um pouco mais confiante, Whitney examinou a calça. Rasgada no joelho, na casca da árvore. O buraco aborreceu-a muito mais que a bala.

— Olhe só isto! — exigiu. — Se continuar assim, não vai me restar nenhuma roupa decente. Já arruinei uma saia e uma blusa muito linda, e agora esta calça. — Dava para enfiar três dedos no buraco. — Acabei de comprar na capital.

— Escute, eu trouxe um vestido novo para você, não trouxe?

Ela olhou a bola de roupas.

— Muito engraçado.

— Se lamurie depois — ele aconselhou. — No momento, me conte se ouviu alguma coisa que eu deva saber.

Ela disparou-lhe um olhar fulminante, enfiou a mão na bolsa e retirou a agenda.

— Esta calça está na sua conta, Douglas.

— E tudo não está? — Virando a cabeça, ele baixou os olhos para a quantia anotada. — Oitenta e cinco dólares? Quem diabos paga oitenta e cinco paus por uma calça de algodão?

— Você — ela respondeu, com doçura. — Simplesmente agradeça por eu não acrescentar o imposto. Agora... — Satisfeita, largou a agenda de volta na bolsa. — Um dos caras era horripilante.

— Só um?

— Quero dizer horripilante de primeira classe, com uma voz de lesma. Ele ria.

Doug esqueceu por um instante a conta cada vez maior.

— Barns?

— É, é isso. O outro o chamou de Barns. Tentou acertar um daqueles lêmures bonitinhos e quase me arrancou a ponta do nariz.

Pensando melhor, ela enfiou a mão na bolsa e pegou o pó compacto para ter certeza de que não sofrera nenhum dano.

Se Dimitri soltara seu cachorro de estimação, Doug sabia que ele se sentia confiante. Barns não se incluía na folha de pagamentos por causa dos miolos ou da astúcia. Não matava por lucro nem por motivação prática. Matava por diversão.

— Que foi que eles disseram? Que foi que você ouviu?

Satisfeita, ela aplicou um pouco de pó.

— Ouvi em alto e bom som que o primeiro queria pôr as mãos em você. Parecia pessoal. Quanto a Barns... — Nervosa de novo, ela enfiou a mão no bolso de Doug e pegou um cigarro. — Ele prefere a mim. O que, suponho, revela certa discriminação.

Ele sentiu uma onda de fúria avolumar-se tão rápido que quase se engasgou. Enquanto a reprimia, pegou uma caixa de fósforos e acendeu o cigarro. Como o maço chegava ao fim, teriam de dividir por algum tempo. Sem nada dizer, tomou o cigarro de Whitney e deu uma profunda tragada.

Nunca vira Barns em ação, mas soubera. O que soubera não era bonito, nem em comparação com algumas obscenidades que aconteciam com regularidade em lugares de que Whitney jamais ouvira falar.

Barns tinha uma queda por mulheres e coisas frágeis, pequenas. Havia uma história particularmente pavorosa sobre o que fizera a uma fogosa prostituta em Chicago — e o que sobrara depois.

Doug olhou os dedos finos e elegantes de Whitney quando ela tornou a pegar o cigarro. Barns não poria as mãos suadas nela. Nem que ele tivesse de cortá-las do pulso primeiro.

— Que mais?

Ela só ouvira aquele tom de voz dele uma ou duas vezes antes — quando segurara o fuzil e quando fechara os dedos em volta de sua garganta. Whitney deu uma longa tragada no cigarro. Era mais fácil participar do jogo nas ocasiões em que Doug parecia meio divertido e meio frustrado. Quando ficava com os olhos frios e vazios assim, era outra história.

Lembrou o quarto de hotel em Washington e o jovem garçom com a mancha vermelha espalhada nas costas do impecável paletó branco.

— Doug, será que vale a pena?

Impaciente, ele mantinha os olhos treinados na elevação acima.

— O quê?

— Seu fim do arco-íris, seu pote de ouro. Esses caras querem você morto... você quer fazer tinir algum ouro no bolso.

— Quero mais que tinidos, benzinho. Quero pingar gotas de ouro.

— Enquanto você pinga, eles atiram em você.

— É, mas terei alguma coisa. — O olhar dele mudou e travou-se no dela. — Já fui alvo de disparos antes. Venho correndo há anos.

Ela recebeu o olhar, tão intensa quanto ele.

— Quando planeja parar?

— Quando tiver alguma coisa. E desta vez vou ter. É. — Soprou uma longa torrente de fumaça. Como podia explicar-lhe o que era acordar de manhã com vinte dólares e só contar com a própria inteligência? Acreditaria nele se lhe dissesse saber que nascera para ser mais que um trambiqueiro barato? Ganhara um cérebro, afiara o talento, só precisava de uma aposta. Das grandes. — Sim, vale a pena.

Whitney ficou calada por um instante, sabendo que jamais entenderia realmente a necessidade de ter. Primeiro era preciso ficar sem. Não era tão simples como a cobiça, o que entendia. Era tão complexa como a ambição e tão pessoal como os sonhos. Se iria continuar seguindo o primeiro impulso, ou alguma coisa mais profunda, estava com ele.

— Eles se dirigiam para o norte... o primeiro disse que foi o que Remo mandara. Imaginam liquidar a gente aqui, ou nos obrigar a sair para onde possam nos apanhar.

— Lógico. — Como se fosse o caro tabaco Columbian, passavam o cigarro da Virginia de um lado para o outro. — Então, por esta noite, ficaremos onde estamos.

— Aqui?

— O mais perto das cabanas que pudermos sem ser localizados. — Com pena, esmagou a guimba quando a brasa entrou no filtro. — Partiremos logo depois do amanhecer.

Whitney segurou o braço dele.

— Quero mais.

Doug lançou-lhe um olhar demorado, que a fez lembrar um momento junto à cachoeira.

— Mais o quê?

— Fui perseguida e atiraram em mim. Alguns minutos atrás, fiquei deitada ali atrás daquela árvore imaginando por mais quanto tempo iria continuar viva. — Precisou inspirar fundo para manter a voz firme. O olhar, porém, não vacilou. — Tenho tanto a perder quanto você, Doug. Quero ver os papéis.

Ele já tinha se perguntado quando ela iria encostá-lo na parede. Apenas esperava que estivessem mais perto antes de fazê-lo. Bruscamente, percebeu que parara de procurar oportunidades para descartá-la. Parecia que a aceitara como sócia, afinal.

Mas não precisava ficar dividido meio a meio. Indo até a mochila, remexeu no envelope até chegar a uma carta não-traduzida. Se não fora, deduzia que não era tão importante quanto as que haviam sido. Por outro lado, não podia lê-la. Whitney talvez transmitisse algo útil.

— Tome.

Entregou-lhe a página lacrada com todo o cuidado e tornou a sentar-se no chão.

Os dois se olharam, cautelosos e desconfiados, antes de Whitney baixar os olhos para a folha, datada de outubro de 1794.

— Querida Louise — leu. — Rezo para que esta carta a alcance e a encontre bem. Mesmo aqui, a tantos quilômetros de distância, chegam-nos notícias da França. O povoamento é pequeno e muitas pessoas andam com os olhos fitando o chão. Deixamos uma guerra pela ameaça de outra. Jamais se escapa da intriga política, parece. Todo dia procuramos soldados franceses, o exílio de outra rainha, e meu coração fica dividido sem saber se os acolheria ou esconderia.

"Mas há certa beleza aqui. O mar fica perto, eu caminho nas manhãs com Danielle, e catamos conchas. Ela cresceu tanto nos últimos meses, viu mais, ouviu mais do que qualquer mãe suporta para a filha. De seus olhos, porém, o medo começa a desaparecer. Ela colhe flores... flores que jamais vi darem em qualquer lugar. Embora Gerald ainda sofra a perda da rainha, sinto que, com o tempo, poderemos ser felizes aqui.

"Escrevo-lhe, Louise, para implorar-lhe que reconsidere a possibilidade de juntar-se a nós. Mesmo em Dijon, você não pode estar segura. Ouço histórias de casas incendiadas e saqueadas, de pessoas arrastadas para a prisão e a morte. Um rapaz aqui recebeu a notícia de que os pais foram arrastados de casa perto de Versalhes e enforcados. À noite, sonho com você e receio, desesperada, por sua vida. Quero minha irmã comigo, Louise, em segurança. Gerald vai abrir uma loja e eu e Danielle plantaremos um jardim. Nossas vidas são simples, mas não há guilhotina, nem o Terror.

"Preciso conversar com você sobre muitas coisas, irmã. Coisas que não ouso escrever numa carta. Só posso lhe dizer que Gerald recebeu uma mensagem e uma obrigação da rainha, apenas meses antes da morte dela, que o oprimem. Numa caixa simples de madeira, ele guarda uma parte da França e uma de Maria que não o libertarão. Imploro-lhe, não se agarre ao que se virou contra você. Não ate o coração como fez meu marido ao que com certeza acabou. Parta da França e do que é passado, Louise. Venha para Diego-Suarez. Sua devotada irmã, Magdaline."

Devagar, Whitney devolveu-lhe a carta.

— Sabe o que é isto? — perguntou.

— Uma carta. — Como ficara comovido, ele deslizou-a de volta ao envelope. — A família veio até aqui para escapar da Revolução. Segundo outros documentos, esse Gerald era uma espécie de mordomo de Maria Antonieta.

— É importante — ela murmurou.

— Certíssimo. Todo papel aqui é importante, porque acrescenta uma peça ao quebra-cabeça.

Ela viu-o fechar o envelope na mochila.

— É só isso?

— Que mais? — ele respondeu, disparando-lhe um olhar. — Claro que sinto muito pela jovem dama, mas ela já morreu há um tempão. Eu estou vivo. — Pôs a mão na mochila. — Isso vai me ajudar a viver exatamente como tenho esperado.

— A carta é de quase dois séculos atrás.

— Correto, e a única coisa que ainda existe é o que está na caixinha de madeira. Vai ser minha.

Ela examinou-o por um instante, os olhos intensos, a boca delicada. Com um suspiro, balançou a cabeça.

— A vida não é simples, é?

— Não. — Como precisava tirar a expressão solitária do rosto dela, ele sorriu. — Quem gostaria que fosse?

Whitney pensaria depois, decidiu. Exigiria ver o resto dos documentos mais tarde. Por ora, queria apenas descansar, corpo e mente. Levantou-se.

— E agora?

— Agora... — Ele varreu com os olhos a área imediata. — Vamos arrumar nossas acomodações.

Fazendo um acampamento primitivo enfurnado nas árvores na colina, comeram carne dos merinas e tomaram vinho de palma. Não acenderam fogueira. Durante a noite toda, iriam revezar-se na vigília e no sono. Pela primeira vez desde que haviam iniciado a viagem, mal falaram. Entre eles, pairavam o sopro do perigo e a lembrança de um momento ensandecido, descuidado, sob uma cachoeira.

A AURORA NA FLORESTA TROUXE TORRENTES DOURADAS, feixes de luz róseos e verdes enevoados. O perfume era igual ao de uma estufa com as portas recém-abertas. A luz parecia onírica e o ar tépido transportava o alegre som de pássaros saudando a luz do sol. O orvalho deslizava pelo chão e grudava-se nas folhas. Um raio de luz transformava minúsculas gotas em arco-íris. Havia recantos de paraíso no mundo.

Preguiçosa e contente, Whitney aconchegou-se mais no calor ao lado. Suspirou quando sentiu uma mão deslizar pelos seus cabelos. Satisfeita com as sensações que flutuavam de cima a baixo, acomodou a cabeça num ombro masculino e dormiu.

Não era difícil perder tempo olhando-a assim. Doug permitiu-se um momento de prazer após uma longa e tensa noite. Whitney tinha uma beleza estonteante. E, quando dormia, transmitia uma suavidade que a inteligência mordaz ocultava quando engrenada. Os olhos quase sempre dominavam o rosto. Agora, fechados, era possível apreciar a pura beleza da estrutura óssea e a pureza imaculada da tez.

Um homem poderia cair, muito rápido e profundamente, com uma mulher como ela. Embora estivesse muito seguro do terreno, Doug já havia tropeçado uma ou duas vezes.

Queria fazer amor com ela, demorada e voluptuosamente, numa cama macia, flexível, cheia de travesseiros, coberta de seda e à luz de velas. Sua imaginação não tinha dificuldade para montar a cena. Queria, mas quisera muitas coisas na vida. Considerava uma das mais altas marcas do sucesso a capacidade de separar o que se queria do que se podia ter, e o que se podia ter do que se desejava pagar.

Queria Whitney, e tinha uma boa chance de tê-la, mas o instinto avisava-o de que não compensaria.

Uma mulher como ela tinha um jeito de lançar cordas num homem... Depois puxá-las quando amarradas e seguras. Ele não tinha a menor intenção de ser amarrado, nem de amarrar-se. Pegar o dinheiro e fugir, lembrou a si mesmo. Era esse o nome do jogo. No sono, Whitney mexeu-se e suspirou. Acordado, ele fez o mesmo.

Hora de uma pequena distância, pensou. Estendendo o braço por cima dela, sacudiu-a pelo ombro.

— Levantar e brilhar, duquesa.

— Huuum?

Ela apenas se enroscou nele, como um sonolento gato quente e sinuoso. Doug foi obrigado a dar um suspiro muito longo e vagaroso.

— Whitney, engrene o rabo.

A frase penetrou as névoas do sono. Fechando a cara, ela abriu os olhos.

— Não sei se cinqüenta por cento de um pote de ouro valem ter de ouvir sua encantadora voz toda manhã.

— Não vamos envelhecer juntos. A hora que você quiser desistir, é só avisar.

Então lhe ocorreu que tinham os corpos grudados, como amantes após uma noite de paixão — e compaixão. Ela ergueu uma sobrancelha fina, arqueada e elegante.

— E que acha que está fazendo, Douglas?

— Acordando você — ele respondeu, despreocupado. — Foi você que começou a se arrastar pra cima de mim. Sabe como é difícil resistir ao meu corpo.

— Não, mas sei como é difícil resistir a enfiar alguns dentes nele. — Empurrando-o, ela se sentou e sacudiu os cabelos para trás. — Ai, meu Deus!

Os reflexos dele foram rápidos. Tornou a pô-la debaixo de si num movimento rápido o bastante para deixá-la sem ar. Embora nenhum dos dois percebesse, ele fizera um dos poucos gestos puramente desprendidos na vida. Protegera-lhe o corpo com o seu sem sequer pensar na própria segurança ou proveito.

— Que foi?

— Nossa, precisa me tratar sempre com grosseria?

Resignada, ela suspirou e apontou direto para cima. Com cuidado, ele acompanhou a linha do dedo.

Dezenas de lêmures erguiam-se nas copas das árvores. Os corpos esguios e arqueados estavam eretos, as patas compridas e finas estendidas bem para cima em direção ao céu. Com os corpos esticados, alinhados nos galhos, pareciam uma fileira de pagãos extáticos num sacrifício.

Doug vociferou um xingamento e relaxou.

— Você vai ver muitos desses amiguinhos — disse, rolando para o lado. — Faça-me um favor e não grite toda vez que toparmos com um.

— Eu não gritei.

Sentia-se encantada demais para irritar-se quando ergueu os joelhos e circundou-os com os braços.

— Parece que estão rezando ou adorando o sol.

— Assim diz a lenda — concordou Doug, quando começou a levantar acampamento. Mais cedo ou mais tarde, os homens de Dimitri refariam o caminho de volta. Não iria deixar-lhes uma pista. — Na verdade, só estão se aquecendo.

— Prefiro a mística.

— Ótimo. Você terá um monte de mística no vestido novo. — Jogou-o para ela. — Ponha, tem mais uma coisa que preciso pegar.

— Enquanto faz compras, que tal procurar algo mais atraente? Gosto de seda, pura ou refinada. Alguma coisa azul com um pouco de drapeado nos quadris.

— Apenas vista — ele ordenou e desapareceu.

Bufando e longe de estar satisfeita, Whitney despiu as roupas macias, caras e arruinadas que comprara em Washington, e enfiou a túnica amorfa pela cabeça, que deslizou sem vida até os joelhos.

— Talvez com um bonito cinto de couro largo — resmungou.

— Roxo, com uma fivela bem vistosa.

Correu a mão pelo algodão áspero e fechou a cara.

A bainha era toda defeituosa e a cor simplesmente sem esperança. Recusava-se a parecer uma maria-mijona, comparecendo a um balé ou correndo de balas. Sentada no chão, pegou o estojo de maquiagem. Pelo menos podia fazer alguma coisa com o rosto.

Quando Doug retornou, ela experimentava e rejeitava vários estilos diferentes de enrolar o lamba em volta dos ombros.

— Nada — disse —, absolutamente nada, funciona com este saco. Acho que eu preferiria usar sua camisa e calça. Pelo menos... — Ela interrompeu-se ao dar meia-volta. — Deus do céu, que é isso?

— Um porco — ele respondeu com muita clareza, enquanto lutava com o animal se contorcendo.

— Claro que é um porco. Pra que serve?

— Mais disfarce. — Doug prendeu numa árvore a corda que passara em volta do pescoço do porco. Com alguns guinchos indignados, o animal acalmou-se na relva. — As mochilas vão naquelas cestas que afanei, assim parece que estamos levando nossas mercadorias à feira. O porco é mais para garantir. Muitos camponeses nesta região levam animais à feira. — Despiu a camisa enquanto falava. — Pra que passou esse negócio na cara? O importante é ninguém ver mais do que o absolutamente necessário.

— Posso ter de usar esta mortalha, mas me recuso a parecer uma bruxa.

— Você tem um problema sério de vaidade — ele afirmou, vestindo a camisa recém-adquirida.

— Não vejo a vaidade como problema — ela protestou. — Quando justificada.

— Amontoe os cabelos debaixo deste chapéu... Tudo.

Whitney obedeceu, afastando-se um pouco enquanto ele tirava a calça jeans e substituía pela de algodão. Para compensar a larga folga de centímetros, amarrou outro pedaço de corda na cintura. Quando ela se virou, os dois se examinaram.

A calça, amontoada com folga na cintura, caía ondulante pelos quadris e parava vários centímetros acima dos tornozelos. O lamba que ele enrolara nos ombros e nas costas escondia a constituição física. O chapéu obscurecia o rosto e cobria quase todo o cabelo. O disfarce parecia ótimo, desde que ninguém o examinasse de perto, pensou Whitney.

O longo e largo vestido escondia cada inclinação e curva do corpo dela. Deixava os pés e tornozelos expostos. Tornozelos elegantes demais, observou Doug, decidindo que tinham de ser disfarçados com pó e terra. O lamba, envolto ao redor do pescoço e ombros, descia por eles num ótimo toque. As mãos ficariam escondidas quase o tempo todo.

O chapéu de palha não tinha nenhuma classe nem a ostentação do de feltro branco que ela usara uma vez, mas, apesar do fato de cobrir-lhe toda a cabeça e cabelos, não disfarçava em nada a beleza clássica e muito ocidental do seu rosto.

— Você não chega nem a um quilômetro.

— Que quer dizer?

— Seu rosto. Por Deus, tem de parecer uma coisa que acabou de sair da capa da *Vogue*?

Whitney curvou os lábios muito de leve.

— Tenho.

Insatisfeito, Doug rearrumou o lamba. Com um pouco de engenhosidade, subiu-o mais no pescoço, para o queixo ficar quase escondido nas dobras, depois enterrou mais o chapéu na cabeça e baixou a aba na frente.

— Como diabos eu vou enxergar? — Ela soprou no lamba. — E respirar?

— Pode dobrar a aba para trás quando não tiver ninguém por perto.

Com as mãos nos quadris, ele recuou para dar uma olhada demorada, crítica. Ela parecia amorfa, assexuada e subjugada pelo xale enrolado... até erguer os olhos e disparar-lhe um olhar furioso.

Nada assexuado havia naqueles olhos, pensou Doug. Lembravam-lhe que de fato existia uma forma sob todo aquele algodão. Empurrou as mochilas dentro das cestas e cobriu-as com os punhados de frutas e comida que restavam.

— Quando sairmos na estrada, mantenha a cabeça baixa e venha atrás de mim, como uma esposa bem disciplinada.

— Isso mostra o que você sabe sobre esposas.

— Vamos indo, antes que decidam refazer o caminho de volta por esta parte da floresta.

— Não esqueceu alguma coisa?

— Você pega o porco, querida.

Decidindo que as opções eram limitadas, Whitney desamarrou a corda da árvore e começou a puxar o animal não-cooperativo. Finalmente, descobriu que era mais fácil carregá-lo nos braços, como uma criança intransigente. Ele se contorceu, roncou e cedeu.

— Venha, Douglinhas, papai vai nos levar à feira.

— Sabichona — grunhiu Doug, mas ria, enquanto retiravam as coisas das árvores.

— Tem alguma semelhança — ela disse, derrapando ao parar na base. — No focinho.

— Vamos tomar esta estrada para o leste — ele rebateu, ignorando-a. — Com sorte, chegaremos ao litoral ao cair da noite.

Lutando com o porco, Whitney galgava os degraus de terra abaixo.

— Pelo amor de Deus, Whitney, ponha a porra do porco no chão. Ele sabe andar.

— Acho que você não devia falar palavrão na frente do bebê. — Delicadamente, ela largou-o no chão e puxou a corda para o animal seguir bamboleando ao lado. A montanha, moitas e cobertura foram deixadas para trás. De um helicóptero, pensou, era provável que se assemelhassem bastante a camponeses para escaparem impunes. De perto... — E se dermos de cara com nossos anfitriões? — começou, lançando uma rápida olhada às cabanas atrás. — Talvez reconheçam esse estilista original.

— Vamos correr o risco.

Doug começou a caminhar pela estreita estrada e ponderou que os pés de Whitney ficariam sujos o suficiente um quilômetro adiante.

— Eles seriam muito mais fáceis de lidar do que a patrulha de chimpanzés de Dimitri.

Como a trilha à frente parecia infindável e o dia apenas começava, ela resolveu aceitar a palavra dele.

Capítulo Nove

Após trinta minutos, Whitney soube que o lamba iria sufocá-la. Era um desses dias em que se sentia melhor usando o mínimo possível de roupa e fazendo o mínimo possível. Em vez disso, achava-se presa num saco de mangas e saia comprida, enrolada dentro de metros de lamba, e fora-lhe atribuída uma caminhada de quase cinqüenta quilômetros.

Esta seria esplêndida para suas memórias, decidiu. *Viagens com meu Porco.*

De qualquer modo, começava a gostar do bichinho. Ele tinha um tipo de bamboleio principesco, marchava junto, virava repetidas vezes a cabeça de um lado para o outro, como se seguisse à frente de uma procissão. Ela se perguntou o que acharia de uma manga madura demais.

— Sabe — chegou à conclusão —, ele é muito fofo.

Doug baixou os olhos para o porco.

— Seria mais fofo grelhado.

— Que coisa repulsiva! — Ela disparou-lhe um olhar demorado e crítico. — Você não faria isso.

Não, não faria, só porque não tinha estômago. Mas não via motivo algum para deixar Whitney saber que tinha certa delicadeza. Se fosse comer presunto, queria-o magnificamente curado e embalado primeiro.

— Tenho uma receita de porco agridoce. Vale o peso dele em ouro.

— Apenas a mantenha arquivada — ela rebateu rápido. — Este porquinho está sob minha proteção.

— Eu o preparei durante três semanas num restaurante chinês em São Francisco. Antes de deixar a cidade, tirei o mais refinado colar de rubi de um museu, um alfinete de gravata com uma pérola do tamanho de um ovo de pintarroxo e um bloco cheio de receitas maravilhosas. — Só lhe restavam as receitas. Satisfaziam-no. — Você deixa o porco numa marinada da noite para o dia. É tão macio que quase se dissolve no prato.

— Entupa-se.

— Salsicha de erva num invólucro muito fino. Grelhada.

— Seu QI está todo no estômago.

A estrada se tornava mais nivelada e larga à medida que deixavam as colinas para trás. A planície oriental era exuberante, verde e úmida. E exposta demais, na opinião de Doug. Ele olhou as linhas de energia elétrica acima deles. Uma desvantagem. Dimitri podia dar ordens por telefone. De onde? Estava no sul, seguindo a trilha que Doug tentava com tanto desespero despistar? Atrás, um pouco atrás, e tentando aproximar-se?

Vinham sendo seguidos, disso tinha certeza. Reconhecia a sensação, e não conseguira livrar-se dela desde que haviam saído de Nova York. E no entanto... Mudou a cesta de posição. Tampouco conseguia afastar a idéia de que Dimitri sabia o destino e esperava pacientemente fechar o cerco. Olhou mais uma vez em volta. Dormiria com mais facilidade sabendo em que direção o caçavam.

Embora não ousassem arriscar-se a usar o binóculo, viam plantações amplas, bem cuidadas — com longos trechos de área plana que podia acomodar o pouso de um helicóptero. Flores projetavam-se em toda parte para assar no calor. A poeira da estrada cobria as pétalas, mas não as tornava em nada menos exóticas. A visão era excelente, o dia claro. Mais fácil ainda de localizar duas pessoas e um porco viajando pela estrada oriental. Ele mantinha o ritmo constante, esperando encontrar um grupo de viajantes com os quais pudessem misturar-se. Uma olhada a Whitney lembrou-lhe que se misturar não era uma questão simples.

— Você precisa andar como se passeasse em direção à loja Bloomingdale?

— Como foi que disse?

Ela começava a pegar o jeito de conduzir o porco e perguntava-se se daria um animal de estimação mais interessante que um cachorro.

— Anda como rica. Tente ser mais humilde.

Whitney exalou um suspiro de longa resignação.

— Douglas, eu posso ter de usar esse traje sem atrativos e puxar um porco pela corda, mas não serei humilde. Agora, por que não pára de reclamar e curte a caminhada? Tudo é bonito, verde, e o ar cheira à baunilha.

— Tem uma lavoura ali. Eles cultivam.

Numa plantação havia veículos. Ele gostaria de saber até que ponto seria arriscado tentar liberar um.

— É mesmo? — Ela franziu os olhos ao olhar contra o sol. Os campos eram extensos e muito verdes, pontilhados de pessoas. — Cultivam feijão, não? — perguntou como quem não quer nada. — Sempre gostei do aroma à luz daquelas finas velas brancas.

Doug olhou-a com indulgência. Velas e seda brancas. Era o estilo dela. Ignorando a imagem, tornou a voltar a atenção para os campos por onde passavam. Demasiadas pessoas trabalhavam ali, e havia bastante espaço aberto para tentar fazer uma ligação clandestina numa caminhonete, no momento.

— O clima sem dúvida se tornou tropical, não?

Abafada pelo calor opressivo, ela enxugou a testa com as costas da mão.

— Os ventos alísios trazem a umidade — ele explicou. É quente e úmido até o próximo mês, mas perdemos a estação dos ciclones.

— Que boa notícia — ela murmurou.

Achava que via, na verdade, o calor subindo em ondas da estrada. O estranho é que isso provocou um arroubo de saudade de Nova York no alto verão, onde o calor saltava das calçadas e a pessoa podia sufocar com o cheiro de fumaça, suor e canos de descarga.

Um café-da-manhã tardio no Palm Court seria agradável, morangos com creme e um copo longo de café gelado. Ela abanou a cabeça e ordenou-se a pensar em outra coisa.

— Num dia assim, eu gostaria de estar na Martinica.

— Quem não gostaria?

Ignorando o tom impaciente da voz dele, ela continuou.

— Tenho um amigo com uma vila lá.

— Sem dúvida.

— Talvez você já tenha ouvido falar dele... Robert Madison. Escreve livros de suspense de espionagem.

— Madison? — Surpreso, Doug tornou a dar-lhe atenção. — *O Signo de Peixes?*

Impressionada, ao ver que ele citara o título do que ela considerava a obra-prima de Madison, ela o olhou sob a aba do chapéu.

— Ora, vejam, você leu?

— Sim. — Doug ajeitou as cestas nos ombros. — Consegui ir um pouco além de "veja Spot correr".

Ela já avaliara isso sozinha.

— Não seja mal-humorado. Só que por acaso sou uma fã meio ávida. A gente se conhece há anos. Bob se mudou para a Martinica quando a Receita Federal tornou sua permanência nos Estados Unidos desconfortável. A vila é muito linda, com uma vista espetacular do mar. Neste momento, eu me sentaria na beira da piscina no terraço, com uma enorme frozen margarita, vendo pessoas seminuas brincarem na praia.

Era o estilo dela, certo, ele pensou, incompreensivelmente irritado. Piscinas em terraço e ar sufocante, serviçais baixinhos de terno branco servindo drinques em bandejas de prata, enquanto algum babaca com mais aparência que miolos lhe esfregava óleo nas costas. Fizera as duas coisas em sua época, e não saberia dizer se preferia uma à outra desde que o despojo fosse rico.

— Se você não tivesse nada a fazer num dia como este, o que escolheria?

Ele lutou contra a imagem dela, deitada seminua numa espreguiçadeira, a pele lustrosa de óleo.

— Ficaria na cama — respondeu. — Com uma ruiva espevitada de olhos verdes e grandes...

— Uma fantasia muito comum — ela interrompeu.

— Eu tenho desejos muito comuns.

Ela fingiu um bocejo.

— Como também, tenho certeza, nosso porco. Veja — continuou, antes que ele pudesse revidar —, vem vindo alguma coisa.

Doug viu uma coluna de poeira adiante na estrada. Músculos tensos, olhou para um lado e outro. Se necessário, podiam correr desabalados pelos campos, mas não era provável que chegassem longe. Se a vestimenta improvisada não funcionasse, tudo poderia acabar em minutos.

— Só mantenha a cabeça baixa — disse a Whitney. — E não me interessa o quanto isso é contra a sua natureza, pareça humilde e subserviente.

Ela inclinou a cabeça para olhá-lo sob a aba do chapéu.

— Não teria a mínima idéia de como agir assim.

— Cabisbaixa e andando.

O motor do caminhão ressoou bem afinado e poderoso. Embora tivesse a pintura salpicada de terra, Doug viu que era novo em folha. Lera que muitos proprietários de lavouras prosperavam, enriquecidos pela venda de baunilha, café e cravos que vicejavam na região. Quando o caminhão se aproximou mais, ele deslocou um pouco a cesta no ombro para ocultar quase todo o rosto. Os músculos formigaram e retesaram-se. O caminhão mal reduziu a velocidade ao passar por eles. Doug só pensava na rapidez com que podiam chegar à costa se ele conseguisse pôr as mãos num.

— Deu certo. — Whitney ergueu a cabeça e riu. — Passou direto por nós, sem sequer uma olhada.

— Quase sempre, se você mostra às pessoas o que esperam ver, elas não vêem nada.

— Que profundo!

— É a natureza humana — ele rebateu, ainda lamentando não estar atrás do volante de um caminhão. — Entrei em muitos quartos de hotel usando um paletó vermelho de mensageiro e um sorriso de cinco dólares.

— Rouba hotéis em plena luz do dia?

— Na maioria das vezes, as pessoas não ficam nos quartos durante o dia.

Ela pensou um instante e abanou a cabeça.

— Não parece nem de perto tão emocionante assim. Agora, entrar em silêncio na calada da noite, de terno preto e lanterna, enquanto as pessoas dormem no mesmo quarto, isso é excitante.

— E é assim que você consegue de dez a vinte anos na prisão.

— Os riscos aumentam a excitação. Já esteve na cadeia?

— Não. É um dos pequenos prazeres da vida que nunca experimentei.

Ela assentiu com a cabeça. Confirmou sua opinião de que ele era bom no que fazia.

— Qual foi seu maior trambique?

Embora o suor escorresse livremente pelas costas, Doug riu.

— Nossa, onde arranjou essa terminologia? Vendo reprises da série "Starsky & Hutch" na tevê?

— Por favor, Doug, isso se chama passar o tempo. — Se não passasse o tempo, iria desabar na estrada numa poça de gotas de exaustão. Antes, achava que nunca mais sentiria calor e desconforto iguais aos da caminhada por áreas montanhosas. Enganara-se. — Você deve ter feito um grande roubo em sua ilustre carreira.

Ele nada disse por um instante, olhando a estrada reta e infindável. Mas não via a poeira, as cabanas, as sombras curtas projetadas pelo perfurante sol de meio-dia.

— Pus as mãos num diamante do tamanho do seu punho.

— Diamante?

Por acaso tinha uma fraqueza por eles, o brilho cristalino, as cores ocultas, a ostentação.

— É, não uma pedra qualquer; grande, brilhante e respeitável. O pedaço de gelo mais bonito que já vi. O Diamante Sydney.

— O Sydney? — Ela parou, boquiaberta. — Meu Deus, são quarenta e oito quilates e meio de perfeição. Lembro que vi numa exposição em São Francisco há uns três, não, quatro anos. Foi roubado... — Interrompeu-se, pasma e profundamente impressionada. — Você?

— Isso mesmo, benzinho. — Gostou da surpresa repleta de fascinação no rosto dela. — Tive aquele filho-da-mãe na mão. — Lembrando, ele olhou para a palma vazia. Estava arranhada, agora, da fuga pela floresta, mas podia ver nela o diamante. — Juro, dava pra sentir o calor dele, ver uma centena de imagens diferentes erguendo-se na luz. Era como segurar uma loura fria de sangue quente.

Ela sentia a excitação, a pura emoção física. Desde que ganhara o primeiro cordão de pérolas, Whitney com freqüência pegara e usara diamantes e outras pedras preciosas. Agradava-a. Mas o prazer de segurar o Sydney era muito mais profundo, de arrancá-lo do frio mostruário de vidro e ver a luz e a vida brilharem na mão.

— Como?

— Melvin Feinstein. O Verme. O safadinho era meu parceiro.

Ela viu pela rigidez da boca de Doug que a história não tivera um final de felizes para sempre.

— E?

— O Verme mereceu seu nome por muitos motivos. Tinha um metro e meio de altura. Juro, o cara podia deslizar por baixo da fenda de uma porta. Tinha as plantas do museu, mas não os miolos pra cuidar da segurança. Foi aí que eu entrei.

— Você cuidou dos alarmes.

— Todo mundo tem uma especialidade. — Ele lembrou o passado, os dias enevoados e as noites frias em São Francisco. — Trabalhamos nesse serviço durante semanas, calculando cada ângulo possível. O sistema de alarme era uma beleza, o melhor que já encontrei.

A lembrança satisfazia-o, o desafio e a lógica sobre os quais levara a melhor em esperteza. Com um computador e números, encontravam-se mais respostas interessantes que no saldo de talões de cheque.

— Os alarmes são como as mulheres — disse, como que para si. — Atraem e piscam pra gente. Com um pouco de charme e o talento certo, você descobre como disparam. Paciência — murmurou, assentindo para si mesmo. — O toque certo, e nós os engrenamos exatamente no lugar em que os queremos.

— Uma analogia fascinante, sem dúvida. — Ela olhou-o friamente sob a aba do chapéu. — A gente pode até dizer que elas têm o hábito de disparar quando provocadas.

— É, mas não quando você se mantém um passo à frente.

— É melhor continuar a história antes de afundar mais no buraco, Douglas.

A mente dele voltara a São Francisco, a uma noite gélida em que o nevoeiro descia com dedos compridos para varrer o chão.

— Entramos pelos tubos de canalização, mais fácil para o Verme que para mim. Tive de estourar um tubo e avançar com uma mão após a outra, porque os pisos eram eletrificados. Eu me suspendi; o Verme era desajeitado com as mãos e não tinha altura suficiente para alcançar a vitrine, de qualquer modo. Precisei me pendurar sobre a caixa. Levei seis minutos e meio para passar pelo vidro. E o peguei.

Ela via-o — Doug pendurado pelos pés sobre a vitrine, vestido de preto, o diamante a cintilar embaixo.

— O Sydney jamais foi recuperado.

— Isso mesmo, benzinho. É uma das pequenas anotações no livro em minha mochila.

Ele não sabia como explicar o prazer e a frustração que sentira ao ler sobre isso.

— Se você o pegou, por que não está morando numa vila na Martinica?

— Boa pergunta. — Com algo entre um sorriso e um esgar, ele abanou a cabeça. — É, uma pergunta danada de boa. Peguei — murmurou, como que para si mesmo. Enviesou o chapéu na frente, mas, apesar disso, franziu os olhos contra o sol. — Por um minuto, fui um filho-da-mãe rico.

Ainda via a cena, ainda sentia a atração quase sexual de ficar ali suspenso sobre a vitrine, com o diamante cintilante na mão, o mundo a seus pés.

— Que aconteceu?

A imagem e a sensação se despedaçaram, como um diamante mal lapidado.

— Começamos a sair refazendo o caminho de volta. Como eu disse, o Verme se contorcia pelos tubos como uma lesma. Quando atravessei e saí, ele já tinha desaparecido. O canalha nanico surrupiou a pedra da minha bolsa e desapareceu. Pra cúmulo de tudo, deu um telefonema anônimo para a polícia. Quando voltei, os policiais fervilhavam por todo o hotel. Saltei num cargueiro só com a camisa nas costas. Foi quando passei algum tempo em Tóquio.

— E o Verme?

— A última vez que eu soube, tinha comprado um confortável iate e dirigia um cassino flutuante de primeira classe. Qualquer dia desses... — Saboreou a fantasia um instante, depois encolheu os ombros. — De qualquer modo, foi a última vez que aceitei um parceiro.

— Até agora — ela lembrou-lhe.

Ele a encarou com desprezo e estreitou os olhos. Voltara a Madagascar, onde não havia nevoeiro frio algum. Apenas suor, músculos doloridos e Whitney.

— Até agora.

— No caso de ter qualquer idéia de imitar seu amigo Verme, Douglas, lembre-se, não há um buraco fundo o bastante para você escorregar para dentro.

— Benzinho. — Ele beliscou o queixo dela. — Confie em mim.

— Eu passo, obrigada.

Por algum tempo, caminharam em silêncio, Doug revivendo cada passo do roubo do Diamante Sydney — a tensão, a calma concentração que mantinha o sangue muito imóvel e as mãos muito firmes, a emoção de segurar o mundo nas mãos, embora apenas por um instante. Ele o teria de novo. Isso, ele prometia a si mesmo.

Não seria o Sydney dessa vez, mas uma caixa de jóias que o faria parecer um brinde numa caixinha de Kinder Ovo. Dessa vez ninguém tiraria dele, nenhum nanico de pernas arqueadas nem qualquer loura classuda.

Demasiadas vezes tivera o arco-íris nas mãos e vira-o desaparecer. Não era tão ruim que ele o torrasse em folias e riscos. Mas quando era muito idiota para confiar em alguém... Isso sempre foi um de seus grandes problemas. Podia roubar, mas era honesto. De algum modo, imaginava que as pessoas também fossem. Até terminar com os bolsos vazios.

O Sydney, cismou Whitney. Nenhum ladrão de segunda tentaria roubá-lo ou teria sucesso. A história confirmava-lhe o que pensara o tempo todo. Doug Lord era um número de classe à sua própria maneira. E mais uma coisa — seria muito possessivo com o tesouro quando e se o encontrassem. Tinha de pensar nisso com muito cuidado.

Distraída, sorriu para duas crianças que corriam pelo campo à esquerda. Talvez os pais trabalhassem na plantação, talvez fossem os donos. Mesmo assim, a vida deles seria simples, pensou. Era interessante como de vez em quando a simplicidade podia ser cativante. Sentiu o vestido de algodão roçar desconfortavelmente no ombro. Mas, também, alguma coisa se tinha a dizer a favor do luxo. Montes.

Os dois estremeceram ao ruído de um motor atrás. Quando se viraram, o caminhão já vinha quase em cima deles. Se tivessem de correr, não percorreriam dez metros. Doug amaldiçoou-se, e depois, mais uma vez, quando o motorista se inclinou sobre a janela e gritou.

Não era um modelo novo como o que passara por eles antes, nem tão dilapidado quanto o jipe dos nativos merinas. O motor girava com um ruído bastante uniforme quando parou no meio da estrada, a carroceria carregada de mercadorias, desde potes e cestas a cadeiras e mesas de madeira.

Um caixeiro-viajante, concluiu Whitney, já olhando o que ele tinha a oferecer. Perguntou-se quanto iria querer pelo colorido pote de barro. Ficaria bonito numa mesa com uma coleção de cactos.

O motorista seria um betsimisaraka, calculou Doug, a julgar pela região em que viajavam e o toque europeu do chapéu. Ele riu, mostrando uma boca cheia de dentes brancos, quando gesticulou para que se aproximassem do caminhão.

— Bem, e agora? — perguntou Whitney, baixinho.

— Acho que acabamos de arranjar uma carona, benzinho, queiramos ou não. É melhor darmos ao seu francês e ao meu charme outra tentativa.

— Usemos apenas meu francês, está bem?

Esquecendo de parecer humilde, foi até o caminhão. Enquanto espreitava por baixo da aba do chapéu, deu ao motorista o melhor sorriso e inventou uma história quando se aproximou.

Ela e o marido, embora Whitney tivesse de engolir em seco nesta palavra, viajavam de sua fazenda nas colinas para a costa, onde morava a família dela. A mãe, decidiu de repente, estava doente. Notou que o motorista examinava com olhos curiosos o rosto dela, claro e régio, sob aquele simples chapéu de palha. Sem quebrar o ritmo, ela desembuchou uma explicação. Aparentemente satisfeito, o motorista indicou-lhe a porta. Viajava para a costa, e eles eram bem-vindos a uma carona.

Curvando-se, Whitney ergueu o porco.

— Venha, Douglas, temos um novo chofer.

Ele acomodou as cestas na carroceria e subiu, sentando-se ao lado dela. A sorte jogava dos dois lados, sabia muito bem. Dessa vez, desejava acreditar que jogava a seu favor.

Whitney deitou o porco no colo, como se fosse uma criança pequena e cansada.

— Que disse a ele? — perguntou Doug, assentindo com a cabeça para o motorista e rindo.

Ela suspirou, absorvendo o luxo de ser conduzida.

— Que íamos para a costa. Minha mãe está doente.

— Lamento saber disso.

— É muito provável uma cena com leito de morte, portanto não fique com essa expressão tão feliz.

— Sua mãe jamais gostou de mim.

— Isso nada tem a ver com o assunto. Além do mais, é porque ela queria que eu me casasse com Tad.

Ele parou no ato de oferecer um dos poucos cigarros ao motorista.

— Tad o quê?

Whitney gostou da expressão carrancuda no rosto dele e alisou a saia do vestido.

— Tad Carlyse IV. Não fique enciumado, querido. Afinal, escolhi você.

— Sorte minha — resmungou Doug. — Como contornou o fato de não sermos nativos?

— Sou francesa. Meu pai era um capitão do mar que se estabeleceu na costa. Você era um professor de férias. Nos apaixonamos perdidamente, nos casamos contra o desejo de nossas famílias, e agora cuidamos de uma pequena fazenda nas colinas. Aliás, você é britânico.

Doug refez a história na mente e decidiu que não faria melhor.

— Boa idéia. Há quanto tempo nos casamos?

— Não sei, por quê?

— Eu só gostaria de saber se a gente deve se mostrar afetuosos ou entediados.

Whitney estreitou os olhos.

— Não enche.

— Mesmo que fôssemos recém-casados, acho que não seria tão afetuoso assim na frente dos outros.

Mal contendo uma risada, Whitney fechou os olhos e fingiu que estava numa limusine de veludo. Momentos depois, aconchegara a cabeça no ombro de Doug. O porco roncava baixinho em seu colo.

Ela sonhava que estava com Doug num quarto pequeno e elegante, banhado de velas que exalavam aroma de baunilha. Usava seda, branca e fina o bastante para revelar a silhueta do corpo. E ele, todo vestido de preto.

Reconheceu o olhar no rosto dele, o repentino escurecimento daqueles olhos verde-claros, antes de deslizar as mãos habilidosas pelo seu corpo e beijá-la na boca. Sentiu-se sem peso, flutuando, incapaz de tocar o chão com os pés — mas sentia cada plano e linha do corpo comprimidos no dela.

Sorrindo, Doug afastou-se e pegou uma garrafa de champanhe. O sonho era tão claro que Whitney via as gotas d'água na taça. Ele retirou a rolha. A garrafa se abriu com uma explosão ensurdecedora. Quando ela tornou a olhar, ele segurava apenas uma garrafa quebrada. Na porta, viu a sombra de um homem e o brilho do sol.

Rastejavam por um buraco escuro e pequeno. O suor escorria dela. De algum modo, sabia que serpeavam por tubos de canalização, mas era igual ao túnel de acesso à gruta — escuro, úmido, sufocante.

— Só um pouco mais adiante.

Ela ouviu-o falar e viu uma coisa cintilar acima. Era a luz emitida pelas facetas de um enorme diamante. Por um momento, encheu a escuridão com uma luz intensa, quase religiosa. Então desapareceu, e ela se viu em pé sozinha numa encosta árida.

— Lord, seu filho-da-puta!

— Levantar e brilhar, benzinho. Esta é a nossa parada.

— Seu verme — ela resmungou.

— Isso não é maneira de falar com o seu marido.

Abrindo os olhos, ela olhou o rosto sorridente dele.

— Seu filho-da...

Doug calou o xingamento com um beijo forte e demorado. Com os lábios a um sopro dos dela, ele beliscou-a.

— Devíamos parecer apaixonados, benzinho. Nosso simpático chofer talvez tenha a idéia de algumas das mais grosseiras expressões inglesas.

Zonza, ela fechou os olhos com força e tornou a abri-los.

— Eu estava sonhando.

— É. E parece que não terminei muito bem.

Doug saltou para pegar as cestas na parte de trás.

Whitney sacudiu a cabeça para clareá-la e olhou pelo pára-brisa. Uma cidade. Pequena, por qualquer padrão, o ar exalava um aroma que lhe trouxe peixe à mente de forma um tanto aguda. Mas uma cidade. Tão emocionada quanto se houvesse acordado em Paris numa manhã de abril, saltou do caminhão.

Cidade significava hotel. Hotel, uma banheira, água quente, cama de verdade.

— Douglas, você é maravilhoso!

Com o porco imprensado e guinchando entre os dois, abraçou-o.

— Nossa, Whitney, você está me emporcalhando todo.

— Absolutamente maravilhoso — ela repetiu, e deu-lhe um beijo sonoro e exuberante.

— Bem, sou. — Ele viu que a sua mão se acomodava com conforto na cintura dela. — Mas um minuto atrás eu era um verme.

— Um minuto atrás eu não sabia onde estávamos.

— Agora sabe? Por que não me informa?

— Na cidade. — Segurando o porco junto ao corpo, ela deu meia-volta. — Água corrente quente e fria, camas, lençóis e colchões. Onde fica o hotel?

Protegendo os olhos, começou a vasculhar o lugar.

— Escute, eu não planejava ficar...

— Ali! — ela exclamou triunfante.

Era limpo e sem afetação, mais no estilo de pousada que de hotel. Tratava-se afinal de uma cidade de marinheiros, pescadores, com as costas voltadas para o Oceano Índico. Um quebra-mar erguia-se alto como proteção contra as inundações que ocorriam em cada estação. Aqui e ali, redes estendidas secavam ao sol. Palmeiras e trepadeiras, com gordas flores cor-de-laranja, subiam encostadas em tábuas. Uma gaivota dormia aninhada num poste de telefone. As linhas retas da orla marítima impediam-na de ser um porto, mas a pequena cidade à beira-mar, obviamente, aproveitava um comércio turístico superficial de vez em quando.

Whitney já agradecia ao motorista. Embora o surpreendesse, Doug não teve coragem de dizer-lhe que não podiam ficar. Ele planejara reabastecer as provisões e providenciar o transporte costa acima antes de continuarem. Viu-a sorrir para o motorista.

Uma noite não podia fazer mal, decidiu. Partiriam revigorados pela manhã. Se Dimitri estava perto, pelo menos Doug teria uma parede na retaguarda por algumas horas. Uma parede e algumas horas para planejar o passo seguinte. Pendurou uma cesta em cada ombro.

— Dê o porco a ele e se despeça.

Whitney sorriu para o motorista uma última vez, saiu e atravessou a rua. Conchas esmagadas misturavam-se com terra sob os pés e uma malcheirosa camada de cascalho.

— Abandonar nosso primogênito com um caixeiro-viajante? Verdade, Douglas, seria como vendê-lo aos ciganos.

— Que engraçadinha, vejo que já criou um pouco de afeição.

— E você também criaria se não estivesse pensando com o estômago.

— Mas que diabos vamos fazer com ele?

— Encontrar um lar decente.

— Whitney. — Bem diante da pousada, ele tomou-lhe o braço. — Isso é uma grossa fatia de bacon, não um lulu-da-pomerânia.

— Xiu!

Aconchegando o porco para protegê-lo, ela entrou.

Era maravilhosamente fresco no interior. Os ventiladores de teto circulavam preguiçosos e fizeram-na pensar na casa e boate de Rick em *Casablanca*. Paredes caiadas de branco, pisos de madeira escura, arranhados, mas esfregados. Alguém pregara com tachas, nas paredes, esteiras de fibra natural alvejadas, a única decoração. Grupos de pessoas sentavam-se às mesas e tomavam um líquido dourado-escuro em copos grossos. Whitney captou o cheiro de alguma coisa não-identificável e deliciosa, transportado pelo ar por uma porta aberta nos fundos.

— Guisado de peixe — murmurou Doug, quando o estômago sentiu saudades. — Uma coisa próxima a *bouillabaisse*, com um toque de... alecrim — disse, fechando os olhos. — E um pouco de alho.

Como ficou com água na boca, Whitney foi obrigada a engolir.

— Parece almoço pra mim.

Uma mulher chegou pela porta, enxugando as mãos num grande avental branco, colorido como uma bandeira de parada, do preparo da comida. Embora tivesse o rosto profundamente enrugado e as mãos revelassem trabalho e idade, usava os cabelos em alegres anéis trançados, como uma menina. Examinou Whitney e Doug, olhou o porco apenas por um instante, e perguntou num inglês rápido e carregado de sotaque, pondo por água abaixo os disfarces de Doug.

— Querem um quarto?

— Por favor.

Lutando para não desviar os olhos além da mulher até a porta de onde saíam os aromas, Whitney sorriu.

— Minha mulher e eu gostaríamos de um quarto para a noite, um banho e uma refeição.

— Para dois? — perguntou a velha, e tornou a olhar o porco. — Ou para três?

— Encontrei o porquinho vagando no acostamento da estrada — improvisou Whitney. — Não gostaria de abandoná-lo. Talvez a senhora conheça alguém que cuide dele.

A velha examinou o porco de um jeito que a fez abraçá-lo com mais força. Então sorriu.

— Meu neto cuidará dele. Tem seis anos, mas é responsável. — Estendeu os braços, e, com relutância, Whitney entregou-lhe seu ex-animal de estimação. Pondo o porco embaixo do braço, a mulher enfiou a mão no bolso à procura de chaves. — O quarto está pronto, subindo a escada e duas portas à direita. Sejam bem-vindos.

Whitney viu-a voltar para a cozinha com o porco embaixo do braço.

— Ora, ora, benzinho, toda mãe tem de deixar os filhos irem embora um dia.

Ela fungou e saiu em direção à escada.

— É melhor que não esteja no cardápio esta noite.

O quarto era muito menor que a gruta onde haviam dormido. Mas tinha algumas alegres marinhas do litoral da cidade na parede e a cama com uma colcha de retalhos num vistoso estampado floral meticulosamente remendada. O banheiro não passava de uma alcova separada da cama por um biombo de bambu.

— O paraíso — pensou Whitney, após uma olhada, e jogou-se de braços abertos na cama.

Cheirava, apenas de leve, a peixe.

— Não sei até que ponto é celestial. — Ele verificou a fechadura na porta e considerou-a resistente. — Mas servirá até termos alguma coisa de verdade.

— Vou me arrastar pra dentro da banheira e chafurdar durante horas.

— Tudo bem, fique com o primeiro turno. — Sem cerimônia, ele jogou as cestas no chão. — Vou dar uma pequena checada por aí e ver que tipo de transporte a gente pode pegar costa acima.

— Eu preferiria um belo e majestoso Mercedes. — Suspirando, ela apoiou a cabeça nas mãos. — Mas me contento com uma carroça e um pônei de três pernas.

— Talvez eu possa encontrar alguma coisa intermediária. — Sem correr riscos, Doug retirou o envelope da mochila e prendeu-o no avesso da camisa. — Não use toda a água quente, benzinho. Vou voltar.

— Não se esqueça de verificar o serviço de copa, sim? Detesto quando servem os canapés com atraso.

Ouviu a porta fechar-se com um estalo e espreguiçou-se à vontade. Por mais que gostasse de apenas dormir, decidiu que desejava, acima de tudo, um banho.

Levantando-se, despiu o longo vestido de algodão e deixou-o cair amontoado.

— Meus respeitos à dona anterior — murmurou, e lançou o chapéu de palha como um disco ao outro lado do quarto.

Sobre a pele nua, os cabelos caíram em cascata como a luz do sol. Alegre, ela abriu a torneira de água quente e mexeu na mochila à procura da bolsa com óleo e espuma de banho. Em dez minutos, impregnava-se de água fumegante e espumosa.

— O paraíso — tornou a dizer e fechou os olhos.

Ao sair, Doug logo ganhou a cidade. Algumas lojinhas expunham artesanatos arrumados nas vitrines. Redes coloridas pendiam de ganchos, em parapeitos de varandas, e uma fileira de dentes de tubarão debruava a escada de subida de uma entrada. Era óbvio que as pessoas estavam acostumadas a turistas e sua estranha queda pelo inútil. O cheiro de peixe foi se tornando mais forte à medida que ele se dirigia para o cais. Ao chegar lá, admirou os barcos, os rolos de cordas, as redes de pesca estendidas para secar.

Se conseguisse encontrar um jeito de conservar alguns peixes em gelo, poderia barganhar por isso. Realizavam-se milagres com um peixe numa fogueira ao ar livre quando se tinha o toque certo. Mas primeiro impunha-se a questão dos quilômetros que ainda tinham a percorrer costa acima, e como iriam fazer isso.

Já decidira que ir por água seria o meio mais prático e rápido. Pelo mapa no guia, vira que o Canal des Pangalanes os levaria direto a Maroantsetra. Dali, teriam de viajar pela floresta tropical.

Sentia-se seguro naquele lugar, com o calor, a umidade e a generosa cobertura. O canal era a melhor rota. Só precisava de um barco e alguém com habilidade para conduzi-lo.

Localizando uma pequena loja, encaminhou-se para lá. Não via um jornal havia dias e decidiu comprar um, embora tivesse de depender de Whitney para traduzi-lo. Ao estender a mão para a porta, sentiu um rápido lampejo de desorientação. Vindo de dentro, ouviu o inconfundível som do rock pesado de Pat Benatar.

— "Hit me with your best shot!" — desafiava a cantora, quando ele abriu a porta.

Atrás do balcão, um jovem alto, magricela, a pele brilhante de suor, balançava-se ao ritmo de um pequeno e caro estéreo portátil. Arrastando os pés, lustrava o vidro das janelas ao lado do balcão e martelava a letra da música com Pat.

— Dispaaaare! — gritou, e virou-se quando a porta bateu atrás de Doug. — Boa-tarde.

O sotaque sem a menor dúvida era francês, a camisa desbotada que usava dizia City College of New York — CCNY. Sorriso jovem e cativante. Nas prateleiras atrás, um pouco de tudo: quinquilharia, roupa de cama, mesa, banho, latas e garrafas. Um armazém geral em Nebraska não seria mais bem estocado.

— Interessado em alguns suvenires?

— CCNY? — perguntou Doug ao atravessar o piso nu.

— Americano! — Reverente, o rapaz abaixou a voz de Pat para um rugido abafado e estendeu a mão. — Você é dos Estados Unidos?

— Isso. Nova York.

O rapaz se iluminou como um fogo de artifício.

— Nova York! Meu irmão... — puxou a camiseta... — freqüenta a faculdade lá. Intercâmbio estudantil. Vai ser advogado, sim, senhor. Dos bem-sucedidos.

Era impossível não sorrir. Com a mão ainda presa na do rapaz, Doug balançou de leve a cabeça.

— Sou Doug Lord.

— Jacques Tsiranana. Estados Unidos. — Obviamente relutante, ele soltou a mão de Doug. — Eu também vou no ano que vem de visita. Conhece o Soho?

— Sim. — Até esse momento, ele não se dera conta da saudade que sentia. — Sim, conheço o Soho.

— Tenho uma foto.

Enfiando a mão por trás do balcão, pegou um instantâneo meio torto. Mostrava um homem alto, musculoso, de calça jeans, em pé defronte à gravadora Tower Records.

— Meu irmão, ele compra os discos e põe nas fitas pra mim. Música americana — pronunciou a palavra forte. — Rock & roll. Que tal a Pat Benatar?

— Traquéia fantástica — concordou Doug, devolvendo o instantâneo.

— Então, que faz aqui, quando podia estar no Soho?

Ele abanou a cabeça. Em algumas ocasiões, fizera-se a mesma pergunta.

— Minha, ah, patroa e eu estamos viajando costa acima.

— Férias?

Deu uma rápida olhada nas roupas de Doug. Embora vestido como o mais humilde camponês de Madagascar, ele transmitia no olhar uma expressão de incisiva autoridade.

— É, tipo férias. — Se não incluísse as armas e a fuga. — Achei que uma subida pelo canal talvez proporcionasse a ela um pouco de emoção, você sabe, cênica.

— Belo país — concordou Jacques. — Até onde?

— Aqui. — Doug tirou o mapa do bolso e correu o dedo pela rota. — Direto até Maroantsetra.

— Que barato — murmurou Jacques. — Dois dias, dois longos dias. Em alguns lugares, o canal é difícil de navegar. — Os dentes brilharam. — Crocodilos.

— Ela é durona — afirmou Doug, pensando naquela pele muito sensível, muito suave. — Você sabe, do tipo que gosta de acampamento e fogueiras a céu aberto. Precisamos apenas de um bom guia e um barco resistente.

— Paga em dólares americanos?

Doug estreitou os olhos. Parecia que a sorte jogava de fato a seu favor.

— Podem ser providenciados.

Jacques espetou o polegar na estampa da própria camiseta.

— Então eu levo vocês.

— Tem barco?

— O melhor da cidade. Eu mesmo construí. Tem cem paus?

Doug olhou as mãos dele. Pareciam competentes e fortes.

— Cinqüenta adiantados. Vamos ficar prontos para partir de manhã. Oito horas.

— Traga sua senhora aqui às oito. Daremos a ela um barato.

Alheia aos prazeres que a aguardavam, Whitney quase cochilava na banheira. Toda vez que a água esfriava um pouco, deixava entrar mais um jato quente. De sua parte, poderia passar a noite ali mesmo. Descansava a cabeça na borda, os cabelos escorriam para atrás, molhados e brilhantes.

— Tentando um recorde mundial? — perguntou Doug atrás dela.

Com um arquejo, ela se sobressaltou tanto que a água se agitou perigosamente junto à borda.

— Você não bateu — acusou-o. — E eu tranquei a porta.

— Dei um jeitinho — ele explicou, sem dificuldade. — Preciso manter a prática. Que tal a água? — Sem esperar resposta, mergulhou um dedo. — Que cheiro bom! — Deslizou os olhos pela superfície. — Parece que suas bolhas de sabão estão se esgotando.

— Ainda restam alguns minutos. Por que não se livra desse traje ridículo?

Rindo, Doug começou a desabotoar a camisa.

— Achei que você nunca ia pedir.

— No outro lado do biombo. — Sorrindo, ela examinou o dedão do pé pouco acima da superfície da água. — Vou sair, pra que tenha sua vez.

— Uma pena desperdiçar toda essa bela água quente. — Pondo uma mão em cada lado da banheira, ele se curvou sobre ela. — Já que somos sócios, deveríamos dividir.

— Acha mesmo? — Ele pôs a boca muito perto da sua, e ela se sentia relaxada. Erguendo a mão, deslizou um dedo molhado pela face dele. — Exatamente o que tinha em mente?

— Um pequeno... — com delicadeza, ele roçou os lábios nos dela — negócio inacabado.

— Negócio? — Whitney riu e deixou a mão vagar pelo pescoço dele. — Quer negociar? — No impulso, puxou-o, e, desequilibrado, Doug escorregou para dentro da banheira. A água transbordou por uma das bordas laterais. Rindo como uma colegial, ela o viu retirar as bolhas de sabão do rosto. — Douglas, você nunca teve melhor aparência.

Agarrado nela, ele lutou para não submergir.

— A moça gosta de jogos.

— Ora, você parecia tão quente e suado.

Generosa, ofereceu-lhe o sabão e tornou a rir quando ele o esfregou na camisa grudada.

— Que tal eu dar uma ajuda? — Antes que Whitney pudesse evitá-lo, ele correu o sabão do pescoço até a cintura dela. — Parece que lembro que você me deve uma escovada nas costas.

Cautelosa, e ainda divertida, ela tirou-lhe o sabão da mão.

— Por que você não...

Ambos se retesaram à batida à porta.

— Não se mexa — sussurrou Doug.

— Eu não ia me mexer.

Desembaraçando-se, Doug saiu da banheira. A água escorria por toda parte. Assobiou nos sapatos quando ele foi até a mochila e retirou a arma que enfiara no fundo. Não a tivera nas mãos desde a fuga de Washington. Não gostou mais da sensação agora.

Se Dimitri os encontrara, não podia tê-los encurralado de forma mais perfeita. Doug olhou de relance a janela atrás. Daria para sair e descer em segundos. Então viu o biombo de bambu. Na banheira de água quente esfriando, Whitney se estendia nua e completamente vulnerável. Ele deu uma última olhada pesarosa na janela e na fuga.

— Merda.

— Doug...

— Calada. — Segurando a arma apertada, cano para cima, transferiu-se para a porta. Era hora de testar mais uma vez sua sorte. — Sim?

— Capitão Sambirano, polícia. A seu serviço.

— Merda. — Olhando rápido em volta, Doug enfiou a arma na cinta da calça, atrás. — Seu distintivo, capitão? — Em posição para saltar, abriu uma fresta e examinou o distintivo, depois o homem. Sabia reconhecer um tira a dez quilômetros de distância. Relutante, abriu a porta. — Que posso fazer pelo senhor?

O capitão, pequeno, arredondado e de roupas muito ocidentais, entrou.

— Parece que o interrompi.

— Tomando um banho.

Doug viu que a poça se formava aos pés e pegou uma toalha atrás do biombo.

— Me perdoe, senhor....

— Wallace, Peter Wallace.

— Sr. Wallace. É meu costume cumprimentar qualquer um que passa por nossa cidade. Temos uma comunidade tranqüila. — O capitão puxou de leve a bainha do paletó. Doug notou que ele tinha as unhas curtas e polidas. — De vez em quando, recebemos turistas que não têm pleno conhecimento de nossa lei ou de nossos costumes.

— É sempre um prazer cooperar com a polícia — disse Doug, com um sorriso escancarado. — Por acaso, vou embora amanhã.

— É uma pena não estender sua estada. Pressa, talvez?

— Peter... — Whitney espichou a cabeça e um ombro nu pela borda do biombo. — Me desculpe. — Esforçou-se ao máximo para enrubescer ao adejar as pestanas.

Se o rubor funcionou ou não, o capitão tirou o chapéu e curvou-se.

— Madame.

— Minha mulher, Cathy. Cath, este é o capitão Sambirano.

— Como vai?

— Encantado.

— Lamento não poder sair no momento. Como pode ver, estou...

Calou-se e sorriu.

— Claro. Deve perdoar minha interrupção, Sra. Wallace. Sr. Wallace. Se eu puder ser de alguma ajuda durante a estada de vocês, por favor, não hesitem.

— Que amável!

Meio caminho porta afora, o capitão virou-se.

— E seu destino, Sr. Wallace?

— Ah, seguimos os instintos — afirmou Doug. — Cathy e eu somos formados em botânica. Até agora, achamos seu país fascinante.

— Peter, a água está esfriando.

Doug olhou para trás, tornou a virar a cabeça para o capitão e riu.

— É nossa lua-de-mel, o senhor entende.

— Claro. Posso parabenizá-lo pelo seu gosto? Boa-tarde.

— Valeu, até mais. — Fechou a porta, recostou-se e praguejou. — Não gosto disso.

Enrolada numa toalha, Whitney saiu de trás do biombo.

— Que acha que foi toda essa visita?

— Quisera eu saber. Mas de uma coisa eu sei: quando os tiras começam a bisbilhotar, procuro outras acomodações.

Whitney deu uma olhada demorada na cama festivamente arrumada.

— Mas Doug.

— Lamento, benzinho. Vista-se. — Começou a despir as próprias roupas molhadas. — Vamos pegar um barco, um pouco antes do previsto.

— *T*EM ALGUMA NOVIDADE?

Após brincar com uma peça de xadrez de vidro, Dimitri moveu o peão do bispo.

— Acho que eles rumaram em direção à costa.

— Acha? — Ao estalo dos dedos de Dimitri, um homem de terno escuro pôs-lhe uma taça de cristal na mão.

— Tinha um pequeno povoado nas colinas. — Remo observou o patrão beber e engoliu em seco. Não tivera uma noite de sono decente fazia uma semana. — Quando investigamos, uma família estava em polvorosa. Alguém os tinha roubado enquanto trabalhavam nos campos.

— Entendo. — O vinho era excelente, mas, claro, ele trouxera seu estoque pessoal consigo. Dimitri gostava de viajar, mas não de inconveniência. — E o que exatamente foi tirado dessas pessoas?

— Dois chapéus, algumas roupas, cestas... — Remo hesitou.

— E? — incitou Dimitri, com demasiada delicadeza para ser um alívio.

— Um porco.

— Um porco — repetiu o patrão, e deu uma risadinha. Remo quase deixou os ombros relaxarem. — Que engenhoso! Começo a lamentar ter de descartar Lord. Eu poderia aproveitar um homem como ele. Continue, Remo. O resto.

— Duas crianças viram um vendedor ambulante num caminhão pegar um homem e uma mulher... e um porco... no fim desta manhã. Rumaram para o leste.

Fez-se um longo silêncio. Remo não o teria quebrado mesmo que tivesse uma faca nas costas. Dimitri examinou o vinho na taça, tomou um gole, prolongando o momento. Ouvia os nervos de Remo retesando-se, retesando-se. Ergueu o olhar.

— Sugiro que também rume para o leste, Remo. Enquanto isso, eu vou embora. — Deslizou os dedos por outra peça de xadrez, admirando a habilidade artesanal, os detalhes. — Já calculei a área para onde se dirigiram nossas presas. Enquanto você caça os dois, esperarei. — Levou mais uma vez a taça aos lábios e respirou fundo o buquê do vinho. — Estou farto de hotéis, embora o serviço aqui seja excelente. Quando receber nossa convidada, gostaria de fazer isso com mais intimidade.

Largando o vinho, ergueu o cavaleiro branco e sua rainha.

— Sim, adoro receber.

Num movimento rápido, quebrou uma peça na outra. Os cacos tilintaram de leve ao caírem no tabuleiro.

Capítulo Dez

— Não comemos.
— Comeremos mais tarde
— Você vive dizendo isso. E outra coisa — continuou Whitney. — Ainda não entendo por que temos de sair desse jeito.

Olhou a pilha de roupas "emprestadas" amontoadas no chão. Não estava habituada a ver alguém mover-se tão rápido quanto Doug nos últimos cinco minutos.

— Já ouviu falar na expressão *o seguro morreu de velho*, benzinho?

— Com um pouco de sal, eu *comeria* o tal seguro, no momento.

Ela olhou de cara feia as pontas dos dedos do parceiro no peitoril da janela. Num piscar de olhos, desapareceram, e ela prendeu a respiração ao vê-lo saltar no chão do lado de fora do prédio.

Doug sentiu as pernas chiarem brevemente. Uma olhada rápida em volta mostrou-lhe que ninguém vira o salto, além de um gato gordo, assustado de guerra, que cochilava à luz do sol. Erguendo os olhos, ele fez sinal para Whitney.

— Jogue as mochilas. — Ela jogou, com um entusiasmo que quase o derrubou. — Calma — ele disse, entre os dentes. Afastando-as para o lado, firmou-se embaixo da janela. — Muito bem, agora você.

— Eu?

— Você é tudo o que restou, querida. Venha, eu a agarro.

Não era que duvidasse dele. Afinal, tomara a precaução de tirar a carteira da mochila — e certificar-se de que ele notasse esse gesto — antes de vê-lo transpor a janela. Da mesma forma, lembrou que Doug passara o envelope para o bolso da calça jeans. Confiança entre ladrões era obviamente o mesmo tipo de mito que a honra.

Whitney achou meio estranho a queda parecer muito mais longa agora do que quando ele se pendurara pelos dedos. Olhou-o com um ar de reprovação.

— Uma MacAllister sempre deixa um hotel pela porta da frente.

— Não temos tempo para tradições de família. Pelo amor de Deus, venha, antes que chamemos atenção.

De cara amarrada, ela transpôs uma perna. Agilmente, mas muito devagar, contorceu-se e baixou-se. Levou apenas um instante para descobrir que não gostava nada da sensação de pendurar-se no peitoril da janela de uma pousada em Madagascar.

— Doug...

— Se solte — ele ordenou.

— Não sei se posso.

— Pode, a não ser que queira que eu comece a atirar pedras.

Talvez atirasse mesmo. Whitney fechou os olhos, prendeu a respiração e soltou-se.

Caiu em queda livre por uma fração de segundo até ele segurá-la com as mãos nos quadris e subi-las para as axilas. Mesmo assim, a parada abrupta deixou-a sem ar.

— Está vendo? — disse Doug, ao largá-la de leve no chão. — Sem problemas. Você tem potencial de verdade como gatuna.

— Maldição! — Virando-se, Whitney examinou as mãos. — Quebrei uma unha. Agora, que vou fazer?

— É, que tragédia! — Ele curvou-se para pegar as mochilas. — Acho que eu podia dar um tiro em você e livrá-la do sofrimento.

Ela puxou a mochila das mãos dele.

— Muito engraçado. Por acaso, acho que andar por aí com nove unhas é extremamente deselegante.

— Ponha as mãos nos bolsos — sugeriu Doug, e saiu andando.

— Aonde é que vamos agora?

— Providenciei uma pequena viagem por água. — Ele enfiou os braços pelas alças até acomodar a mochila com conforto nas costas. — Só temos de chegar ao barco. Discretamente.

Whitney seguiu-o enquanto ele serpeava pelo caminho, mantendo-se junto aos fundos das casas, longe da rua.

— Tudo isso porque um policialzinho gordo apareceu pra dizer olá.

— Os policiaizinhos gordos me deixam nervoso.

— Ele era muito educado.

— É, policiaizinhos gordos educados me deixam mais nervoso.

— Fomos muito grosseiros com a bondosa senhora que ficou com o nosso porco.

— Qual o problema, benzinho? Nunca ignorou uma conta antes?

— Com certeza, não. — Ela torceu o nariz e correu atrás dele, quando Doug atravessou uma estreita rua lateral. — Nem pretendo começar. Deixei vinte para ela.

— Vinte! — Agarrando-a, Doug parou atrás de uma árvore ao lado da loja de Jacques. — Pra que diabos? Nem usamos a cama.

— Usamos o banheiro — ela lembrou-lhe. — Os dois.

— Puxa vida! Eu nem tirei as roupas.

Resignado, ele examinou a pequena estrutura do prédio ao lado.

Enquanto esperava que Doug seguisse caminho, Whitney olhou melancólica para trás, em direção ao hotel. Outra reclamação saltou-lhe à mente antes de ela ver um homem de chapéu panamá branco atravessar a rua. Olhou-o como quem não quer nada, até o suor começar a empoçar na base da espinha.

— Doug. — Ficara com a garganta seca, com uma ansiedade que não sabia explicar. — Doug, aquele homem. Veja. — Agarrou-lhe a mão, virando-se apenas um pouco. — Juro que é o mesmo que vi no *zoma*, depois de novo no trem.

— Sombras saltitantes — ele resmungou, mas olhou para trás.

— Não. — Whitney deu-lhe um leve puxão no braço. — Eu o vi. Duas vezes. Por que ia aparecer de novo? Por que devia estar aqui?

— Whitney...

Mas ele se interrompeu quando viu o homem dirigir-se sem pressa ao encontro do capitão. E lembrou com repentina clareza de que era o mesmo que se levantara de um salto do assento no trem, em meio à confusão, deixando um jornal cair no chão e olhando-o direto no olho. Coincidência? Puxou Whitney de volta para trás da árvore. Não acreditava nisso.

— É um dos homens de Dimitri?

— Não sei.

— Quem mais poderia ser?

— Droga, eu não sei. — A frustração dilacerava-o. Sentia que vinha sendo perseguido de todos os lados. Sabia disso, mas não entendia. — Seja quem for, vamos dar o fora. — Tornou a olhar a loja de Jacques. — É melhor irmos pelos fundos. Ele talvez tenha clientes e, quanto menos pessoas nos virem, melhor.

Encontraram a porta dos fundos trancada. Agachando-se, Doug pegou o canivete e pôs mãos à obra. Em cinco segundos, a fechadura abriu-se com um estalo. Whitney contou.

Impressionada, viu-o guardar o canivete de novo no bolso.

— Gostaria que me ensinasse a fazer isso.

— Uma mulher como você não tem de abrir fechaduras. As pessoas abrem as portas pra você.

Enquanto ela refletia sobre o assunto, ele se esgueirou para dentro.

Era parte depósito, parte quarto de dormir, parte cozinha. Junto ao beliche estreito, bem arrumado, via-se uma coleção de umas seis fitas cassetes. Música alto-astral de Elton John atravessava as paredes revestidas de fibra de madeira e parecia inundar o ambiente. Preso com tachas, um pôster colorido em tamanho natural de Tina Turner sexy e com os lábios projetados para fora. Ao lado, um anúncio de Budweiser — o Rei das Cervejas, uma flâmula dos Yankees de Nova York e uma fotografia do Empire State Building ao entardecer.

— Por que tenho a sensação de que acabei de entrar num quarto na Segunda Avenida? — perguntou Whitney.

E por tê-la, sentia-se ridiculamente segura.

— O irmão dele é estudante de intercâmbio na CCNY.

— Isso explica tudo. Irmão de quem?

— Xiu!

Pisando sem fazer barulho com as plantas dos pés, como um gato, Doug foi até a porta de ligação com a loja. Abriu uma fresta e espiou.

Jacques curvava-se sobre o balcão, no meio de uma transação que envolvia o que era uma óbvia e detalhada troca de fofocas da cidade. Parecia que a moça ossuda, de olhos escuros, entrara mais para flertar que comprar. Remexia em carretéis de linhas coloridas e ria.

— Que está acontecendo? — Whitney deu um jeito de espiar por baixo do braço do parceiro. — Ah, namoro — proclamou. — Gostaria de saber onde ela comprou aquela blusa. Olhe só o trabalho de bordado.

— Teremos um desfile de modas mais tarde.

A moça comprou dois carretéis de linha, riu por mais alguns instantes e saiu. Doug abriu a porta mais um pouco e assobiou entre os dentes. Não era páreo para Elton John. Jacques continuou a girar os quadris ao acompanhar a letra. Com uma olhada pela janela que se abria para a rua, Doug abriu mais a porta e chamou-o pelo nome.

Sobressaltado, o rapaz quase derrubou o mostruário de carretéis que arrumava.

— Cara, que susto você me deu! — Ainda cauteloso, Doug curvou o dedo e esperou-o aproximar-se. — Que está fazendo escondido aí nos fundos?

— Uma mudança de horário — respondeu Doug. Tomando a mão de Jacques, puxou-o para dentro. Percebeu que ele cheirava a couro inglês. — Queremos partir agora.

— Agora? — Estreitando os olhos, o rapaz examinou o rosto do americano. Podia viver numa pequena aldeia à beira-mar, mas não era tolo. Dava para ver nos olhos de um homem quando ele estava em fuga. — Se meteu em encrenca?

— Olá, Jacques. — Adiantando-se, Whitney estendeu a mão. — Sou Whitney MacAllister. Deve perdoar Douglas por esquecer de nos apresentar. Ele carece, freqüentemente, de boas maneiras.

Jacques tomou a fina mão branca na sua e apaixonou-se no mesmo instante. Jamais vira nada tão lindo. Pelo que sabia, Whitney MacAllister excedia em brilho Tina Turner, Pat Benatar e a alta sacerdotisa Linda Ronstadt juntas. Ficou simplesmente com a língua atada em nós.

Ela já vira esse olhar antes. Em um profissional liberal, elegante, num terno de três peças, na Quinta Avenida. Isto a entediava. Num clube badalado no West Side, a divertia. Em Jacques, achou uma graça.

— Temos de nos desculpar por entrar sem pedir licença.

— É... — Ele teve de procurar os americanismos que tinha em geral na ponta da língua. — Tudo bem — conseguiu dizer.

Impaciente, Doug pôs a mão no ombro de Jacques.

— Queremos ir logo. — O senso de jogo limpo não iria deixá-lo arrastar o rapaz às cegas para a confusão em que se achavam. O de sobrevivência impedia-o de contar tudo. — Tivemos uma visitinha da polícia local.

O rapaz conseguiu desprender o olhar de Whitney.

— Sambirano?

— Isso mesmo.

— Babaca — proclamou Jacques, muito orgulhoso da forma como pronunciou a palavra. — Não se preocupe com ele. É apenas enxerido, como uma velha.

— É, talvez, mas tem umas pessoas que gostariam de encontrar a gente. Não queremos ser encontrados.

Jacques ficou um momento olhando de um para o outro. Marido ciumento, pensou. Não precisava de mais nada para despertar seu senso de romance.

— Nós, de Madagascar, não nos preocupamos com o tempo. O sol nasce, o sol se põe. Querem partir agora, partimos agora.

— Esplêndido. Estamos com as provisões meio baixas.

— Não tem problema. Esperem aqui.

— Como conseguiu encontrá-lo? — perguntou Whitney, quando Jacques foi de novo para a frente da loja. — É maravilhoso.

— Claro, só porque ficou com olho de peixe morto pra você.

— Olho de peixe morto? — Ela riu e sentou-se na beira da cama de Jacques. — Francamente, Doug, pra qualquer coisa você desenterra sempre suas expressões estranhas?

— Os olhos dele quase saltaram da cabeça.

— É. — Ela correu a mão pelos cabelos. — Foi mesmo, não foi?

— Você se gaba, não? — Irritado, Doug pôs-se a andar de um lado para o outro no quarto e desejou poder fazer alguma coisa. Qualquer coisa. Sabia sentir o cheiro de problema, que não se achava tão longe quanto gostaria. — Simplesmente adora quando os homens babam por você.

— Você não se sentiu exatamente ofendido quando a pequena Marie quase beijou seus pés. Pelo que lembro, ficou se pavoneando como um galo com dois rabos.

— Ela ajudou a salvar nossa pele. Foi apenas gratidão.

— Acrescentada de um toque de luxúria.

— Luxúria? — Ele parou direto em frente dela. — Marie não podia ter mais de dezesseis anos.

— O que tornou tudo ainda mais repugnante.

— É, bem, o velho Jacques deve estar beirando os vinte.

— Ai, ai. — Whitney pegou a lixa de unhas e começou a aparar a unha lascada. — Isso parece nitidamente ciúmes.

— Merda. — Doug andava de uma porta até a outra. — Tá aqui um homem que não vai babar por você, duquesa. Tenho coisas melhores a fazer.

Dando-lhe um sorriso irônico, ela continuou a lixar as unhas e sussurrar a melodia junto com Elton John.

Alguns minutos depois, tudo silenciou. Quando Jacques retornou, trazia uma sacola de bom tamanho numa das mãos e o estéreo portátil na outra. Com um sorriso, empacotou o resto das fitas.

— Agora estamos prontos. Rock and roll.

— Ninguém vai querer saber por que você fechou cedo?

Doug abriu uma fresta da porta dos fundos e espiou para fora.

— Fecho depois, fecho agora. Ninguém se importa.

Assentindo com a cabeça, o americano abriu a porta para ele.

— Então vamos.

O barco fora ancorado a menos de meio quilômetro dali, e Whitney jamais vira coisa igual. Muito comprido, talvez uns cinco metros, e não mais que um de largura. Pensou na canoa que remara uma vez num acampamento no norte do estado de Nova York. Tinha as mesmas linhas, se a gente o deturpasse um pouco. De pés leves, Jacques entrou de um salto e começou a arrumar o equipamento.

A canoa era tradicional de Madagascar, o chapéu dele, um boné de jogador de beisebol dos Yankees de Nova York, e os pés descalços. Whitney achou-o uma estranha e agradável combinação de dois mundos.

— Belo barco — murmurou Doug, desejando ver um motor em algum lugar.

— Eu mesmo o construí. — Num gesto que ela julgou muito elegante e cortês, estendeu a mão para Whitney. — Pode se sentar aqui — disse, indicando um lugar no centro da embarcação. — Muito confortável.

— Obrigada, Jacques.

Quando a viu instalada defronte ao lugar em que se sentaria, ele estendeu uma vara comprida a Doug.

— Impelimos com a vara aqui, onde a água é rasa.

Pegando outra para si, Jacques deslocou-o. O barco deslizou como um cisne num lago.

Relaxando, Whitney decidiu que a viagem de barco tinha possibilidades — o cheiro do mar, folhas leves dançando na brisa, o suave movimento embaixo de si. Então, a meio metro, viu a medonha cabeça, semelhante a couro, escumar a superfície.

— Ai... — Foi tudo que conseguiu dizer.

— É, verdade. — Com uma risadinha, Jacques continuou a impelir o barco com o pau. — Esses crocodilos estão em toda parte. A gente tem de tomar cuidado com eles.

Emitiu um som entre um assobio e um urro. Os olhos redondos e sonolentos na superfície não se aproximaram. Sem nada dizer, Doug enfiou a mão na mochila, retirou a arma e enfiou-a de novo na cinta. Dessa vez, Whitney não fez a menor objeção.

Quando a água ficou profunda o bastante para usarem os remos, Jacques ligou o estéreo. Beatles antigos saíram estrondosos. Estavam a caminho.

O rapaz remava incansável, com uma energia e entusiasmo desembaraçados que Whitney admirava. Durante uma hora e meia da extravagância Beatle, ele cantou junto num claro tenor, rindo quando ela se juntava à cantoria.

Com os víveres que trouxera para bordo, os três fizeram um almoço improvisado de coco, bagas e peixe frio. Quando ele passou o cantil para Whitney, ela tomou um longo gole, esperando água pura. Ao emborcar mais uma vez o cantil, bochechou o líquido. Não era desagradável, mas tampouco era água pura.

— *Rano vola* — disse Jacques. — Bom pra viagem.

O remo de Doug varava a água sem percalços.

— É feito adicionando água ao arroz que se gruda no fundo da panela — ele explicou.

Whitney engoliu, tentando fazê-lo com graciosidade.
— Entendo.
Virando-se um pouco, passou o cantil a Doug.
— Você também vem de Nova York?
— Sim. — Ela pôs outra baga na boca. — Doug me disse que seu irmão freqüenta a faculdade lá.
— De direito. — As letras na camiseta dele quase tremeram de orgulho. — Vai ser um maioral. Esteve na Bloomingdale's.
— Whitney quase mora lá — disse Doug, baixinho.
Ignorando-o, ela falou com Jacques.
— Planeja ir aos Estados Unidos?
— Ano que vem — ele respondeu, apoiando o remo no colo. — Visitar meu irmão. Vamos faturar a cidade. Times Square, Macy's, McDonald's.
— Quero que me ligue. — Como se estivesse num luxuoso restaurante Manhattan, ela retirou um cartão da carteira e entregou-o. Como a dona, o cartão era elegante, classudo e fino. — Daremos uma festa.
— Festa? — Os olhos dele se iluminaram. — Uma festa em Nova York?
Visões de pistas de dança cintilantes, cores berrantes e música ainda mais berrante dispararam em sua mente.
— Com certeza.
— Com todo o sorvete que agüentar.
— Não seja mal-humorado, Douglas. Você também pode vir.
Jacques calou-se por um instante, enquanto a imaginação elaborava todos os fascínios de uma festa em Nova York. O irmão escrevera sobre mulheres com vestidos que batiam bem acima dos joelhos e carros tão compridos quanto a canoa que ele remava. E edifícios tão altos como as montanhas ao oeste. Uma vez comera no mesmo restaurante que Billy Joel.
Nova York, pensou, embasbacado. Talvez os novos amigos conhecessem Billy Joel e o convidassem para a festa. Acariciou o cartão de Whitney antes de guardá-lo no bolso.

— Vocês dois são...

Não sabia ao certo o termo americano para o que queria dizer. Pelo menos, não um termo educado.

— Parceiros comerciais — sugeriu Whitney, sorrindo.

— É, somos só parceiros.

Fechando a carranca, Doug varou a água com o remo.

Jacques podia ser jovem, mas não nascera ontem.

— Vocês têm negócios? Que tipo?

— No momento, viagem e escavação.

Whitney ergueu uma sobrancelha à terminologia de Doug.

— Em Nova York, sou designer de interiores. Doug é...

— Freelancer — ele concluiu. — Trabalho por conta própria.

— A melhor maneira — concordou Jacques, batendo o ritmo da música com o pé. — Quando eu era menino, trabalhava numa fazenda de café. Faça isso, faça aquilo. — Balançou a cabeça e riu. — Agora, tenho minha loja. Sou eu que digo faça isso, faça aquilo. Mas não tenho de obedecer.

Rindo, Whitney alongou as costas enquanto a música a fazia lembrar-se de casa.

Mais tarde, o pôr-do-sol lembrou-lhe o Caribe. A floresta em cada lado do canal tornara-se mais densa, profunda e mais parecida com selva. Juncos brotavam ao longo da margem, finos e marrons, antes de darem lugar à espessa folhagem. À visão do primeiro flamingo, todo coberto de penas rosa-forte e de patas frágeis, ficou encantada. Viu o brilho azul iridescente na moita e ouviu o canto rápido e repetitivo que Jacques identificou como o de um cuco. Uma ou duas vezes julgou avistar um veloz e ágil lêmure. A água, que se tornava rasa o bastante de vez em quando para exigir as varas, inundava-se de vermelho e a superfície cobria-se de uma fina camada de insetos. Por entre as árvores a oeste, o céu se mostrava aceso como um incêndio florestal. Whitney decidiu que o passeio de canoa tinha muito mais sedução que num barco de fundo chato no Tâmisa, embora fosse igualmente relaxante — a não ser por um ou outro crocodilo.

Acima do silencioso crepúsculo da selva, o estéreo de Jacques despejava o que qualquer DJ que se preza chamaria de um sucesso atrás do outro — sem comercial. Ela teria flutuado durante horas.

— É melhor acamparmos.

Desviando os olhos do pôr-do-sol, ela sorriu para Doug. Muito antes, ele despira a camisa. O peito brilhava à luz fraca, com uma leve camada de suor.

— Tão cedo?

Ele teve de engolir o revide de Whitney. Não foi fácil admitir que seus braços pareciam de borracha, e as palmas das mãos ardiam. Não enquanto o jovem Jacques balançava-se no ritmo da música, como se pudesse remar incansavelmente até meia-noite, sem nem sequer diminuir o passo.

— Escurecerá logo — foi só o que ele respondeu.

— Tudo bem. — Os músculos flexíveis e enxutos de Jacques ondulavam-se enquanto ele remava. — Encontraremos um local de acampamento Número Um. — Dirigiu o tímido sorriso a Whitney. — Você deve descansar — disse. — Longo dia na água.

Resmungando baixinho, Doug remou em direção à margem.

Jacques não a deixou carregar nenhuma mochila. Içando a dela e seu saco de viagem, confiou-lhe o estéreo. Em fila indiana, embrenharam-se na floresta, onde a luz era colorida de rosa, com toques de malva. Pássaros invisíveis cantavam para o céu que escurecia. Folhas verdes cintilavam, molhadas com a umidade sempre presente. De vez em quando, o rapaz parava e cortava trepadeiras e bambus com uma pequena foice. O perfume era intenso: vegetação, água, flores — flores que subiam pelas trepadeiras e irrompiam pelos arbustos. Ela jamais vira tantas cores num único lugar, nem esperara ver. Insetos sobrevoavam, zumbiam e gemiam no lusco-fusco. Num frenético farfalhar de folhas, uma garça elevou-se da moita e deslizou em direção ao canal. A floresta era quente, úmida, cerrada e tinha todos os gostos do exótico.

Armaram o acampamento ao som da melodia *Born in the USA*, de Springsteen.

Quando já haviam acendido uma fogueira e aquecido o café, Doug encontrou uma coisa com a qual se alegrar. Do saco de Jacques, saíram alguns recipientes de temperos, dois limões e o resto do peixe cuidadosamente embrulhado. Com eles, descobriu dois maços de Marlboro. No momento, não tinham valor algum se comparados aos itens anteriores.

— Até que enfim. — Levou ao nariz um recipiente que cheirava a algo como manjericão adocicado. — Uma refeição com classe.

Podia estar sentado no chão, cercado de espessas trepadeiras e insetos que começavam a picar, mas gostava do desafio. Comera com os melhores, nas cozinhas e sob candelabros. Essa noite não seria em nada diferente. Retirando os utensílios de cozinha, preparou-se para divertir-se.

— Doug é um grande comilão — disse Whitney a Jacques. — Receio que até agora tivemos de nos contentar com o que existe. Não tem sido fácil pra ele. — Então cheirou o ar. Com a boca aguando, virou-se e viu-o fritando o peixe no fogo. — Douglas. — O nome saiu num suspiro sensual. — Acho que estou apaixonada.

— É. — Olhos intensos, mãos firmes, ele deu uma virada experiente no peixe. — É o que todas dizem, benzinho.

Naquela noite, os três dormiram profundamente, saciados de comida farta, vinho espesso e rock and roll.

QUANDO O SEDÃ ESCURO PAROU NA PEQUENA CIDADE À beira-mar, uma hora depois do amanhecer, atraiu uma senhora multidão. No comando, impaciente e mal-humorado, Remo saltou e passou esbarrando num grupo de crianças. Com o instinto dos pequenos e vulneráveis, elas abriram caminho. Fazendo um sinal brusco com a cabeça, ele mandou os outros dois homens o seguirem.

Não tentavam de propósito parecer deslocados. Se houvessem chegado à cidade em mulas, usando lambas, teriam continuado a parecer capangas. Exalava-lhes dos poros o jeito como eles viviam e como pretendiam viver — no banditismo.

Os habitantes da cidade, apesar da inerente desconfiança de estranhos, também eram inerentemente hospitaleiros. Mesmo assim, ninguém se aproximou dos três. O termo da ilha para tabu era *fady*. Remo e companhia, embora bem arrumados em ternos engomados de verão e lustrosos sapatos italianos, eram sem a menor dúvida *fady*.

Remo localizou a pousada, fez sinal aos homens que cercassem os lados e aproximou-se da fachada.

A mulher na pousada usava um avental novo. Cheiros do café-da-manhã vinham dos fundos, embora apenas duas mesas estivessem ocupadas. Ela olhou para Remo, mediu-o de cima a baixo e decidiu que não tinha quartos vazios.

— Procurando umas pessoas — ele disse, embora não esperasse que ninguém naquela ilha abandonada por Deus falasse inglês.

Apenas retirou as fotos em papel brilhante de Doug e Whitney e balançou-as sob o nariz dela.

Nem por um piscar de olhos a mulher mostrou qualquer reconhecimento. Talvez eles tivessem saído de forma brusca, mas deixaram vinte dólares americanos na cômoda. Os sorrisos dos estranhos não a fizeram lembrar-se de um lagarto. Ela fez que não com a cabeça.

Remo desprendeu uma nota de dez do maço que trazia. A mulher simplesmente encolheu os ombros e devolveu-lhe as fotos. O neto passara uma hora na noite anterior brincando com o porco. Ela preferia o cheiro do animal ao da colônia de Remo.

— Escute, vovó, sabemos que eles saíram daqui. Por que não facilita isso pra todo mundo?

Como incentivo, desprendeu outra nota de dez.

A dona da pousada dirigiu-lhe um olhar sem expressão e outra encolhida de ombros.

— Não estão aqui — ela disse, surpreendendo-o com inglês preciso.

— Vou dar uma olhada pessoalmente.

Remo seguiu para a escada.

— Bom-dia.

Como Doug, Remo não tinha a menor dificuldade para reconhecer um tira, numa cidade insignificante em Madagascar ou num beco nas ruas Quarenta e poucos em Manhattan.

— Sou o capitão Sambirano. — Com o devido rigor, ele estendeu a mão. Admirou o gosto de Remo por roupas, notou a cicatriz ainda inchada na face e a fria crueldade nos olhos do estranho. Nem deixou de perceber o vultoso maço de notas em sua mão. — Talvez eu possa ser de alguma ajuda.

Remo não gostava de tratar com policiais. Considerava-os basicamente instáveis. Num ano, contava pelo menos três vezes em que o tenente de polícia médio parava-o, por fazer a mesma coisa. Retardados.

Além disso, não lhe agradava a idéia de voltar a Dimitri de mãos vazias.

— Procuro minha irmã. — Doug dissera que ele tinha miolos. Remo empregou-os. — Ela fugiu com um cara, que não passa de um ladrão barato. A moça está cega de paixão, se entende o que digo.

O capitão assentiu com a cabeça, educadamente.

— Sem dúvida.

— Papai está doente de preocupação — improvisou Remo. Retirou um fino charuto cubano de um estojo chato de ouro. Oferecendo um, notou a apreciação do capitão pela fragrância e o brilho do refinado metal. Sabia que método empregar. — Consegui seguir os dois até aqui, mas... — Deixou a frase extinguir-se e tentou parecer um irmão preocupado. — Faremos qualquer coisa para levá-la de volta, capitão. Qualquer coisa.

Enquanto deixava as palavras penetrarem, Remo pegou as fotos. As mesmas, notou em silêncio o capitão, que o outro homem lhe mostrara ainda na véspera. A história dele também fora a de um pai procurando a filha, e também oferecera dinheiro.

— Meu pai está oferecendo uma recompensa a quem puder nos ajudar. Entenda que minha irmã é a única filha dele. E a caçula — acrescentou como respaldo. Lembrou, sem muito afeto, como sua própria irmã fora mimada. — Também está disposto a ser generoso.

Sambirano olhou as fotos de Whitney e Doug. Os recém-casados que haviam deixado a cidade de forma meio abrupta. Deu uma olhada na dona da pousada, que mantinha os lábios juntos em reprovação. Os que tomavam o café-da-manhã entenderam o olhar e retornaram à refeição.

O capitão não ficou mais impressionado com a história de Remo do que com a de Doug na véspera. Whitney sorria-lhe. Ela, contudo, o impressionara, então e agora.

— Uma linda mulher.

— Pode imaginar como se sente meu pai, capitão, sabendo que ela está com um homem como ele. Escória.

Desprendeu-se suficiente paixão na palavra para o capitão ver que a animosidade não era fingida. Se um encontrasse o outro, um dos dois morreria. Pouco lhe importava, contanto que não morresse em sua cidade. Não viu necessidade de falar do homem de chapéu panamá com duas fotos semelhantes.

— Um irmão — disse, devagar, pondo o charuto sob o nariz — é responsável pelo bem-estar da irmã.

— É, ando doente de preocupação com ela. Sabe Deus o que ele fará quando acabar o dinheiro ou quando apenas se encher dela. Se puder fazer alguma coisa... prometo ser muito grato, capitão.

O capitão optara pela aplicação da lei na tranqüila cidadezinha porque não tinha muita ambição. Isto é, não gostava do suor nos campos nem dos calos nas mãos num barco de pesca. Mas acreditava em faturar um considerável lucro. Entregou as fotografias a Remo.

— Me solidarizo com sua família. Também tenho uma filha. Se vier comigo ao meu escritório, poderemos conversar mais sobre isso.

Olhos escuros encontraram olhos escuros. Cada um reconheceu o outro pelo que era. Cada um aceitou que negócio era de fato negócio.

— Agradeço, capitão. Agradeço muito.

Ao transpor a porta, Remo tocou a cicatriz na face. Quase podia sentir o gosto do sangue de Doug. Dimitri, pensou com uma onda de alívio, ficaria muito satisfeito. Muito satisfeito.

Capítulo
Onze

No café-da-manhã, Whitney somou o adiantamento de cinqüenta dólares a Jacques e refez o total das despesas de Doug. Uma caça ao tesouro, concluiu, tinha um custo indireto muito elevado.

Enquanto os outros haviam dormido durante a noite, Doug ao seu lado na barraca, Jacques contente sob as estrelas, ela ficara acordada por algum tempo, repassando a jornada. Em muitos aspectos, até então, resumira-se a umas férias divertidas, emocionantes, um tanto tortuosas, completas até nos suvenires e algumas refeições exóticas. Se nunca encontrassem o tesouro, ela escreveria mais ou menos assim — a não ser pela lembrança de um jovem garçom que morrera só porque estava lá.

Algumas pessoas nascem com, digamos, uma certa ingenuidade confortável que nunca as deixa, sobretudo porque a vida continua confortável. O dinheiro pode provocar o cinismo ou amortecê-lo.

Talvez a riqueza em certa medida a tenha protegido, mas Whitney jamais fora ingênua. Contava o troco, não porque tivesse de preocupar-se com centavos, mas por esperar o valor do que pagava. Aceitava elogios com graça e certo ceticismo. E sabia que para alguns a vida era barata.

A morte às vezes era um meio para um fim, uma coisa realizada por vingança, diversão ou remuneração. A remuneração podia variar — a vida de um estadista, sem a menor dúvida, valia mais no mercado aberto que a de um traficante de drogas de um gueto. Uma pessoa poderia não valer mais que o preço de uma seringa cheia de heroína, e outra, centenas de esplêndidos milhares de francos suíços limpos.

Um negócio, alguns haviam recebido a troca da vida para ganhar a ascensão e rotina de uma firma de corretagem. Conhecera isso antes, pensara como se pensava em muitas enfermidades sociais diárias. Com distanciamento. Mas agora lidaria com a questão pessoalmente. Um inocente morrera, e ela mesma também poderia ter matado um homem. Não havia como saber quantas vidas se haviam perdido, ou compradas e vendidas, na busca desse pote de ouro em particular.

Dólares e centavos, refletia, olhando as bem arrumadas colunas e os totais na agenda. Mas se tornara muito mais que isso. Talvez como grande parte dos ricos descuidados, deslizara com freqüência pela superfície da vida, sem ver os turbilhões e correntes que os menos afortunados eram obrigados a enfrentar. Talvez sempre tivesse tomado por certas coisas como comida e abrigo, até as últimas semanas. E talvez a própria visão do que era certo e errado dependesse das circunstâncias e de seus caprichos. Mas tinha um senso definido de bem e mal.

Doug Lord podia ser ladrão, e ter feito na vida inúmeras coisas consideradas erradas pelos padrões da sociedade. Ela não dava a mínima para os padrões da sociedade. Ele era, passara a acreditar, intrinsecamente bom, assim como acreditava que Dimitri era em essência mau. Acreditava nisso, não de forma ingênua, mas com toda a convicção, com toda a inteligência saudável e instinto com que nascera.

Fizera outra coisa mais enquanto os outros dormiam. Inquieta, Whitney decidira afinal dar uma olhada nos livros que Doug tirara da biblioteca em Washington. Para passar o tempo, disse a si mesma, ao acender uma lanterna e localizar os livros. Quando começou a ler um sobre as jóias, as pedras preciosas perdidas ao longo dos séculos, absorvera-se. As ilustrações em si não a comoveram. Diamantes e rubis significavam mais em três dimensões. Mas a fizeram pensar.

Lendo toda a história do colar, do diamante, entendia pessoalmente que alguns homens e mulheres desejaram-nos para enfeite, outros haviam morrido por eles. Cobiça, desejo, luxúria. Eram coisas que ela entendia, mas paixões que julgava demasiado superficiais pelas quais morrer.

Mas e quanto à lealdade? Whitney repassara na mente as palavras que lera na carta de Magdaline. A jovem falara da dor do marido pela morte da rainha, porém mais pela obrigação dele com ela. Quanto teria sacrificado Gerald por lealdade e o que guardara na caixa de madeira? As jóias. Mantivera a herança numa caixa de madeira e lamentara um modo de vida que jamais poderia ter de novo?

Era dinheiro, arte, história? Ao fechar o livro, sentia-se sem respostas. Respeitara Lady Smythe-Wright, embora jamais compreendesse muito bem seu fervor. Agora ela estava morta, por pouco mais que ter uma crença de que a história, escrita em volumes empoeirados ou em jóias cintilantes, pertencia a todos.

Antonieta perdera a vida, junto com centenas de outros, pela brutal justiça na guilhotina. Pessoas haviam sido arrastadas de casa, caçadas e assassinadas. Outras haviam morrido de fome nas ruas. Por um ideal? Não, Whitney duvidava que as pessoas morressem com freqüência por ideais tanto quanto lutassem verdadeiramente por eles. Morriam porque eram colhidas por alguma coisa que as arrebatava, quer quisessem ou não. Que punhado de jóias teria significado para uma mulher que se dirigia à guilhotina?

Isso fazia a caça ao tesouro parecer uma tolice. A não ser — a não ser que tivesse uma moral. Talvez fosse hora de Whitney descobrir a sua.

Por causa disso, e de um jovem garçom chamado Juan, decidira encontrar o tesouro, e chutar poeira na cara de Dimitri quando o fizesse.

Enfrentou a manhã com confiança. Não, não era ingênua. Mesmo assim, agarrava-se à crença básica de que o bem acabaria por sobrepujar o mal — sobretudo se o bem fosse muito inteligente.

— Que diabo vai fazer quando as pilhas dessa coisa se esgotarem?

Whitney ergueu o rosto sorridente para Doug e guardou a fina calculadora de mão com a agenda na bolsa. Que pensaria ele se soubesse que ela passara várias horas durante a noite analisando-o e pensando no que vinham fazendo?

— Duracell — ela respondeu, sorrindo. — Gostaria de um pouco de café?

— Sim.

Ele sentou-se, meio desconfiado da maneira tão alegre como ela despejou o café e serviu-o.

Ela estava belíssima. Ele imaginou que alguns dias na estrada a deixariam um pouco cansada e com a aparência meio maltratada. Arranhou a palma na barba por fazer no próprio queixo. Em vez disso, ela parecia radiante. Os cabelos claros, louros, angelicais, brilhavam, ondulando-se pelas costas. O sol aquecera-lhe a pele, destacando toques róseos que apenas acentuavam a perfeição e a clássica linha óssea. Não, ela parecia tudo, menos cansada no momento.

Doug aceitou o café e tomou-o com vontade.

— Que lugar adorável — disse Whitney, erguendo os joelhos e enlaçando-os com os braços.

Ele olhou em volta. A umidade pingava das folhas em suaves plique-ploques. O chão era úmido e esponjoso. Deu um tapa num mosquito e perguntou-se quanto tempo o repelente resistiria. A névoa elevava-se da terra em pequenos dedos, como o vapor num banho turco.

— Se você gosta de saunas.

Whitney ergueu uma sobrancelha.

— Acordou de ovo virado?

Doug apenas grunhiu. Acordara com comichão, como qualquer homem saudável após passar a noite junto a uma mulher saudável, sem poder se dar ao luxo de levar as coisas à conclusão natural.

— Veja por este lado, Douglas. Se houvesse um hectare disso em Manhattan, as pessoas lutariam por ele, empilhando-se umas em cima das outras. — Ela ergueu as mãos, palmas viradas para cima. Canto de pássaros irrompeu num êxtase de sons. Um camaleão rastejou até uma pedra cinzenta e desapareceu. Flores pareciam fluir do solo e o verde, o verde das folhas e samambaias ainda molhadas de orvalho, dava exuberância a tudo. — Temos tudo só pra nós.

Ele serviu uma segunda caneca de café.

— Imaginei que uma mulher como você preferisse multidões.

— Cada lugar é único, Douglas — ela murmurou. — Cada lugar é único. — Então sorriu, com tanta simplicidade e refinamento que ele sentiu um aperto no coração. — Gosto de estar aqui, com você.

O café escaldara-lhe a língua, mas ele não notou. Engoliu-o, ainda encarando-a. Nunca tivera problemas com mulheres, despejando o charme arrogante, de contornos rudes, que aprendera muito jovem que elas achavam irresistível. Agora, quando podia ter usado um excedente daquilo que lhe vinha tão facilmente, não encontrava sequer um resquício.

— Ah, é? — conseguiu dizer.

Divertida por ele poder ser derrubado com tanta facilidade, ela assentiu com a cabeça.

— É. Pensei nisso por algum tempo. — Curvando-se, beijou-o muito, muito de leve. — Que acha?

Embora tropeçasse, anos de experiência haviam-no ensinado a cair de pé. Estendendo o braço, arrebanhou os cabelos dela numa das mãos.

— Bem, talvez a gente deva... — ele mordiscou o lábio dela — discutir isso.

Ela gostou da forma como a beijou sem na verdade beijá-la, como a abraçou sem de fato abraçá-la. Lembrou como fora quando fizera as duas coisas de cabo a rabo.

— Talvez a gente deva, sim.

Não fizeram nada mais que provocar os lábios um do outro. Olhos abertos, mordiscavam, testavam, tentavam. Não se tocavam. Cada um se habituara a comandar, ter o controle. Perder a vantagem — esse era o principal erro, em assuntos de amor e dinheiro, para ambos. Desde que mantivessem o controle das rédeas, mesmo frouxo, nenhum dos dois achava que iria aonde não comandava.

Os lábios aqueceram-se. Os pensamentos nublaram-se. As prioridades mudaram.

Ele apertou a mão nos cabelos dela, e ela agarrou-se à camisa dele. Naquele raro instante que passa atemporal, foram colhidos próximos. A necessidade tornou-se o líder, e o desejo, o mapa. Cada um se rendeu sem hesitação nem arrependimento.

Por entre espessas e úmidas folhas, chegou uma explosão gorgolejante e animada de Cyndi Lauper.

Como crianças flagradas com as mãos no fundo do pote de biscoitos, Whitney e Doug separaram-se de um salto. O claro tenor de Jacques ecoou a voz alegre de Cyndi. Os dois pigarrearam.

— Companhia chegando — comentou Doug, e pegou um cigarro.

— É. — Levantando-se, Whitney passou os dedos para limpar o traseiro da calça fina e larga. Embora o ar estivesse um pouco úmido de orvalho, o calor já secava o chão. Ela viu raios de sol açoitarem as copas dos ciprestes. — Como eu disse, um lugar assim parece atrair pessoas. Bem, acho que vou...

Interrompeu-se surpresa quando ele lhe segurou o tornozelo.

— Whitney. — Os olhos eram intensos, como se tornavam quando menos se esperava, os dedos muito firmes. — Um dia, vamos terminar isso.

Ela não estava habituada a receber ordens, e não viu motivo algum para começar naquele momento. Disparou-lhe um olhar demorado e neutro.

— Talvez.

— Com certeza.

O olhar neutro tornou-se uma sugestão de sorriso.

— Douglas, você vai descobrir que eu posso ser muito do contra.

— Você vai descobrir que eu tomo o que quero. — Ele disse isso muito amável, e o sorriso dela se desfez. — É minha profissão.

— Caramba, pessoal, eu consegui alguns cocos pra nós.

Aparecendo entre os arbustos, Jacques sacudiu a sacola de rede que trazia.

Whitney riu quando ele tirou um e lançou-o para ela.

— Alguém tem um saca-rolhas?

— Não precisa.

Usando uma pedra, o rapaz bateu-a com força contra o coco. O camaleão saiu correndo sem um ruído. Com um sorriso, Jacques quebrou a fruta ao meio e entregou-lhe os dois pedaços.

— Que engenhoso!

— Um pouco de rum, e a gente podia ter piña colada.

A sobrancelha arqueada, ela estendeu uma metade a Doug.

— Não seja tão irascível, querido. Tenho certeza de que você também conseguiria trepar num coqueiro.

Rindo, Jacques escavou um pedaço da polpa com uma pequena faca.

— É *fady* comer qualquer coisa branca às quartas-feiras — disse, com uma simplicidade que fez Whitney examiná-lo com mais cuidado. Enfiou o pedaço de coco na boca com uma espécie de prazer culpado. — É pior não comer nada.

Whitney olhou o boné de beisebol, a camiseta e o rádio portátil. Difícil lembrar que ele era nativo de Madagascar e parte de uma tribo antiga. Com Louis dos merinas fora fácil, pois se assemelhava ao papel. Jacques parecia alguém por quem ela passaria ao atravessar a Broadway com a Quarenta e Dois.

— Você é supersticioso, Jacques?

Ele meneou os ombros.

— Peço perdão aos deuses e espíritos. E os mantenho felizes.

Enfiando a mão no bolso da frente, retirou o que parecia uma pequena concha numa corrente.

— Um *ody* — explicou Doug, entre divertido e tolerante. Não acreditava em talismãs, mas em fazer sua própria sorte. Ou converter a de outra pessoa em dinheiro. — É como um amuleto.

Whitney examinou-o, intrigada com os contrastes entre a roupa e a fala americanizada de Jacques e sua crença arraigada em tabus e espíritos.

— Pra sorte? — ela perguntou.

— Pra segurança. Os deuses têm maus humores. — Esfregou a concha entre os dedos e ofereceu-a a Whitney. — Você leva hoje.

— Tudo bem. — Ela deslizou a corrente pelo pescoço. Afinal, pensou, não era tão estranho. O pai levava um pé de coelho tingido de azul-bebê. O amuleto se encaixava no mesmo espírito... ou talvez mais no de uma medalha de São Cristóvão. — Pra segurança.

— Vocês dois podem continuar o intercâmbio cultural depois. Vamos andando.

Ao levantar-se, Doug jogou a fruta de volta ao rapaz.

Whitney piscou para Jacques.

— Eu já disse que muitas vezes ele é grosso.

— Não tem problema — repetiu o rapaz, e enfiou a mão no bolso de trás, onde pusera com todo cuidado o caule de uma flor.

Puxando-o, ofereceu-a a Whitney.

— Uma orquídea. — Era branca, um puro e espetacular branco, e tão delicada que parecia que ia dissolver-se na mão dela. —

Jacques, que refinamento! — Tocou-a na face e enfiou o caule nos cabelos acima da orelha. — Obrigada.

Quando o beijou, ouviu o audível estalo do ato de engolir em seco dele.

— Ficou bonita. — Jacques começou a juntar rápido o equipamento. — Montes de flores em Madagascar. Qualquer flor que quiser, você encontra aqui.

Ainda papeando, juntou os utensílios para levar à canoa.

— Se queria uma flor — resmungou Doug —, bastava se curvar e arrancar uma.

Whitney tocou as pétalas acima da orelha.

— Alguns homens entendem a delicadeza — comentou —, outros não.

Pegando a mochila, seguiu Jacques.

— Delicadeza — grunhiu Doug, lutando com o resto dos utensílios. — Tenho uma matilha de lobos no meu encalço e ela quer delicadeza. — Ainda resmungando, extinguiu o fogo a chutes. — Eu podia ter colhido uma droga de flor para ela. Dezenas. — Olhou para trás ao ouvir a risada de Whitney. — Oh, Jacques, que refinamento — remedou-a. Com um ronco de repugnância, checou o dispositivo de segurança na arma antes de prendê-la ao cinto. — E também posso quebrar a porra de um coco.

Deu um último chute na fogueira, pegou o material restante e dirigiu-se à canoa.

Quando Remo cutucou a fogueira do acampamento com o bico do sapato caro, não restava mais que uma pilha de cinzas frias. O sol, direto acima, reverberava; não havia alívio do calor à sombra. Ele tirara o paletó do terno e a gravata — coisa que jamais fizera na frente de Dimitri durante as horas de trabalho. A camisa, antes engomada à perfeição, afrouxara-se com o suor. Seguir Lord vinha-se tornando um pé no saco.

— Parece que passaram a noite aqui. — Weis, homem alto, com aparência de banqueiro, o nariz quebrado por uma garrafa de uísque, enxugou o suor da testa. Exibia uma linha de picadas de insetos no pescoço que não parava de atormentá-lo. — Suponho que estejam quatro horas à nossa frente.

— Que é você, parte apache? — Dando um último chute violento no resto da fogueira, Remo virou-se. Pousou o olhar em Barns, que tinha a cara de lua vincada de sorrisos. — De que está rindo, seu babaca?

Mas Barns não parara de rir desde que Remo lhe mandara cuidar do capitão de Madagascar. O chefe sabia que ele cumprira a ordem, mas mesmo um homem da experiência de Remo não quis saber dos detalhes. Era do conhecimento de todos que Dimitri nutria uma afeição especial por Barns, como a que se tem por um cachorro meio retardado que joga galinhas mutiladas e pequenos roedores destroçados aos pés das pessoas. Também sabia que Dimitri muitas vezes deixava Barns cuidar dos empregados por ocasião da demissão. O patrão não acreditava em seguro-desemprego.

— Vamos — disse Remo, curto e grosso. — Vamos pegar os dois antes do pôr-do-sol.

WHITNEY ANINHARA-SE CONFORTAVELMENTE ENTRE AS mochilas. Sombras alongadas dos ciprestes e eucaliptos se projetavam nas dunas ao longo do canal e no espesso matagal no lado oposto. Finos juncos marrons ondulavam na corrente. De vez em quando, uma garça nova assustada dobrava as patas e alçava vôo mato adentro com um ruído sibilante de asas e pressa. Flores lançavam-se para cima, profusas em alguns lugares, vermelhas, laranja e amarelo-queimado. Borboletas, às vezes solitárias, às vezes em bandos, precipitavam-se e adejavam as asas em volta das pétalas. Sua cor era uma chama em contraste com a vegetação e o marrom de esterco do canal. Aqui e ali, crocodilos jaziam em margens inclinadas, tomando sol. A maioria mal virava a cabeça quando a canoa passava. A fragrância que subia acima do cheiro do rio era muito intensa.

Com a aba do boné de Jacques protegendo os olhos, ela se deitara atravessada na canoa, os pés apoiados na borda. A longa vara de pesca que o rapaz confeccionara estendia-se frouxa nas suas mãos, enquanto ela quase cochilava.

Decidiu que descobrira simplesmente o que o travesso personagem Huck Finn de Mark Twain achava tão fascinante em flutuar rio Mississippi abaixo. Grande parte era a preguiça até os ossos, e o restante aventura de arregalar os olhos. Uma combinação, refletiu, deliciosa.

— Exatamente o que planeja fazer se um peixe pular e morder esse alfinete de segurança torto?

Sem se apressar, ela esticou os ombros.

— Ora, jogo direto no seu colo, Douglas. Sei que você sabe exatamente o que fazer com um peixe.

— Sabe preparar muito bem. — Jacques dava longas remadas, que fariam o coração de um aluno da Universidade de Yale tamborilar de orgulho. Tina Turner ajudava-o no ritmo. — Minha comida... — Ele abanou a cabeça. — Muito ruim. Quando eu me casar, tenho de me certificar antes que minha mulher cozinha bem. Como minha mãe.

Whitney deixou escapar um ronco por baixo da aba do boné. Uma mosca pousara no seu joelho, mas exigia muito esforço rechaçá-la com a mão.

— Mais um homem cujo coração é o estômago.

— Escute, o rapaz tem razão. Comer é importante.

— Pra você, é mais como uma religião. Cozinha com a tradição e o respeito certos, ou não cozinha. — Ela mudou a posição da aba para ver Jacques melhor. Jovem, pensou, rosto bem-humorado, bonito, corpo musculoso. Não acreditava que tivesse alguma dificuldade para atrair as meninas. — Então, põe o estômago no mesmo nível que o coração. O que acontece se você se apaixonar por uma garota que não sabe cozinhar?

Jacques pensou na pergunta. Tinha apenas vinte anos, e as respostas não eram tão fáceis e básicas como a vida. Deu-lhe um sorriso juvenil, inocente e presunçoso o bastante para fazê-la rir.

— Levo à casa da minha mãe para aprender.

— Muito sensato — concordou Doug.

Interrompeu o ritmo das remadas para pôr um pedaço de coco na boca.

— Imagino que nunca tenha pensado em aprender a cozinhar.

Whitney observou o rapaz ruminar a idéia, enquanto trabalhava nos remos com os braços esguios e fortes. Sorrindo-lhe, ela deslizou um dedo pela concha aninhada pouco acima dos seios.

— Uma mulher de Madagascar prepara as refeições.

— E entre as refeições, toma conta da casa, dos filhos e cultiva os campos, imagino — contribuiu Whitney.

Jacques assentiu com a cabeça e, sorrindo, disse:

— Mas também toma conta do dinheiro.

Whitney sentiu o volume da carteira no bolso de trás.

— *Isso* é muito sensato — ela concordou, sorrindo para Doug.

Com o envelope seguro no bolso, ele comentou:

— Achei que você ia gostar.

— Mais uma vez, é apenas uma questão de as pessoas fazerem o que melhor lhes convém. — Ia recostar-se de novo quando a linha vibrou. De olhos arregalados, sentou-se ereta. — Meu Deus, acho que peguei um!

— Um o quê?

— Um peixe! — Agarrando com força a vara de pescar, ela viu a linha inclinar-se. — Um peixe! — repetiu. — Um peixe danado de grande.

Um sorriso dividiu o rosto de Doug quando viu a linha improvisada retesar-se.

— Filho-da-mãe. Agora, calma — aconselhou quando ela se esforçou para ficar de joelhos e balançou o barco. — Não solte, é o prato principal desta noite.

— Não vou soltar — respondeu Whitney entre dentes. E não queria, mas não tinha a menor idéia do que fazer em seguida. Após outro instante de luta, virou-se para Jacques. — E agora?

— Puxe devagar. É um safado grande. — Estendendo o remo na canoa, foi até ela com movimentos leves que mantiveram o barco firme. — Sim, senhor, comeremos esta noite. Ele vai lutar. — Pôs a mão no ombro dela enquanto olhava pela lateral. — Tá pensando na frigideira.

— Vamos, benzinho, você consegue. — Doug largou os remos atrás, engatinhou até o centro e firmou-se. — Basta puxar.

Ele o cortaria em filés e serviria num leito de arroz soltinho.

Estonteada, excitada, decidida, Whitney prendeu a língua entre os dentes. Se um dos dois se oferecesse para pegar a vara, teria rosnado. Usando os músculos dos braços, que lembrava ter apenas durante uma ou outra breve partida de tênis, tirou o peixe da água.

Debatendo-se no fim da linha, ele refletia o brilho do sol do cair da tarde. Não passava de uma truta, contorcia-se num frenesi, mas por um instante pareceu régio, um lampejo prateado em contraste com o azul do céu crepuscular. Whitney soltou um grito agudo e caiu sentada no traseiro.

— Não solte agora!

— Ela não vai soltar. — Estendendo o braço, Jacques pegou a linha entre o polegar e os outros dedos, e puxou-a devagar para dentro. O peixe balançava para frente e para trás como uma bandeira na brisa. — Que acha disso? Uma grande sorte.

Ele riu, peixe na mão, enquanto Tina Turner rangia uma melodia saída do estéreo às suas costas.

Aconteceu muito rápido. Mesmo assim, enquanto vivesse, Whitney lembraria o instante como se houvesse sido captado quadro a quadro em filme. Num momento, Jacques ali em pé, brilhando com saudável suor e triunfo. A risada dela ainda pairava no ar. No seguinte, ele desabava na água. A explosão nem sequer chegou a registrar-se em sua mente.

— Jacques? — Tonta, ela ficou de joelhos.

— Para baixo.

Doug prendeu-a embaixo de si, de modo que a respiração dela saiu em arquejos. Manteve-a assim, enquanto o barco balançava e ele rezava para que não emborcasse.

— Doug?

— Deitada imóvel, entende?

Mas ele não a olhava. Embora com a cabeça apenas a centímetros da dela, examinava a margem nos dois lados do canal. O matagal era espesso o suficiente para esconder um exército. Onde diabos estavam? Mantendo os movimentos vagarosos, pegou a arma no cinto.

Quando Whitney a viu, deslocou a cabeça à procura de Jacques.

— Ele caiu? Achei ter ouvido um... — Quando viu a resposta nos olhos de Doug, curvou-se como um arco. — *Não!* — Debateu-se, quase derrubando a arma da mão dele ao tentar levantar-se. — Jacques! Oh, meu Deus!

— Fique abaixada. — Doug deu a ordem entre os dentes, imobilizando as pernas dela com as suas. — Você não pode fazer nada por ele agora. — Como Whitney continuou lutando, ele enterrou os dedos com força o suficiente para machucá-la. — Ele está morto, droga. Morreu antes de chegar à água.

Quando o encarou, ela tinha os olhos arregalados, marejados. Sem uma palavra, fechou-os e deitou-se imóvel.

Embora ele sentisse culpa, sentisse dor, lidaria com elas depois. Agora se voltava para a primeira prioridade. Ficar vivo.

Não ouvia nada além do suave marulho da água, enquanto o barco era levado pela corrente. Eles podiam estar em qualquer uma das margens, pelo que Doug sabia. O que não entendia era por que não haviam simplesmente crivado a canoa de balas. O fino casco externo não seria proteção alguma.

Tinham ordens para levá-los vivos. Doug olhou de relance Whitney, que continuava imóvel e passiva, olhos fechados. Ou levar um deles vivo, ele concluiu.

Dimitri devia sentir curiosidade sobre uma mulher como Whitney MacAllister. Saberia tudo o que havia para saber sobre ela a essa altura. Não, não iria querê-la morta. Iria querer entretê-la por algum tempo — ser entretido por ela — e depois pedir resgate para entregá-la. Não iriam disparar na canoa, mas apenas esperar que saíssem. A primeira ordem do negócio era descobrir onde esperavam. Doug já sentia o suor empoçando-se entre as omoplatas.

— É você, Remo? — gritou. — Continua pondo demais essa colônia elegante. Sinto o cheiro daqui. — Esperou um instante, esforçando-se para ouvir algum ruído. — Dimitri sabe que tenho obrigado você a correr em círculos?

— É você quem está correndo, Lord.

À esquerda. Não sabia ainda aonde ia, mas sabia que tinham de chegar à margem oposta.

— É, talvez eu esteja reduzindo a marcha. — Verificando diferentes ângulos, Doug continuou a falar. Os pássaros que haviam fugido para o céu, gritando ao ruído do disparo, mais uma vez se acalmaram. Alguns haviam retomado a tagarelice ociosa. Viu que Whitney abrira os olhos, mas não se mexia. — Talvez seja hora de a gente fazer um trato, Remo. Com o que eu pegar, você poderia encher uma piscina dessa colônia francesa. Já pensou em se ramificar e abrir um negócio próprio, Remo? Você tem miolos. Não anda cheio de receber ordens e fazer o trabalho sujo de outra pessoa?

— Você quer é falar, Lord. Reme até aqui. Teremos uma agradável reunião de trabalho.

— Remar até aí e você pôr uma bala no meu cérebro, Remo. Por favor, não insultemos a inteligência um do outro.

Talvez, apenas talvez, pudesse pôr uma das varas na água e guiar o barco. Se conseguisse esperar até o crepúsculo, talvez tivessem uma chance.

— É você quem quer negociar, Lord. Que tem em mente?

— Tenho os papéis, Remo. — Com toda delicadeza, abriu a mochila. Também tinha uma caixa de balas. — E arranjei uma dama classuda. As duas coisas valem uma porrada a mais do que o dinheiro que você já viu. — Disparou um olhar a Whitney, que o encarava, pálida e com os olhos opacos. — Dimitri contou que arranjei uma herdeira, Remo? MacAllister. Sabe, o sorvete MacAllister? Melhor sorvete cremoso dos Estados Unidos. Sabe quantos milhões eles ganham só com sorvete cremoso, Remo? Sabe quanto o velho dela pagaria para tê-la de volta ilesa?

Deslizou a caixa de balas para o bolso, sob o olhar de Whitney.

— Coopere comigo, benzinho — disse, ao conferir se a arma estava toda carregada. — Nós dois talvez saiamos respirando. Vou dar a ele uma lista dos seus atributos. Quando der, quero que comece a me xingar, balançar o barco, fazer uma cena. Enquanto faz isso, pega aquela vara. Certo?

Sem expressão, ela assentiu com a cabeça.

— Ela não tem muita carne, mas aquece pra valer os lençóis, Remo. E não é muito seletiva na escolha de quem os aquece. Entende o que quero dizer? Não tenho o menor problema em dividir a riqueza.

— Seu filho-da-puta podre. — Com um grito estridente, que deixaria uma vendedora de peixes orgulhosa, Whitney exibiu sua raiva. Ele não pretendera que ela se pusesse ao alcance de tiros e tentou agarrá-la. Excitada, ela golpeou-lhe a mão e afastou-a. — Você não tem o mínimo de educação — gritou. — Absolutamente nenhuma classe. Eu preferiria dormir com uma lesma a deixar você entrar em minha cama.

Na luz que se esvaía, Whitney estava magnífica, veemente, os cabelos ondulando-se atrás, olhos sombrios. Ele não teve a menor dúvida de que a atenção de Remo se fixava nela.

— Pegue a vara e não seja tão pessoal, porra — resmungou.

— Acha que pode falar assim comigo, seu verme?

Agarrando a vara, Whitney ergueu-a acima da cabeça.

— Bom, muito bom, agora... — Doug interrompeu-se quando percebeu a expressão no rosto dela. Vira vingança nos olhos de uma mulher antes. Automaticamente, levantou uma das mãos. — Ei, espere um minuto — começou quando a vara veio abaixo numa pancada. Ele rolou para o lado a tempo de ver Weis vir aos trancos, em direção do barco, com uma pequena e escura jangada. Teriam emborcado se Whitney não se houvesse desequilibrado e caído metade para a outra ponta, endireitando mais uma vez a canoa. — Pai do céu, se abaixe.

Mas o aviso terminou numa lufada de ar ruidosa, quando ele começou a lutar com Weis.

O golpe de Whitney acertara o homenzarrão no ombro, derrubando sua arma para o lado, porém mais o irritara que machucara. Além de lembrar-lhe a sensação de ter o nariz quebrado. Ela tornou a erguer a vara e a teria trazido abaixo de novo, mas Doug rolou para cima dele. O barco oscilou, permitindo a entrada de água. Ela viu o corpo de Jacques flutuando na superfície do canal antes de congelar o coração e lutar pela vida.

— Pelo amor de Deus, saia da linha de tiro — ela gritou, e logo caiu para trás, quando o barco balançou violentamente.

Na margem, Remo empurrou Barns para o lado.

— Lord é meu, seu canalhazinha. Lembre-se disso.

Pegando a arma, apontou e esperou.

Parecia um jogo, pensou Whitney, sacudindo a cabeça para clareá-la. Dois garotos crescidos demais lutando num barco. A qualquer momento um deles talvez gritasse "tio", depois bateriam a sujeira com as mãos e continuariam à procura de outras diversões.

Tentou levantar-se de novo, mas quase caiu pela borda. Via a arma ainda na mão de Doug, mas o outro o excedia em peso pelo menos uns vinte quilos. Equilibrando-se nos joelhos, agarrou mais uma vez a vara.

— Droga, Doug, como posso esmagar esse cara com você deitado em cima dele? Mexa-se!

— Claro. — Arfando, ele conseguiu arrancar a mão de Weis de sua garganta. — Só me dê um minuto.

Então Weis atingiu-o na mandíbula, jogando a cabeça dele para trás. Doug sentiu gosto de sangue.

— Você quebrou a porra do meu nariz — disse Weis, arrastando-o para pô-lo em pé.

— Era você?

Ali ficaram, pernas firmadas, e Weis começou a virar o cano da arma de Doug para o rosto dele.

— É. E eu vou arrancar o seu à bala.

— Escute, não tome isso tão pessoalmente.

Plantando os pés, Doug teve certeza de que sentiu alguma coisa rasgar-se por dentro do seu ombro esquerdo. Alguma coisa a pensar depois, quando o tambor de uma arma não o encarasse.

O suor escorria-lhe enquanto lutava para impedir que o dedo de Weis escorregasse sobre o gatilho. Viu o sorriso e amaldiçoou que fosse a última coisa que veria. Bruscamente, Weis arregalou os olhos e logo expeliu com força ar ruidoso pela boca, quando Whitney empurrou a vara certeira em seu estômago.

Agarrando Doug na tentativa de equilibrar-se, Weis mexeu-se. Tornara-se o escudo de Doug no instante em que Remo disparara da margem. Com um olhar de surpresa, caiu como uma pedra na lateral da canoa. Quando Whitney menos esperava, já engolia água.

No primeiro pânico, subiu à superfície, engasgando-se e debatendo-se.

— Pegue as mochilas — gritou Doug, empurrando-as para ela, enquanto pisava ao lado da canoa emborcada. Duas balas atingiram a água a centímetros de sua cabeça. — Mãe do céu! — Ele viu abrirem-se e fecharem-se as mandíbulas do primeiro crocodilo no torso de Weis. E ouviu o nauseante ruído de carne rasgando-se e ossos quebrando-se. Com um avanço frenético, cerrou os dedos em volta da alça de uma mochila. A outra flutuava pouco além do alcance. — Anda! — tornou a gritar. — Apenas vá. Vá para a margem.

Ela também viu o que restou de Weis e bracejou às cegas. Uma névoa vermelha fosca flutuava acima da água parda. O que não viu, até quase estar em cima deles, foi o segundo crocodilo.

— *Doug!*

Ele virou-se a tempo de ver as mandíbulas abertas. Disparou cinco tiros à queima-roupa antes de elas tornarem a fechar-se e afundar numa poça vermelha.

Havia mais. Doug apalpou-se à procura da caixa de balas, sabendo que jamais acertaria todos eles. Num movimento desesperado, meteu-se entre Whitney e um crocodilo que se aproximava, erguendo primeiro a coronha. Esperou o impacto, a dor. O réptil preparou-se para o ataque, os beiços repuxados para trás em ameaçador rosnado. O topo da cabeça explodiu a menos de um braço de distância. Antes que ele pudesse reagir, outros três crocodilos passaram debaixo d'água, rabeando. O sangue remoinhava em volta.

Os tiros não haviam vindo de Remo. Mesmo ao virar-se em direção à margem, Doug soube disso. Haviam vindo de mais ao sul. Um dos dois tinha uma fada madrinha ou alguém mais estava no encalço deles. Entreviu um movimento e o vislumbre de um panamá branco. Quando percebeu que Whitney continuava bem atrás, não parou para pensar duas vezes.

— Vá, droga.

Agarrou-a pelo braço e puxou-a em direção à margem. Ela não olhou para trás, mas apenas forçou as pernas a impulsioná-la até a margem.

Doug meio a arrastou pelos juncos molhados na beira do canal e mato adentro. Arfando, sentindo dor, escorou-se no tronco de uma árvore.

— Ainda tenho os papéis, seu filho-da-puta! — gritou para o outro lado do canal. — Ainda tenho. Por que não dá uma nadada pelo canal e tenta tirá-los de mim? — Por um momento, fechou os olhos e apenas se esforçou para recuperar o fôlego. Ouviu Whitney ao seu lado vomitando água do canal. — Diga a Dimitri que tenho os papéis e que devo uma a ele. — Limpou todo o sangue da boca e cuspiu. — Entendeu, Remo? Diga que devo uma a ele. E, por Deus, ainda não estou liquidado.

Contraindo-se de dor, esfregou o ombro que torcera com força durante a luta com Weis. Tinha as roupas emplastradas no corpo, molhadas, cobertas de sangue e fedendo a lama. No canal, a alguns metros dali, crocodilos disputavam o que restava, em frenesi. A arma continuava na mão, vazia. Deliberadamente, pegou a caixa de balas e recarregou-a.

— Muito bem, Whitney, vamos... — estava encolhida como uma bola ao lado dele, a cabeça nos joelhos. Embora não emitisse som algum, ele viu que chorava. Confuso, passou-lhe a mão pelos cabelos. — Escute, Whitney, não se entregue.

Ela não se mexeu, não falou. Doug baixou os olhos para a arma na mão. Enfiou-a com força de volta na cintura.

— Vamos, querida. Temos de nos mexer.

Ia abraçá-la, mas ela o empurrou para trás.

Embora lágrimas escorressem livres pelo rosto, os olhos queimavam quando o olhou.

— Não me toque. É você que tem de se mexer, Lord. Foi feito para isso. Mexer, fugir. Por que apenas não leva esse envelope tão importante e se manda? Tome. — Enfiando a mão no bolso, ela lutou para tirar a carteira da calça grudada. Atirou-a nele. — Leve isto também. É só o que lhe interessa, só no que pensa. Dinheiro. — Não se deu ao trabalho de enxugar as lágrimas, mas encarou-o por trás delas. — Não tem muito dinheiro vivo aí, apenas umas centenas, mas tem vários cartões. Leve tudo.

Era o que ele quisera o tempo todo, não? O dinheiro, o tesouro e nenhum parceiro. Estava mais perto que nunca, sozinho chegaria mais rápido e ficaria com o pote todo só para si. Era o que quisera o tempo todo.

Largou a carteira de volta no colo dela e tomou-lhe a mão.

— Vamos nos mexer.

— Eu não vou com você. Vá atrás do seu pote de ouro sozinho, Douglas. — A náusea avolumou-se no estômago e subiu para a garganta. Ela engoliu-a. — Cuide pra que possa viver com isso agora.

— Não vou deixar você aqui sozinha.
— Por que não? — ela rebateu. — Deixou Jacques lá atrás. — Olhou em direção ao rio e recomeçou a tremedeira. — Você o deixou. Me deixe. Qual a diferença?

Ele agarrou-lhe os ombros com bastante força para fazê-la estremecer.

— Ele estava morto. Não podíamos fazer nada.
— Nós o matamos.

A idéia já lhe ocorrera antes. Talvez por causa disso, segurou-a com mais força.

— Não. Tenho bagagem suficiente para carregar sem isso. Dimitri o matou da mesma maneira que mata uma mosca na parede. Porque não significa mais que isso para ele. Matou sem mesmo saber o nome dele, porque matar não o faz suar nem o deixa nauseado. Nem sequer se pergunta quando vai ser sua vez.

— Você se pergunta?

Ele ficou imóvel um instante, a água pingando dos cabelos.

— Sim, droga, eu me pergunto.
— Ele era tão jovem. — A respiração falhou quando ela agarrou a camisa dele. — Tudo que queria era ir para Nova York. Jamais chegará lá. — Outras lágrimas derramaram-se, mas dessa vez ela começou a soluçar junto. — Jamais vai chegar a lugar algum. E tudo por causa desse envelope. Quantas pessoas morreram por isso? — Apalpou a concha, o *ody* de Jacques para dar segurança, sorte e tradição. Chorou até sentir a dor do pranto, mas a da perda não passou. — Ele morreu por causa desses papéis, e nem sequer sabia que existiam.

— Vamos seguir esta coisa até o fim — disse Doug, puxando-a mais para perto. — E vamos vencer.

— Por que diabo isso tem tanta importância?

— Quer razões? — Ele afastou-a para ficar com o rosto a centímetros do dela. Olhos endurecidos, respiração rápida. — São muitas. Porque pessoas morreram por esse tesouro. Porque Dimitri o quer. Vamos vencer, Whitney, porque não vamos deixar Dimitri nos derrotar. Por causa da morte desse rapaz, e ele não terá morrido por nada. Não é só o dinheiro agora. Merda, nunca é só o dinheiro, você não entende? É a vitória. É sempre a vitória, e fazer Dimitri suar porque vencemos.

Ela deixou-o puxá-la, envolvê-la com os braços e embalá-la.

— A vitória.

— Tão logo a gente deixa de se importar com ela, está morto.

Isso, ela entendia, porque também sentia a necessidade em si.

— Não vai ter nenhum *fadamihana* para Jacques — murmurou. — Nenhuma festa em sua homenagem.

— A gente faz uma para ele. — Doug acariciou os cabelos dela, lembrando a expressão de Jacques quando segurara o peixe. — Uma verdadeira festa de Nova York.

Ela assentiu com a cabeça e encostou seu rosto na garganta dele um instante.

— Dimitri não vai escapar impune a isso, Doug. Disso, não. Vamos vencê-lo.

— É, vamos vencê-lo. — Afastando-a, ele se levantou. Haviam perdido a mochila dele no canal, e com ela a barraca e os utensílios para cozinhar. Içando a dela, prendeu-a nas costas. Molhados, exaustos, ainda sofriam a tristeza pela morte do rapaz. Doug estendeu-lhe a mão. — Engrene o traseiro, benzinho.

Extenuada, ela se levantou e enfiou a carteira de volta no bolso. Fungou, sem elegância.

— Vá ver se estou na esquina, Lord.

Seguiram para o norte na luz que esvaía ao cair da tarde.

Capítulo Doze

Haviam escapado de Remo, mas sabiam que ele os perseguia, e por isso não pararam. Caminharam enquanto o sol se punha e a floresta adquiria as luzes que só os artistas plásticos e os poetas entendiam. No crepúsculo, com o ar ficando cinza-perolado pela névoa e o orvalho que caía, caminharam em silêncio. O céu escureceu e enegreceu antes de a lua subir, uma bola majestática, branca como osso. As estrelas brilhavam iguais a jóias de outra era.

O luar transformou a floresta num conto de fadas. Sombras baixaram e deslocaram-se. As flores fecharam as pétalas e dormiam como animais que apenas a noite agitava. Ouviram um adejar de asas, uma sacudida de folhas e alguma coisa gritar no mato. Caminharam.

Quando Whitney sentia vontade de enroscar-se numa bola de entorpecida exaustão, pensava em Jacques. Cerrando os dentes, continuava.

— Me fale de Dimitri.

Doug parou apenas o suficiente para pegar a bússola no bolso e verificar a direção. Viu-a manuseando a concha quando partira e durante a caminhada, mas ficara sem palavras de conforto.

— Já falei.

— Não o bastante. Me fale mais.

Ele reconheceu o tom de voz. Ela queria vingança. E vingança, sabia Doug, era uma ambição perigosa. Podia cegar a visão da gente para as prioridades — como manter-se saudável.

— Apenas aceite minha palavra, você não precisa de um conhecimento pessoal.

— Mas você se engana. — Embora ofegante, a voz de Whitney saiu inalterada e firme. Ela limpou o suor da testa com as costas da mão. — Me fale sobre o nosso Sr. Dimitri.

Ele perdera a noção dos quilômetros que haviam percorrido, até das horas. Só sabia de duas coisas. Haviam posto distância entre eles e Remo e precisavam descansar.

— Vamos acampar aqui. Devemos nos enfiar bem fundo no monte de feno.

— Monte de feno.

Ela afundou agradecida no chão macio e flexível. Se fosse possível, as pernas teriam chorado de alívio.

— Somos a agulha, este é o monte de feno. Tem alguma coisa aí que podemos usar?

Whitney retirou a maquiagem da mochila, calcinhas de renda, roupas já rasgadas, sujas ou arruinadas, e o que restára na sacola de frutas que comprara em Antananarivo.

— Duas mangas e uma banana muito maduras.

— Pense nisso como uma salada Waldorf — aconselhou Doug, pegando uma das mangas.

— Tudo bem. — Ela fez o mesmo e esticou as pernas. — Dimitri, Doug. Me fale.

Ele esperava fazê-la pensar em outra cena. Devia saber melhor das coisas.

— Jabba, de *O Retorno de Jedi*, de terno italiano — disse, dando uma mordida na fruta. — Dimitri poderia fazer Nero parecer um menino de coro. Gosta de poesia e filmes pornôs.

— Gosto eclético.

— É. Coleciona antiguidades... especializado em instrumentos de tortura. Você sabe, parafusos de aperto manual para polegares.

Whitney sentiu o polegar direito latejar.

— Fascinante.

— Claro, Dimitri é uma verdadeira fascinação. Tem grande afeição por coisas bonitas e macias. As duas mulheres dele eram pessoas de beleza estonteante. — Deu-lhe uma olhada direta e demorada. — Gostaria de sua classe.

Ela tentou não estremecer.

— Então é casado.

— Duas vezes — explicou Doug. — E tragicamente enviuvado duas vezes, se entende o que quero dizer.

Ela entendeu e mordeu a fruta, pensativa.

— O que o torna tão... bem-sucedido? — escolheu o termo por falta de outro melhor.

— Miolos e um veio de malvadeza fria como aço. Eu soube que pode recitar Chaucer enquanto espeta alfinetes entre os dedos de alguém.

Ela perdeu o apetite pela fruta.

— Poesia e tortura?

— Ele não apenas mata, mas executa, e executa com ritual. Mantém um estúdio de primeira classe onde grava as vítimas antes, durante e depois.

— Oh, meu Deus! — Ela examinou o rosto de Doug, querendo acreditar que ele criava uma história. — Não está inventando.

— Não tenho tanta imaginação assim. A mãe dele era professora, eu soube, de ouvir falar. — O suco pingou-lhe do queixo e Doug limpou-o, distraído. — Dizem que, como ele não soube recitar algum poema, Byron ou alguém, acho, ela cortou o dedo mindinho dele.

— Ela... — Whitney engasgou-se e forçou-se a engolir. — A mãe cortou o dedo dele porque não soube recitar?

— É a história que se conta nas ruas. Parece que era religiosa e misturava um pouco poesia e teologia. Imaginou que, se o filho não sabia citar Byron, estava sendo sacrílego.

Por um instante, ela esqueceu o horror e as mortes pelas quais Dimitri fora responsável. Pensou num menino.

— Que coisa horrível! Ela devia ter sido internada.

Ele queria fazê-la evitar a vingança, mas não queria substituí-la por pena. Uma era tão perigosa quanto a outra.

— Dimitri cuidou disso também. Quando saiu de casa para começar seu... negócio, saiu num incêndio. Ateou fogo no prédio inteiro de apartamentos onde morava a mãe.

— Matou a própria mãe?

— A mãe... e vinte ou trinta outras pessoas. Não tinha nada contra elas, entenda. Apenas estavam lá na hora, por acaso.

— Vingança, diversão ou ganho — murmurou Whitney, lembrando os primeiros pensamentos sobre assassinato.

— Isso mais ou menos resume tudo. Se existir essa coisa de alma, Whitney, a de Dimitri é preta e com furúnculos.

— Se existir essa coisa de alma — ela repetiu —, vamos ajudar a dele a ir pro inferno.

Doug não riu. Ela dissera isso baixo demais. Examinou-lhe o rosto, pálido e cansado no claro luar. Falara a sério. Ele já era responsável indireto pela morte de duas pessoas. Nesse momento, assumiu a responsabilidade por Whitney. Outra primeira vez para Doug Lord.

— Benzinho. — Mudou de posição para sentar-se ao lado dela. — A primeira coisa que temos de fazer é continuar vivos. A segunda é chegar ao tesouro. É só o que precisamos pra fazer Dimitri pagar.

— Não basta.

— Você é nova nisso. Escute, a gente acerta um chute quando pode e depois se retira. Esta é a maneira de continuar no negócio. —

Ela não escutava. Inquieto, Doug chegou a uma decisão. — Talvez seja hora de você dar uma olhada nos papéis.

Não precisou ver o rosto dela para saber que ficou surpresa. Sentiu pela forma como ela mexeu o ombro junto ao seu.

— Ora, ora — disse Whitney, baixinho. — Abra o champanhe.

— Seja esperta demais e eu talvez mude de idéia. — Aliviado com o sorriso dela, ele enfiou a mão no bolso. Com toda a reverência, segurou o envelope. — Esta é a chave — disse. — A maldita chave. E vou usá-la para enfiar na fechadura que nunca consegui arrombar.

Retirando os papéis um a um, alisou-os.

— A maioria em francês, como a carta — murmurou. — Mas alguém já traduziu boa parte. — Hesitou mais um instante e entregou-lhe uma folha amarelada, fechada em plástico transparente. — Veja a assinatura.

Whitney pegou-a e passou os olhos pelo texto.

— Meu Deus!

— É. Que eles comam o bolo. Parece que ela enviou a mensagem poucos dias antes de ser levada prisioneira. A tradução está aqui.

Mas Whitney já lia a primeira linha escrita de próprio punho pela trágica rainha.

— Leopoldo me decepcionou — murmurou.

— Leopoldo II, imperador do Sacro Império Romano e irmão de Maria.

Ela ergueu o olhar para o de Doug.

— Você fez o dever de casa.

— Gosto de conhecer os fatos de qualquer serviço. Tenho me aprofundado na Revolução Francesa. Maria vinha tentando mobilizar políticos e lutava para segurar sua posição. Não teve sucesso. Quando escreveu isso, sabia que estava quase liquidada.

Com apenas um assentimento de cabeça, Whitney retornou à carta.

— Ele é mais imperador que irmão. Sem sua ajuda, tenho poucos a quem recorrer. Não posso lhe dizer, meu caro mordomo, da humilhação de nosso forçado retorno de Varennes. Meu marido, o rei, disfarçado de criado comum, e eu... é vergonhoso demais. Ser detidos, presos e levados de volta a Paris como criminosos por soldados armados. O silêncio assemelhava-se à morte. Embora respirássemos, era um cortejo fúnebre. A Assembléia disse que o rei fora seqüestrado e já revisava a constituição. Essa conspiração foi o início do fim.

"O rei acreditou que Leopoldo e o rei prussiano interviriam. Comunicou ao seu agente, Le Tonnelier, que as coisas ficariam bem melhores assim. Uma guerra estrangeira, Gerald, deve extinguir os incêndios dessa agitação civil. A burguesia girondina revelou-se incapaz e teme as pessoas que seguem Robespierre, o demônio. Você sabe que, embora a guerra tenha sido declarada na Áustria, nossas expectativas não foram satisfeitas. As derrotas militares do passado demonstraram que os girondinos não compreendem como é conduzir uma guerra.

"Agora se fala em julgamento... seu rei em julgamento, e temo pela vida dele. Temo, meu confiável Gerald, pela vida de todos nós.

"Preciso agora pedir sua ajuda, depender de sua lealdade e amizade. Não tenho condições de fugir, portanto preciso esperar e confiar. Peço-lhe, Gerald, que receba isto que meu mensageiro lhe leva. Guarde-o. Tenho de depender de seu amor e lealdade, agora que tudo desmorona à minha volta. Fui traída, demasiadas vezes, mas às vezes é possível transformar a traição em vantagem.

"Esta pequena parte do que é meu como rainha, eu a confio a você. Talvez seja necessário pagar pela vida de meus filhos. Se os burgueses forem bem-sucedidos, também eles cairão. Receba o que é meu, Gerald Lebrun, e guarde-o para os meus filhos, e os deles. Chegará o tempo em que mais uma vez ocuparemos nosso lugar legítimo. Você precisa esperá-lo."

Whitney olhava as palavras escritas por uma obstinada mulher que tramara e manobrara, ao fim de tudo, para causar a própria morte. Mesmo assim, fora uma mulher, uma mãe, uma rainha.

— Tinha apenas mais alguns meses de vida — murmurou. — Me pergunto se ela sabia.

E ocorreu-lhe que a própria carta deveria estar guardada em segurança atrás de um vidro, em algum canto arrumado do museu do Instituto Smithsonian. É no que teria acreditado Lady Smythe-Wright. Por isso fora muito tola ao dá-la com o resto a Whitaker. Agora estavam os dois mortos.

— Doug, você faz idéia de como isso é valioso?

— É exatamente o que vamos descobrir, benzinho — ele resmungou.

— Pare de pensar em cifrões. Quero dizer em termos culturais, históricos.

— É, vou comprar um barco cheio de cultura.

— Ao contrário da crença popular, não se pode comprar cultura. Doug, o lugar disso é num museu.

— Depois que eu pegar o tesouro, doarei cada folha. Vou precisar de alguns abatimentos no imposto de renda.

Whitney balançou a cabeça e encolheu os ombros. Coisas prioritárias, primeiro.

— Que mais tem aí?

— Páginas de um diário, parecem com as escritas pela filha de Gerald.

Ele lera as partes traduzidas, que eram sinistras. Sem uma palavra, entregou uma delas a Whitney. Datada de 17 de outubro de 1793, a caligrafia jovem e as palavras simples constituíam um medo sombrio e uma confusão atemporal. A redatora vira a rainha ser executada.

— Ela parecia pálida, simples e muito velha. Trouxeram-na numa carroça pelas ruas, como uma prostituta. Não revelava medo algum quando subiu os degraus. Mamãe disse que ela foi rainha até o fim. As pessoas se amontoavam em volta e mercadores vendiam produtos como numa feira. Cheirava a animais, e as moscas chegavam em nuvens. Vi outras pessoas puxadas em carroças pelas ruas, como ovelhas. Mademoiselle Fontainebleau estava entre elas. No ano passado comia bolos com mamãe no salão.

"Quando a lâmina desceu no pescoço da rainha, as pessoas aplaudiram. Papai chorou. Jamais o vi chorar antes e não pude fazer nada, além de segurar sua mão. Vendo aquelas lágrimas, senti medo, mais medo do que quando vi as carroças ou olhei a rainha. Se papai chorava, que ia acontecer a nós? Naquela mesma noite deixamos Paris. Acho que talvez nunca torne a vê-la, nem meu lindo quarto que dá para o jardim. O belo colar de ouro e safira de mamãe foi vendido. Papai nos disse que partiremos numa longa viagem e precisaremos ser valentes."

Whitney passou para outra página, datada de três meses depois.

— Ando quase morta de enjôo. O barco oscila, balança e fede da sujeira dos conveses miseráveis embaixo. Papai também adoeceu. Durante algum tempo, tememos que morresse e ficássemos sozinhas. Mamãe reza e, às vezes, quando ele tem febre, não saio de perto e seguro sua mão. Parece fazer muito tempo desde quando éramos felizes. Mamãe tem emagrecido e os lindos cabelos de papai ficam mais brancos a cada dia.

"Deitado na cama, ele me mandou trazer uma pequena caixa de madeira. Parecia simples, como uma na qual uma menina camponesa poderia esconder suas quinquilharias. Disse-nos que a rainha enviara a ele, pedindo sua guarda. Um dia, retornaremos à França e entregaremos o conteúdo ao novo rei em nome dela. Cansada, enjoada, quis me deitar, mas papai fez mamãe e eu jurarmos que cumpriríamos o juramento dele. Depois de jurarmos, ele abriu a caixa.

"Vi a rainha usar essas coisas, com os cabelos empilhados em cima e o rosto brilhando de alegria. Na caixa simples, o colar de esmeraldas que vi uma vez em seus seios parecia captar a luz das velas e refleti-las nas outras jóias. Havia um anel de rubi com diamantes semelhantes a uma explosão de estrelas e um bracelete de esmeraldas para combinar com o colar. Além de pedras ainda para serem montadas.

"Mas, quando olhei, meus olhos ficaram ofuscados. Vi um colar de diamantes mais lindo que todo o resto. Era montado em fileiras, mas cada pedra, algumas das maiores que já vi, parecia ter vida independente. Eu me lembro de mamãe falando sobre o escândalo envolvendo o cardeal de Rohan e um colar de diamantes. Papai me disse que o cardeal fora enganado, a rainha usada, e o próprio colar desaparecera. Apesar disso, eu me perguntei enquanto olhava dentro da caixa se a rainha conseguira encontrá-lo."

Whitney largou o papel, mas não tinha as mãos firmes.

— O colar de diamantes era para ter sido desfeito e vendido.

— Era — repetiu Doug. — Mas o cardeal foi banido, e a condessa La Motte capturada, julgada e sentenciada. Ela fugiu para a Inglaterra, mas nunca li nada que provasse que tinha o colar.

— É. — Whitney examinou a página do diário. O valor do próprio papel teria feito qualquer curador de museu babar. Quanto ao tesouro: — Esse colar foi um dos catalisadores da Revolução Francesa.

— Valia um bocado, então. — Doug entregou-lhe outra página. — Interessa calcular quanto valeria hoje?

Inestimável, ela pensou, mas sabia que ele não entenderia em que sentido. A folha que lhe dera relacionava, num detalhado inventário, o que a rainha confiara a Gerald. Descreviam-se e avaliavam-se as jóias. Quanto às fotos nos livros, não achou emocionantes. Mesmo assim, o brilho de uma sobressaía, comparado ao das demais. Um colar de diamantes avaliado em mais de um milhão de vidas. Doug entenderia isso, refletiu Whitney, largando o papel de lado e retomando mais uma vez o diário.

Meses haviam passado, e Gerald e a família se estabeleceram na costa nordeste de Madagascar. A menina escreveu sobre dias longos e difíceis.

— Sinto saudades da França, de Paris, de meu quarto e dos jardins. Mamãe diz que não devemos nos queixar e às vezes sai comigo para caminhadas na orla da praia. Esses são os melhores momentos, com os pássaros voando e nós procurando conchas. Ela parece feliz agora, mas às vezes olha o mar e sei que também sente saudades de Paris.

"Os ventos sopram do mar e os navios chegam. As notícias de casa são de morte. O Terror impera. Os mercadores dizem que há milhares de prisioneiros e muitos enfrentaram a guilhotina. Outros foram enforcados, até queimados. Falam do Comitê de Segurança Pública. Papai diz que Paris é insegura por causa dos membros desse comitê. Se alguém menciona o nome de Robespierre, ele não dirá mais nenhuma palavra. Por isso, embora eu sinta saudades da França, começo a entender que a pátria que conheci se foi para sempre.

"Papai trabalha muito. Abriu uma loja e faz negócios com outros colonos. Mamãe e eu temos um jardim, mas cultivamos apenas verduras. As moscas nos atormentam. Não temos criados e precisamos nos defender sozinhas. Encaro isso como uma aventura, mas mamãe se cansa facilmente agora que está grávida. Aguardo ansiosa a chegada do bebê e me pergunto quando vou ter o meu. À noite, costuramos, embora sejam poucas as moedas para velas extras. Papai está construindo um berço. Não falamos da pequena caixa escondida debaixo do piso da cozinha."

Whitney largou a página ao lado.

— Gostaria de saber quantos anos ela tinha.

— Quinze. — Ele tocou outro papel lacrado em plástico. — O registro de nascimento, a genealogia dos pais. — Entregou-a a Whitney. — E a certidão de óbito. Morreu quando tinha dezesseis. — Pegou a última página. — Com esta, é tudo.

— Ao meu filho — começou Whitney e olhou para Doug. — Dorme no berço que fiz para você, usando a pequena bata azul que sua mãe e irmã costuraram. Elas já faleceram, sua mãe dando-lhe a vida, sua irmã de uma febre que a atacou com tanta rapidez que não houve tempo para chamar um médico. Descobri o diário de sua irmã, eu o li e chorei. Um dia, quando for mais velho, também será seu. Fiz o que julguei necessário, para meu país, minha rainha, minha família. Eu as salvei do Terror só para perdê-las neste lugar estrangeiro desconhecido.

"Não tenho força de vontade para continuar. As irmãs cuidarão de você, pois eu não posso. Só posso lhe dar essas partes de sua família, as palavras de sua irmã, o amor de sua mãe. Com elas, acrescento a responsabilidade que assumi por nossa rainha. Uma carta será deixada com as irmãs, instruções para passar-lhe este pacote quando for maior de idade. Você herda minha responsabilidade e meu juramento à rainha. Quando chegar o momento, vá aonde eu descanso e encontre Maria. Rogo para que não fracasse como eu."

— Ele se matou. — Whitney largou a carta com um suspiro. — Perdeu o lar, a família e a coragem. — Ela os via, aristocratas franceses destituídos pela política e agitação social, em apuros num país estrangeiro, lutando para ajustar-se a uma nova vida. E Gerald, vivendo e morrendo sob a promessa feita a uma rainha. — Que aconteceu?

— O melhor que posso deduzir é que o bebê foi levado para um convento. — Ele remexeu em outros papéis. — Foi adotado e imigrou com a nova família na Inglaterra. Parece que os documentos foram guardados e apenas esquecidos até Lady Smythe-Wright descobri-los.

— E a caixa da rainha?

— Enterrada — respondeu Doug com uma expressão distante nos olhos. — Num cemitério em Diego-Suarez. Só temos de encontrá-la.

— E depois?

— Faremos um passeio na boa vida.

Whitney olhou os papéis no colo. Vidas espalhavam-se ali, sonhos, esperanças e lealdade.

— Só isso?

— Não basta?

— Esse homem fez uma promessa à rainha.

— E ela está morta — observou Doug. — A França é uma democracia. Acho que ninguém iria nos apoiar se decidíssemos usar o tesouro pra restaurar a coroa.

Ela ia falar, mas se viu cansada demais para discutir. Precisava de tempo para absorver tudo, avaliar seus próprios padrões. De qualquer modo, ainda tinham de encontrá-lo. Doug dissera que isso era a vitória. Depois que vencesse, ela falaria com ele sobre moral.

— Então acha que pode encontrar um cemitério, entrar e desenterrar o tesouro de uma rainha?

— Certíssima.

Ele deu-lhe um sorriso intenso, rápido, que a fez acreditar.

— Talvez já tenha sido encontrado.

— Hum-hum. — Ele fez que não com a cabeça e afastou-se. — Uma das peças que a menina descreveu, o anel de rubi. Tinha uma seção inteira sobre ele no livro da biblioteca. Esse anel foi transmitido pela sucessão real durante uma centena de anos antes de desaparecer... na Revolução Francesa. Se o anel ou qualquer uma das outras peças tivesse aparecido, enterrada ou de outro modo, eu teria sabido. Está tudo lá, Whitney. À nossa espera.

— É plausível.

— Ao diabo com plausível. Tenho os documentos.

— Nós temos os documentos — corrigiu Whitney, recostando-se numa árvore. — Agora só temos de encontrar um cemitério com dois séculos de existência.

Fechou os olhos e dormiu no mesmo instante.

A fome a acordou, uma daquelas profundas e ocas que ela jamais sentira. Num gemido, rolou para o lado e viu-se de nariz grudado no de Doug.

— Bom-dia.

Ela passou a língua pelos dentes.

— Eu mataria por um croissant.

— Uma omelete mexicana. — Ele fechou os olhos enquanto a imaginava. — Preparada até ficar dourado-escura e apenas pululando de pimenta e cebola.

Whitney deixou a imaginação absorver a imagem, mas ela não se encaixava no seu estômago.

— Temos apenas uma banana marrom.

— Aqui é a gente que se serve. — Esfregando as mãos no rosto, Doug sentou-se. Passava muito do amanhecer. O sol já queimava a névoa. A floresta ganhava vida com ruído, movimento e aromas matinais. Ele ergueu os olhos para as copas das árvores, onde os pássaros se escondiam e cantavam.

— O lugar está cheio de frutas. Não sei qual é o gosto da carne de lêmure, mas...

— Não.

Ele riu ao levantar-se.

— Só uma idéia. Que tal uma refeição leve? Salada de frutas frescas.

— Parece delicioso.

Quando ela se espreguiçou, o lamba escorregou-lhe do ombro. Manuseando-o, percebeu que Doug devia tê-lo estendido em cima dela na noite anterior. Depois de tudo que acontecera, tudo que haviam visto, ele ainda conseguia surpreendê-la. Como se fosse a mais elegante das sedas, Whitney dobrou-o e tornou a guardá-lo na mochila.

— Você pega as frutas; eu, os cocos.

Ela estendeu os braços para os galhos.

— Parecem bananas atrofiadas.

— Papaias.

Whitney pegou três e fez-lhes uma careta.

— O que eu não daria por uma única e humilde maçã, só para variar o ritmo.

— Eu levo a moça para tomar o seu café-da-manhã fora e ela reclama.

— O mínimo que você poderia fazer é me pagar um Bloody Mary — ela começou, depois se virou e viu-o trepado no tronco de um coqueiro, escalando-o. — Douglas — perguntou, aproximando-se com cautela —, sabe o que está fazendo?

— Trepando na porra de uma árvore — ele conseguiu dizer, escalando mais alguns centímetros.

— Espero que não esteja planejando cair e quebrar o pescoço. Detesto viajar sozinha.

— Você é só coração — ele resmungou baixinho. — Não é muito diferente de escalar três andares pra entrar pela janela.

— Não é provável que um belo prédio de tijolos o deixe com lascas nos pontos sensíveis.

Ele estendeu a mão e arrancou um coco.

— Pra trás, benzinho, posso ficar tentado a mirar em você.

Curvando os lábios, Whitney obedeceu. Um, dois, três cocos pousaram aos seus pés. Pegando um, ela o bateu no tronco de uma árvore até rachá-lo.

— Muito bem! — disse a Doug quando desceu. — Acho que gostaria de ver você trabalhar.

Aceitou o coco oferecido por ela e, sentado no chão, pegou o canivete para tirar a polpa, fazendo-a lembrar-se de Jacques. Whitney tocou a concha que ainda usava e repeliu a tristeza.

— Sabe, a maioria das pessoas em sua posição não seria tão... tolerante — ele concluiu — com alguém no meu ramo de trabalho.

— Sou uma crente convicta na livre iniciativa. — Ela se sentou ao lado dele. — Também é uma questão de freios e contrapesos — arrematou, com a boca cheia.

— Freios e contrapesos?

— Digamos que você roube meus brincos de esmeralda.

— Não esquecerei.

— Vamos manter isso em termos hipotéticos. — Ela sacudiu a cabeça para afastar os fios de cabelo do rosto e teve a idéia fugaz de pegar a escova. A comida vinha primeiro. — Bem, a companhia de seguro faz corpo mole pra desembolsar o dinheiro. Eu venho pagando prêmios exorbitantes por ano e nunca uso as esmeraldas, porque são vistosas demais. Você empenha as esmeraldas, outra pessoa que as acha atraentes compra, e tenho dinheiro pra comprar uma coisa inteiramente mais adequada. A longo prazo, todo mundo fica satisfeito. Poderia quase ser considerado um serviço público.

Ele partiu um pedaço de coco e mastigou.

— Acho que nunca pensei na coisa desse modo.

— Claro que a companhia de seguro não vai ficar satisfeita — ela acrescentou. — E algumas pessoas talvez não gostem de perder uma determinada peça de jóia ou da prataria de família, mesmo que seja ostentosa demais. Você nem sempre faz uma boa ação quando arromba a casa delas, você sabe.

— Acho que não.

— E suponho que eu tenha mais respeito pelo roubo direto e honesto que pelos crimes de computador e fraudes de colarinho-branco. Como os corretores da bolsa desonestos — ela continuou, provando o coco. — Prevaricar com o portfólio de uma velhinha aristocrata até embolsar os lucros e ela ficar sem nada. Isso não está no mesmo nível de bater a carteira de alguém ou roubar o Diamante Sydney.

— Não quero falar do Sydney — ele resmungou.

— Em certo sentido, o diamante mantém o ciclo em funcionamento, mas por outro lado... — Ela parou para raspar mais fruta. — Não acho que o roubo tenha potencial de ocupação muito bom. Um passatempo interessante, sem dúvida, mas, como carreira, limitado.

— É, tenho pensado em me aposentar... quando puder fazer isso em grande estilo.

— Quando voltar pros Estados Unidos, que vai fazer?

— Comprar uma camisa de seda e mandar bordar minhas iniciais nos punhos. Vou ter um terno italiano pra usar por cima e um elegante Lamborghini pra realçar tudo. — Cortou uma manga pela metade, limpou a lâmina na calça jeans e ofereceu-lhe uma parte. — E você?

— Vou me empanturrar — respondeu Whitney, com a boca cheia. — Vou fazer carreira comendo. Acho que começarei com um hambúrguer, coberto com uma fatia grossa de queijo e cebola, e avançar até as caudas de lagosta, levemente grelhadas e mergulhadas em manteiga derretida.

— Pra alguém tão preocupada com comer, não entendo como você é tão magra.

Ela engoliu a manga.

— É a falta de ocupação que leva à preocupação — disse. — E sou esguia, não magra. Mick Jagger é magro.

Rindo, ele pôs outro pedaço de manga na boca.

— Não esqueça, benzinho, que tive o privilégio de ver você nua. Não é exatamente uma figura de ampulheta.

Com a sobrancelha erguida, ela lambeu o suco dos dedos.

— Tenho uma compleição muito delicada — disse, e como ele continuou rindo, deslizou o olhar de cima a baixo. — É bom lembrar que também tive a fascinação de ver você sem roupas. Não faria mal bombear os músculos com um pouco de ferro, Douglas.

— Músculos óbvios atrapalham. Prefiro ser sutil.

— Você sem dúvida é.

Ele disparou-lhe um olhar e largou a casca do coco.

— Você gosta de bíceps e tríceps projetados de uma camiseta sem mangas?

— A masculinidade — ela respondeu, com um ar leviano — é muito excitante. O homem confiante não julga necessário lançar olhares convidativos a uma mulher provida em excesso que opta por usar suéteres justos para disfarçar o fato de ter um cérebro muito pequeno.

— Acho que você não gosta que a olhem assim.

— Com certeza, não. Prefiro classe a mostrar os seios.

— Grande coisa.

— Não há necessidade de ser ofensivo.

— Só estou sendo agradável. — Ele lembrava bem demais como ela chorara em seus braços na noite anterior, e como o fizera sentir-se impotente. Agora descobria que desejava tocá-la de novo, ver o sorriso dela, sentir a suavidade. — De qualquer modo — disse, voltando de um longo devaneio —, você pode ser magra, mas eu gosto do seu rosto.

Ela curvou os lábios naquele sorriso frio, distante, que o enlouquecia de sedução.

— É mesmo? Que acha dele?

— A pele. — Levado pelo impulso, ele correu os nós dos dedos pela linha do maxilar dela. — Topei com um camafeu de alabastro, uma vez. Não era grande — lembrou, descendo o dedo pela maçã do rosto. — Na certa, não valia mais que algumas centenas de dólares, mas era a coisa mais classuda que já peguei. — Riu e deixou as mãos vagarem pelos cabelos. — Até você.

Ela não se afastou, mas manteve os olhos nos dele, sentindo a respiração deslizar pela sua pele.

— Foi o que fez, Douglas? Me pegou?

— Você podia olhar dessa forma, não podia? — Ele sabia que cometia um erro. Mesmo ao roçar os lábios nos dela, sabia que cometia um erro muito grande. Já os cometera antes. — Desde que a peguei — murmurou —, não tenho sabido bem o que fazer com você.

— Eu não sou um camafeu de alabastro — ela sussurrou, enlaçando os braços no pescoço dele. — Nem o Diamante Sydney, nem um pote de ouro.

— Eu não sou membro do clube campestre que você freqüenta, nem tenho uma vila na Martinica.

— Parece... — ela desenhou o contorno da boca dele com a língua — que temos muito pouco em comum.

— Nada em comum — corrigiu Doug, e deslizou as mãos pelas costas dela. — Pessoas como eu e você só trazem problemas uma pra outra.

— É. — Whitney sorriu, os olhos sob a franja de cílios longos, exuberantes, escuros e divertidos. — Quando começamos?

— Já começamos.

Quando Doug colocou os lábios nos dela, haviam deixado de ser uma dama e um ladrão. A paixão era um grande equalizador. Juntos, rolaram para o chão macio da floresta.

Ela não pretendia que isso acontecesse, mas não se arrependia. A atração que sentira assim que ele tirara os óculos escuros no elevador e a olhara com aqueles olhos claros, diretos, vinha avançando devagar para uma coisa mais profunda, ampla e perturbadora. Doug começara a tocar alguma coisa nela, e agora, com a paixão, liberara muito mais.

Ela beijava-o com a boca tão quente e faminta quanto a dele. Já acontecera antes. O pulso acelerou-se — nenhuma experiência nova. O corpo retesava-se e arqueava-se ao toque das mãos de um homem. Sentira as mesmas sensações antes. Mas, dessa vez, a primeira e única vez, desligou a mente e dedicou-se ao ato sexual como tinha de ser. Prazer despreocupado e libertador.

Embora a entrega da melhor defesa, da mente, fosse completa, ela não era passiva. Sentia uma necessidade tão grande, primitiva e elementar quanto a dele. Quando despiram um ao outro num frenesi, movimentou as mãos com a mesma rapidez que ele.

Carne contra carne, tépida, firme, macia. Boca contra boca, aberta, quente, faminta. Rolaram no chão macio sem mais inibições que crianças, mas com paixão e tensão maduras.

Ela não conseguia se fartar dele, e provava-o, tocava-o, como se nunca houvesse conhecido um homem antes. Naquele momento não se lembrava de outros. Ele a saciava, coração e mente, ameaçava ficar de um modo que não deixasse espaço algum para outro. Ela entendeu, e após o primeiro medo aceitou.

Ele quisera, desesperado, mulheres antes. Ou assim achara. Até agora, não conhecera o sentido completo do desespero. Até agora não conhecera o que era querer. Ela se infiltrava nele, poro por poro. Doug permitia às mulheres proporcionarem e receberem prazer, mas não intimidade. Intimidade significava complicações às quais um homem em fuga não podia dar-se ao luxo. Mas não havia como detê-la.

Embora deslizasse as mãos espertas, talentosas e fortes pela pele de Whitney, era ela quem conduzia. Sabia que um homem ficava vulnerável ao máximo quando estava nos braços de uma mulher —

mãe, esposa ou amante —, mas esqueceu tudo, menos a necessidade de estar ali. Whitney fundia-se nele, perigosamente quente e macia, mas ele aceitava e amaldiçoava as conseqüências.

Nua, ágil, primorosa, ela movia-se sob seu corpo, envolta nele. Com o rosto enterrado nos cabelos dela, Doug ouviu a porta fechar-se atrás. Ouviu o ferrolho encaixar-se em silêncio. Não deu a mínima.

Sem se apressar, distribuía-lhe beijos pelo rosto, testa, nariz, boca, queixo. Sentia o sorriso dela responder ao dele. Whitney deslizou os dedos elegantes e delicados até os quadris dele. Tinham os olhos abertos quando ele mergulhou nela.

Penetrou-a e gemeu para o intenso calor e suavidade que o envolveram. O rosto salpicado de sol e sombra, os olhos semifechados, ela correspondia estocada a estocada, pulsação a pulsação.

A velocidade intensificou-se, as necessidades rodopiaram. Quando ele sentiu as idéias começarem a desordenar-se e derrapar, o último pensamento racional foi de que talvez já houvesse encontrado o fim do arco-íris.

FICARAM ALI EM SILÊNCIO. NÃO ERAM CRIANÇAS, NEM INEXperientes. Os dois sabiam que nunca haviam feito amor antes, e se perguntavam que diabos iriam fazer.

Com delicadeza, ela correu a mão acima e abaixo nas costas dele.

— Acho que sabíamos que isso ia acontecer — disse após um momento.

— Acho que sim.

Ela olhou para o dossel de árvores acima e o puro azul além.

— E agora?

Não era prático pensar além do presente. Se a pergunta tratava do futuro, Doug achou melhor fingir que não. Beijou-lhe o ombro.

— Chegamos à cidade mais próxima, imploramos, pegamos emprestado ou roubamos um meio de transporte, e rumamos para Diego-Suarez.

Whitney fechou os olhos por um instante e tornou a abri-los. Afinal, entrara nisso de olhos abertos. E os manteria assim.

— O tesouro.

— Vamos pegar, Whitney. É só uma questão de dias, agora.

— E depois?

Mais uma vez, o futuro. Apoiando-se nos cotovelos, ele olhou-a.

— O que você quiser — respondeu, porque não conseguiu pensar em nada além de como ela era linda. — Martinica, Atenas, Zanzibar. Compraremos uma fazenda na Irlanda e criaremos ovelhas.

Ela riu, porque parecia tão simples no momento.

— Podíamos plantar trigo em Nebraska com mais ou menos a mesma medida de sucesso.

— Certo. O que devíamos fazer é abrir um restaurante americano aqui mesmo em Madagascar. Eu cozinho e você cuida da contabilidade.

Bruscamente, ele se sentou, trazendo-a consigo. De algum modo, deixara de sentir-se solitário e não se dera plena conta disso até aquele momento. Deixara de ser solitário, quando solitário sempre parecera o melhor ângulo. Queria dividir, fazer parte, ter alguém ali bem ao lado. Embora isso não fosse inteligente, era assim.

— Vamos pegar aquele tesouro, Whitney. Depois disso, nada nos deterá. Qualquer coisa que quisermos, a qualquer hora que quisermos. Posso derramar diamantes em seus cabelos.

Correu um dedo por eles, esquecendo no momento que ela podia ter sua parte de diamantes se quisesse.

Whitney sentiu uma pontada de arrependimento, e de alguma coisa semelhante a pesar. Ele não conseguia ver além do pote de ouro. Agora, não, e talvez nunca. Sorrindo, acariciou-lhe o rosto com a mão. No entanto, soubera disso o tempo todo.

— Vamos encontrar.

— Vamos encontrar — ele concordou, puxando-a mais para perto. — E quando encontrarmos, teremos tudo.

CAMINHARAM MAIS UM DIA ATÉ O CREPÚSCULO, WHITNEY com o estômago roncando e as pernas a virarem borracha. Como Doug, fixava a mente na meta de Diego-Suarez. Ajudava-a a manter os pés em movimento e impedia-a de questionar racionalmente. Haviam chegado até ali pelo tesouro. O que acontecesse antes, depois ou no espaço intermediário, descobririam. A hora de pensar, questionar e analisar ficaria para depois.

Ela fez que não com a cabeça à fruta oferecida por Doug.

— Meu organismo vai me castigar se eu puser mais manga goela abaixo. — Como para acalmá-la, pôs a mão na barriga. — Achei que o McDonald's tinha franquias em toda parte. Percebe a distância que percorremos sem ter visto um arco dourado?

— Esqueça fast-food. Quando liquidarmos isso, vou preparar um jantar de cinco pratos pra você, que certamente a fará sentir que foi ao paraíso.

— Eu me contentaria com um cachorro-quente cheio de tudo, além da salsicha.

— Para alguém que pensa como uma duquesa, você tem estômago de camponesa.

— Mesmo os servos comiam uma coxa de carneiro de vez em quando.

— Escute, vamos...

Então ele a agarrou e empurrou-a para o mato.

— Que foi?

— Uma luz, logo adiante. Está vendo?

Com todo cuidado, ela olhou por cima do ombro dele e entortou a cabeça. Lá estava, fraca, branca, à luz obscurecida do entardecer e entre a folhagem espessa. Automaticamente, Whitney baixou a voz para um sussurro.

— Remo?

— Não sei. Talvez. — Ele se calou, pensando e rejeitando meia dúzia de idéias. — Vamos devagar.

Levaram quinze minutos para chegar ao minúsculo povoado. A essa altura, já escurecera por completo. Viam a luz através da janela do que parecia um pequeno depósito ou posto comercial. Mariposas do tamanho da palma da mão batiam no vidro. Do lado de fora, um jipe.

— Quem procura acha — disse Doug em voz baixa. — Vamos dar uma olhada.

Agachando-se, aproximou-se mais da janela. O que viu o fez dar um riso forçado.

Remo, a camisa feita sob medida manchada e desengomada, sentava-se a uma mesa olhando de cara feia um copo de cerveja. Defronte, Barns, careca, igual a uma toupeira, ria de nada em particular.

— Ora, ora — sussurrou Doug. — Parece nosso dia de sorte.

— Que estão fazendo aí?

— Correndo em círculos. Remo parece necessitado de fazer a barba e de uma enérgica massagista norueguesa.

Doug contou três outros no bar, todos mantendo grande distância dos outros americanos. Também viu duas tigelas com sopa fumegante, um sanduíche e o que parecia um saco de batata frita. Sentiu a saliva empoçar-se na boca.

— Que pena não podermos pedir alguma coisa pra viagem!

Whitney também vira a comida. Mas absteve-se de apertar o nariz no vidro.

— Não podemos esperar que vão embora, depois entrar e comer?

— Eles vão, e o jipe também. Muito bem, doçura, você vai ser a olheira de novo. Dessa vez faça um serviço melhor.

— Eu lhe disse que não pude assobiar na última vez porque estava tratando de me manter viva.

— Vamos ficar vivos os dois, e liberar um conjunto de rodas pra nós. Venha.

Movendo-se rápido, ele contornou a cabana. Com sussurros e sinais de mão, postou Whitney perto da janela da frente, rastejou até o jipe e pôs mãos à obra.

Ela vigiava e arquejava quando Remo se levantou e começou a andar de um lado para o outro. Olhos arregalados, Whitney desviou o olhar para o jipe, e viu Doug esparramado no chão, ocultando-se do campo visual. Rangeu os dentes e comprimiu-se na parede quando Remo passou pela janela.

— Depressa — ela sibilou. — Ele está ficando nervoso.

— Não me apresse — resmungou Doug, soltando fios. — Essas coisas exigem um toque delicado.

Ela olhou para dentro a tempo de ver Remo levantar Barns com um puxão.

— É melhor se apressar com esse toque delicado, Douglas. Estão vindo.

Praguejando, ele enxugou o suor dos dedos. Mais um minuto. Só precisava de mais um minuto.

— Entre, benzinho, quase terminamos. — Como ela não respondeu, ele ergueu os olhos e viu que a pequena varanda da frente da cabana estava vazia. — Filha-da-mãe. — Lutando com os fios, vasculhou os arredores à procura dela. — Whitney? Maldita seja, não é hora de dar uma volta.

Ainda praguejando, trabalhando com os dedos, ele percorreu com os olhos o povoado.

Sobressaltou-se ao ouvir o barulho de grunhidos, latidos e confusão, quando o motor roncou e ganhou vida. Já ia saltar do jipe, arma apontada, quando Whitney contornou correndo a lateral da cabana e pulou dentro do jipe.

— Pise fundo, benzinho — ela ofegou. — Ou vamos ter companhia.

As palavras mal chegaram a sair-lhe da boca e o jipe já seguia bramindo pela estreita estrada de terra. Um galho suspenso muito baixo bateu no pára-brisa e quebrou-se com um estalo igual ao disparo de uma arma. Olhando para trás, ele viu Remo sair correndo do lado da cabana. Empurrou o rosto de Whitney contra o banco e esmagou o pedal, antes do primeiro disparo de três tiros.

— Onde você se meteu? — perguntou Doug, quando deixaram para trás a luz do povoado. — Que porra de olheira é você, quando quase levo um tiro por procurá-la.

— Isso que é gratidão. — Ela sacudiu os cabelos ao erguer-se. — Se eu não tivesse criado uma distração, você jamais teria ligado a ignição a tempo.

Ele reduziu a marcha apenas o suficiente para assegurar-se de que não esmagaria o jipe numa árvore.

— Do que está falando?

— Quando vi Remo sair, imaginei que você precisava de uma distração... como no cinema.

— Fantástico.

Ele transpôs uma curva, bateu com força numa pedra e continuou em frente.

— Então contornei até os fundos e deixei o cachorro entrar no chiqueiro. — Whitney afastou os cabelos dos olhos e revelou um sorriso muito presunçoso. — Foi bem divertido, mas não pude ficar pra ver. Funcionou, porém, à perfeição.

— Sorte sua não ter a cabeça arrancada à bala — ele resmungou.

— Continuo impedindo que tenha a sua arrancada e você ainda se ressente disso — ela rebateu. — Típico ego masculino. Não sei por que eu... — Interrompeu-se e aspirou o ar. — Que cheiro é esse?

— Que cheiro?

— Esse. — Não era mato, umidade, animal, odores aos quais se haviam acostumado nos últimos dias. Ela aspirou mais uma vez, e então se virou e ajoelhou-se no banco. — Cheira a... — Abaixou-se, de modo que, quando Doug virou a cabeça, viu apenas o traseiro enxuto e bem-feito. — Galinha! — Triunfante, Whitney levantou-se de um salto, com uma coxinha na mão. — É galinha — repetiu, e deu uma enorme mordida. — Tem uma galinha inteira aí atrás e uma pilha de latas... latas de comida. Azeitonas — anunciou, enfiando mais uma vez a mão na carroceria. — Azeitonas gregas, gordas. Cadê o abridor de lata?

Enquanto ela cavava, cabeça abaixada, Doug arrancou-lhe a coxinha da mão.

— Dimitri gosta de comer bem — disse, dando uma saudável mordida. Teria jurado que sentiu a carne deslizar direto para baixo. — Remo é safo o bastante pra atacar a despensa quando vai pegar a estrada.

— Dá pra perceber. — Com os olhos iluminados, ela tornou a sentar-se. — Beluga. — Segurou a latinha entre o polegar e o indicador. — E uma garrafa de Pouilly-Fuissé, '79.

— Sal?

— Claro.

Rindo, ele devolveu-lhe a coxinha semicomida.

— Parece que viajaremos pra Diego-Suarez em grande estilo, benzinho.

Whitney pegou a garrafa de vinho e retirou a rolha.

— Benzinho — falou arrastado. — Eu nunca viajo de outra maneira.

Capítulo Treze

Fizeram amor no jipe como adolescentes eufóricos, inebriados de exaustão e vinho. A lua acima era branca, a noite tranqüila. Ouvia-se a música de pássaros noturnos, insetos e sapos. Com o jipe embrenhado no fundo do mato, banquetearam-se de caviar e um do outro, tendo o canto da floresta ao redor. Whitney ria quando os dois lutaram para ter mais a posse um do outro no pequeno e não-cooperativo banco da frente do jipe.

Semivestida, a mente leve e a fome saciada, ela rolou para cima dele e sorriu.

— Não tenho um encontro como este desde os dezesseis anos.

— Ah, é? — Ele correu a mão pela coxa até o quadril dela. Viu os olhos escuros, vidrados, com uma combinação de cansaço, vinho e paixão. Prometeu a si mesmo que a veria assim de novo quando estivessem em algum hotel confortável no outro lado do mundo. — Então um cara punha você no banco de trás só com um pouco de vinho e caviar?

— Na verdade, bolacha salgada e cerveja. — Ela chupou o beluga do dedo. — E eu terminava dando um soco na barriga dele.

— Você é uma companhia engraçada, Whitney.

Ela emborcou as últimas gotas da garrafa na boca. Em volta, a floresta pululava de insetos que esfregavam as asas e cantavam.

— Sou, e sempre fui, seletiva.

— Seletiva, é? — Doug mudou de posição e deitou-a em cima dele, apoiando-se na porta do jipe. — Que diabos está fazendo comigo, então?

Ela se fizera a mesma pergunta, e a simplicidade da resposta a deixara inquieta. Porque queria estar. Ficou calada um instante, a cabeça aninhada no ombro dele. Parecia certo estar ali e, embora fosse tolice, seguro.

— Acho que me deixei seduzir pelo seu charme.

— Todas se deixam.

Whitney inclinou a cabeça, sorriu e afundou os dentes, não com muita delicadeza, no lábio inferior dele.

— Escute! — Enquanto ela ria, ele prendeu-lhe os braços do lado. — Então quer jogar pesado.

— Você não me assusta, Lord.

— Não? — Sorrindo, ele agarrou-lhe os pulsos com uma das mãos e envolveu-lhe o pescoço com a outra. Ela nem pestanejou. — Talvez eu tenha sido tranqüilo demais com você até agora.

— Vá em frente — ela o desafiou. — Faça o pior do que é capaz.

Olhou-o com aquele esboço de sorriso frio, os olhos cor de uísque escuros e sonolentos. Doug fez o que evitara durante toda a vida, o que evitara com mais inteligência, cuidado, que os xerifes de cidades pequenas e os tiras de cidades grandes. Apaixonou-se.

— Nossa, como você é linda!

Desprendeu-se alguma coisa do tom da voz dele. Antes que ela pudesse analisá-la ou a expressão que surgira em seus olhos, Doug beijava-a na boca. Os dois se apaixonaram.

Era como da primeira vez. Ele não esperava que acontecesse. Os sentimentos, as necessidades que o atravessavam eram simplesmente tão intensas, tão arrebatadoras. Diante delas, ele era impotente.

Sob as mãos dele, a pele dela escorria como água. Sob a boca, os lábios eram fortes, mais vigorosos que delicados. A exaustão inebriante transformou-se numa força inebriante. Com ela, ele podia fazer e ter tudo.

A noite era quente, o ar úmido e pesado, com o aroma de dezenas de flores inundadas de calor. Insetos de alimentação noturna esfregavam as asas e gemiam. Ele queria luz de velas para ela, além de uma macia e fria cama de penas com travesseiros forrados de seda. Queria dar novidade para um homem que, embora generoso, sempre tomava primeiro.

Whitney tinha um corpo bastante delicado. Fascinava-o de uma forma que todas as outras — as exuberantes, as óbvias, as profissionais — jamais o tinham feito. Curvas sutis, ossos longos e elegantes. A pele macia revelava o mimo diário. Doug disse a si mesmo que em algum momento se daria ao luxo de explorar cada centímetro dela, vagarosa e inteiramente, até conhecê-la como nenhum outro homem antes, como nenhum outro homem jamais conheceria.

Alguma coisa mudara nele. O entusiasmo continuava intenso, mas Whitney viu que tinha alguma coisa...

Com os sentidos emaranhados, sobrepostos uns nos outros, ela foi colhida num delicioso volume de sensações. Sentia, mas o que sentia vinha dele. A carícia da ponta de um dedo, o roçar de lábios. Sentia o gosto, mas era o sabor dele que a saciava, quente, masculino, excitante. Ouvia-o murmurar-lhe, e sua própria resposta flutuava no ar. O cheiro dele a impregnava, almiscarado, mais inebriante que a estufa em volta. Até então, não entendera o que significava ser absorvida por alguém. Até então, não quisera entender.

Ela abria. Ele saciava, dava. Ela absorvia.

Desde o início, haviam corrido juntos. Nisso, não eram em nada diferentes. Coração martelando contra coração, corpos próximos, transpuseram o limite que buscam todos os amantes.

Dormiram um sono leve, apenas uma hora, mas foi um luxo que receberam cobiçosos, enroscados juntos no banco do jipe. A lua baixara agora, mostrando a Doug sua posição por entre as árvores, antes de ele cutucar Whitney.

— Temos de continuar em frente.

Remo talvez ainda lutasse para conseguir transporte; mas, também, já poderia estar na estrada atrás deles. Das duas maneiras, nada satisfeito.

Ela suspirou e espreguiçou-se.

— Quanto falta ainda?

— Não sei... mais uns cento e cinqüenta, talvez duzentos quilômetros.

— Tudo bem. — Bocejando, ela começou a vestir-se. — Eu dirijo.

— De jeito nenhum. Já fui conduzido por você antes, lembra?

— Claro que sim. — Após uma breve inspeção, Whitney percebeu que as dobras nas roupas eram permanentes. Imaginou se teria alguma chance de encontrar uma lavanderia a seco. — Como lembro que também salvei sua vida então.

— Salvou? — Doug virou-se e viu-a pegar a escova de cabelo. — Você quase nos matou.

Ela passou a escova pelos cabelos.

— Queira me desculpar. Com o meu talento e estratégia superiores, não apenas salvei seu rabo, mas detive Remo e seus seguidores.

Doug ligou a ignição.

— Acho que tudo é uma questão de perspectiva. De qualquer modo, eu dirijo. Você bebeu demais.

Ela disparou-lhe um olhar demorado e contundente.

— Os MacAllister nunca perdem as faculdades mentais.

Ela agarrou a maçaneta quando partiram aos solavancos pelo mato e tomaram a estrada.

— Todo aquele sorvete — disse Doug, engrenando uma velocidade constante — forra o estômago pra neutralizar a bebedeira.

— Muito engraçado. — Ela soltou a maçaneta, apoiou os pés no pára-brisa e viu a noite passar voando. — Me ocorre que você está muito por dentro da história e experiência de minha família. E a sua?

— Que história quer? — ele perguntou, despreocupado. — Tenho várias, a depender da ocasião.

— Do órfão destituído ao aristocrata deslocado, estou certa. — Quem era ele?, ela se perguntou. E por que se importava? Não tinha a primeira resposta, mas já passara o tempo em que podia fingir não ter a segunda.

— Que tal a verdadeira, apenas para variar?

Ele poderia ter mentido. Poderia apenas ser o caso de contar a ela a história de um menino pobre, sem lar, dormindo em becos e fugindo do padrasto violento. Ele poderia tê-la feito acreditar. Ajeitando-se no banco, Doug fez o que raramente fazia. Contou-lhe toda a verdade.

— Fui criado no Brooklyn, um lugar agradável, tranqüilo. Minha mãe cuidava da casa, meu pai era bombeiro, consertava encanamentos. Minhas duas irmãs eram líderes de torcida. Tínhamos um cachorro chamado Checkers.

— Parece muito normal.

— É, era. — E às vezes, raramente, conseguia trazer a imagem de volta com clareza e apreciá-la. — Meu pai era do partido progressista e minha mãe fazia a melhor torta de mirtilo que alguém já provou. Ainda faz.

— E quanto ao jovem Douglas Lord?

— Como eu era, ah, brilhante com as mãos, meu pai achou que daria um bom encanador. Apenas não parecia minha idéia de diversão.

— O preço da hora de um encanador sindicalizado é muito impressionante.

— É, bem, jamais me interessou trabalhar por hora.

— Então, em vez disso, decidiu ser... como você se chama... freelancer?

— Vocação é vocação. Eu tinha um tio, a família sempre manteve um pouco de segredo sobre ele.

— Uma ovelha negra? — ela perguntou, interessada.

— Imagino que não o chamaria de lírio-branco. Parece que cumpriu pena durante algum tempo. De qualquer modo, pra resumir, ele veio morar conosco por uns tempos e trabalhava pro meu pai. — Disparou um olhar rápido, cativante, a Whitney. — Também era bom com as mãos.

— Entendo. Então você ganhou o talento de herança, ouso dizer, honestamente.

— Jack era bom. Muito bom mesmo, só que tinha um fraco pela garrafa. Quando se entregava à bebida, ficava relaxado. Fique relaxada e você é agarrada. Uma das primeiras coisas que ele me ensinou foi nunca beber em serviço.

— Não imagino que se refira aos canos que não param de vazar.

— Não. Jack era um encanador de segunda, mas um ladrão de primeira. Eu tinha catorze anos quando ele me ensinou a abrir uma fechadura. Nunca soube ao certo por que me levou. De uma coisa, sei: eu gostava de ler e ele, de ouvir histórias. Não era muito de ficar sentado com um livro, mas passava horas ouvindo a história de *O Homem da Máscara de Ferro* ou *Dom Quixote*.

Ela dera-se conta, desde o início, do intelecto afiado e do tipo variado de gosto.

— Então, o jovem Douglas gostava de ler.

— É. — Ele meneou os ombros e transpôs uma curva. — A primeira coisa que roubei foi um livro. Não éramos realmente pobres, mas não podíamos ter o estoque de livraria que eu gostava.

Precisava, corrigiu. Precisava dos livros, a fuga do cotidiano, da mesma forma que precisava de comida. Ninguém entendia.

— De qualquer modo, Jack gostava de ouvir histórias. Me lembro do que leio.

— Os autores esperam que os leitores lembrem.

— Não, quero dizer que lembro quase linha por linha. Só isso me fez chegar ao final da escola.

Ela pensou na facilidade com que ele despejara fatos e números do guia.

— Quer dizer que tem memória fotográfica?

— Eu não vejo em imagens, simplesmente não esqueço, só isso. — Ele riu, pensando. — O que me fez obter uma bolsa de estudos para a Princeton.

Whitney sentou-se ereta.

— Você freqüentou Princeton?

O sorriso de Doug alargou-se com a reação dela. Até então, jamais considerara a verdade mais interessante que a ficção.

— Não, decidi que preferia treinamento prático à faculdade.

— Está me dizendo que recusou uma bolsa de estudos da Princeton?

— É. O curso de bacharel em direito parecia bem chato.

— Bacharel em direito — ela murmurou e teve de rir. — Então poderia ter sido advogado. Além disso, formado por uma das universidades de altíssimo nível acadêmico da elite.

— Eu teria odiado tanto quanto os banheiros que não param de vazar. Aí apareceu tio Jack. Ele sempre dizia que não tinha filhos e queria passar o ofício adiante.

— Ah, um tradicionalista.

— É, bem, à maneira dele, sim. Eu peguei rápido. Me divertia muito mais arrombando uma fechadura que conjugando verbos, mas Jack tinha essa coisa sobre educação. Não me arranjaria um serviço de verdade enquanto eu não recebesse o diploma do ensino médio. E um pouco de matemática e ciência é útil quando a gente lida com sistemas de segurança.

Com o seu talento, ela imaginou que Doug poderia ter sido um engenheiro profissional de primeira linha. Deixou passar.

— Muito sensato.

— Continuamos melhorando e nos saímos muito bem durante uns cinco anos. Serviços pequenos, limpos. A maioria, hotéis. Numa noite memorável, roubamos dez mil no Waldorf. Fomos pra Las Vegas e perdemos quase tudo, mas foi uma época sensacional.

— Fácil vem, fácil vai?

— Se você não se diverte com o dinheiro, não faz o menor sentido roubá-lo.

Ela teve de sorrir diante da explicação. O pai também gostava de dizer que, se não se podia divertir com o dinheiro, não fazia o menor sentido ganhá-lo. Imaginou que ele teria apreciado a ligeira variação de Doug sobre o tema.

— Jack teve a idéia de roubar uma joalheria. Iria nos estabelecer por muitos anos. Precisávamos apenas solucionar alguns detalhes.

— O que aconteceu?

— Jack começou a encher a cara. Tentou fazer o serviço sozinho, o que se poderia chamar de uma coisa de ego. Eu vinha melhorando cada vez mais, e ele cometendo alguns erros. Acho que era difícil ele aceitar. De qualquer modo, tornou-se displicente. Não teria sido tão ruim se não houvesse violado as regras e levado uma arma consigo. — Doug estendeu o braço no encosto do banco e balançou a cabeça. — Essa pequena fanfarra lhe custou dez bons anos.

— Então tio Jack acabou vendo o sol nascer quadrado. E você?

— Vendo o sol nascer quadrado — ele murmurou, divertido. — Saí às ruas. Tinha vinte e três anos e era muito mais inexperiente do que julgava. Mas aprendi rapidinho.

Desistira de uma bolsa de estudos em Princeton para escalar janelas no segundo andar. A educação acadêmica talvez lhe houvesse proporcionado parte do luxo pelo qual parecia ansiar. No entanto... e no entanto, Whitney não conseguia vê-lo escolhendo um caminho bem trilhado.

— E seus pais?

— Diziam aos vizinhos que eu trabalhava para a General Motors. Minha mãe continua com a esperança de que me case e sossegue. Talvez me torne chaveiro. Por falar nisso, quem é Tad Carlyse IV?

— Tad? — Whitney notou que o céu no leste começava a clarear. Poderia fechar os olhos e dormir se as pálpebras não se houvessem enchido de areia. — Fomos meio comprometidos durante algum tempo.

Ele detestou Tad Carlyse IV imediata e completamente.

— Tipo noivos?

— Bem, digamos que meu pai e ele nos consideravam noivos. Eu considerava a situação um assunto pra debate. Os dois ficaram um pouco chateados quando optei por cair fora.

— Tad. — Doug visualizou um louro de queixo mole, blazer azul, mocassins brancos, sem meias. — Que é que ele faz?

— Faz? — Whitney adejou as pestanas. — Ora, imagino que se diria que Tad delega. É herdeiro da Carlyse & Fitz, fabricam tudo, desde aspirina a combustível de foguete.

— É, ouvi falar deles. — Mais megamilhões, pensou, passando pelos três sulcos seguintes de forma meio violenta. O tipo de gente que esbarrava num homem comum sem sequer notar. — Então por que não é a Sra. Tad Carlyse IV?

— Na certa, pelo mesmo motivo que você não se tornou encanador. Não me pareceu ser uma grande diversão. — Ela cruzou os pés nos tornozelos. — Talvez você queira voltar alguns metros, Douglas. Creio que perdeu o último buraco.

Era manhã cheia quando se puseram de pé no alto de uma montanha de onde se descortinava uma vista panorâmica de Diego-Suarez. Daquela distância, a água na baía doía de tão azul. Mas os piratas que outrora vagavam por ali não a teriam reconhecido. Os navios que pontilhavam a água eram cinzentos e resistentes. Não se viam elegantes velas enfunadas, nem cascos de madeira ondulados.

A baía, que antes fora o sonho de piratas e a esperança de imigrantes, era agora uma importante base naval francesa. A cidade que antes fora o orgulho deles era uma moderna cidade ordenada, de uns cinqüenta mil habitantes, nativos de Madagascar, franceses, indianos, orientais, britânicos e americanos. Onde antes houvera cabanas encimadas por telhado de palha, erguiam-se prédios de concreto e aço.

— Bem, aqui estamos. — Whitney enlaçou o braço no dele. — Que tal a gente descer, dar entrada num hotel e tomar um banho quente?

— Aqui estamos — ele murmurou. Julgou sentir os papéis se aquecerem no bolso. — Primeiro vamos encontrar o tesouro.

— Doug. — Ela virou-se para encará-lo, as mãos nos ombros dele. — Sei que é importante para você. Também quero encontrar. Mas olhe pra gente. — Ela se examinou de cima a baixo. — Estamos imundos. Exaustos. Embora isso não nos incomode, as pessoas com certeza vão notar.

— Não vamos confraternizar. — Ele olhou por cima da cabeça dela a cidade abaixo. O fim do arco-íris. — Começaremos com as igrejas.

Voltou para o jipe. Resignada, Whitney seguiu-o.

Oitenta quilômetros atrás, sacolejando ao longo da estrada do norte num Renault '68, com o exaustor em péssimo estado, vinham Remo e Barns. Como precisava pensar, Remo deixou Barns dirigir. O pequeno homem parecendo uma toupeira, com as mãos agarradas ao volante, ria enquanto olhava direto para frente. Gostava de dirigir, quase tanto quanto de passar por cima de qualquer coisa peluda que se precipitasse na estrada.

— Quando a gente agarrar eles, eu fico com a mulher, certo?

Remo disparou-lhe um olhar de leve repugnância. Considerava-se um homem exigente e Barns, uma lesma.

— É melhor lembrar que Dimitri quer a mulher. Se fizer alguma asneira com ela, talvez simplesmente deixe o chefe puto da vida.

— Não vou fazer asneira.

Os olhos se iluminaram por um instante quando lembrou a foto. Ela era tão bonita. Ele gostava de coisas bonitas. Coisas bonitas, macias. Então pensou em Dimitri.

Ao contrário dos outros, não o temia. Adorava-o. A adoração era simples, básica, de modo muito semelhante à adoração de um cachorrinho medonho pelo dono, mesmo depois de alguns bons chutes. Os poucos miolos com que Barns fora abençoado haviam-se esgotado a pancadas ao longo dos anos. Se Dimitri queria a mulher, iria levá-la para ele. Deu um sorriso amável a Remo, porque, à sua maneira, gostava dele.

— Dimitri quer as orelhas de Lord — disse com uma risadinha.
— Quer que eu corte pra você, Remo?
— Apenas dirija.

Dimitri queria as orelhas de Lord, mas Remo tinha plena consciência de que talvez decidisse arranjar um substituto. Se tivesse alguma esperança de escapar impune, teria levado o carro na direção oposta. O patrão o encontraria porque acreditava que um empregado continuava sendo empregado até a morte. Prematura ou não. Só restava a Remo rezar para continuar com as próprias orelhas, após comunicar a Dimitri seu alojamento temporário em Diego-Suarez.

Cinco igrejas em duas horas, ela pensou, e não haviam encontrado nada. A sorte deles tinha de chegar logo ou esgotar-se.

— E agora? — ela quis saber quando pararam diante de mais uma.

Esta era menor que as anteriores. E o telhado precisava de reparos.

— Prestamos nossos respeitos.

A cidade fora construída num promontório que se projetava sobre o mar. Embora ainda fosse de manhã, o ar era quente e pegajoso. Acima, as folhagens das palmeiras mal se moviam na leve brisa. Com um pouco de imaginação, Doug vislumbrava mentalmente a cidade como fora antes, ruidosa, simples, protegida por montanhas de um lado e do outro pela muralha feita pelo homem. Quando ele se afastou do jipe, Whitney o alcançou.

— Gostaria de saber quantas igrejas, quantos cemitérios, há aqui? Ainda melhor, quantas igrejas foram construídas sobre cemitérios?

— Não se constrói em cima de cemitérios. Isso deixa as pessoas nervosas.

Doug gostava do layout dali. A porta da frente pendia torta das dobradiças, fazendo-o pensar que ninguém usava a igreja com regularidade. Em torno das laterais, sob palmeiras pairadas como um dossel, e meio cobertos de vegetação, enfileiravam-se grupos de lápides. Ele teve de agachar-se para ler as inscrições.

— Não se sente um pouco mórbido? — Com a pele arrepiada, Whitney esfregou os braços e olhou para trás.

— Não. — A resposta simples veio enquanto ele examinava de perto lápide após lápide. — Os mortos são mortos, Whitney.

— Não tem idéia do que acontece depois?

Ele disparou-lhe um olhar.

— Não importa o que eu pense, o que está enterrado a um metro no chão não tem sentimentos. Venha, me dê uma mãozinha.

O orgulho a fizera agachar-se ao lado dele e arrancar ervas daninhas das lápides.

— As datas são boas. Veja... 1790, 1793.

— E os nomes são franceses. — A comichão na nuca disse-lhe que estava perto. — Se pudéssemos apenas...

— *Bonjour.*

Whitney levantou-se de um salto, pronta para correr, antes de ver o padre idoso aproximar-se por entre as árvores. Lutou para impedir que a culpa aflorasse no rosto, sorriu e respondeu-lhe em francês.

— Bom-dia, padre. — A batina preta fazia um agudo contraste com os cabelos brancos e o rosto pálido. As mãos, quando foram enlaçadas, revelaram manchas de idade. — Espero que a gente não esteja violando direitos de propriedade.

— Todo mundo é bem-vindo à casa de Deus. — Ele observou a aparência desarrumada do casal. — Estão viajando?

— Sim, padre. — Doug postou-se ao lado dela, mas nada disse. Whitney soube que lhe cabia inventar a história, mas descobriu que não podia contar uma mentira deslavada a um homem de colarinho clerical. — Percorremos um longo caminho, procurando as sepulturas de famílias que imigraram para cá durante a Revolução Francesa.

— Muitos vieram. São seus ancestrais?

Ela encarou os olhos claros e calmos do padre. Pensou nos nativos merinas que veneravam os mortos.

— Não. Mas é importante que os encontremos.

— Encontrar o que se foi? — Os músculos do padre, desgastados pela idade, tremeram com o simples movimento de unir as mãos. — Muitos procuram, poucos encontram. Vocês percorreram um longo caminho?

A mente do ancião, ela pensou, lutando com a impaciência, era tão velha quanto o corpo.

— Sim, padre, um longo caminho. Achamos que a família que procuramos talvez esteja enterrada aqui.

Ele pensou, e depois aceitou.

— Talvez eu possa ajudá-los. Tem os nomes?

— A família Lebrun. Gerald Lebrun.

— Lebrun. — O padre fechou o rosto enrugado, enquanto pensava. — Não tem Lebrun nenhum na minha paróquia.

— Do que ele está falando? — resmungou Doug ao pé do ouvido de Whitney, mas ela apenas balançou a cabeça.

— Eles imigraram para cá da França há duzentos anos. Morreram aqui.

— Todos precisamos enfrentar a morte a fim de ter a vida eterna.

Whitney rangeu os dentes.

— Sim, padre, mas temos interesse pelos Lebrun. Interesse histórico — decidiu, achando que na verdade não era mentira.

— Vocês percorreram um longo caminho. Precisam de um lanche. Madame Dubrock vai preparar o chá.

Ele pôs a mão no braço de Whitney, como a guiá-la pelo caminho. Ela ia recusar, mas sentiu o braço do ancião tremer.

— Seria adorável, padre.

Escorou o peso dele.

— O que está acontecendo?

— Vamos tomar chá — ela disse a Doug e sorriu para o padre. — Tente se lembrar de onde você está.

— Pai do céu.

— Exatamente.

Ela ajudou o padre idoso a seguir pelo atalho estreito até a reitoria. Antes que ele estendesse a mão até a maçaneta, a porta foi aberta por uma mulher de vestido caseiro, cujo rosto sucumbia às rugas. O cheiro da idade era igual a papel velho, rarefeito e empoeirado.

— Padre. — Madame Dubrock tomou-lhe o outro braço e ajudou-o a entrar. — Teve uma caminhada agradável?

— Eu trouxe viajantes. Precisam tomar chá.

— Claro, claro.

A velha conduziu o padre por um estreito e escuro corredor até um salão entulhado. Uma Bíblia encadernada de preto com páginas amareladas encontrava-se aberta no Livro de Davi. Velas com a chama baixa repousavam sobre cada mesa e em cada lado de um antigo piano de armário que parecia ter desabado mais de uma vez. Havia uma estátua da Virgem, lascada e desbotada, mas de algum modo linda, no nicho perto da janela. Madame Dubrock murmurou e tratou o padre com exagerada atenção ao instalá-lo numa cadeira.

Doug olhou o crucifixo na parede esburacada pela idade, manchada do sangue da redenção. Passou a mão pelos cabelos. Jamais se sentia muito à vontade nas igrejas, e aquela era pior.

— Whitney, não temos tempo para isso.

— Xiu! Madame Dubrock — ela começou.

— Por favor, se sentem, vou trazer o chá.

Compaixão e impaciência guerrearam dentro de Whitney quando ela tornou a olhar o padre.

— Padre...

— Vocês são jovens. — Ele suspirou e avançou com esforço pelo rosário. — Rezo a missa na Igreja de Nosso Senhor há mais tempo do que os dois já viveram. Mas bem poucos vêm.

Mais uma vez, Whitney fora atraída pelos olhos claros, a voz fraca.

— Os números não importam, importam, padre? — Ela se sentou na cadeira ao lado dele. — Basta um.

Ele sorriu, fechou os olhos e cochilou.

— Coitado do velho — ela murmurou.

— E eu gostaria de viver tanto quanto ele — insistiu Doug. — Benzinho, enquanto esperamos o chá, Remo vai fazer sua alegre entrada na cidade. Na certa, está um pouco chateado por termos roubado seu jipe.

— Que espera que eu faça? Peça ao padre que se retire, pois temos um matador profissional nas costas?

Ele viu a expressão nos olhos dela quando o fulminou com eles, a expressão querendo dizer que se condoera.

— Tá bem, tá bem. — Pontadas de pena vinham sensibilizando-o também e ele não gostava disso. — Fizemos nossa boa ação e agora ele está tirando um cochilo. Vamos fazer o que viemos fazer.

Whitney cruzou os braços no peito e sentiu-se uma ladra de túmulos.

— Escute, talvez haja registros, livros contábeis, que podíamos examinar, em vez de... — Ela se interrompeu e olhou em direção ao cemitério. — Você sabe.

Ele esfregou os nós dos dedos na face dela.

— Por que você não fica aqui e eu dou uma olhada?

A necessidade de concordar a fez sentir-se meio covarde.

— Não, estamos nisso juntos. Se Magdaline ou Gerald Lebrun estão lá, vamos descobrir juntos.

— Havia uma Magdaline Lebrun que morreu no parto, e sua filha, Danielle, que sucumbiu à febre.

Madame Dubrock voltou para a sala arrastando os pés com uma bandeja de chá e biscoitos duros.

— É verdade. — Whitney virou-se para Doug e tomou-lhe a mão. — É verdade.

A velha sorriu ao ver Doug encará-la desconfiado.

— Tenho muitas horas à noite para mim mesma. O meu passatempo é ler e estudar registros da igreja. A própria igreja tem três séculos de existência. Resistiu a guerras e ciclones.

— Lembra-se de ter lido sobre os Lebrun?

— Sou velha. — Quando Doug lhe tomou a bandeja das mãos, ela deu um suspiro de alívio. — Mas minha memória é boa. —

Lançou um olhar ao padre, que tirava uma soneca. — Um dia também irá embora. — Mas disse isso com uma ponta de orgulho. Ou talvez, pensou Whitney, com uma espécie de fé. — Muitos vieram aqui para fugir da Revolução, muitos morreram. Lembro que li sobre os Lebrun.

— Obrigada, madame.

Whitney enfiou a mão na carteira e tirou metade das notas que lhe haviam restado.

— Para a igreja. — Examinou por alto o padre e acrescentou mais notas. — Para a igreja dele, em nome da família Lebrun.

Madame Dubrock aceitou o dinheiro com tranqüila dignidade.

— Se Deus quiser, vocês vão encontrar o que procuram. Se precisarem de um refrigério, voltem à reitoria. Serão bem-vindos.

— Obrigada, madame. — No impulso, Whitney adiantou-se. — Há homens atrás de nós.

Ela olhou Whitney direto nos olhos, paciente.

— É mesmo, minha filha?

— São perigosos.

O padre mexeu-se na cadeira e olhou para Doug.

— Deus os proteja.

Fechou de novo os olhos e adormeceu.

— Eles não fizeram perguntas — murmurou Whitney quando saíram.

Doug olhou para trás.

— Algumas pessoas têm todas as respostas que precisam. — Ele não era uma delas. — Vamos encontrar o que viemos procurar.

Por causa do crescimento excessivo da vegetação, trepadeiras e da idade das lápides, eles levaram uma hora para percorrer metade do cemitério. O sol elevava-se alto no céu, projetando sombras finas e curtas. Mesmo ao longe, Whitney sentia o cheiro de mar. Cansada e desanimada, sentou-se no chão e ficou vendo Doug trabalhar.

— Devíamos voltar amanhã e fazer o resto. Mal consigo me concentrar nos nomes a esta altura.

— Hoje. — Falou meio para si mesmo, ao curvar-se sobre outra sepultura. — Tem de ser hoje, eu sinto.

— Eu só sinto uma dor na base das costas.

— Estamos perto. Eu sei. A gente fica com as palmas das mãos molhadas. E com a sensação intuitiva de que tudo está prestes a se encaixar. É como abrir um cofre. Não precisa nem ouvir o último estalo pra saber. Simplesmente sabe. O filho-da-mãe está aqui. — Ele enfiou as mãos nos bolsos e esticou as costas. — Vou encontrar nem que sejam necessários mais dez anos.

Whitney olhou-o e, com um suspiro, levantou-se. Apoiou a mão numa lápide para equilibrar-se ao prender o pé numa trepadeira. Praguejando, curvou-se, para libertar-se. Sentiu o coração sobressaltar-se, olhou mais uma vez e leu o nome na pedra abaixo. Ouviu o último estalo da fechadura.

— Não vai ser necessário tanto tempo assim.

— O quê?

— Não vai ser necessário tanto tempo assim. — Ela riu, e a clara luminosidade do sorriso o fez endireitar-se. — Encontramos Danielle. — Teve de conter as lágrimas quando limpou a pedra. — Danielle Lebrun — leu. — 1779-1795. Pobre menina, tão longe de casa.

— A mãe está aqui. — A voz de Doug saiu nivelada, sem a cadência animada. Ele deslizou a mão até encontrar a de Whitney. — Ela morreu jovem.

— Deve ter usado os cabelos cobertos de talco, com plumas enfiadas. Os vestidos caíam bem abaixo dos ombros e varriam o chão. — Ela deitou a cabeça no braço dele. — Depois aprendeu a cultivar um jardim e guardou o segredo do marido.

— Mas onde ele está? — Doug tornou a agachar-se. — Por que não foi enterrado ao lado dela?

— Ele deve... — Ocorreu-lhe uma idéia e ela se afastou num rodopio, sentindo o gosto de uma maldição. — Ele se matou, não poderia ter sido enterrado aqui, em terreno consagrado. Doug, Gerald não está no cemitério.

Ele encarou-a.

— Como?

— Suicídio. — Ela correu a mão pelos cabelos. — Ele morreu em pecado, por isso não podia ser enterrado em terreno consagrado. — Olhou em volta, esperançosa. — Não sei nem onde procurar.

— Tiveram de enterrá-lo em algum lugar. — Ele começou a andar de um lado para o outro entre as sepulturas. — Que faziam de praxe com aqueles que não podiam deixar entrar?

Ela franziu um pouco a testa e pensou.

— Dependeria, suponho. Se o padre fosse misericordioso, acho que ele seria enterrado por perto.

Doug baixou os olhos.

— Estão aqui — resmungou. — E minhas palmas das mãos continuam suadas. — Tomando a mão dela, dirigiu-se à cerca baixa que contornava o cemitério. — Começamos aqui.

Passou-se outra hora enquanto andavam e vasculhavam o mato. A primeira cobra que Whitney viu quase a fez voltar correndo para o jipe, mas Doug entregou-lhe um pau, sem nenhuma solidariedade. Endireitando a espinha, ela fincou-o no réptil. Quando Doug tropeçou, caiu e xingou, ela não lhe deu a menor atenção.

— Minha nossa!

Whitney ergueu o pau, pronta para baixá-lo.

— Cobra!

— Esqueça as cobras. — Ele tomou-lhe a mão e trouxe-a consigo mais uma vez para o chão. — Encontrei.

O marcador, pequeno, simples e também quase enterrado, informava apenas GERALD LEBRUN. Whitney pôs a mão em cima, perguntando-se se alguém lamentara a morte dele.

— E na mosca.

Doug arrancava uma trepadeira da grossura de um polegar e crivada de flores em forma de trompa de outra pedra. Informava apenas MARIA.

— Maria — ela murmurou. — Talvez fosse outra suicida.

— Não. — Ele segurou os ombros dela para os dois ficarem defronte um do outro. — Gerald guardou o tesouro exatamente como tinha prometido. Morreu ainda guardando. Deve ter enterrado aí, antes de escrever aquela última carta. Talvez tenha deixado por escrito o pedido para ser enterrado neste local. Não podiam enterrá-lo ali com a família, mas não tinham motivo algum pra não lhe conceder um último desejo.

— Tudo bem, faz sentido. — Mas Whitney ficou com a boca seca. — E agora?

— Agora, vou roubar uma pá.

— Doug...

— Não é momento pra sensibilidades.

Ela engoliu de novo em seco.

— Certo, mas faça isso depressa.

— Prenda a respiração.

Ele deu-lhe um beijo rápido, antes de correr e desaparecer.

Whitney sentou-se entre as duas pedras, os joelhos puxados para cima, o coração martelando. Estariam mesmo tão perto, tão perto da conclusão, enfim? Examinou o pedaço de terra abandonado sob a mão. Teria Gerald, o confidente da rainha, guardado o tesouro ao seu lado durante dois séculos?

E se o encontrassem? Whitney arrancou a grama com os dedos. Por enquanto, ia lembrar apenas que eles, e não Dimitri, o encontraram. Ficaria satisfeita com isso no momento.

Doug voltou pelo mato, sem fazer barulho. Ela só o ouviu quando ele murmurou seu nome. Xingou e ajoelhou-se atrapalhada.

— Precisa fazer isso?

— Preferi não anunciar nosso pequeno serviço vespertino. — Ele trazia na mão uma pá amassada, de cabo curto. — O melhor que pude arranjar em cima da hora.

Por um instante, apenas fitou a terra sob os pés. Queria saborear a sensação de pisar no portão para a boa vida.

Whitney leu os pensamentos nos olhos dele. Mais uma vez, sentiu pontadas das sensações contraditórias de aceitação e decepção. Então, pôs a mão sobre a dele na pá e deu-lhe um beijo demorado.

— Boa sorte.

Doug começou a cavar. Durante um minuto após o outro, não se ouvia ruído algum, além do ritmo constante de metal varando a terra. Nenhuma brisa soprava do mar, e o suor escorria do rosto dele como chuva. O calor e o silêncio pressionavam-nos. À medida que o buraco ia ficando maior, cada um lembrava os estágios da jornada que o haviam trazido tão perto assim.

Uma louca perseguição pelas ruas de Manhattan, uma corrida a pé na capital dos Estados Unidos. O salto de um trem em movimento, uma infindável caminhada por colinas áridas e ondulantes. A aldeia dos merinas. Cyndi Lauper ao longo do Canal des Pangalanes. Paixão e caviar num jipe roubado. Morte e amor, os dois inesperados.

Doug sentiu a ponta da pá tocar numa coisa sólida. O ruído abafado ecoou pelo mato quando os seus olhos encontraram os de Whitney. De quatro, os dois começaram a afastar com os dedos a terra. Sem ousarem respirar, suspenderam-no.

— Oh, meu Deus — ela disse num sussurro. — É real.

Não tinha mais de trinta centímetros de comprimento nem tanto de largura. O próprio estojo estava mofado de terra e umidade. Era, como descrevera Danielle, muito simples. Mesmo assim, Whitney soube que o modesto cofre valeria uma pequena fortuna para um colecionador ou museu. Os séculos transformavam metal em ouro.

— Não quebre a fechadura — pediu a Doug, quando ele ia forçar a abertura.

Embora impaciente, ele levou mais um minuto para abri-lo com suavidade, como se tivesse a chave. Quando abriu e jogou para trás a tampa, nenhum dos dois pôde fazer mais que olhar fixo.

Whitney não saberia dizer o que vinha esperando. Quase sempre, encarara toda a aventura como um capricho. Mesmo quando arrebatada pelo entusiasmo de Doug, pedaços de seus sonhos, ela jamais acreditara com convicção que encontrariam uma coisa daquelas.

Viu o lampejo dos diamantes, o brilho do ouro. Ofegante, mergulhou a mão neles.

O colar de diamantes que lhe pendia da mão era tão brilhante, frio e refinado como o luar no inverno.

Poderia ser aquele? Haveria alguma chance de o colar que segurava ser o usado na traição a Maria Antonieta nos últimos dias antes da Revolução? Tê-lo-ia usado a rainha, mesmo uma única vez, em desafio, vendo como as pedras se tornavam gelo e fogo em sua pele? Teriam a cobiça e o poder dominado a jovem que amava coisas belas, ou ela apenas teria ignorado o sofrimento que acontecia fora dos muros do palácio?

Eram perguntas para historiadores, pensou, embora pudesse ter certeza de que Maria inspirara lealdade. Gerald de fato guardara as jóias para sua rainha e país.

Doug tinha as esmeraldas nas mãos, cinco voltas delas num colar tão pesado que talvez houvesse distendido o pescoço. Vira-o no livro. O nome — de uma mulher. Maria, Louise, não sabia ao certo. Mas, como uma vez pensara Whitney, as jóias significavam mais em três dimensões. O que brilhava na mão dele não vira luz durante dois séculos.

Havia mais. O bastante para cobiça, paixão e luxúria. O pequeno cofre quase transbordava de pedras preciosas. E história. Com todo cuidado, Whitney enfiou a mão por baixo e pegou a pequena miniatura.

Vira retratos da rainha consorte muitas vezes. Mas nunca segurara uma obra-prima de arte antes. Maria Antonieta, frívola, imprudente e extravagante, retribuía-lhe o sorriso como se continuasse em pleno reinado. A miniatura não tinha mais de quinze centímetros, forma oval, emoldurada em ouro. Não conseguiu ler o nome do pintor e, embora o retrato precisasse muito de um tratamento, ela sabia seu valor. E a moral.

— Doug...
— Santo Deus!

Por mais alto que houvesse deixado os sonhos o embalarem, ele jamais acreditara que seria assim tão delicioso no fim. Tinha a fortuna nas pontas dos dedos, o sucesso último. Segurava, numa das mãos, um perfeito diamante em forma de gota e, na outra, um bracelete cintilante de rubis. Simplesmente vencera o jogo. Mal percebendo o que fazia, enfiou o diamante no bolso.

— Olhe bem, Whitney, temos o mundo todo bem aqui. Todo o maldito mundo. Deus abençoe a rainha.

Rindo, deslizou um fio de diamantes e esmeraldas pela cabeça dela.

— Doug, veja isto.

— É, que é que tem? — Interessavam-no mais as jóias brilhantes que caíam da caixa que um quadrinho desbotado. — A moldura vale uma nota — disse, como quem não quer nada, e retirou um ornado colar confeccionado com safiras do tamanho de moedas de vinte e cinco centavos.

— É um retrato de Maria Antonieta.

— É valioso.

— Inestimável.

— Ah, é?

Interessado, ele deu atenção ao retrato.

— Doug, esta miniatura tem duzentos anos. Ninguém ainda vivo a viu antes. Ninguém sequer sabe que existe.

— Então trará um ótimo preço.

— Será que não entende? — Impaciente, ela tirou-o de volta dele. — Isso tem de fazer parte de um museu. Não é uma coisa que se pode levar a um intermediário que vende coisas roubadas. É arte. Doug... — Ela ergueu o colar de diamantes. — Olhe isto. Não é apenas um monte de pedras bonitas de alto valor de mercado. Veja a habilidade artesanal, o estilo. É arte, história. É o colar do Caso do Diamante, poderia projetar toda uma nova luz sobre teorias aceitas.

— É a minha liberdade — ele corrigiu, e guardou o colar de volta no estojo.

— Doug, essas jóias eram de uma mulher que viveu há dois séculos. Duzentos anos. Você não pode levar o colar e o bracelete dela a uma casa de penhores e mandar desmanchar. Isso é imoral.

— Vamos falar de moral depois.

— Doug...

Aborrecido, ele fechou a tampa da caixa e levantou-se.

— Escute, você quer dar a pintura a um museu, talvez duas das jóias, tudo bem. A gente fala sobre isso depois. Arrisquei minha vida por essa caixa, e porra, a sua também. Não vou abrir mão da única chance que tenho de me retirar e ser alguém para que as pessoas possam ficar boquiabertas diante de pedras preciosas num museu.

Ao levantar-se e ficar diante dele, Whitney lançou-lhe um olhar que ele não entendeu.

— Você é uma figura — ela disse, em voz baixa.

Isso mexeu em alguma coisa dentro dele, mas Doug apenas abanou a cabeça.

— Não boa o bastante, docinho. As pessoas como eu precisam das coisas com que não nasceram. Estou cansado de disputar o jogo. Isso me leva à linha de chegada.

— Doug...

— Escute, o que quer que aconteça com tudo isso, primeiro temos de tirá-lo daqui.

Ela ia argumentar, mas cedeu.

— Tudo bem, mas vamos discutir isso depois.

— Como quiser. — Doug deu-lhe aquele sorriso irresistível em que ela aprendera a não confiar. — Que acha de levarmos o bebê pra casa?

Com um balanço de cabeça, Whitney retribuiu o sorriso.

— Chegamos até aqui. Talvez a gente consiga escapar sãos e salvos.

Puseram-se em marcha, mas, quando ele se virou para empurrar o mato alto, ela recuou. Arrancou algumas flores de trepadeiras e as depositou na sepultura de Gerald.

— Você fez tudo que podia.

Virando-se, seguiu Doug até o jipe. Com outra olhada em volta, ele pôs o cofre no banco de trás e jogou uma manta por cima.

— Muito bem, agora procuramos um hotel.

— É a melhor notícia que tive o dia todo.

Quando ele encontrou um que parecia elegante e caro o bastante para seu gosto, encostou no meio-fio.

— Escute, faça o registro de entrada. Vou providenciar as coisas pra nos tirar do país no primeiro avião amanhã de manhã.

— E a nossa bagagem em Antananarivo?

— Mandamos buscar depois. Aonde você quer ir?

— Paris — ela respondeu no mesmo instante. — Tenho a impressão de que não vou me entediar desta vez.

— É pra já. Agora, que tal dividir um pouco desse dinheiro vivo pra eu cuidar das coisas?

— Claro. — Como se nunca lhe houvesse negado um centavo, Whitney pegou a carteira. — É melhor levar, em vez disso, um cartão — decidiu e retirou um cartão de crédito. — Primeira classe, Doug, por favor.

— Nada mais. Pegue o melhor quarto no hotel, benzinho. Esta noite começamos a viver em grande estilo.

Ela sorriu, mas se curvou sobre o banco de trás e pegou a caixa coberta com a manta junto com a mochila.

— Vou só levar isso comigo.

— Não confia em mim?

— Eu não diria isso. Exatamente.

Saltando, ela soprou-lhe um beijo. Com a calça manchada de terra e uma blusa rasgada, entrou no hotel como uma princesa reinante.

Doug viu três homens apressarem-se a abrir-lhe a porta da frente. Classe, pensou mais uma vez. Ela a emanava. Lembrou que uma vez lhe pedira um vestido de seda azul. Com um sorriso, ele se afastou do meio-fio. Iria trazer-lhe algumas surpresas.

WHITNEY APROVOU O QUARTO E EXPRESSOU A APROVAÇÃO ao mensageiro com uma generosa gorjeta. A sós, retirou a manta da caixa e tornou a abri-la.

Jamais se considerara conservacionista, entusiasta das artes, nem puritana. Olhando as pedras preciosas, jóias e moedas de outra era, sabia que nunca conseguiria transformá-las numa coisa tão ordinária quanto dinheiro vivo. Pessoas haviam morrido pelo que tinha na mão. Algumas por cobiça, outras por princípios, outras ainda por nada mais que a escolha do momento. Se fossem apenas jóias, as mortes não significariam nada. Ela pensou em Juan e em Jacques. Não, elas eram muito, muito mais que jóias.

O que tinha ali, nas pontas dos dedos, não era dela nem de Doug. O difícil seria convencê-lo disso.

Deixando a tampa fechada, entrou no banheiro e abriu a torneira toda. O ato trouxe de volta a lembrança da pequena pousada no litoral e de Jacques.

Embora ele houvesse morrido, talvez quando a miniatura e o tesouro estivessem no lugar certo, seria lembrado. Uma pequena placa com seu nome num museu em Nova York. Sim. A idéia a fez sorrir. Jacques apreciaria isso.

Deixou a água correr, enquanto ia até a janela olhar a vista. Agradou-lhe ver a baía esparramar-se e a movimentada cidadezinha abaixo. Gostaria de caminhar pelo bulevar e absorver a textura do porto marítimo. Navios, homens do mar. Haveria lojas abarrotadas de mercadoria, daquelas que uma mulher na sua profissão vasculhava. Uma pena se não pudesse voltar para Nova York com alguns engradados de mercadorias de Madagascar.

Com a mente vagando, um vulto na calçada atraiu-lhe a atenção e a fez debruçar-se. Um chapéu panamá branco. Mas que ridículo, disse a si mesma. Inúmeros homens usavam panamás nos trópicos. Não podia ser... Mas, quando o olhou, teve quase certeza de que era o homem que vira antes. Esperou, sem ar, o homem virar-se para certificar-se. Quando o chapéu desapareceu no vão de uma porta, ela exalou um suspiro frustrado. Estava apenas nervosa. Como alguém poderia ter seguido a trilha em ziguezague que haviam tomado para Diego-Suarez? Era melhor Doug voltar logo, pensou. Queria tomar um banho, trocar de roupa e entrar num avião.

Paris, ela imaginou e fechou os olhos. Uma semana sem fazer nada, além de relaxar. Entregues ao amor e ao champanhe. Depois de tudo por que haviam passado, era o mínimo que mereciam. Após Paris... Suspirou e voltou ao banheiro. Essa era outra questão.

Fechou as torneiras, endireitou-se e começou a desabotoar a blusa. Ao fazê-lo, encontrou os olhos de Remo no espelho acima da pia.

— Srta. MacAllister. — Ele sorriu, tocando de leve a cicatriz na face. — É um prazer.

Capítulo Quatorze

Ela pensou em gritar. O medo borbulhou no fundo da garganta, quente e amargo. Fechou-se na boca do estômago, forte e frio. Mas uma expressão no olhar de Remo, calma e à espera, avisou-a de que ele teria apenas muito prazer em silenciá-la. Ela não gritou.

No instante seguinte, pensou em fugir — lançar-se numa louca e heróica corrida passando por ele e saindo pela porta. Sempre havia uma possibilidade de conseguir. E de não conseguir.

Ela recuou, a mão ainda pronta para a ação no primeiro botão da blusa. No pequeno banheiro, sua respiração rápida, desigual, ecoava de volta. O ruído fez Remo sorrir. Ao ver isso, Whitney lutou para controlar-se. Chegara tão longe, trabalhara tão duro, e agora estava encurralada. Fechou os dedos na borda de porcelana da pia. Não ia choramingar, prometeu a si mesma. Nem suplicar.

Ao ver um movimento atrás de Remo, ela desviou o olhar e deu de cara com os olhos sorridentes e idiotas de Barns. Aprendera que o medo às vezes era primitivo, descuidado, como o terror que um camundongo sente quando vê um gato começar a bater as patas de brincadeira. O instinto disse-lhe que o perigo era muito maior nele que no homem alto e moreno que lhe apontava uma pistola. Havia hora para heroísmo, hora para temer e hora para rolar os dados. Ela se forçou a relaxar os dedos e rezou.

— Remo, eu presumo. Você trabalha rápido.

E a mente dela também, logo começando a indicar ângulos e rotas de fuga. Doug saíra havia não mais de vinte minutos. Estava sozinha.

Ele esperava que ela gritasse ou tentasse correr, de modo a ter um motivo para deixá-la com alguns hematomas. A vaidade dele ainda sentia dores da cicatriz no rosto. Fora a vaidade, temia demais Dimitri para pôr uma marca nela sem provocação. Sabia que o patrão gostava de mulheres entregues ilesas, não importava a condição em que se encontrassem quando as liquidava. Intimidação, porém, era diferente. Encostou o cano da arma sob o queixo dela para apertá-lo no ponto da suave e vulnerável garganta. Ao vê-la estremecer, alargou o sorriso.

— Lord — disse sem rodeios. — Onde está?

Ela encolheu os ombros, porque jamais se sentira tão assustada na vida. Quando falou, a voz saiu deliberadamente uniforme e fria. Cada gota de saliva na boca secara.

— Eu o matei.

A mentira saíra tão fácil e rápido que quase a surpreendeu. Por causa disso, as mentiras fáceis desprendiam um toque de verdade. Whitney continuou. Erguendo um dedo, afastou o cano da garganta.

Remo encarava-a. Raras vezes seu intelecto mergulhava abaixo da superfície em busca de sutilezas, tanto que viu a insolência nos olhos dela sem perceber o medo por trás. Puxando-a pelos braços, arrastou-a até o quarto e empurrou-a rudemente numa cadeira.

— Onde está Lord?

Whitney empertigou-se na cadeira e correu a mão pela já rasgada manga da blusa. Não podia deixá-lo ver que seus dedos tremiam. Seria necessário cada grama de perspicácia para ela ter sucesso.

— Francamente, Remo, eu esperava um pouco mais de classe de você que de um ladrão de segunda categoria.

Com um balanço brusco da cabeça, ele fez sinal a Barns para se aproximar. Ainda rindo, o outro se aproximou com um revólver pequeno e medonho.

— Bonita — disse, e quase babou. — Macia e bonita.

— Ele gosta de acertar pessoas em lugares como rótulas — disse Remo. — Agora, onde está Lord?

Whitney esforçou-se para ignorar a arma que Barns apontava para seu joelho. Se a olhasse, se apenas pensasse nela, teria desabado numa poça de súplicas.

— Eu o matei — repetiu. — Tem um cigarro? Não sei o que é um há dias.

O tom da voz era naturalmente régio, Remo pegara o maço antes mesmo de percebê-lo. Frustrado, apontou a arma bem entre os olhos dela. Whitney sentiu o leve e rápido martelar começar ali e espalhar-se.

— Só vou perguntar legal mais uma vez. Onde está Lord?

Ela deu um suspiro curto e irritado.

— Acabei de dizer. Morreu. — Sabia que Barns continuava a encará-la, cantando baixo com os lábios fechados. Sentiu o estômago revirar-se ao dar uma olhada crítica nas unhas. — Não imagino que saiba onde posso arranjar uma boa manicure neste lugar imundo.

— Como o matou?

A batida do coração dela se acelerou. Se ele perguntava agora, era porque estava prestes a acreditar.

— Atirei nele, claro. — Ela deu um sorriso meio vago e cruzou as pernas. Viu Remo sacudir a cabeça para Barns baixar a arma. Não se permitiu um suspiro de alívio. — Pareceu a maneira mais infalível.

— Por quê?

— Por quê? — Ela piscou. — Por que como?

— Por que o matou?

— Eu não precisava mais dele — ela respondeu simplesmente.

Barns adiantou-se e passou a mão rechonchuda pelos cabelos dela. Emitiu um som na garganta que talvez fosse de aprovação. Whitney cometeu o erro de virar a cabeça e os olhos dos dois se encontraram. O que ela viu fez-lhe o sangue congelar. Imóvel, lutou para não revelar o medo, apenas a repulsa.

— Este é seu roedor de estimação, Remo? — perguntou sem alterar a voz. — Sem dúvida, espero que saiba controlá-lo.

— Fora, Barns.

Ele deslizou a mão até o ombro dela.

— Só quero tocar.

— Fora!

Whitney viu a expressão nos olhos de Barns quando se virou para Remo. A amabilidade se fora. A idiotice neles agora era sombria e vil. Engoliu em seco, sem saber se ele iria obedecer ou apenas atirar em Remo ali mesmo. Se tivesse de lidar com um deles, não queria que fosse Barns.

— Senhores — ela disse numa voz clara, calma, que os fez tornar a olhá-la. — Se vamos continuar nisso por muito tempo, eu agradeceria aquele cigarro. Foi uma manhã muito cansativa.

Com a mão esquerda, Remo enfiou a mão no bolso e ofereceu-lhe um cigarro. Whitney pegou-o, e então, segurando-o entre dois dedos, olhou-o em expectativa. Ele teria disparado uma bala no cérebro dela, sem um instante de hesitação. Mas também apreciava mulheres conservadoras. Pegando o isqueiro, acendeu-o para ela.

Com o olhar fixo no dele, Whitney sorriu e soprou uma baforada.

— Obrigada.

— Claro. Como espera que eu acredite que você liquidou Lord? Ele não é nenhum tolo.

Ela recostou-se, levando mais uma vez o cigarro aos lábios.

— Nisso, temos uma diferença de opinião, Remo. Lord era um tolo de primeira classe. É lamentavelmente fácil se aproveitar de um homem cujos miolos, digamos assim, ficam abaixo da cintura.

Uma gota de suor escorreu-lhe pelas omoplatas. Foi necessário todo o seu esforço para não se coçar na cadeira.

Remo examinou-a. Rosto calmo, mãos firmes. Ou tinha mais coragem do que ele esperava, ou dizia a verdade. Em geral, teria apreciado alguém pôr as coisas em ordem por ele, mas queria matar Doug ele mesmo.

— Escute, boneca, você estava com Lord de muito bom grado. Ajudou-o o tempo todo.

— Claro. Ele tinha uma coisa que eu queria. — Ela tragou com delicadeza, grata por não se engasgar. — Ajudei-o a sair do país e até o banquei financeiramente. — Deu um tapinha no cigarro no cinzeiro ao lado. Esquivar-se não era possível, compreendeu. Se Doug retornasse com eles ainda ali, estaria tudo perdido. Para os dois. — Tenho de admitir, foi meio emocionante durante algum tempo, embora faltasse classe a Doug. É o tipo de homem do qual uma mulher se cansa fácil, se sabe o que quero dizer. — Ela sorriu, olhando Remo de cima a baixo por trás de uma névoa de fumaça. — De qualquer modo, não vi motivo algum para ficar presa a ele, nem para dividir o tesouro com ele.

— Então o matou.

Whitney notou que Remo não disse isso com qualquer nuança de repugnância ou repulsa. Ouviu apenas especulação.

— Claro. Ele passou a ser um tolo presunçoso depois que roubamos seu jipe. Foi apenas uma questão de convencê-lo a parar... passar para o outro lado da estrada por algum tempo. — Brincou, como quem não quer nada, com o primeiro botão e viu Remo baixar os olhos para ali. — Eu tinha os papéis e o jipe. Com certeza, não precisava mais dele. Atirei nele, joguei-o no mato e vim para a cidade.

— Muito descuido da parte de Lord deixar você meter uma bala nele.

— Ele estava... — Whitney deslizou o dedo para baixo. — Ocupado. — Remo não engolia a história, ela pensou e deu de ombros. — Pode perder seu tempo procurando-o, se quiser. Mas deve saber que dei entrada no hotel sozinha. E, como parece que você conhecia Douglas, talvez leve em consideração que eu tenho o tesouro. Acha mesmo que ele o teria confiado a mim?

Ela apontou com um elegante dedo a cômoda.

Remo aproximou-se e abriu a tampa. O que viu fez a boca encher-se d'água.

— Impressionante, não? — Whitney apagou de leve o cigarro. — Impressionante demais para dividir com alguém do calibre de Doug. Mas... — Interrompeu-se até Remo dirigir-lhe de novo o olhar. — Um homem de certa classe e educação seria muito diferente.

Era tentador. Ela encarava-o com olhos escuros e promissores. Ele quase podia sentir o calor que subia do pequeno tesouro sob os dedos. Mas lembrou-se de Dimitri.

— Você vai mudar de acomodações.

— Tudo bem.

Como se não se preocupasse a mínima, Whitney levantou-se. Tinha de fazê-los sair, e rápido. Ir com eles era preferível a levar um tiro na rótula, ou em outro lugar.

Remo pegou o cofre do tesouro. Dimitri ficaria satisfeito, pensou. Muito, muito satisfeito. Deu a Whitney um sorrisinho.

— Barns vai acompanhar você até o carro. Eu não tentaria nada... a não ser que queira ter todos os ossos da mão direita quebrados.

Uma olhada à cara sorridente de Barns a fez estremecer.

— Não tem a menor necessidade de ser bruto, Remo.

DOUG NÃO LEVOU MUITO TEMPO PARA CONSEGUIR AS DUAS passagens só de ida para Paris, porém a expedição de compras consumiu mais tempo. Deu-lhe muito prazer comprar a transparente roupa íntima de Whitney — embora fosse o número do cartão de crédito dela estampado na nota. Ele passou quase uma hora, para grande deleite da vendedora, escolhendo um vestido de seda azul-real profundo com um corpete drapejado e uma saia justa lisa.

Satisfeito, presenteou-se com um terno de elegância descontraída. Era assim mesmo que pretendia viver. Pelo menos por algum tempo: descontraído e elegante.

Quando voltou ao hotel, vinha carregado de caixas e assobiava. Estavam a caminho. Via-os na noite seguinte tomando champanhe no Maxim's e fazendo amor num quarto com uma vista panorâmica do rio Sena. Nunca mais embalagens de seis cervejas e motéis de beira de estrada para Doug Lord. Primeira classe, dissera Whitney. Ele ia aprender a viver com isso.

Surpreendeu-o encontrar a porta não bem trancada. Não teria Whitney percebido a essa altura que ele não precisava de chave para uma coisa tão básica quanto uma fechadura de hotel?

— Ei, amor, pronta para comemorar? — Largando as caixas na cama, pegou a garrafa de vinho pela qual gastara o equivalente a setenta e cinco dólares. Ao dirigir-se ao banheiro no outro lado, começou a afrouxar a rolha na garrafa. — A água ainda está quente?

Água fria e sem Whitney. Por um instante, Doug ficou no centro do banheiro olhando a água limpa e imóvel. Cedendo à pressão, a rolha saltou com um estampido comemorativo. Ele mal notou a inundação de champanhe que lhe molhava os dedos. Com o coração na garganta, voltou correndo para o quarto.

A mochila dela continuava onde ela a jogara no chão. Mas não se via nenhuma pequena caixa de madeira. Com rapidez e precisão, ele vasculhou o quarto. A caixa e tudo o mais dentro dela haviam desaparecido. E Whitney também.

Sua primeira reação foi de fúria. Ser traído por uma mulher de olhos cor de uísque e sorriso frio era pior, centenas de vezes pior, que ser traído por um anão de pernas arqueadas. Pelo menos o anão fazia parte do ramo. Praguejando, ele bateu a garrafa na mesa.

Mulheres! Eram e continuavam sendo seu maior problema desde a puberdade. Quando aprenderia? Elas sorriam, sussurravam, adejavam as pestanas e enrolavam a gente por cada último dólar.

Como pôde ter sido tão babaca? Acreditara realmente que ela sentia alguma coisa por ele. O jeito como o olhara, quando haviam feito amor, como ficara ao seu lado e lutara por ele, e agora sem mais nem menos o abandonara na primeira chance que tinha.

Examinou a mochila no chão. Ela levara-a nas costas, percorrera quilômetros a pé, rira, queixara-se, provocara-o. E então... Sem pensar, Doug abaixou-se e pegou-a. Dentro, as coisas dela — a calcinha de renda, um pó compacto, uma escova. Sentia seu cheiro.

Não. A negação golpeou-o forte e abrupta no íntimo. Com isso, atirou a mochila na parede. Whitney não o teria abandonado. Mesmo que se houvesse enganado em relação aos sentimentos, ela tinha simplesmente classe demais para quebrar o acordo.

Então, se não fugira, fora levada.

Ele ficou ali parado, com a escova na mão, enquanto o medo o inundava. Levada. Percebeu que teria preferido acreditar em traição. Teria preferido acreditar que ela já estava num avião, rumando para o Taiti, rindo dele.

Dimitri. A escova quebrou-se na metade exata sob a pressão das mãos. Dimitri estava com sua mulher. Doug atirou os dois pedaços no outro lado do quarto. Não ficaria por muito tempo.

A CASA ERA MAGNÍFICA. MAS, TAMBÉM, WHITNEY SUPÔS QUE não devia ter esperado menos de um homem com a reputação de Dimitri. No exterior, elegante, quase feminina, branca e limpa, com sacadas de ferro forjado que deviam proporcionar uma linda vista da baía. O terreno bem espaçoso, exuberante, com ornadas flores tropicais da região e sombreado pelas palmeiras. Ela examinou-a com um pavor nauseante, arrepiante.

Remo parou o carro na ponta do acesso de veículos de cascalho branco. Embora a coragem dela começasse a faltar-lhe, Whitney lutava para recuperá-la de novo. Um homem que adquiria uma casa daquelas tinha miolos. E, com miolos, ela sabia lidar.

Era Barns, com os gananciosos olhos pretos e o sorriso ávido, que a preocupava.

— Bem, devo admitir que isso é preferível ao hotel.

Com o ar de alguém se preparando para ir a um jantar festivo, Whitney desceu do carro. Arrancou um hibisco e encaminhou-se para a porta da frente, girando-o sob o nariz.

À batida de Remo, a porta foi aberta por outro homem de terno escuro. Dimitri insistia na aparência profissional impecável dos empregados. Todos usavam gravata com as .45 de ponta rombuda. Quando o homem sorriu, exibiu um dente da frente com uma terrível lasca. Whitney não tinha idéia de que ele o adquirira quando atravessara a vitrine da Godiva Chocolatiers.

— Então você a pegou. — Ao contrário de Remo, via o dente lascado como um risco ocupacional. Tinha de admirar uma mulher que dirigia com tanta loucura e sangue-frio. — Cadê Lord?

Remo sequer o olhou. Respondia apenas a um homem.

— Fique de olho nela — ordenou, e foi fazer o relato diretamente a Dimitri.

Como levava o tesouro, andava rápido, com o ar de um homem no comando. Na última vez que se apresentara, quase rastejara.

— Então qual é a história, Barns? — O homem de terno escuro lançou um demorado olhar a Whitney. Bonita, a dama. Imaginou que Dimitri tivesse alguns planos interessantes para ela. — Esqueceu as orelhas de Lord pro patrão?

A risadinha de Barns causou arrepios na pele de Whitney.

— Ela matou o cara.

— Ah, é?

Ela percebeu o olhar interessado e penteou com a mão os cabelos para trás.

— Isso mesmo. Tem algum jeito de conseguir uma bebida neste lugar?

Sem esperar resposta, atravessou o largo corredor e entrou na primeira sala.

Era um salão obviamente formal. Quem o decorara tendia aos ornamentos. Whitney teria escolhido algo muito mais alegre.

As janelas, duas vezes mais altas que ela, eram enfeitadas com festões de brocado escarlate. Vagando pelo salão, ela se perguntava se seria possível abri-las e escapar. Doug, a essa altura, teria voltado ao hotel, calculou, correndo a ponta do dedo por uma mesa cilíndrica com elaborado entalhe. Mas não podia contar com a chegada dele no comando de um ataque da Sétima Cavalaria. Qualquer movimento que ela fizesse, teria de fazê-lo sozinha.

Sabendo que os dois observavam cada passo que dava, foi até uma garrafa de bebida de cristal lapidado Waterford e serviu-se. Tinha os dedos dormentes e molhados. Uma pequena dose de coragem não faria mal, decidiu. Sobretudo enquanto ainda não soubesse o que iria enfrentar. Como se tivesse todo o tempo do mundo, sentou-se numa cadeira Queen Anne de espaldar alto e começou a tomar um vermute muito suave.

O pai sempre dizia que se podia negociar com um homem que mantinha um bom bar. Tornou a beber e desejou que ele tivesse razão.

Minutos se passaram. Sentada na cadeira, bebia e tentava ignorar o terror que se avolumava dentro de si. Afinal, raciocinou, se ele fosse apenas matá-la, já o teria feito a essa altura. Não? Não era mais provável que a mantivesse presa para exigir resgate? Talvez não lhe agradasse muito ser trocada por algumas centenas de dólares, mas era um destino muito melhor que uma bala.

Doug falara de tortura como se fosse o passatempo de Dimitri. Torniquetes de dedo e Chaucer. Ela engoliu mais vermute, sabendo que jamais manteria a sanidade mental se pensasse muito a fundo no homem que agora tinha sua vida nas mãos.

Doug estava seguro. Pelo menos por enquanto. Whitney concentrou-se nisso.

Quando Remo voltou, ela se retesou de cima a baixo, músculo por músculo. Com deliberado cuidado, levou mais uma vez a taça aos lábios.

— É uma terrível grosseria deixar uma convidada esperar mais de dez minutos — disse, como quem não quer nada.

Ele tocou a cicatriz no rosto, gesto que não passou despercebido por ela.

— O Sr. Dimitri gostaria que você se juntasse a ele para almoçar. Achou que talvez quisesse tomar um banho e se trocar primeiro.

Uma prorrogação.

— Muito atencioso. — Levantando-se, ela largou o copo ao lado. — Mas lamento sua pressa em me fazer sair sem minha bagagem. Simplesmente não tenho nada para usar.

— O Sr. Dimitri já cuidou disso. — Tomando-lhe o braço, um pouco firme demais para dar-lhe conforto, Remo conduziu-a ao corredor e subiu a ampla escadaria até o segundo andar. Não apenas o corredor cheirava a uma sala fúnebre, ela percebeu, mas a casa toda. Ele abriu a porta. — Você tem uma hora. Fique pronta, ele não gosta que o deixem esperando.

Ela entrou e ouviu a fechadura girar atrás de si.

Cobriu o rosto com as mãos um instante porque não conseguia deter o tremor. Um minuto, disse a si mesma, começando a respirar fundo. Só precisava de um minuto. Estava viva. Era nisso que tinha de concentrar-se. Devagar, baixou as mãos e olhou em volta.

Dimitri não era sovina, decidiu. A suíte que lhe dera parecia tão elegante quanto prometera o exterior da casa. A sala de estar, larga e comprida, tinha vasos de flores frescas em abundância. Cores femininas, rosa e cinza perolado no sedoso papel de parede, combinando com os tons do tapete oriental no piso. O sofá-cama era de um matiz mais escuro, amarronzado e arredondado, com almofadas feitas à mão. No todo, decidiu como profissional, um trabalho bem-feito e refinado. De repente, chegou às janelas, forçando-as para abrir.

Uma olhada mostrou-lhe a impossibilidade. Da pequena sacada ornada, a queda era de quase trinta metros. Não haveria salto ágil, como na pousada litorânea. Fechando-as mais uma vez, começou a explorar a suíte à procura de outras possibilidades.

O quarto era todo lindo, com uma cama chippendale grande, encerada, e delicados abajures chineses. O armário de jacarandá já se achava aberto, mostrando-lhe uma seleção de roupas que nenhuma mulher ousada rejeitaria. Whitney manuseou a seda pura marfim de uma manga e afastou-se. Parecia que Dimitri esperava que ela fixasse residência ali por algum tempo. Podia encarar isso como um bom sinal ou preocupar-se.

Examinando em volta, Whitney deu uma olhada em si mesma num espelho alto, encaixado no meio de uma moldura vertical para poder ser inclinado. Aproximou-se. Tinha o rosto pálido, as roupas riscadas e rasgadas. Os olhos, percebeu, tornaram a ficar assustados. Indignada, começou a tirar a blusa.

Dimitri não veria uma mulher esfarrapada tremendo de medo no almoço, decidiu. Se nada mais podia fazer no momento, cuidaria disso. Whitney MacAllister sabia vestir-se para qualquer ocasião.

Verificou todas as portas de acesso ao quarto e viu-as trancadas a sete chaves pelo lado de fora. Toda janela que abriu também a levou à compreensão de que estava completamente aprisionada.

Por ser o passo seguinte mais lógico, Whitney deu-se ao luxo de um banho na funda banheira de mármore, perfumada com generosidade por óleos que Dimitri providenciara. Na penteadeira, via-se maquiagem, desde base a delineador, tudo da marca e dos tons que ela preferia.

Então, ele era meticuloso, disse a si mesma ao usá-la. Um perfeito anfitrião. Um frasco de cristal ametista continha seu perfume. Ela escovou os cabelos recém-lavados com xampu, depois os retirou do rosto com duas travessas de madrepérola. Outro presente do anfitrião.

Indo até o armário, deu à escolha do traje todo o cuidado e deliberação que talvez desse um guerreiro à escolha da armadura. Em sua posição, considerava importante cada detalhe. Optou por um vestido de verão verde-menta com metros de saia e costas de fora, ao qual deu um realce com um xale de seda sobre os ombros e amarrado na cintura.

Dessa vez, quando se olhou no espelho de corpo inteiro, assentiu a satisfação com a cabeça. Estava pronta para qualquer coisa.

Quando a pancada soou na porta da sala de estar, respondeu com ousadia. Deu a Remo o frio olhar de princesa que Doug admirava.

Sem uma palavra, passou deslizando por ele. Tinha as palmas úmidas, mas resistiu à compulsão de fechar as mãos em punhos. Em vez disso, correu de leve os dedos pelo corrimão, ao descer a escada. Se caminhava para a sua execução, pensou, pelo menos caminhava com classe. Comprimindo os lábios apenas um instante, seguiu Remo pela casa e saiu num largo terraço debruado de flores.

— Srta. MacAllister, afinal.

Whitney não tinha certeza absoluta do que esperara. Sem dúvida, após todas as histórias de horror por que passara e ouvira, esperava alguém feroz, cruel e exuberante. O homem que se levantou da mesa de vime e vidro fumê era pálido, pequeno e sem graça. Tinha um rosto redondo brando e uns fios de cabelos escuros ralos puxados para trás. A pele era pálida, tão pálida que parecia nunca ter visto o sol. Ela teve uma rápida e irrefletida visão de que, se enfiasse o dedo na face dele, se desfaria como massa de farinha quente, mole. Os olhos quase não tinham cor, um azul-claro aquoso, sob sobrancelhas escuras e inofensivas. Ela não soube definir se ele tinha quarenta ou sessenta anos, ou qualquer idade intermediária.

A boca fina, o nariz pequeno e as faces redondas, a não ser que seu palpite estivesse errado, haviam sido levemente tingidas de ruge.

O terno alinhado branco que ele usava não disfarçava muito a pança. Talvez fosse tentador fazê-lo passar por um homenzinho idiota, mas ela notou as nove unhas cobertas por uma fina camada de esmalte e o toco do dedo mindinho.

Em contraste com a aparência rechonchuda, bem cuidada, a deformidade chocava e embaraçava. Ele estendeu a mão, palma virada para cima, em cumprimento, de modo que ela viu onde a pele ficara espessa e dura na ponta. A palma era lisa como a de uma menina.

Fosse qual fosse a aparência dele, não a fazia esquecer que Dimitri era tão perigoso e astuto quanto qualquer coisa que se arrastava como uma cobra no pântano. A extensão de seu poder talvez não fosse visível na superfície, mas ele dispensou o alto e magro Remo com não mais que um olhar.

— Fico muito feliz em tê-la comigo, minha cara. Nada é mais deprimente do que almoçar sozinho. Tenho um delicioso Campari. — Ergueu outra garrafa Waterford de cristal lapidado. — Posso persuadi-la a experimentar?

Ela abriu a boca para falar e nada saiu. O brilho de prazer nos olhos dele a fez avançar.

— Eu adoraria. — Whitney deslizou para a mesa. Quanto mais se aproximava, mais o medo se avolumava. Era irracional, pensou. O homem parecia o tio pomposo de alguém. Mas o medo se intensificava. Aqueles olhos, percebeu, não piscavam. Ele apenas encarava, encarava, encarava. Ela teve de concentrar-se para manter a mão firme ao pegar a taça. — Sua casa, Sr. Dimitri, é um exemplo admirável.

— Tomo isso como um grande elogio de alguém da sua reputação profissional. Tive sorte de encontrá-la em cima da hora. — Ele bebeu e secou delicadamente a boca com o guardanapo de linho branco. — Os donos foram... bastante generosos ao passá-la para mim por algumas semanas. Gosto muito dos jardins. Um alívio agradável nesse calor pegajoso. — Num gesto cortês, aproximou-se para segurar a cadeira dela. Whitney teve de reprimir uma onda de pânico e repulsa. — Sei que deve estar faminta após a viagem.

Ela deu uma rápida olhada para trás e obrigou-se a sorrir.

— Na verdade, jantei muito bem ontem à noite, mais uma vez graças à sua hospitalidade.

Uma leve curiosidade atravessou o rosto do anfitrião enquanto ele retornava à própria cadeira.

— É mesmo?

— No jipe, que Doug e eu adquirimos de seus... empregados? — Ao assentimento dele, ela continuou. — Tinha uma deliciosa garrafa de vinho e uma refeição muito gostosa. Gosto muito de esturjão branco.

Ela viu o caviar, preto e brilhante, empilhado no gelo ao lado. Serviu-se.

— Entendo.

Whitney não sabia dizer se o aborrecera ou divertira. Dando uma mordida, sorriu.

— Mais uma vez, preciso dizer que sua despensa é bem estocada.

— Espero que continue a achar minha hospitalidade a seu gosto. Deve provar a sopa de lagosta, minha cara. Deixe-me servi-la. — Com uma graça e economia de movimento que ela não esperava, Dimitri mergulhou uma concha de prata na sopeira. — Remo me informou que você se livrou do nosso Sr. Lord.

— Obrigada. O cheiro é delicioso. — Whitney não se apressou tomando a sopa. — Douglas vinha se tornando meio incômodo. — Era um jogo, disse a si mesma. E ela apenas começara a jogar. A conchinha que usava no pescoço balançou de leve na corrente quando estendeu a mão para a taça. Jogava para vencer. — Sei que me entende.

— De fato. — Dimitri comia devagar e com delicadeza. — O Sr. Lord foi um incômodo para mim durante algum tempo.

— Roubar os documentos debaixo do seu nariz. — Whitney viu os dedos brancos, manicurados, enrijecerem-se na colher de sopa. Um ponto sensível, ela pensou. Não devia ficar satisfeito por ter sido feito de bobo. Ela resistiu à compulsão de engolir em seco e sorriu em vez disso. — Douglas era inteligente, à sua maneira — disse, com um ar despreocupado. — Pena que fosse tão pouco refinado.

— Suponho que se deva admitir a inteligência dele até certo ponto — concordou Dimitri. — A não ser que você culpe meu pessoal por inépcia.

— Talvez as duas coisas sejam verdade.

Ele reconheceu isso com um levíssimo assentimento da cabeça.

— Mas também ele tinha você, Whitney. Posso chamá-la de Whitney?

— Claro. Admito que o ajudei. Gosto de ver como caem as cartas.

— Muito sensato.

— Várias vezes eu... — Ela se interrompeu, retornando à sopa. — Não gosto de falar mal dos mortos, Sr. Dimitri, mas Douglas com freqüência era imprudente e ilógico. Porém, facilmente levado.

Ele observava-a comer, admirando as mãos de ossatura fina, o brilho da pele jovem saudável em contraste com o vestido verde.

Seria lamentável desfigurá-la. Talvez encontrasse certos usos para ela. Pensou em instalá-la em sua casa em Connecticut, majestosa e elegante nas refeições, submissa e obediente na cama.

— Mas jovem e rudemente atraente, não concorda?

— Ah, sim. — Ela conseguiu dar outro sorriso. — Foi uma intrigante diversão por algumas semanas. A longo prazo, prefiro um homem com mais classe que físico. Caviar, Sr. Dimitri?

— Sim.

Ao aceitar a tigela de louça, ele deixou a pele roçar na dela e sentiu-a enrijecer-se ao contato do dedo mutilado. A pequena exibição de fraqueza excitou-o. Lembrou o prazer que lhe dera ver um louva-a-deus fisgar uma mariposa — a forma como o esguio e inteligente inseto arrastou a presa frenética mais para perto, esperando paciente a luta diminuir, enfraquecer, até acabar devorando as asas brilhantes e frágeis. Mais cedo ou mais tarde, o jovem, o fraco e o delicado sempre se submetem. Como o louva-a-deus, Dimitri tinha paciência, classe e crueldade.

— Preciso dizer que acho difícil acreditar que uma mulher de sua sensibilidade pudesse atirar num homem. As verduras da salada são muito frescas. Tenho certeza de que vai gostar.

Falando, ele começou a servir a alface numa grande tigela.

— Perfeita para uma tarde sufocante — ela concordou. — A sensibilidade — continuou, examinando o líquido na taça — torna-se secundária à necessidade, não acha, Sr. Dimitri? Afinal, eu sou uma profissional. E como disse, Douglas vinha se tornando meio incômodo. Creio em oportunidades. — Ergueu a taça e sorriu por cima da borda. — Vi a oportunidade de me livrar de um aborrecimento e ficar com os papéis. Apenas aproveitei. Ele não passava, afinal, de um ladrão.

— Exatamente.

Começava a admirá-la. Embora não estivesse muito convencido de que aquela fria atitude era autêntica, não tinha como negar a educação que tivera. Filho ilegítimo de uma religiosa fanática e um músico itinerante, Dimitri nutria enraizado respeito e inveja da educação. Com o passar dos anos, tivera de contentar-se com o mais próximo disso. Poder.

— Então pegou os papéis e encontrou o tesouro sozinha?

— Foi muito simples. Os papéis explicavam tudo. Você viu?

— Não. — Mais uma vez, ele enrijeceu os dedos. — Só uma amostra.

— Oh, bem, cumpriram a função, em todo caso.

Whitney mergulhou o garfo na salada.

— Ainda não vi todos — ele disse, num tom indulgente, os olhos fixos nos dela.

Ela teve a lembrança fugaz de que estavam de novo guardados no jipe, com Doug.

— Temo que jamais veja — informou-o, deixando a satisfação da verdade acalmar-lhe os nervos. — Destruí depois que terminei. Não gosto de pontas soltas.

— Sábio. E que planejava fazer com o tesouro?

— Fazer? — Whitney ergueu os olhos surpresa. — Ora, aproveitá-lo, claro.

— Exatamente — ele concordou, rindo. — Agora eu tenho o tesouro. E você.

Ela esperou um instante e encarou diretamente os olhos dele. A salada quase se grudou na garganta.

— Quando se joga, é preciso aceitar a perspectiva de perder, por mais desagradável que seja.

— Palavras sensatas.

— Agora dependo de sua hospitalidade.

— Vê as coisas com muita clareza, Whitney. Isso me agrada. Também me agrada ter a beleza à distância do braço.

A comida revirou-se, desconfortável, no estômago dela, que estendeu a taça e esperou-o encher até um centímetro da borda.

— Espero que não me julgue grosseira por perguntar durante quanto tempo pretende me estender sua hospitalidade?

Ele encheu a própria taça e brindou na dela.

— De modo algum. Durante o tempo que eu quiser.

Sabendo que, se pusesse mais alguma coisa no estômago, talvez não a mantivesse lá, Whitney correu um dedo pela borda do copo.

— Ocorreu-me que talvez esteja pensando em exigir resgate ao meu pai.

— Por favor, minha cara. — Ele deu-lhe um sorriso com um toque de desaprovação. — Não considero tais assuntos uma conversa adequada a almoços.

— Foi só uma idéia.

— Preciso pedir que não se preocupe com essas coisas. Prefiro que você apenas relaxe e aproveite a estada. Espero que seus aposentos sejam adequados.

— Adoráveis. — Whitney descobriu que queria gritar agora muito mais do que quisera quando se virara e dera de cara com Barns. Os olhos mortos dele permaneceram firmes e abertos, como os de um peixe. Ou de um cadáver. Ela baixou as pálpebras. — Ainda não lhe agradeci o guarda-roupa, que, na verdade, me fazia uma falta desesperada.

— Não pense em nada disso. Talvez queira dar um passeio pelos jardins. — Ele levantou-se e aproximou-se para afastar a cadeira dela. — Depois, imagino que gostaria de uma *siesta*. O calor aqui no meio da tarde é opressivo.

— Você é muito atencioso.

Ela pôs a mão no braço dele, obrigando os dedos a não se enroscarem.

— Você é minha hóspede, minha cara. E muito bem-vinda.

— Hóspede. — Whitney deu-lhe de novo um sorriso frio. A voz, embora ela se surpreendesse por ter conseguido, saiu irônica. — Tem o hábito de trancar os hóspedes nos aposentos?

— Tenho o hábito — ele respondeu, erguendo os dedos dela aos lábios — de trancar um tesouro. Vamos passear?

Whitney jogou os cabelos para trás. Encontraria uma saída. Sorrindo-lhe, prometeu a si mesma que encontraria. Se não encontrasse — ainda sentia na pele o frio roçar dos lábios dele —, morreria.

— Claro.

Capítulo Quinze

Por enquanto, tudo bem. Não era uma declaração muito positiva, mas a melhor que Whitney podia fazer. Passara o primeiro dia como "hóspede" de Dimitri sem problemas. E sem quaisquer idéias brilhantes de como fechar a conta e sair — inteira.

Ele fora generoso e cortês. O mínimo capricho dela lhe era oferecido nas pontas dos dedos. Ela testara isso expressando um leve desejo por suflê de chocolate. Fora-lhe servido ao fim de uma longa e extraordinária refeição de sete pratos.

Embora houvesse quebrado a cabeça durante as três horas em que ficara trancada no quarto nessa tarde, não lhe ocorrera solução alguma. Não havia portas a arrombar, janelas de onde pular, e o telefone no quarto servia apenas para chamadas internas.

Poderia ter considerado uma fuga durante o passeio da tarde nos jardins. Mas, enquanto elaborava os detalhes, Dimitri arrancara um botão de rosa pink para ela e confidenciara que lhe fora muito penoso ter de providenciar guardas armados para ficarem postados ao redor do perímetro da casa. A segurança, explicou, era o ônus dos bem-sucedidos.

Ao chegarem à borda do jardim, como quem não quer nada, ele apontou um membro de seu pessoal. O homem de ombros largos, metido num terno escuro, ostentava um bigode garboso e empunhava uma metralhadora Uzi pequena e mortal.

Whitney decidira, então, que preferia um meio de fuga mais sutil a uma louca corrida pelo terreno escancarado.

Tentou pensar numa saída durante o confinamento vespertino. Mais cedo ou mais tarde, o pai ficaria preocupado com sua ausência prolongada. Talvez se passasse, porém, mais um mês para isso acontecer.

Dimitri teria de partir da ilha em algum momento. Na certa, logo, pois já pusera as mãos no tesouro. Se ela ia ou não com ele — e tivesse mais oportunidades de fugir —, dependia do capricho dele. Whitney não gostava de ver seu destino na dependência do capricho de um homem que usava ruge e pagava a outros para matarem por ele.

Então, andou de um lado para o outro na suíte durante a tarde toda, bolando e rejeitando planos tão básicos quanto amarrar lençóis e descer pela janela, e tão complicados quanto cavar um buraco na parede com uma faca de manteiga.

Por fim, acabou pondo o vestido de seda marfim que lhe grudava em cada curva sutil e cintilava com minúsculas pérolas.

Durante quase duas horas ficou defronte a Dimitri, a uma mesa de mogno comprida e elegante, que tremeluzia tediosa sob a luz de duas dúzias de velas. Do escargot ao suflê de chocolate e champanhe Dom Pérignon, a refeição foi refinada em cada detalhe. Chopin flutuava baixo ao fundo, enquanto conversavam sobre literatura e arte.

Não se podia negar que Dimitri era um conhecedor dessas coisas e se encaixaria no clube mais exclusivo sem qualquer problema. Antes do término do jantar, haviam dissecado uma peça de Tennessee Williams, conversado sobre as complexidades dos impressionistas franceses e debatido as sutilezas do micado, título do soberano do Japão.

Com o suflê derretendo-se na boca, Whitney viu-se com saudades do arroz grudento e da fruta que dividira com Doug uma noite na gruta.

Embora a conversa com Dimitri fluísse fácil, ela lembrava as discussões e críticas verbais que tivera com Doug. A seda colava-se fria em seus ombros. Ela trocaria, sem pestanejar, o vestido de quinhentos dólares pelo rígido saco de algodão que usara na estrada para a costa.

Naquelas circunstâncias, com a vida em risco, talvez fosse difícil dizer que se sentia entediada. Sentia-se infeliz.

— Você parece um pouco distante esta noite, minha cara.

— Oh? — Whitney trouxe a si mesma de volta. — A refeição está excelente, Sr. Dimitri.

— Mas o entretenimento talvez seja um pouco negligente. Uma mulher jovem, cheia de vida, exige algo mais excitante. — Com um sorriso benevolente, ele apertou um botão ao lado. Quase no mesmo instante entrou um oriental de terno branco. — A Srta. MacAllister e eu vamos tomar café na biblioteca. É muito extensa — acrescentou quando o oriental saiu da sala. — Alegra-me que partilhe minha afeição pela palavra escrita.

Ela talvez tivesse recusado, mas a idéia de ver mais um pouco da casa poderia levar a alguma rota de fuga. Não fazia mal ter uma vantagem, decidiu. Sorriu e acomodou a faca do jantar na bolsa de noite que deixara aberta perto do prato.

— É sempre um prazer jantar com um homem que aprecia coisas refinadas.

Whitney levantou-se e fechou a bolsa, aceitou o braço dele e disse a si mesma que iria, sem remorso, enfiar-lhe a faca no coração na primeira oportunidade.

— Quando um homem viaja como eu — ele começou —, muitas vezes é necessário levar junto certas coisas importantes. O vinho certo, a música adequada, alguns volumes de literatura.

Atravessava a casa com elegância, cheirando de leve à água-de-colônia. O paletó branco formal assentava-se sem um vinco.

Ele sentia-se benevolente, tolerante. Demasiadas semanas se haviam passado desde que tivera uma mulher jovem e linda com quem jantar. Abriu as altas portas duplas da biblioteca e conduziu-a para dentro.

— Olhe à vontade, minha cara — disse, indicando os dois níveis de livros.

A sala tinha, do outro lado, portas-balcão que davam para um terraço. Se houvesse algum meio de sair do quarto durante a noite, esse podia ser o método de fuga. Ela só precisava passar pelos guardas. E as armas.

Um passo de cada vez, lembrou a si mesma, deslizando um dedo pelos volumes encadernados em couro.

— Meu pai tem uma biblioteca como esta — ela comentou. — Sempre achei um lugar confortável para passar a noite.

— Mais confortável com café e conhaque. — O próprio Dimitri serviu o conhaque, enquanto o oriental entrava com o serviço de prata. — Dê a sua faca a Chan, minha cara. Ele é muito meticuloso na lavagem da louça.

Ela se virou e viu-o encarando-a com um sorrisinho e olhos que lhe lembraram os de um réptil — fixos, frios e perigosamente pacientes.

Sem uma palavra, tirou a faca da bolsa e entregou-a ao empregado. Nem todos os xingamentos que lhe vieram à língua, o ataque de raiva que raras vezes reprimia, iriam ajudá-la a sair dessa.

— Conhaque? — ele perguntou, quando Chan saiu.

— Sim, obrigada.

Fria como ele, Whitney atravessou a sala e estendeu a mão.

— Pensou em me matar com a faca de jantar, minha cara?

Ela encolheu os ombros e emborcou o conhaque, que se revirou no estômago e depois se acomodou.

— Foi uma idéia.

Ele riu, um ruído demorado e estrondoso, indescritivelmente desagradável. Pensava mais uma vez nos louva-a-deus e na luta das mariposas.

— Admiro você, Whitney. Admiro de verdade. — Tocou o copo no dela, girou o conhaque e tomou. — Imagino que gostaria de dar uma boa olhada no tesouro de novo. Afinal, não teve muito tempo para isso hoje, teve?

— Não, Remo estava com muita pressa.

— Culpa minha, cara, sinceramente, culpa minha. — Ele tocou a mão de leve no ombro dela. — Eu estava impaciente para conhecer você. Como reparação, eu lhe darei todo o tempo que quiser agora mesmo.

Encaminhou-se até as prateleiras ao longo da parede esquerda e retirou uma seção de livros. Whitney viu o cofre sem surpresa. Era uma camuflagem bastante comum. Perguntou-se apenas um instante como ele conseguira saber da existência do cofre pelos donos da casa. Então tomou mais um gole de conhaque. Sabia que não tinha nenhum aspecto da casa do qual não lhe haviam falado antes de... a entregarem.

Dimitri não fez a menor tentativa de esconder a combinação ao girar a maçaneta. Que maldita segurança de si mesmo, ela pensou, memorizando a seqüência. Um cara tão seguro assim de si merecia um bom chute no rabo.

— Ah. — O som foi igual a um suspiro acima do cheiro de comida saborosa quando ele retirou a caixa. Já mandara limpá-la, de modo que a madeira brilhava. — Que peça de colecionador!

— É. — Whitney girou o conhaque. Era tão suave e quente como qualquer outro que já provara. Perguntou-se que bem faria lançá-lo na cara dele. — Pensei a mesma coisa.

Ele embalou-o nas mãos com todo cuidado, quase hesitante, como um pai embalando o filho recém-nascido.

— É difícil imaginar alguém com mãos tão delicadas cavando o chão, mesmo para isso.

Whitney sorriu, pensando no que haviam passado suas mãos delicadas durante a última semana.

— Não tenho muita aptidão para trabalho manual, mas foi necessário. — Virou a mão para cima, e examinou-a com um ar crítico. — De fato, admito que eu planejava ir a uma manicure antes de Remo entregar seu... convite. Esse pequeno empreendimento de risco acabou com minhas mãos.

— Providenciaremos uma amanhã. Enquanto isso — ele pôs o cofre na mesa da biblioteca —, aproveite.

Tomando-o ao pé da letra, Whitney foi até a caixa e ergueu a tampa. As pedras preciosas não eram nem um pouco menos impressionantes agora do que naquela manhã. Enfiando a mão, ela pegou o colar de diamantes e safiras que Doug admirara. Não, babara, lembrou com o esboço de um sorriso. Tomaria isso como exemplo.

— Fabuloso — suspirou. — Totalmente fabuloso. A gente às vezes se cansa de bonitos fiozinhos de pérolas.

— Você tem na mão cerca de um quarto de milhão de dólares.

Ela sorriu.

— Uma idéia agradável.

O coração dele bateu um pouco mais rápido enquanto a olhava segurando a jóia, como teria feito a rainha, não muito antes da sua humilhação e morte.

— O lugar dessas gemas é na pele de uma mulher.

— É. — Rindo, ela ergueu o colar e encostou-o na sua. As safiras cintilavam como olhos escuros brilhantes. Os diamantes faiscavam excitados. — É lindo e sem dúvida caro, mas este... — Largou o colar na caixa e escolheu o de várias voltas de diamantes. — Este é uma declaração de princípios. Como acha que Maria conseguiu tirá-lo da condessa?

— Então acredita que seja o infame colar do Caso do Diamante?

— Prefiro acreditar. — Whitney deixou o colar escorrer pelos dedos e captar a luz. Era, dissera Doug uma vez do Sydney, como calor e gelo ao mesmo tempo. — Gosto de acreditar que ela foi inteligente o bastante para virar a mesa contra as pessoas que haviam tentado usá-la. — Experimentou um bracelete de rubi para conferir o tamanho, analisando-o. — Gerald Lebrun viveu como pobre com o resgate de uma rainha debaixo do piso da casa. Estranho, não acha?

— A lealdade é estranha, a não ser quando aumentada pelo medo. — Ele tomou o colar da mão dela e examinou-o. Pela primeira vez, ela viu a ganância sem verniz. Os olhos do anfitrião brilhavam de forma muito semelhante aos de Barns quando apontara a arma para sua rótula. Ele pôs a língua para fora devagar e deslizou-a pelos lábios. Quando tornou a falar, a voz tinha a ressonância e o fervor de um evangelista. — A própria Revolução é um período fascinante de sublevação, morte e retaliação. Não sente isso quando segura essas jóias nas mãos? Sangue, desespero, luxúria, poder. Camponeses e políticos derrubando uma monarquia de séculos. Como? — Ele sorriu-lhe com os diamantes brilhando na mão, e a febre ardendo nos olhos. — Medo. Existe nome mais apropriado que o Reino do Terror? Que despojos mais adequados que a vaidade de uma rainha morta?

O monstro deliciava-se. Whitney viu-o nos olhos dele. Não eram apenas as jóias, mas o sangue sobre elas que ele cobiçava. E sentiu o medo desfazer-se sob ondas de repulsa. Doug tinha razão, percebeu. Era vencer que contava. Ela não perdera ainda.

— Um homem como Lord teria vendido tudo isso por uma fração do valor. Simplório. — Ela declarou e ergueu mais uma vez a taça. — Um homem como você teria planos diferentes.

— Perceptiva, além de linda. — Ele se casara com a segunda mulher porque ela tinha a pele pura como creme. Livrara-se dela porque o cérebro tinha quase a mesma consistência. Whitney tornava-se cada vez mais intrigante. Mais calmo, ele deslizou o colar pelas mãos. — Planejo desfrutar o tesouro. O valor do dinheiro significa pouco. Sou um homem muito rico.

Não disse isso com despreocupação, mas com deleite. Ser rico era tão importante quanto a virilidade, o intelecto. Mais, ele pensou, porque o dinheiro amortecia a falta das duas coisas.

— Colecionar... — ele passou o dedo pelo bracelete e continuou pelo pulso dela — coisas se tornou um passatempo. Às vezes obsessivo.

Dimitri podia chamar isso de passatempo, ela pensou. Assassinara repetidas vezes pela caixa e seu conteúdo, porém não significava mais para ele do que um punhado de pedras de cor brilhante para um rapazinho. Whitney lutou para impedir que a repulsa se revelasse em seu rosto e a acusação na voz.

— Você me consideraria uma desmancha-prazeres se eu te dissesse que não lido tão bem com esse passatempo específico? — Suspirando, ela passou a mão pelas jóias cintilantes. — Passei a gostar mais da idéia de possuir tudo isso.

— Ao contrário, admiro sua honestidade. — Deixando-a ao lado da caixa, Dimitri afastou-se para servir o café. — E sei que se esfalfou pelo tesouro de Maria.

— Sim, eu... — Whitney se interrompeu. — Estou curiosa, Sr. Dimitri, exatamente como ficou sabendo do tesouro?

— Negócios. Creme, minha cara?

— Não, obrigada. Preto.

Esforçando-se para conter a impaciência, Whitney atravessou a sala até o serviço de café.

— Lord lhe falou de Whitaker? — ele perguntou.

Whitney aceitou o café e obrigou-se a sentar-se.

— Só que ele adquiriu os papéis e depois decidiu pô-los no mercado.

— Era meio tolo, mas às vezes muito inteligente. Foi, numa época, sócio comercial de Harold R. Bennett. Reconhece o nome?

— Claro — respondeu sem dificuldade, enquanto a mente iniciava um trabalho frenético. Doug não falara uma vez de um general? Sim, um general que vinha negociando os documentos com Lady Smythe-Wright. — Bennett é um general de cinco estrelas reformado e um senhor empresário. Fez algumas transações com meu pai... profissionais e no campo de golfe, o que quase corresponde à mesma coisa.

— Sempre preferi o xadrez ao golfe — comentou Dimitri. Naquele vestido de seda marfim, ela brilhava tanto que poderia ter substituído a rainha de vidro, agora em cacos. Lembrou como a peça se encaixara em sua mão. — Então já conhece a reputação do general Bennett.

— É famoso como patrono das artes e colecionador de objetos antigos e únicos. Alguns anos atrás, Bennett chefiou uma expedição ao Caribe e descobriu um galeão espanhol. Recuperou em torno de cinco milhões e meio em artefatos, moedas e jóias. O que Whitaker pretendia fazer Bennett fez. E com muito sucesso.

— Você é bem informada. Gosto disso. — Ele acrescentou creme e duas generosas colheres de chá de açúcar ao café que serviu para si. — Bennett gosta da caça, digamos. Egito, Nova Zelândia, Congo, ele procurou e encontrou o inestimável. Segundo Whitaker, estava nos primeiros estágios da elaboração de um contrato com Lady Smythe-Wright sobre os documentos que ela herdara. Whitaker tinha ligações e um razoável charme no que se refere às mulheres. Passou a mão no contrato debaixo do nariz de Bennett. Mas, infelizmente, era um amador.

Desconsolada, Whitney lembrou:

— Então, ficou sabendo por ele onde os papéis estavam guardados e contratou Douglas para roubá-los.

— Adquiri-los — corrigiu-a delicadamente Dimitri. — Whitaker recusou-se, mesmo sob pressão, a me revelar o conteúdo de todos os documentos, mas me informou que o interesse de Bennett se originou, acima de tudo, do valor cultural do tesouro, sua história. Claro, a idéia de adquirir um tesouro que pertenceu a Maria Antonieta, a quem eu admirava sobretudo pela opulência e ambição, foi irresistível.

— Claro. Se não pensa em vender o conteúdo da caixa, Sr. Dimitri, que planeja fazer com ele?

— Ora, ficar com ele, Whitney. — Sorriu-lhe. — Apreciar, contemplar. Possuir.

Embora a atitude de Doug a houvesse frustrado, pelo menos ela entendia. Ele vira o tesouro como um meio para um fim. Dimitri, como uma posse pessoal. Dezenas de argumentos saltaram-lhe na mente. Ela reprimiu-os.

— Com certeza, Maria Antonieta teria aprovado.

Pensando nisso, ele olhou para o teto. A realeza era outra de suas fascinações.

— Teria, sim. A cobiça é encarada como um dos sete pecados mortais, porém muito poucos entendem seu prazer básico. — Ele tocou de leve a boca com um guardanapo de linho e levantou-se. — Espero que me perdoe, minha cara, estou habituado a me retirar cedo. — Apertou um pequeno botão embutido de forma muito inteligente no consolo da lareira. — Não gostaria de escolher um livro antes de subir?

— Por favor, não pense que tem de me entreter, Sr. Dimitri. Ficarei muito feliz sozinha, apenas passando os olhos.

Com outro sorriso, ele deu um tapinha na mão dela.

— Talvez em outra ocasião, Whitney. Tenho certeza de que precisa descansar após as experiências das últimas semanas. — Ouviu-se uma leve batida à porta. — Remo a acompanhará até o quarto.

— Obrigada.

Ela largou o café e levantou-se, porém mal dera dois passos quando Dimitri fechou a mão em seu pulso.

— O bracelete, minha cara.

Ele apertou os dedos com suficiente força para roçar o osso. Whitney não se contraiu.

— Desculpe — disse, estendendo a mão.

O anfitrião desenganchou o bracelete de ouro e rubis do pulso dela.

— Vai se juntar a mim para o café-da-manhã, espero.

— Claro. — Ela dirigiu-se à porta, parou quando Dimitri a abriu, e ficou encurralada entre ele e Remo. — Boa-noite.

— Boa-noite, Whitney.

Whitney manteve um frio silêncio até a porta da sala de estar da suíte fechar-se às suas costas.

— Filho-da-mãe.

Indignada, pegou os delicados chinelos italianos que haviam sido providenciados para ela e atirou-os na parede.

Encurralada, pensou. Tão bem trancada quanto o cofre do tesouro — para ser contemplado, admirado. Possuído.

— Pérolas aos porcos — disse em voz alta.

Queria chorar, gemer e bater os punhos contra a porta trancada. Em vez disso, arrancou o vestido de seda marfim, deixou-o amontoado no chão e saiu pisando forte para o quarto.

Encontraria uma saída, prometeu a si mesma. Encontraria uma saída, e, quando a encontrasse, Dimitri pagaria por cada minuto em que fora sua prisioneira.

Por um instante, apoiou a cabeça no armário, pois a vontade de chorar era quase forte demais para resistir. Após controlá-la, enfiou a mão e pegou um quimono azul-petróleo. Precisava pensar, só isso. Apenas pensar. O perfume das flores impregnava o quarto. Ar, ela decidiu, e foi até as portas-balcão que davam para a minúscula sacada.

Com os dentes cerrados, abriu-as com um empurrão. Ia chover, pensou. Ótimo, a chuva e o vento talvez a ajudassem a clarear a mente. Pondo as mãos no parapeito, curvou-se e olhou a baía.

Como se metera nessa confusão?, reclamou. A resposta era simples, duas palavras. Doug Lord.

Afinal, tratava da própria vida quando ele irrompera nela, envolvendo-a com caças ao tesouro, assassinos e ladrões. Agora, em vez de trancafiada como Rapunzel, estaria sentada em alguma boate legal e cheia de fumaça, vendo pessoas exibindo roupas ou penteados novos. Coisas normais, pensou amargurada.

Agora olhe só para ela, trancada numa casa em Madagascar com um assassino de meia-idade e seu séquito. Em Nova York, *ela* teria um séquito, e ninguém ousaria girar uma chave para trancá-la.

— Doug Lord — resmungou em voz alta, e olhou entorpecida uma mão, vinda de baixo, agarrar a sua no parapeito.

Inspirou para gritar quando, de repente, apareceu a cabeça.

— É, sou eu — disse Doug entre os dentes. — Agora me ajude a entrar, droga.

Ela esqueceu tudo que vinha pensando sobre ele e curvou-se para cobrir-lhe o rosto de beijos. Quem disse que não existia a Sétima Cavalaria?

— Escute, benzinho, agradeço a recepção, mas estou perdendo o apoio. Me dê uma mão.

— Como me encontrou? — ela quis saber, estendendo as mãos para ajudá-lo a transpor o parapeito. — Achei que nunca viria. Há guardas lá fora com medonhas metralhadoras pequenas. Minhas portas estão todas trancadas por fora e...

— Nossa, se eu lembrasse que você falava tanto, não teria me dado ao trabalho.

Ele pousou de leve, em pé, na sacada.

— Douglas. — Ela sentiu de novo vontade de chorar, mas refreou as lágrimas. — É tão legal você aparecer assim.

— É? — Ele passou pelas portas-balcão e entrou no opulento quarto. — Bem, não sabia se você queria companhia... sobretudo depois daquele jantarzinho acompanhado de tanta conversa que teve com Dimitri.

— Você estava vendo?

— Estava perto. — Virando-se, ele manuseou a rica seda da lapela do quimono dela. — Foi ele quem deu isso a você?

Whitney estreitou os olhos diante do tom de voz e empinou o queixo.

— Exatamente o que está insinuando?

— Parece um belo ambiente. — Ele perambulou até a cômoda e tirou a tampa do vidro de cristal com perfume. — Todos os confortos de casa, certo?

— Detesto afirmar o óbvio, mas você é um jumento.

— E você é o quê? — Enfiou a tampa de novo no vidro com um tapa. — Andando por aí com vestidos de seda que ele comprou para você, tomando champanhe com ele, deixando o monstro pôr as mãos em você?

— As mãos em mim?

Ela disse as palavras devagar, deixando-as muito claras.

Doug lançou-lhe um olhar que a percorreu das pernas de fora à sedosa pele da garganta.

— Você com certeza sabe sorrir para um homem, não, benzinho? Qual o seu preço?

Medindo cada passo, Whitney aproximou-se, recuou e deu-lhe um tapa na cara o mais forte que pôde. Por um longo momento, ouviram-se apenas a respiração dos dois e o vento que açoitava as janelas abertas.

— Vai se livrar disso apenas desta vez — disse Doug em voz baixa, passando as costas da mão pela face. — Não experimente de novo. Não sou um cavalheiro como o seu Dimitri.

— Saia daqui — sussurrou Whitney. — Dê o fora. Não preciso de você.

Havia nele uma dor que excedia o ardor na face.

— Não acha que vejo isso?

— Você não vê nada.

— Eu digo o que vi, benzinho. Vi a suíte de um hotel vazia. Vi que você e a caixa tinham sumido. E vi você aqui, esfregando o focinho naquele canalha, ao se servir do cordeiro.

— Você teria preferido me encontrar amarrada à perna da cama, com bambus enfiados sob as unhas. — Ela se afastou. — Lamento desapontá-lo.

— Ora, por que não me conta que diabo está acontecendo aqui?

— Por que deveria? — Furiosa, ela afastou uma lágrima com as costas da mão. Maldição, detestava chorar. Pior, detestava chorar por um homem. — Você já se decidiu. Com essa sua mente limitada.

Doug correu a mão pelos cabelos e desejou uma bebida.

— Escute, estou pirando há horas. Levei quase a tarde toda para encontrar esta casa, depois tive de passar pelos guardas. — E um deles, não acrescentou, jazia no mato com a garganta cortada. — Quando chego aqui, vejo você vestida como uma princesa, sorrindo do outro lado da mesa para Dimitri, como se fossem os melhores amigos.

— Que diabo espera que eu faça? Circular nua por aí, cuspir no olho dele? Droga, minha vida corre risco. Se tiver de fazer o jogo até encontrar uma saída, farei. Pode me chamar de covarde se quiser. Mas não de prostituta. — Ela tornou a virar-se para ele, os olhos escuros, molhados e furiosos. — Não de prostituta, entendeu?

Ele se sentiu como se houvesse atingido uma coisa pequena, delicada e indefesa. Não sabia se iria encontrá-la viva, e então, quando a encontrara, parecera-lhe tão calma, tão linda. E pior, no controle da situação. Mas não devia conhecê-la a essa altura?

— Não tive a intenção de fazer isso. Sinto muito. — Nervoso, começou a andar de um lado para o outro. Pegou uma rosa num vaso e quebrou o talo ao meio. — Não sei metade do que digo. Fiquei pirado desde que entrei no hotel e vi que você tinha sumido. Imaginei todo tipo de coisas... e que ia chegar atrasado demais para deter algum deles.

Olhou indiferente a gota de sangue no dedo, onde um espinho furara a pele. Teve de inspirar fundo e dizer em voz baixa:

— Porra, Whitney, eu gosto, eu gosto mesmo de você. Não sabia o que ia encontrar quando chegasse aqui.

Ela enxugou outra lágrima e fungou.

— Estava preocupado comigo?

— É. — Ele deu de ombros, e atirou a rosa destroçada no chão. Não tinha como explicar-lhe, nem a si mesmo, o medo nauseante, a culpa, a dor com que vivera durante aquelas horas intermináveis. — Eu não pretendia pular em cima de você assim.

— É um pedido de desculpas?

— É, droga. — De repente, ele se virou, o rosto uma imagem de frustração e fúria. — Quer que eu rasteje?

— Talvez. — Ela sorriu e encaminhou-se para ele. — Talvez depois.

— Meu Deus. — Ele não tinha as mãos firmes quando lhe tomou o rosto, mas a boca, sim, e um pouco desesperada. — Achei que nunca mais iria ver você de novo.

— Eu sei. — Ela colou-se nele, louca de alívio. — Só me abrace um instante.

— Depois que a gente sair daqui, eu abraço durante o tempo que você quiser. — Segurando-lhe os ombros, afastou-a. — Você tem de me contar o que aconteceu, e qual é o esquema aqui.

Ela assentiu com a cabeça e afundou na beira da cama. Por que seus joelhos enfraqueciam agora que havia esperança?

— Remo e aquela figura, Barns, chegaram.

Ele viu-a engolir em seco, rápido, e amaldiçoou-se mais uma vez.

— Machucaram você?

— Não. Você mal tinha saído. E eu apenas enchera a banheira.

— Por que não seguraram você até eu voltar?

Whitney ergueu um pé e examinou os dedos dos pés.

— Porque eu disse a eles que tinha matado você.

A expressão de Doug, por um breve instante, foi um retrato de incredulidade.

— Como?

— Bem, não foi difícil convencê-los de que eu era muito mais esperta que você, que enfiei uma bala na sua cabeça pra ficar com o tesouro só pra mim. Afinal, teriam feito a mesma coisa um ao outro na primeira oportunidade, e eu fui convincente.

— Mais esperta que eu?

— Não se ofenda, querido.

— Eles engoliram? — Não muito satisfeito, ele enfiou as mãos nos bolsos. — Acreditaram que uma magricela me liquidou com uma arma. Sou profissional.

— Detestei manchar sua reputação, mas me pareceu uma boa idéia na hora.

— Dimitri também engoliu isso?

— Parece que sim. Optei por encenar a mulher cruel, voltada apenas pro lado material e atenta à oportunidade. Creio que ele está muito encantado comigo.

— Com certeza.

— Me deu vontade de cuspir no olho dele — ela disse, com tanta ferocidade que Doug ergueu uma sobrancelha. — Ainda quero ter a chance de cuspir. Não acho nem que ele seja humano, apenas desliza de um lugar a outro, deixando um rastro viscoso e esguichando amor por coisas refinadas. Quer se apoderar do tesouro como um menino que junta barras de chocolate. Quer abrir a caixa, olhar, admirar e pensar nos gritos das pessoas quando a guilhotina cai. Quer reviver o medo, ver o sangue. Significa mais pra ele assim. Todas as vidas que tirou pra pegá-lo não significam nada pra ele.

Doug aproximou-se e ajoelhou-se diante dela.

— Vamos cuspir no olho do monstro. — Pela primeira vez, ele fechou os dedos sobre os dela, segurando a concha no pescoço. — Prometo. Sabe onde está escondido?

— O tesouro? — Um sorriso frio espalhou-se pelo seu rosto. — Ah, sim, ele sentiu grande prazer em me mostrar. É tão seguro de si mesmo que me mantém trancafiada.

Doug levantou-a.

— Vamos pegá-lo, benzinho.

Ele levou pouco menos de dois minutos para desengatar a fechadura. Abrindo apenas uma fresta, espiou pela porta para checar a presença de guardas no corredor.

— Tudo bem, agora vamos rápido e em silêncio.

Whitney deslizou a mão até encontrar a dele e pisou no corredor.

A casa estava silenciosa. Parecia que, quando Dimitri se retirava, todos faziam o mesmo. No escuro, desceram a escadaria até o primeiro piso. O cheiro do salão fúnebre, flores e cera, pairava intenso. Com um gesto, Whitney mostrou a Doug o caminho. Mantendo-se junto à parede, dirigiram-se devagar à biblioteca.

Dimitri não se dera ao trabalho de trancar a porta. Doug ficou um pouco decepcionado, e meio desconfiado de que fosse tão fácil. Eles entraram de mansinho. A chuva começou a tamborilar nas janelas. Whitney foi direto às prateleiras na parede à esquerda e retirou a seção de livros.

— Está aqui — sussurrou. — A combinação é cinqüenta e dois à direita, trinta e seis à esquerda...

— Como é que você sabe?

— Eu o vi abrir o cofre.

Nervoso, Doug pôs a mão no segredo.

— Por que diabos ele não está protegendo as pistas? — resmungou ao começar a girá-la. — Certo, qual o seguinte?

— Outro cinco à esquerda, depois doze à direita.

Ela prendeu a respiração quando Doug baixou a maçaneta. A porta do cofre abriu-se sem um ruído.

— Venha pro papai — ele murmurou, ao retirar o porta-jóias. Conferiu o peso e riu para ela. Sentiu vontade de abri-lo, apenas para dar mais uma olhada. Exultar com a desgraça alheia. Haveria outras vezes. — Vamos dar o fora.

— Parece uma excelente idéia. — Enlaçando o braço no dele, ela dirigiu-se para as portas do terraço. — Usamos estas, pra não incomodar nosso anfitrião?

— Parece o mais sensato a fazer.

Quando estendeu a mão para a maçaneta, as portas se abriram. Diante deles, três homens com as armas molhadas da chuva cintilando. No centro, Remo riu.

— O Sr. Dimitri não quer que deixem a casa antes de oferecer um drinque a vocês.

— Sim, é verdade. — As portas da biblioteca se abriram. Ainda com o paletó do jantar, Dimitri entrou. — Não posso deixar meus hóspedes saírem na chuva. Voltem e se sentem. — Como um amável anfitrião, foi até o bar e serviu conhaque. — Minha cara, essa cor fica deslumbrante em você.

Doug sentiu o cano de Remo na base da espinha.

— Não gosto de me impor.

— Besteira, besteira. — Dimitri girou o conhaque ao virar-se. A um toque seu, a sala encheu-se de luz. Whitney teria jurado naquele momento que os olhos dele não tinham cor alguma. — Sentem-se.

A ordem tranqüila tinha todo o encanto do sibilar de uma cobra.

Pressionado pelo cano de Remo, Doug adiantou-se, o cofre numa das mãos e a palma de Whitney na outra.

— Nada como um conhaque numa noite chuvosa.

— Exatamente. — Generoso, Dimitri passou-lhes duas taças. — Whitney... — O nome saiu num suspiro quando ele lhe indicou uma poltrona com a mão. — Você me decepcionou.

— Não dei muita opção a ela. — Doug lançou a Dimitri um olhar arrogante. — Uma mulher como ela se preocupa com a própria pele.

— Admiro o cavalheirismo, sobretudo de uma origem tão improvável. — Dimitri bateu a taça na de Doug antes de beber. — Receio que eu soubesse do desafortunado afeto de Whitney por você o tempo todo. Minha cara, achou mesmo que acreditei que você atirou em nosso Sr. Lord?

Ela encolheu os ombros e, embora com as mãos molhadas na taça, bebeu.

— Acho que preciso aprimorar o talento de mentirosa.

— Na verdade, você tem olhos expressivos. "Mesmo no espelho desses olhos vejo que o coração te sangra" — citou Dimitri, de *Ricardo II*, a voz calma e poética. — Porém, gostei muito de nosso jantar juntos.

Whitney enxugou a mão na curta saia do quimono.

— Receio ter ficado meio entediada.

Dimitri curvou os lábios. Todos na sala sabiam que bastava apenas uma palavra dele, apenas uma palavra, e ela seria morta. Mas ele preferiu sorrir.

— As mulheres são criaturas tão instáveis, não concorda, Sr. Lord?

— Algumas exibem um minucioso bom gosto.

— Surpreende-me que alguém com a classe inerente da Srta. MacAllister se afeiçoasse a uma pessoa da sua classe. Mas — encolheu os ombros — o romance sempre foi um mistério para mim. Remo, faça o favor de livrar o Sr. Lord da caixa. E das armas. Apenas ponha na mesa, por enquanto. — Enquanto as ordens eram cumpridas, Dimitri tomava o conhaque e parecia ponderar grandes pensamentos. — Corri o risco de você querer recuperar a Srta. MacAllister e o tesouro. Após todo esse tempo, após a partida muito intrigante de xadrez que temos jogado, devo dizer que estou decepcionado por tê-lo derrotado com tanta facilidade. Eu esperava um pouco mais de brilho, no final.

— Se quiser mandar os rapazes pra fora, você e eu na certa poderíamos encontrar uma forma de resolver a situação.

Dimitri riu mais uma vez, gelo tinindo em gelo.

— Receio que meus dias de combate físico tenham terminado, Sr. Lord. Prefiro modos mais sutis de resolver disputas.

— Uma faca nas costas?

Dimitri apenas ergueu uma sobrancelha à pergunta de Whitney.

— Sou forçado a admitir que, homem a homem, você me superaria de longe, Sr. Lord. Afinal, é jovem e fisicamente ágil. Receio ter de exigir a vantagem de minha equipe. Agora... — Ele levou o dedo aos lábios. — Que faremos sobre essa situação?

Oh, ele se deliciava, pensou Whitney, fechando a cara. Igual à aranha que tece alegre a teia para fisgar moscas e sugar-lhes o sangue. Ele queria vê-los suar.

Como não percebia saída, ela deslizou a mão para junto da de Doug e apertou-a. Não iriam humilhar-se. E por Deus, não iriam suar.

— Em minha opinião, seu destino é de fato muito elementar. Em essência, é um homem morto há semanas. Trata-se apenas de uma questão de método.

Doug engoliu o conhaque e riu.

— Não se apresse por minha causa.

— Não, não, ando pensando muito no assunto. Muito. Infelizmente, não tenho as instalações aqui para pôr as coisas em práticas no estilo que prefiro. Mas creio que Remo mostra um forte desejo de cuidar disso. Embora tenha se atrapalhado bastante nesse projeto, acho que o sucesso final merece uma recompensa. — Dimitri pegou um de seus fortes cigarros pretos. — Vou lhe dar o Sr. Lord, Remo. — Acendeu o cigarro e observou-o por trás da névoa de fumaça. — Mate-o bem devagar.

Doug sentiu o cano frio da arma abaixo da orelha esquerda.

— Posso tomar meu conhaque primeiro?

— Sem dúvida. — Com um elegante aceno da cabeça, Dimitri dirigiu a atenção a Whitney. — Quanto a você, minha cara, eu talvez preferisse mais alguns dias em sua companhia. Achei que talvez pudéssemos partilhar alguns prazeres mútuos. Porém... — Bateu o cigarro num claro cinzeiro de cristal. — Nas atuais circunstâncias, isso acrescentaria complicações. Um dos membros da minha equipe admirou você desde que mostrei sua foto. Um caso de amor à primeira vista. — Alisou para trás os ralos cabelos da testa. — Barns, leve-a com a minha bênção. Mas seja ordeiro desta vez.

— Não! — Doug levantou-se de um salto da poltrona. Num instante, tinha os braços presos às costas e uma arma alojada na garganta. Ouvindo a risadinha de Barns, lutou apesar deles. — Ela vale muito mais — disse, desesperado. — O pai lhe daria um milhão, dois, para ter a filha de volta. Não seja idiota, Dimitri. Se der Whitney a esse vermezinho horripilante, ela não valerá nada para você.

— Nem todos nós pensamos em termos de dinheiro, Sr. Lord — respondeu Dimitri, calmo. — Há uma questão de princípio em jogo, entenda. Acredito com tanta força na recompensa quanto na disciplina. — Desviou o olhar para a mão mutilada. — Sim, com a mesma força. Leve-o Remo, ele está criando uma grande confusão.

— Tire as mãos de mim.

Levantando-se de um salto, Whitney despejou o conteúdo da taça na cara de Barns. Arrebatada pela fúria, ergueu o punho fechado e bateu em cheio no nariz dele. O grito estridente e o esguicho de sangue do sujeito deram-lhe satisfação momentânea.

Aproveitando a deixa, Doug escorou-se no homem às suas costas, recuou e projetou o pé embaixo do queixo do capanga à frente. Teriam virado picadinho naquele instante se Dimitri não houvesse feito um sinal com a mão. Gostou de ver a luta condenada ao fracasso. Com toda calma, retirou a pistola de cano curto e grosso calibre do bolso interno e atirou no teto abobadado.

— Já chega — disse aos dois, como se falasse com adolescentes indisciplinados. Viu, tolerante, Doug puxar Whitney para seu lado. Gostava em especial das tragédias de Shakespeare que tratavam de amantes malfadados, não apenas pela beleza, mas pela desesperança dos versos. — Sou um homem racional e romântico, no íntimo. Para dar a vocês um pouco mais de tempo juntos, a Srta. MacAllister pode ir junto enquanto Remo prossegue com a execução.

— Execução. — Whitney cuspiu na cara dele com todo o veneno que uma mulher desesperada consegue juntar. — O assassinato, Dimitri, não tem uma aura tão limpa e tranqüila. Engana-se em acreditar que você é culto e cortês. Acha que um paletó elegante de seda esconde o que é, e o que nunca será? Você não passa de um urubu, Dimitri, um urubu bicando carniça. Nem mesmo mata, com as próprias mãos.

— Em geral, não. — A voz dele congelara-se. Seus homens, que já tinham ouvido o tom antes, se retesaram. — Neste caso, contudo, eu talvez faça uma exceção.

Apontou a pistola.

As portas do terraço abriram-se de repente, vidros estilhaçaram-se.

— Larguem as armas.

A ordem foi autoritária, proferida em inglês com um elegante sotaque francês. Doug não esperou o desfecho, mas empurrou Whitney para trás de uma poltrona. Viu Barns tentar pegar a arma. O sorriso desaparecera do rosto dele.

— A casa está cercada. — Dez homens uniformizados entraram juntos na biblioteca, fuzis engatilhados. — Franco Dimitri, você está preso por assassinato, conspiração para cometer assassinato, seqüestro...

— Minha nossa — murmurou Whitney, ao ouvir a lista estender-se. — É realmente a cavalaria.

— É. — Doug exalou um suspiro de alívio, segurando-a entusiasmado a seu lado. Também era a polícia, refletiu. Ele próprio não poderia aparecer, como se cheirasse a rosas. Viu, com uma sensação de inevitabilidade e aversão, o homem de panamá cruzar as portas.

— Devia ter farejado tira — resmungou.

Outro homem com uma juba de cabelos brancos entrou na sala com um ar de impaciência.

— Muito bem, onde está essa menina?

Doug viu Whitney arregalar os olhos até parecerem cobrir-lhe todo o rosto. Então, com uma risada gorgolejante, saiu de um salto de trás da poltrona.

— Papai!

Capítulo Dezesseis

A polícia de Madagascar não levou muito tempo para esvaziar a sala. Whitney viu as algemas fecharem-se no pulso de Dimitri, sob uma gorda esmeralda na abotoadura de punho.

— Whitney, Sr. Lord. — A voz dele permaneceu baixa, educada e calma. Um homem na sua posição entendia reveses temporários. Mas os olhos, quando os deslizou por eles, eram sem expressão como os de um bode. — Tenho certeza, sim, muita certeza de que tornaremos a nos ver.

— A gente vai acompanhá-lo no noticiário das onze — disse Doug.

— Devo essa a você — reconheceu Dimitri com um assentimento da cabeça. — Sempre pago minhas dívidas.

O olhar de Whitney encontrou o dele brevemente, e ela sorriu. Mais uma vez, deslizou os dedos até a concha no pescoço.

— Por Jacques — disse, baixinho —, espero que encontrem um buraco bem escuro para você. — Então, enterrou o rosto no paletó com cheiro de limpo do pai. — Que alegria ver você!

— Explicações. — Mas MacAllister abraçou-a com toda intensidade por um instante. — Que tal algumas, Whitney?

Ela se desprendeu do abraço, rindo com os olhos.

— Explicar o quê?

Ele lutou com um sorriso e acabou bufando de raiva.

— Nada muda.

— Como vai mamãe? Espero que não tenha contado a ela que vinha me perseguindo.

— Ótima. Acha que estou em Roma a trabalho. Se eu contasse que vinha caçando nossa filha única por toda Madagascar, ela não ia conseguir jogar bridge durante dias.

— Você é muito inteligente. — Ela o beijou com vontade. — Como ficou sabendo que deveria me caçar por toda Madagascar?

— Creio que você conheceu o general Bennett.

Whitney virou-se e viu um homem alto, magro, de olhos severos, sisudos.

— Claro. — Ofereceu-lhe a mão, como se estivessem num coquetel refinado. — Na casa dos Stevenson, ano retrasado. Como vai, general? Ah, creio que não conhece Douglas. Doug... — Whitney chamou-o com a mão em direção ao outro lado da sala, onde ele resmungava uma declaração enrolada a um dos policiais de Madagascar. Grato pela trégua, ele foi até ela. — Papai, general Bennett, este é Douglas Lord. Foi quem roubou os documentos, general.

O sorriso ficou meio nauseado no rosto de Doug.

— Prazer em conhecê-lo.

— O senhor deve muito a Douglas — ela disse ao general, e apalpou o paletó do pai à procura de um cigarro.

— Devo? — o general rugiu. — Este ladrão...

— Protegeu os documentos, mantendo-os fora das mãos de Dimitri. Pondo em risco a própria vida — acrescentou Whitney, erguendo o cigarro em busca de um isqueiro. Doug fez-lhe o favor, decidindo que deixaria a explicação para ela, que afinal lhe enviou uma piscadela ao soprar a fumaça. — Entenda, tudo começou quando Dimitri contratou Doug para roubar os papéis. Claro, Doug logo soube que eram inestimáveis e tinham de ficar longe das mãos erradas. — Tragou e brandiu o cigarro expressivamente. — Ele quase perdeu a vida para protegê-los. Eu não poderia dizer quantas vezes me afirmou que o tesouro, quando o encontrássemos, seria uma contribuição inestimável para a sociedade. Não é, Doug?

— Bem, eu...

— Ele é muito modesto. Você precisa mesmo receber o crédito quando é devido, querido. Afinal, proteger o tesouro para a fundação do general Bennett quase custou a sua vida.

— Não foi nada — resmungou Doug.

Via o arco-íris começar a desfazer-se.

— Nada? — Whitney abanou a cabeça. — General, como homem de ação, não agradeceria por tudo que Doug passou para impedir Dimitri de se apoderar do tesouro? Se apoderar — repetiu. — Queria guardar para si mesmo. Chafurdar nele — acrescentou, com um olhar enviesado a Doug. — Quando, como todos concordamos, faz parte da sociedade.

— Sim, mas...

— Antes que expresse sua gratidão, general — ela interrompeu —, eu apreciaria que me explicasse como chegou aqui. Nós lhe devemos a vida.

Lisonjeado e confuso, o general começou uma explicação.

O sobrinho de Whitaker, horrorizado com o destino do tio, procurara-o, confessando tudo o que ele sabia, o que era considerável. Tão logo fora alertado, o general não hesitara. As autoridades já vinham perseguindo Dimitri antes de Whitney e Doug desembarcarem do avião em Antananarivo.

A pista de Dimitri levou a Doug, e a de Doug, devido às escapadas dos dois em Nova York e Washington, capital, a Whitney. Ela estava certa em ser grata aos paparazzi, sempre ávidos, por várias fotos granuladas nos tablóides, que a secretária do pai distribuiu.

Após um breve encontro com tio Max, em Washington, o general e MacAllister haviam contratado um detetive particular. O homem de chapéu panamá descobrira a pista dos dois, caçando-os exatamente como Dimitri. Quando saltaram do trem que ia para Tamatave, o general e MacAllister embarcavam num avião para Madagascar. As autoridades ali haviam sentido enorme prazer em cooperar na captura de um criminoso internacional.

— Fascinante — disse Whitney, quando teve a impressão de que o monólogo do general poderia estender-se até o amanhecer. — Simplesmente fascinante. Vejo por que mereceu essas cinco estrelas. — Enganchando o braço no dele, ela sorriu. — O senhor salvou minha vida, general. Espero que me dê o prazer de lhe mostrar o tesouro.

Virando-se com um sorriso presunçoso, levou-o embora.

MacAllister pegou um cigarro na cigarreira e ofereceu-a, aberta, a Doug.

— Ninguém bajula com tanta perfeição como Whitney — declarou, sem titubear. — Não creio que tenha conhecido Brickman. — Apontou o homem de chapéu panamá. — Ele trabalhou para mim antes, é um dos melhores. Disse o mesmo de você.

Doug olhou com atenção o homem de panamá. Cada um reconheceu o outro pelo que era.

— Você estava no canal, logo atrás de Remo.

Brickman lembrou-se dos crocodilos e sorriu.

— É um prazer.

— Muito bem. — MacAllister desviou o olhar de um para o outro. Não tivera êxito nos negócios sem saber o que passava na mente de homens. — Que tal pegar um drinque e você me contar de fato o que aconteceu?

Doug acendeu o isqueiro e examinou o rosto do pai de Whitney. Bronzeado e liso, um claro sinal de riqueza. A voz transmitia um tom de autoridade. Os olhos que lhe retribuíam o olhar eram escuros como uísque e divertidos como os da filha. Ele sorriu.

— Dimitri é um porco, mas estoca um bom bar. Uísque?

Já quase amanhecia quando Doug olhou para Whitney, enroscada e nua sob o fino lençol. Um leve sorriso tocava-lhe os lábios, como se ela sonhasse com a pressa de fazer amor que haviam partilhado após retornarem ao hotel. Mas a respiração era lenta e nivelada, enquanto dormia o sono dos exaustos.

Sentiu vontade de abraçá-la, mas não o fez. Pensara em deixar-lhe um bilhete, mas não o fizera.

Ele era quem era, o que era. Um ladrão, um nômade, um solitário.

Pela segunda vez na vida, segurara o mundo nas mãos, e pela segunda vez o mundo desaparecera. Seria possível, passado algum tempo, convencer-se de que encontraria mais uma vez a grande oportunidade. O fim do arco-íris. Assim como seria possível, após um longo tempo, convencer-se de que haviam tido apenas uma aventura amorosa passageira. Diversão, jogos, nada sério. Convencera a si mesmo, porque esses malditos laços vinham se estreitando à sua volta. Era rompê-los agora ou nunca.

Ainda tinha a passagem para Paris, e um cheque de cinco mil dólares que o general preenchera depois de Whitney deixar o soldado reformado radiante de gratidão.

Mas também notara a expressão nos olhos dos policiais, do detetive particular que reconhecia um vigarista e um ladrão quando os via. Merecera uma trégua, mas o beco escuro seguinte estava ali pertinho.

Doug olhou a mochila e pensou na agenda dela. Sabia que sua conta chegava a mais do que os cinco mil dólares à disposição. Aproximando-se, remexeu na mochila até encontrar o bloco e o lápis.

Após o total final, que o fez erguer uma sobrancelha, escreveu um breve bilhete.

EU LHE DEVO, benzinho.

Guardando os dois de volta na mochila, deu-lhe uma última olhada enquanto ela dormia. Saiu de mansinho do quarto como o ladrão que era, rápido e silencioso.

Assim que acordou, Whitney soube que Doug se fora. Não era uma questão do lugar vazio na cama ao seu lado. Outra mulher talvez imaginasse que ele saíra para um café ou uma caminhada. Outra mulher poderia chamá-lo pelo nome numa voz rouca e sonolenta.

Ela sabia que ele se fora.

Era da sua natureza enfrentar tudo diretamente quando não tinha opção. Whitney levantou-se, abriu as persianas e começou a arrumar a mala. Com o silêncio insuportável, ligou o rádio sem se preocupar em mexer no mostrador.

Notou as caixas derrubadas no chão. Decidida a manter-se ocupada, começou a abri-las.

Roçou os dedos nas delicadas roupas de baixo que Doug escolhera para ela. Deu um sorriso torto e rápido ao recibo impresso com seu cartão de crédito. Como decidira que o cinismo seria a melhor defesa, enfiou-se na camisola azul-clara. Afinal, pagara por ela.

Jogando a caixa de lado, abriu a tampa da seguinte. O vestido era azul profundo, muito profundo, da mesma cor, lembrou, das borboletas que vira e admirara. O cinismo e todas as outras defesas ameaçavam desmoronar. Engolindo as lágrimas, ela amontoou o vestido de volta na caixa. Não era prático para viagem, disse a si mesma, e arrancou uma calça amassada da mochila.

Em poucas horas, estaria de volta a Nova York, em seu próprio meio, rodeada pelos amigos. Doug Lord seria uma lembrança vaga e cara. Só isso. Vestida, com a mala pronta, e inteiramente calma, foi fechar a conta e encontrar-se com o pai.

Impaciente, MacAllister já andava de um lado para o outro do saguão. Elaboravam-se acordos. A competição no ramo de sorvetes era acirrada.

— Cadê seu namorado? — ele quis saber.

— Pai, por favor. — Whitney assinou a conta com um floreio e a mão bem firme. — As mulheres não têm namorados. Têm amantes.

Sorriu para o mensageiro e seguiu o pai até a rua e o carro à espera.

MacAllister bufou de raiva, nada satisfeito com a terminologia dela.

— Então, cadê ele?

— Doug? — Whitney virou-se e lançou-lhe um olhar despreocupado, ao sentar-se no banco de trás da limusine. — Ora, não tenho a mínima idéia. Paris, talvez... ele tinha uma passagem.

De cara fechada, o pai recostou-se no banco.

— Que diabo está acontecendo, Whitney?

— Acho que gostaria de passar uns dias em Long Island quando voltarmos. Quer saber? Toda essa viagem foi exaustiva.

— Whitney. — MacAllister apertou a mão contra a dela, usando o tom que empregava desde que a filha tinha dois anos, e ele nunca tivera muito sucesso. — Por que ele partiu?

Ela enfiou a mão no bolso dele, pegou a cigarreira de ouro e escolheu um. Fitando direto em frente, bateu-o na cigarreira.

— Porque é o estilo dele. Sair de mansinho no meio da noite, sem um ruído, uma palavra. É ladrão, você sabe.

— Ele me contou ontem à noite, enquanto você estava ocupada engabelando Bennett. Droga, Whitney, quando terminou, eu fiquei de cabelo em pé. Foi pior que ler o relatório do detetive. Vocês dois quase foram mortos meia dúzia de vezes.

— Isso também nos preocupou um pouco na época — ela murmurou.

— Teria feito muitíssimo bem à minha úlcera se você tivesse se casado com aquele Carlyse cabeça oca e queixo mole.

— Lamento, então seria eu com úlcera.

Ele examinou o cigarro que ela ainda não acendera.

— Tive a impressão de que você... gostava desse jovem ladrão que conheceu.

— Gostar. — Balançou o cigarro entre os dedos. — Não, foram estritamente negócios. — Lágrimas brotaram-lhe dos olhos e escorreram, mas ela continuou a falar calma. — Eu estava entediada e ele me proporcionou diversão.

— Diversão?

— Diversão cara — ela acrescentou. — O patife se mandou me devendo doze mil, trezentos e cinqüenta e oito dólares e quarenta e sete centavos.

MacAllister pegou o lenço e secou as faces da filha.

— Nada como perder alguns milhares para que as lágrimas venham à tona — murmurou. — Isso acontece muitas vezes comigo.

— Ele nem se despediu — ela sussurrou.

Enroscando-se no pai, chorou, porque não parecia haver mais nada a fazer.

NOVA YORK EM AGOSTO, NO VERÃO, ÀS VEZES É CRUEL. O calor paira, brilha, fulge e rola. Quando uma greve de lixo coincidiu com uma onda de calor, os maus humores se tornaram tão passados quanto o ar. Mesmo os mais afortunados, que podiam chamar uma limusine com ar-condicionado num estalo dos dedos, tendiam a ficar mal-humorados após duas semanas de uma temperatura de quase trinta e cinco graus centígrados. Era um período durante o qual todos os que tinham condições fugiam da cidade para as ilhas, o campo ou a Europa.

Whitney já tivera seu quinhão de viagens.

Ficou em Manhattan quando a maioria dos amigos e conhecidos embarcou em navios. Recusou ofertas de um cruzeiro no Egeu, uma semana na Riviera italiana e uma lua-de-mel de um mês num país de sua escolha.

Trabalhava, por ser uma forma interessante de ignorar o calor. Jogava, porque era mais produtivo que enxugar o suor. Pensou em fazer uma viagem ao Oriente, mas — só por teimosia — em setembro, quando todos os demais estivessem voltando para Nova York.

Ao retornar de Madagascar, regalara-se com uma descontrolada e indulgente farra de compras. Metade do que comprara ainda pendia dos cabides, sem uso, no armário já abarrotado. Fizera a ronda das boates todas as noites durante duas semanas, saltando de uma para a seguinte e desabando na cama depois do amanhecer.

Quando perdera o interesse pela badalação, lançara-se no trabalho com tanto vigor que os amigos começaram a queixar-se entre si.

Uma coisa era exaurir-se em rodadas de festa, outra muito diferente, nas horas de trabalho. Whitney dedicou-se ao que fazia melhor. Ignorava-os por completo.

— Tad, não se faça de ridículo de novo. Eu simplesmente não agüento.

Embora a voz fosse indiferente, era mais solidária que cruel. Nas duas últimas duas semanas, ele quase a convencera de que gostava tanto dela quanto da sua coleção de gravatas de seda.

— Whitney... — Louro, com terno feito sob medida e meio embriagado, Tad ficou parado na porta do apartamento dela, tentando encontrar a melhor maneira de entrar. — Daríamos um ótimo par. Não importa que minha mãe ache você excêntrica.

Excêntrica. Whitney revirou os olhos ao som da palavra.

— Escute sua mãe, Tad. Eu daria uma esposa totalmente terrível. Agora, desça pra seu motorista levá-lo pra casa. Sabe que não pode tomar mais de dois martínis sem perder o controle.

— Whitney. — Ele agarrou-a e beijou-a com paixão, embora não com classe. — Me deixe mandar Charles embora, e eu passo a noite aqui.

— Sua mãe iria chamar a Guarda Nacional — ela lembrou-lhe, desprendendo-se dos braços dele. — Agora vá pra casa e se livre desse terceiro martíni no sono. Vai se sentir mais você mesmo, amanhã.

— Você não *me* leva a sério.

— Eu não *me* levo a sério — ela corrigiu e deu um tapinha na face dele. — Agora corra e escute sua mãe. — Fechou-lhe a porta na cara. — Velha megera dominadora.

Soltando um longo suspiro, atravessou a sala até o bar. Após uma noite com Tad, merecia uma bebida antes de dormir. Se não estivesse tão inquieta, tão... fosse lá o que fosse, não o teria deixado convencê-la de que precisa de uma noite de ópera e companhia agradável. A ópera não se incluía entre os primeiros lugares de sua lista de diversões, e Tad jamais fora a companhia mais agradável.

Serviu uma saudável dose de conhaque numa taça.

— Sirva duas, sim, benzinho?

Ela cerrou os dedos na taça, com o coração alojado na garganta. Mas não se acovardou, nem se virou. Calma, desemborcou outra taça e encheu-a.

— Continua deslizando por fechaduras desengatadas, Douglas?

Usava o vestido que ele comprara em Diego-Suarez. Doug imaginara-a nele uma centena de vezes. Não sabia que era a primeira vez que ela o pusera, e fizera-o por desafio. Nem sabia que por isso tinha pensado nele a noite toda.

— Ficou fora até tarde, não é?

Ela disse a si mesma que era forte o suficiente para enfrentar a situação. Afinal, tivera semanas para superá-lo. Com uma sobrancelha erguida, virou-se.

Vestido de preto, a cor combinava com ele, camiseta simples e calça jeans justa pretas. O traje do ofício, ela imaginou, entregando-lhe a taça. Achou que o rosto parecia mais magro e os olhos mais intensos, depois tentou não pensar em nada.

— Como estava Paris?

— Muito bem. — Doug pegou o copo e refreou o desejo de tocar a mão dela. — Como tem passado?

— Como pareço?

Era um desafio direto. Olhe para mim, ela exigia. Dê uma boa olhada. Ele o fez.

Os cabelos dela fluíam lisos por um dos ombros, presos no outro lado por uma travessa de diamantes em forma de crescente. O rosto, como ele lembrava: claro, fresco e elegante. Os olhos escuros e arrogantes quando o olhou por cima da borda da taça.

— Está maravilhosa — ele murmurou.
— Obrigada. Então, a que devo esse inesperado prazer?

Ele treinara o que ia dizer, como ia dizê-lo, dezenas de vezes na última semana. Já chegara a Nova York desde então, vacilando entre procurá-la e não se aproximar.

— Só pensei em ver como você estava — murmurou dentro da taça.

— Que amor!
— Escute, sei que deve achar que fugi de você...
— Da quantia de doze mil, trezentos e cinqüenta e oito dólares e quarenta e sete centavos.

Ele emitiu um ruído que poderia ser uma risada.
— Nada muda.
— Veio pra acertar o "eu lhe devo" que me deixou?
— Vim porque tive de vir, droga.
— É? — Irredutível, ela entornou a bebida de um gole. Também se refreou de jogar a taça na parede. — Tem algum outro empreendimento de risco que requer algum capital?

— Quer me agredir, vá em frente.

Com uma pancada, ele largou a taça.

Ela encarou-o por um instante e balançou a cabeça. Afastando-se, também largou a taça e apoiou as palmas da mão na mesa. Pela primeira vez desde que a conhecera, Doug viu-a arriar os ombros e notou a voz esgotada.

— Não quero agressões, Doug. Ando meio cansada. Já viu que estou bem. Agora, por que não sai da mesma maneira que entrou?

— Whitney.
— Não me toque — ela murmurou, antes que ele se adiantasse dois passos.

A voz baixa, nivelada, não ocultou bem o filete de desespero que havia por trás.

Ele ergueu as mãos, palmas para fora, e deixou-as caírem dos lados.

— Tudo bem. — Circulou pela sala um instante, tentando retornar ao plano de ataque original. — Sabe, tive muita sorte em Paris. Limpei cinco quartos no Hotel de Crillon.

— Parabéns.

— Eu estava com a corda toda, na certa poderia passar os próximos seis meses despojando turistas.

Ele enfiou os polegares nos bolsos.

— Então por que não fez isso?

— Simplesmente deixou de ser divertido. A gente fica em apuros quando a diversão desaparece do trabalho, você sabe.

Ela se virou, dizendo para si que era covardia não enfrentá-lo.

— Suponho que sim. Então voltou aos Estados Unidos para uma mudança de cenário?

— Voltei porque não podia mais ficar longe de você.

A expressão de Whitney não se alterou, mas ele viu-a entrelaçar os dedos na primeira demonstração externa de nervosismo que já observara nela.

— É? — disse apenas. — Parece uma coisa estranha de dizer. Eu não chutei você do quarto de hotel em Diego-Suarez.

— Não. — Ele deslizou devagar o olhar pelo rosto dela, como se precisasse encontrar alguma coisa. — Não me chutou.

— Então por que se mandou?

— Porque, se eu ficasse, teria feito então o que acho que vou fazer agora.

— Roubar minha bolsa? — ela perguntou, com uma petulante jogada de cabeça.

— Pedir que se case comigo.

Era a primeira vez, talvez a única, que ele a via abrir a boca e continuar boquiaberta. Parecia alguém cujos pés haviam acabado de ser pisados. Doug esperava uma reação mais emotiva.

— Imagino que meu encanto desarmou você. — Servindo-se sem permissão, ele levou a taça de volta ao bar. — Que idéia estranha, um cara como eu propor casamento a uma mulher como você. Não sei, talvez fosse o ar, ou coisa assim, mas comecei a ter umas idéias estranhas em Paris sobre montar casa, me estabelecer. Filhos.

Whitney conseguiu fechar a boca.

— É mesmo? — Como Doug, decidiu que outro drinque era a pedida. — Fala de casamento como até que a morte nos separe e impostos de renda conjuntos?

— É. Concluí que sou tradicional. Até nisso.

Quando partia para alguma coisa, partia inteiro para ela. O método de ação nem sempre funcionava, mas era o seu método. Enfiou a mão no bolso e retirou um anel.

O brilho do diamante captou a luz e explodiu com ela. Whitney fez um esforço consciente para impedir que a boca mais uma vez se escancarasse.

— Onde você...

— Não roubei — ele rebateu, irritado. Sentindo-se tolo, atirou-o para cima e prendeu-o na palma da mão. — Exatamente — corrigiu e conseguiu dar um sorriso enviesado. — O diamante veio do tesouro de Maria. Embolsei-o por... acho que se poderia chamar reflexo. Pensei em penhorar, mas... — Abrindo a mão, fitou-o. — Mandei incrustar em Paris.

— Entendo.

— Escute, sei que você queria que o tesouro fosse para os museus, e quase tudo foi. — Ainda doía. — Havia uma enormidade de reportagens elogiosas nos jornais de Paris. A Fundação Bennett recupera butim da trágica rainha, colar de diamantes desencadeia novas teorias e assim por diante. — Ele encolheu os ombros, tentando não pensar em todas aquelas pedras brilhantes. — Decidi me contentar com uma única pedra. Embora apenas dois braceletes pudessem me estabelecer pro resto da vida. — Encolhendo de novo os ombros, ergueu o anel pelo fino aro de ouro. — Se incomoda sua consciência, arranco a porra da pedra e mando entregar a Bennett.

— Não seja ofensivo. — Num destro movimento, ela tirou-a da mão dele. — Meu anel de noivado não vai pra museu algum. Além disso... — E sorriu-lhe com vontade. — Também acredito que alguns pedaços de história devem pertencer ao indivíduo. Um tipo de participação interativa. — Lançou-lhe um olhar frio, de sobrancelhas erguidas. — Você é tradicional o bastante para se abaixar num joelho?

— Nem sequer para você, benzinho. — Tomou-lhe o pulso esquerdo e, tirando o anel dela, deslizou-o no dedo anular. O olhar que lhe deu foi demorado e firme. — Fechado?

— Fechado — ela concordou e, rindo, lançou-se nos braços dele. — Droga, Douglas, fiquei infeliz durante dois meses.

— Ah, é? — Ele descobriu que gostava da idéia, quase tanto quanto de beijá-la. — Vejo que gostou do vestido que comprei pra você.

— Você tem excelente gosto. — Por trás das costas dele, ela girou a mão para ver a luz refletir-se no anel. — Casada — repetiu, experimentando a palavra. — Você falou em se estabelecer. Quer dizer que planeja se aposentar?

— Tenho pensado um pouco nisso. Você sabe... — Ele esfregou o nariz no pescoço dela para sentir o perfume que o obcecara em Paris. — Nunca vi o seu quarto.

— Verdade? Terei de oferecer a você a grande visita. É meio jovem pra se aposentar — ela acrescentou, soltando-se dele. — Que planeja fazer com o tempo livre?

— Bem, quando não estiver fazendo amor com você, pensei em dirigir um negócio.

— Uma loja de penhor.

Ele mordiscou-lhe o lábio.

— Um restaurante — corrigiu. — Sabichona.

— Claro. — Ela assentiu com a cabeça, gostando da idéia. — Aqui em Nova York?

— Um bom lugar para começar. — Liberou-a para pegar sua taça. Talvez o fim do arco-íris estivesse mais perto do que ele imaginara o tempo todo. — Começar com um aqui, depois, talvez em Chicago, São Francisco. O negócio é que vou precisar de um financiador.

Ela correu a língua pelos dentes.

— Claro. Alguma idéia?

Ele disparou-lhe aquele sorriso encantador, indigno de confiança.

— Gostaria de manter tudo em família.

— Tio Jack.

— Vamos lá, Whitney, você sabe que sou capaz. Quarenta mil, não, façamos por cinqüenta, e abrirei o restaurante mais refinado de West Side de Manhattan.

— Cinqüenta mil — ela repetiu, dirigindo-se à mesa de trabalho.

— É um bom investimento. Eu mesmo vou redigir o cardápio, supervisionar a cozinha. E... Que está fazendo?

— Isso chegaria a sessenta e dois mil, trezentos e cinqüenta e oito dólares e quarenta e sete centavos, tudo incluído. — Com um ágil assentimento, ela sublinhou duas vezes o total. — A uma taxa de juros de doze e meio por cento.

Ele fechou a cara para os números.

— Juros? Doze e meio por cento?

— Taxa mais que razoável, eu sei, mas sou boazinha.

— Escute, vamos nos casar, certo?

— Com toda certeza.

— Uma esposa não cobra juros do marido, pelo amor de Deus!

— Esta cobra — ela murmurou, continuando a anotar números. — Calculo os pagamentos mensais em apenas um minuto. Vejamos, pelo período de quinze anos, que tal?

Ele olhou as elegantes mãos dela escrevendo números. O diamante piscava-lhe.

— Claro, que inferno!

— Agora, e as garantias?

Doug reprimiu um xingamento e concedeu uma risada.

— Que tal nosso primeiro filho?

— Interessante. — Ela bateu o bloco na palma da mão. — Sim, talvez concorde com isso... mas ainda não temos filhos.

Ele se aproximou e arrancou-lhe o bloco da mão. Após jogá-lo para trás, agarrou-a.

— Então vamos cuidar disso, benzinho. Preciso do empréstimo.

Whitney notou com satisfação que o bloco caíra virado para cima.

— Tudo pela livre iniciativa.